海外征程3

华为海外业务前负责人
达尼 著

江苏凤凰文艺出版社
JIANGSU PHOENIX LITERATURE AND ART PUBLISHING

图书在版编目（CIP）数据

海外征程.3/达尼著.—南京：江苏凤凰文艺出版社，2021.12（2025.4重印）
ISBN 978-7-5594-4218-5

Ⅰ.①海… Ⅱ.①达… Ⅲ.①长篇小说－中国－当代
Ⅳ.①I247.5

中国版本图书馆CIP数据核字(2020)第028214号

海外征程.3

达尼 著

责任编辑 丁小卉
特约编辑 高 旭 李晓宇
封面设计 章婉蓓
责任印制 刘 巍
出版发行 江苏凤凰文艺出版社
南京市中央路165号，邮编：210009
网 址 http://www.jswenyi.com
印 刷 三河市龙大印装有限公司
开 本 680毫米×990毫米 1/16
印 张 18.5
字 数 260千字
版 次 2021年12月第1版
印 次 2025年4月第3次印刷
标准书号 ISBN 978-7-5594-4218-5
定 价 45.00元

目　录
Contents

001　**chapter 1**　危地马拉（上）

043　**chapter 2**　危地马拉（下）

073　**chapter 3**　最后冲刺：满舵！全火力推进！

131　**chapter 4**　大决战前夜的正面会战：巴拿马投标战

245　**chapter 5**　最后的谈话——海外使命

275　**后　　记**

* 小说纯属虚构，如有雷同，纯属巧合。

chapter 1
危地马拉（上）

1

7 月底，在墨西哥的帕特里克和在智利的诺阿拉美片区总裁巴伯罗（Pablo），通了“热线电话”，说想谈谈关于华兴的话题。

平日里，这两家公司，一家欧洲豪门，一家美国巨头，难免因各自利益而博弈。然而在一系列明争暗斗后，双方形成了一条楚河汉界。这正如两国交战，靠实力交锋后达到各自利益的均衡点，谁再延伸地盘，反而得不偿失。如今大格局稳定，两个大公司也都习惯于按心照不宣的规则，划分稳定的收益。

但双方高层，都是王不见王的，除了参展或客户会议，帕特里克和巴伯罗一年也见不到一次，但一个共同的敌人，让他们联合了起来。

热线电话里，帕特里克并没讲得很明，但巴伯罗是心领神会的——华兴攻不进 FRAN 的地盘，自然就会找诺阿的领区，巴伯罗不觊觎 FRAN 的地盘，但也不希望自家出事。唇亡齿寒，当华兴这条鲇鱼出现，巴伯罗也怕这位横冲直撞的对手搅乱自己的局。

“阿根廷、乌拉圭和巴拉圭 Clara 的搬迁机会点，我已经封锁了；巴西东北部地区的老旧替换，我们也专门部署好，华兴去只能是白跑一次。海地也被推迟到 8 月 14 日零点以后，反而消耗了华兴内部的资源。另外，哥斯达黎加、牙买加、多米尼加的几张潜在‘新牌照’，我们也建议客户一并推迟了。”

“有墨西哥总部的支持，你真是把防线拉成了一块铁板。”

“还不够，有你参与，才能无懈可击！”

“你想说什么？”

“华兴一位叫臣享的高管在智利，”帕特里克坐在旋转椅上，换一个手拿电话，“而另一位总裁 Jacob 在哥伦比亚，都是你的属地。”

“这我也听说了。”诺阿的客户线也不是吃干饭的，多年合作下来，早已渗入 Comcell 的方方面面，Comcell 的 CEO 冈萨雷斯、CTO 迪亚士、无线网建总监劳乌的一举一动，都有很多双眼睛盯着。

帕特里克拿起笔写下一个号码：“在拉美片区的销售副总裁古斯塔夫会去这两个地方，希望他能和你那边分公司负责人有空喝一杯。”

“我会安排的。但你让古斯塔夫那家伙低调些。”

“这是当然的。”帕特里克不像巴伯罗那么保守，他心情很好，因为现在铁索连船，防御变得更牢固了。

默契已达成——联合封杀华兴。投标前，两大供应商私下达成共同立场，这是围标丑闻！但在总额达几十亿美金的 4G 项目诱惑下，水不可能是清的，谁清谁就是白痴。

“另外，我也得告诉你一件事，华兴拉美片总，方总已经计划从巴西去墨西哥了。可能是做万一拿不到 Reference 的高层沟通了。看来，他们不会放弃 4G 投标。”

“哼，没 Reference，就是上帝也白来。”

巴伯罗挂掉电话，他正坐在智利圣地亚哥的办公室。他与智利 Clara CTO 是有交情的——当年智利 Clara 在预算捉襟见肘，却又要完成集团指标时，巴伯罗多次提供支援，帮 CTO 渡过难关。多年的信任不会轻易翻船，所以，那个叫臣享的掀不起浪花。

至于 Jacob，巴伯罗也特地问了自己在哥伦比亚的分公司负责人，甚至想飞去督阵。

但负责人回应道：“现在华兴的机会，只是 64 个卫星基站，但我们莱蒂西亚的卫星测试赢了华兴。而我也找过冈萨雷斯和迪亚士了，答应帮 Comcell 去实施偏远覆盖。”

巴伯罗放心了些，毕竟诺阿在哥伦比亚是一家独大的供应商，拿得住 Comcell，而帕特里克更能从墨西哥客户那边给骑墙的冈萨雷斯压力，帕特里克这次派古斯塔夫去哥伦比亚，也正是给冈萨雷斯当面施压的。

“巴伯罗先生，您别过来了，”当地诺阿的负责人分析起来，“4G 投标前，所有人都认为华兴最后突破机会是在哥伦比亚——那是亲华兴的卡蒂纳斯大本营，而您是片总，目标太大，在最后时间来访，会被卡蒂纳斯认为您在给 Comcell 施压，进而得罪了卡蒂纳斯。既然现在 FRAN 的古斯塔夫要来，这份罪责不如让古斯塔夫去担。”

“好，那就看你的了，要看紧了那个叫 Jacob 的人。”

“巴伯罗先生，交给我，万无一失。”那位负责人说道。他叫雷耶斯（Reyes）。

但数天后，雷耶斯万万没想到，Jacob 悄然重启了测试，并大幅取胜，接下来华兴又搞定 CTO 迪亚士，风闻 Jacob 去了美国找 CEO 冈萨雷斯，同时这几天哥伦比亚政府通信部竟然重启了最偏远地区 36 个基站的覆盖计划，而华兴竟胆儿肥得连那个地方都敢去交付了！可这 36 个站的位置，诺阿是绝对不做的。

雷耶斯慌了，他给巴伯罗下了军令状，而 Jacob 却在他地盘上大炮猛轰，一旦哥伦比亚被击破，雷耶斯在诺阿的前途就一片黯淡了。而且当华兴攻破城池后，FRAN 和诺阿在拉美地区的“均势格局”就会破裂，进入重新洗牌的阶段，那他的罪责就大了去了。

局势反转，雷耶斯进退两难——冈萨雷斯这只老狐狸还没回国，先前躲着华兴，现在倒是躲着诺阿。可眼下，自己怎能分身去美国呢？而 Comcell CTO 迪亚士只愿意公对公走流程，诺阿想要耍花招，在核心网对接上也没法制造麻烦；至于政府通信部，更把偏远地区的信号覆盖当政绩，压根不愿推迟到 8 月 14 日后。雷耶斯找了政界熟人商量，但内部人士说，哥伦比亚总统将此视为竞选连任的民心项目，高度重视，断无可能推迟。

唯一的方案是，雷耶斯自己答应去“高风险地区”建基站！

雷耶斯豁出去了，但员工不愿意去，一个公司里长期没有作战文化，想临时激发是根本不可能的。即使他用重金激励，但诺阿是一家欧洲公司，有严格的“安全标准”，坚决避免在“危险，战乱，自然灾害”的高危环境下工作，若雷耶斯一意孤行，一定会被员工投诉到欧洲总部，这是企业文化上的红线。

去了，出事，责任他担负不了！可不去，失守，他也担不了这责任！他恨得咬牙切齿，难道中国人赚钱不要命吗？可更令他焦虑的消息来了——华兴的 Jacob 亲自带队压阵。

8 月 4 日，时间一分一秒消逝，雷耶斯几近崩溃，他不明白为什么华兴这么激进，听说日本海啸、印尼火山爆发、伊拉克与阿富汗地区的危险情况，华兴都没退过，他怎么打这种对手？

这时，上次见了面的古斯塔夫主动回来，约在 93 号公园外的 Juan Valdez 咖啡馆。

“你只要放出政府基站坐标的风声就行了，反政府武装自然会来的。”

“可再怎样也不能到谋害生命的程度。”雷耶斯浑身一冷，咖啡洒在了桌面上，他早就听巴伯罗提醒要小心古斯塔夫，果然，眼前这家伙不是盏省油的灯啊。

“别胡说，我们只是拖延时间罢了，”古斯塔夫笑了笑，“一般游击队绑架只要赎金，他们一旦绑架就会发出赎金声明，等到 8 月 14 日以后，这笔赎金甚至可以由 FRAN 捐出。呵，我们还能在国际上得个好名声，而你不也解脱了吗？这是一石三鸟，也是你唯一的方法！”

然而，古斯塔夫算计的绝非“一石三鸟”。因为在这个过程里，一旦启动救援行动，此事必然上升为国际事件，哥国政府会迫于国际影响，放弃 36 个基站的偏远项目，而 Comcell 也会被批评为“过于冒进”，华兴更会被业界认为“为签单而夸大能力”“信口承诺”“无安全准则”。

绑架恐袭这种事，连客户也不想招惹，谁会选一个愣头青做战略伙伴呢？而 Jacob 也再难向美洲电信证明“说到做到”。堂堂事业部总裁因交付而被绑架，这不是功勋，反而是无能。届时，Jacob 在客户面前所建立的一切信用，都会像泥石流般滑落。

2

8 月 3 日深夜，方总放下手头的一切，从华兴拉美片区总部的巴西里约热内卢飞往墨西哥城，现在还有 9 天。作为片区最高长官，这也是他出面亲自斡旋的最后机会。

自从海地和 SDP 项目接连被排除在 Reference 之外，Jacob 却坚持离开墨西哥城，大唱空城计时，质疑很多，方总也有耳闻。但一次次与 Jacob 的矛盾后，他反而信任起了这个家伙，并不越俎代庖地干预 Jacob 的计划。

8 月 4 日上午，墨西哥城贝尼托·胡亚雷斯国际机场里，“墨西哥、中美洲及加勒比海地区部”总裁林强，单独来接他。

一旦 Jacob 失守，他俩必须走到台前，扛住大局。

“我能见到丹尼尔吗？”方总坐上了车，把一套在巴西刚干洗熨烫好的西服，挂在车后排的钩手上。

“现在集团情况，比我俩前次讨论得更敏感了，”林强系上安全带，引擎启动时发出低沉的轰鸣声，“就算丹尼尔给面子见一面，他也会拒绝谈 4G 的任何事情。”

车子转了个弯，开出停车场，这是方总第一次踏上墨西哥土地，之前他的精力都放在突破巴西的“大国战略”上了。他望着这个陌生的城市，一个陌生的客户，他心里也没底。高层互访，价值在于锦上添花、添砖加瓦，而非临门一脚。如果直接求见，手里却没牌，就毫无 Bargain 的发力点。

“还是要先有 Reference 啊……”方总说。

昨天，Jacob 在进入卡克塔的无信号区前，给方总的邮件上写道——“我和臣享正在一线子网最后获取 Reference，臣享原想先拿到 Reference 后，再烦请方总出面，推动墨西哥集团的批准。但我担心无法及时返回墨城，还请方总提前代为支撑。”方总稍作安排，就立即跨越半个地球飞来，但他又有种不安的预感——为什么会“无法及时返回”呢？

“Jacob 会拿到 Reference 的！他说到做到。”林强把方向盘左打了两圈，在高架路上拐了一个 90 度弯，开往翡翠大厦。其实，林强昨天也收到了 Jacob 的留言，请他协助主持事业部的工作。

“你有他的新消息了？”方总问。

“没，”林强回答的很轻松，“他去了无信号区建基站，联系不上……”

车里忽然沉默着，大家都感觉到了什么。

“不用担心这家伙，”林强不愿意往坏处深想，“只是……方总您担不担心，即使 Jacob 在最后一刻拿来了 Reference，这也可能是美洲电信玩弄的假规则吗？”

车辆驶过了巨大的宪法广场，一面巨型的墨西哥国旗在西侧的总统府上方飘扬，Zocalo 大教堂的大钟也叮当敲响，声音震撼而空灵地回荡着。

“没有百分百公平的规则，一直、从来都没有。”方总摇下车窗，墨西哥的国旗很像意大利的，他想起五六年前，他在意大利的一次技术峰会上，被冷嘲热讽。他从研发一路做上来，已不知道受过多少客户的冷嘲热讽。

他转头对林强说：“可即使不公平，它也是规则！Jacob 要做的是符合文本规则，而我们要做的，就是让丹尼尔心悦诚服。”

“其实还有一种办法，”林强降低了车速，“就是反客为主，我们绕过一切，单刀直入地向集团高层要项目。这样，在 8 月 14 日零点前，我们还有一次点球射门的机会。”

乙方向甲方讨要项目，这也是一种强势有效的销售策略，果敢大胆地扩大地盘。但在甲方眼里，这样做要么像流氓，要么像乞丐，会产生主从颠倒般的信任裂痕，而华兴与美洲电信还没合作，更谈不上信任。可林总顾不上这些了，即使被客户鄙视，林强也觉得好歹先占个坑吧。

“慌了？”方总问。

林总紧紧抓住方向盘，空洞地看着前方：“我一直联系不上 Jacob……”

“那他给你的邮件里向你这样建议过吗？”

“没有。”

“哦，他的邮件里也没跟我提过，”方总转过头，正视前方，“就算真有麻烦，他也只想让我们为他多争取些时间。我们别乱作主张。”

方总调低车内空调温度道：“当这家伙从东南亚选择了拉美，就已经赌上了自己的全部前程。他比谁都更想，也更要赢下美洲电信。若他不提，一定有他的道理。”

车从拉丁美洲塔穿出，经过如花蝴蝶般绚丽的国家美术宫，开到了改革大道上，两旁开满了大片的蓝花楹。方总看到金色的圣天使像，她长着翅膀、高举火炬，代表着胜利。

终场前，他们的比分还是落后。是靠猥琐地骗个点球，还是等待一记世界波，以便进入加时赛呢？这一选择让坐在场边的林强焦虑极了。

“那好，”林强终于下了决心，他猛踩下油门，加速前进，“我们就不开口讨要了！”

车开过了查普尔特佩克公园，前方就是翡翠大厦了。一切之前的策划全都被放弃，摆在林强面前的新挑战是，在还没有 Reference 时，事业部怎样赢得集团高层的信任，扭转舆论氛围，为 Jacob 拿到 Reference 做好铺垫。

翡翠大厦 18 楼，两人闭门商议，然而对策并不好想。这样一个傲慢封闭、官僚守旧，并被利益锁定的集团高层，怎可能在短短几天里就改变看法呢？丹尼尔可是连 Jacob 都啃不下、嚼不烂的人物啊。

一个成年高管早有了稳定的观念，即使有摆在眼前的事实证据，也会潜意识地捂住耳朵，选择性听取信息，新的观念只可内观自悟，无法由外界说服。而华兴的通常办法，都是笨办法——耐心花时间，证明自己。一个月不行，就一个季度；一个季度不行，就一年；一年不行，就三年。总有一天能攻进去。可眼下，不允许细水长流、水滴石穿，只能是能量密度极高的一拳。

两人方案想了一套又一套，时间也一分一秒地流逝，已经是下午 1 点 30 分了，却依旧毫无头绪，他俩只好去食堂吃饭，也换换脑。

食堂员工已散去了，倒安静了不少。墙上挂着的电视里，播放着卫星节目新闻，方总抬头看了看，愣了几秒后，忽然大喊一声：“老林，赶紧帮我约丹尼尔！”

“啊，要谈什么？”

方总指了指电视：“谈在北京的奥运会开幕式。”

奥运会8月8日即将举办，这是全世界的话题，每一个国家的国民从贩夫走卒，到达官贵人，都必然看开幕式和点燃圣火，尤其本国体育代表团的入场仪式，是谁都不愿意错过的。他要拉近丹尼尔，更要让美洲电信通过开幕式，重新认识什么才是当代真实的中国力量。

“您想邀请高层回中国看奥运，顺便参观总部和样板点？”林强问，这是“华兴三板斧”。

“不，丹尼尔的角色决定了他绝不会去中国的。”

“那是？”

“就在这里，搞个奥运早餐会！我们就要在Jacob拿回Reference前，帮他先声夺人，甚至多争取几天。”

虽然此刻高层们都在竭力地想办法为拿到Reference再争取时间，但有一个年轻的透明人却被忘了，无论是FRAN、华兴、诺阿，还是美洲电信。无人知道他被遗落在中美洲的危地马拉。

3

时钟倒拨回2周前，即7月下旬，危地马拉城。

安哲正面对如何解决危地马拉Clara“信号覆盖不如竞争对手，需新建基站”和“无法获取新基站占地许可证”的矛盾。Clara无线网络总监戈麦斯·李在重重压力下，没办法依靠上司，也无法推动现网供应商西电和FRAN，便想引入华兴来试试。

戈麦斯·李建议，把站点面积巨大的2G西电和3G FRAN的两种宏基站，换成华兴给Tigo供货的那种小型化、易部署的“分布式基站”，直接挂在不需“征地许可”的电线杆上，不惜“插花组网”在西电和FRAN的无线基站簇里。

安哲夸大其词地接下了任务后，才发现华兴目前的“分布式基站”压根不能完美符合戈麦斯·李的要求：

一个普通分布式基站，常规是3个信号发射“扇区”，每“扇区”

约一个信号发射模块 RRU[1]，所以一个基站是 3 个 RRU+3 根天线挂在电线杆上，这没问题。然而 Clara 从政府通信部获得的频率很特别，拥有 900MHz 和 1900MHz 的“双频模式”，就得翻倍成为 6 个 RRU 模块 +6 根天线。不单如此，戈麦斯 · 李不仅要 2G 或 3G 单一建站，更要 2G+3G 一起建站，依据 Clara 的 3G 工作在 1900MHz 频段上，那还得再叠加 3 个 3G 1900MHz RRU 模块，那一共就有 9 个发射模块了。平均一个 RRU 重达 15～20 公斤，一根天线也有 5～10 公斤，外加辅料，就有几百斤重。

这还是以标准的 3 扇区的测算，若非标的 4～5 扇区，就得 12～15 个模块。外加悬挂上机箱，机箱里再装上电池组、传输设备、基带 BBU，那一根电线杆非压垮不可！

安哲并没放弃，他想起“巴展”时，华兴展示了“All in 1”技术，能把 1G/2G/3G 的多套基站合成在一个基站上，若把 Clara 共同工作在 1900MHz 频率上的 2G/3G 统一起来，就可省下 3 个 RRU 和天线，减轻三分之一的重量，电线杆也许能承受住。

而当他与总部联系后，才发现这一设想中的方案又出问题了——巴展上的“All in 1”，还处在概念性阶段，目前只做到了“基站级合一”，尚未实现“发射模块级合一”。目前仅有一个德国的在谈项目，也只承诺采用这种“基站级合一”的“All in 1”，更要命的是，那还是“宏基站形态”的“All in 1”，而非“分布式基站”。

所以，没有能满足危地马拉的产品方案。

安哲有一种失之交臂的痛苦，戈麦斯 · 李提出了明确的需求，这是唾手可得的机会，但华兴却没有解决方案，他不愿接受。事业部正缺一份 Reference，他太渴望证明自己了。

安哲再次一路深挖，在上万人的研发体系中，挖到一条信息——总部新成立了一个“预研小组”，正启动符合危地马拉的“模块级合一”方案，然而坏消息是，设计处于“原型测试”阶段，只有几十个半手工焊制的样机，无论电子或整机的可靠性，都不足以商用！就算勉强商用，从公司的产品流程上看，这些“原型机”并未进入上市阶

1 Remote Radio Unit的缩写，即远程无线电装置。

段，一没定价，二没配置，三没清单，四没文档，完全不能嵌入到销售流程中，连发货都在系统上走不通。

那个周末雨夜的晚上，安哲的心情一落千丈，原本近在眼前的机遇，已成了一条死路。

然而，也就在那个凌晨，Jacob 从墨城机场赶往海地时，给安哲打去了电话，鼓舞着安哲，并把安哲从绝望中拯救出来。在 Jacob 的推动下，无线研发副总裁给出承诺：预研小组将以危地马拉的需求为模板，提供优先设计。

次日一上班，危地马拉城 Zona Viva 的花旗银行大厦 17 层里，安哲在小会议室里打着电话：

“20 个分布式基站，模块级的‘All in 1’，拉美特制的 1900MHz 频段。”

“危地马拉客户疯了吗？要拿半成品去做商用！”预研组长老魏急了，收到来自上司的这条命令简直就要抓狂了。

“你别怀疑客户需求，一线出了错在我，违反交货时间，可是研发的错。”

老魏有点生气了：“胡扯，你知道什么，公司现在‘All in 1’的‘模块级合一’的研究方向不在‘分布式基站’形态下开展，而是传统的‘宏基站’形态！这是为了夺下德国项目的第二期交付，做创新使用的，是为了明年的产品储备，排期本来就不是为了你们的 8 月 14 日。你现在还要我们换成‘分布式基站’下的模块级合一，我怎么来得及？”

虽然 Jacob 与研发高层有口头协议，但细节还要安哲去落实。当安哲与研发组长老魏讨论时，才发现问题更复杂了。上海的无线研发总部与海外危地马拉一线销售，在彼此的压力下，互相开撕了！

安哲关紧会议室的门缝，检查隔音效果后，重新坐回会议终端前，再次强调道：“每个基站有 900MHz 和 1900MHz，6 扇区，20 个站乘以 6 扇区，你们至少要做出 120 个 RRU 模块。这是最少的量！”

“120 个新模块？现在就是强行改，也就只有 28 个基础模块可改制，小兄弟，你知道‘家里’现在都用手焊元器件吗？”

“我不管你用什么办法，你们就尽快执行吧，”安哲对着会议终端，强势地压住老魏，“8 月 14 日零点是截止时间，你们必须 8 月 4 日交货，这事上头已经交代了。”

“别发火，小兄弟。你先听我说，”另一位系统架构专家缓和着，“我们组原先设计的发射模块考虑的是欧洲设计，是放在宏基站机柜内置的，而你们拉美需要的是‘分布式’则直接暴露在户外，从内置设计改外置设计，要做防水、防腐蚀、防冻、防晒、防尘的整机性能改造。”

安哲一愣。

“兄弟，你恐怕不了解欧洲对于公司的战略意义吧，”那专家在系统上查了查安哲的工号，发现他还是个来了没两年的新员工，“我们要应付德国那边 8000～10000 个基站的交付，德国可是公司重点市场，是欧洲桥头堡，比起你小小的危地马拉几十个基站做单独开发……”

安哲咬着嘴唇，是啊，单独为几十个基站开发一个新版本，他自己也觉得理亏。可他又意识到，研发正以一对二,一个红脸一个白脸，都是华兴高资历的专家，自己若在内部谈判中顶不住压力，或一时心软，就可能令事业部赶不上 8 月 14 日零点了。

专家又说：“你能不能跟客户协商一下啊？推迟一下。”

“不行……我们也着急。”话虽如此，但安哲的底气已经不足了。

“什么不行，你们拉美就是新增的需求！”组长老魏气势上来了，“我们预研部只做前瞻性研究，不承担临时的销售需求。你这么着急的项目，明显就是拉美一线没规划好。”

“你管我规划没规划好，反正你们大领导也发话了，你必须做到。”年轻气盛的安哲一愣，他吃软不吃硬，这话激得他必须吼回去。

“反正我一句话，做不到！”老魏道。

“我要投诉！”安哲恐吓起来，研发向来怕一线销售投诉，逼着他使出大招。

“那你去吧，去投诉吧。”

“你……不怕？”初入职场的安哲从未想过，研发高层亲口答应的事，下面居然也能推翻不认，而且对方还不怕，但安哲怕了，怕项目被他卡壳，更怕给 Jacob 留下无能的印象。

电话里沉默了一会儿，那专家咳了一声道："小兄弟，你这么说，也太没团队精神了！而且你投诉也没用。上头之所以能答应你领导，也只是误解了危地马拉与德国项目的近似程度，以为只要小改就行。如果我们告诉他，这改动是翻天覆地的变化，他欧洲重任在身，而人力就这点，你想上头能同意吗，你要不要给你的领导也留些面子呢？"

这工作量确实极大，就算现在临时搁置德国项目，增派人手，也难完全满足危地马拉。安哲在情、在理、在势都输了。会议结束，他像只斗败的公鸡，脸色惨白地坐在会议室里发呆，久久地不敢出来。

危地马拉分公司 CEO 包总敲了敲玻璃门，满脸堆笑地进来了："怎么样，安哲？"

安哲心中一惊，他看着包总，记起包总曾在墨西哥地区部任供应链副总裁时，能震天撼地地臭骂人，还把手下一个女孩训哭过。

"嗯，还顺利。"安哲唯唯诺诺地说。

"呵，那一起去吃午饭吧。"包总笑得更开心了，还回头招呼着安哲很不喜欢的恩里克。

恩里克走了过来，对包总露出微笑，却只用眼角瞥了下安哲。至今，他和安哲没有半分沟通。而安哲也能从戈麦斯·李对恩里克的评价中猜到，正负责危地马拉 Clara CXO 级客户关系的恩里克，早已视安哲为动了他蛋糕的敌人。

"不……不了。"安哲摇摇头，他意识到自己连内部的客户关系都搞不定。

关上会议室的门，他把头埋在双手里，反复搓着脸，把脸皮都揉松了。他渴望找人倾诉一下，可找谁呢？Jacob 或臣享，算了吧，不敢和领导聊；室友阿屠，已经离职了；同事昆昆和钟文山也忙得没时间。而他也不愿和处于异国恋的女友吐露自己的困惑，毕竟他曾给女友许下豪言，说自己会在海外建功立业……

他第一次感到想做出一点成绩，原来是那么难。开局时不是一直很顺利吗？包总、Jacob、戈麦斯·李不都在支持吗？煮熟的鸭子快飞了，怎么给自己经营成了这样？

曾几何时，这个年轻的男孩看到别人的荣耀时，总觉得这有何难，如今他才懂得“看人挑担不吃力”的道理。

他把脑袋趴耷在桌上，眼神发呆，也失去了应有的饿意。这时，一个电话又进来了。

“喂，我是老魏。”正是刚才的研发组长，“你说这 20 个基站，会影响美洲电信集团投标，你敢说这句话吗？”

“嗯……”

“但上一套新系统，不一定稳定，”电话沉默了一会儿，“万一出事，你不怕客户责难吗？”

“嗯……”其实怕也没用。

“那好，那我给你介绍一个人，你等会儿。”老魏挂掉了电话。

安哲木愣愣的，他搞不懂，凶神恶煞的研发组长想干什么。不一会儿，另一个电话进来了道：“危地马拉的安哲吗？我是西安的无线研究所预研组组长，你叫我老郑就行。”

“西安？”安哲从没听说过西安有过无线研究所。

“新筹备的。我本来也在上海，最近随着一部分无线研发也搬过去了，”老郑说着，唉了一声，“不说这些，老魏刚才给我讲了你们的情况，我可以试试你的需求。”

原来，老魏和老郑两人同时被选为“模块级 All in 1”的主方案预研，但因设计理念不同而相互竞争得很凶，“赛马选拔”中，老魏的团队押了宏基站的内置模块，而老郑则押在分布式基站的外置 RRU，结果因为德国项目，老郑的团队落选了，他的团队也不得不离开上海，赴西安参与建设新研究所。

“还有 26 天，对吗？”老郑问。

“对……”面对忽然而来的机会，安哲却不敢说真话了。

“好，让我算一下，”老郑估算着三大技术挑战：

1. 射频和滤波器的工作频段，从欧洲频段切为拉美频段；

2. 防尘、防水、防腐蚀的可靠性，要把宏站“IP55”级别的内置发射模块，改为有“IP68”级的外置 RRU 模块；

3. 实现“软件无线电 SDR”[1]，用软件替代多套硬件，自动进行 2G/3G 的调整，从而将“基站级合一”进化为“模块级合一”。

老郑对第 2 条的“可靠性”有积累，这是他押宝时的强项；而第 3 条“软件无线电”技术，则是他的软肋，而正因此，对手老魏才被选上，也使自己的研究团队落败崩解。

刚才，老郑意外地接到了对手老魏的电话。这个曾在研发内部“红蓝军对抗”的蓝方敌人，在讲完拉美情况后，居然把自己研发的“软件无线电 SDR”技术文档和积累，全无私地发给了他。他惊了一跳，因为在老魏的技术路线还没 100% 实现前，这算是先扶植了对手，足以令他率先实现一个 Case Study 而翻盘，并树了敌。

他感叹老魏是个好人，更是强人，能为大局着想不计较个人得失，并把重振团队的机会让给对手。现在，他在三大技术挑战中已能掌握两点，唯有第 1 条的“射频和滤波器改为拉美频段”是难关，这可不是改计算机程序，而是与测量统计学、电磁学和物理材料学的经验积累相关，不是一朝一夕能完成的，它更像是打铁炼剑，需要大量的人工测试后，才能得到最佳值。

然而 20 天短期的测试中，故障是一定会出现的。

“老魏告诉我，你们危地马拉一线可以承担一定风险，对吗？”老郑问。

安哲开始后悔曾说过的大话。其实他也毫无把握，现在是该急于发货，还是该要质量？鱼与熊掌，他又犹豫不决了。

“郑兄，我说错了，刚才说的其实没有 26 天，因为还没算上货运时间、危地马拉的安装时间。我怕……”

“别怕，最终产品质量责任都是我的错，内部的板子打不到你们头上，你们销售在一线要稳住客户。”老郑猜到了安哲的犹豫，“我们在一条船上，既然没时间了，咱就不要再考虑哪个环节的谁是谁非，现在要一起拼命划，你要的 120 个模块，我们可以赶工。”

1 Software Defined Radio的简称，即软件无线电。

“可，你这么短时间能赶出来，还承担质量风险？”

“安哲，你想太多了。我在公司久了，有时候，我觉得我们在岗位上带队伍，会遇到‘进也是错，退也是错，怎么都是错’的局面。我会索性闭上眼睛，什么都不管，一刻不停做自己的工作就行了。所以，现在我也许前 60 个模块会存在质量上的问题，但我可以不停造到 180 个，然后，你在一线循环替换掉最早一批不稳定的 60 个。只要我不停造，你不停在一线更替，我们一起努力，就可以让问题解决。”

安哲佩服起来，老员工确实厉害，有经验、更有胆识，散发着能感染人的领导力。

“但是安哲，这一招需要我俩前后紧密地配合。前方，你要能与客户解释清楚，在一线能顶得起来。而后方的制造上，你可以相信我。那我刚才问你，就是想问我能相信你吗？”

“我说到做到。”在华兴，一向是销售驱动研发，可安哲竟被研发的狼性拼劲反过来点燃。

“好极了。但即便如此，时间也太紧，你在一线与客户沟通也必然会乱，为今之计，我们可能得先发货出来，再到危地马拉现场做‘二次研发’。我给你派 3 个最优秀的研发弟兄过来，现场解决问题！”

“郑兄，我……我不知道该怎么感谢你。”

“我当然不能白帮你——危地马拉是我们‘模块级 All in 1’团队的研究成果的实践检验。我不会让产品失败，但我可不允许你丢了这个项目。”

作为技术人员，老郑的设计从立项能得到广泛应用，推动科技发展，是比收入和职务更高的价值感。他这才感到，自己的方案从频段考虑，拉美因为 1900MHz 的存在，远比欧洲更适合先做‘模块级合一’，而且拉美不如欧洲规范，反而很适合灵活小巧的分布式架构。

“All in 1”是一项跨时代的技术，而“模块合一”更是皇冠上的钻石，老郑原希望自己的跨时代产品的亮相首发用在一座世界名城上，可现在第一次应用的只是籍籍无名的危地马拉那 20 个基站。

“安哲，你的危地马拉是我技术的第一次实战。我相信，这绝对是未来通信的重大技术方向。虽然从公关意义上讲，这事也许不会有人知道，但我们自己明白它在人类通信历史上的里程碑意义，你虽然还很年轻，但要有决心，一线全都靠你领导指挥了，别让我们失望。”

“嗯。”安哲的声音变得坚定而成熟了一些。

其实，危地马拉还存在一个最致命的难题——华兴是在现网中“插花组网”，会遇到极复杂的“同频干扰”，这是无线工程里最禁忌的。因此，危地马拉也许是华兴最早的“All in 1”应用场景，但绝非最佳场景。一旦因同频干扰出现严重事故，更将造成华兴发明的“All in 1”被业界否定。可两人都不再纠结于困难，天下哪个技术不是在风雨中诞生，安哲考虑的不再只是风险，而是兵来将挡，水来土掩，去完成不可能的任务。老郑也很满意，他之前不断地鼓励这个稚嫩的新员工，要成长为有胆色、有狼性的、有领导力的家伙，这才能让这款充满不确定性的产品，在一线枪林弹雨中，抢滩登陆。

“安哲，还没去吃饭啊，一切顺利吗？”包总带着恩里克回来了。

“不顺利，但一定能搞定！”他的语气已有了些许老郑身上那份领导力。

恩里克听不懂中文，但却感到了安哲的变化，深吸一口气后，用眼角打量了他很久。

4

研发支持了，安哲开始计算工期。

设备要 3～5 天的生产排期，如未备货，则需 10 天，这还不包括海外别的分公司对同产品的“抢货”，那可能就要到 15～20 天。再加上从上海运过来，那就得要 20 天时间，再加上清关就得额外加 3 天时间。

好在主设备由老郑单独制作，绕过了排期、备货、抢货；至于配套的电源系统、线缆、传输系统、抱杆等辅料，安哲就准备直接从危地马拉 MIC 项目的备件库里挪货了。而为了节约时间，安哲升级为空运。

但这会给安哲制造出难题——由于新产品跳过了产品上市的标准流程，没有配置器、文档库、报价系统和发货清单等系统，他如今以

“拆单”方式走货，更是难上加难，要手工处理，例外审批，如刀尖上绣花。但他还是下了极大的功夫，提前找总部的各部门，一项项解释，就光是“发货清单”，安哲就得一个个零件、一根根线缆地仔细核对，确保给供应链下单准确无误，交接面上不出纰漏。

而研发近期也拼命了，每天工作 17 个小时，连续工作 7 天，这工作量一周就能抵正常的三周。所以第一批产品有可能正常交货，这样，第三周危地马拉一线就能施工，最后第四周到墨西哥 COO office 去汇报，可以赶上 8 月 14 日零点。

他接下去，就得兑现对老郑的承诺，在危地马拉与一线团队一起熟悉这未知的新产品，彩排如何加固电线杆，并避免“插花组网”的同频干扰，做好与客户的预沟通和备案。

说到一线团队的组建，安哲略有担忧，危地马拉办公室成立时间极短，是由一支交付 MIC 危地马拉子网的外包工程队转来的，员工的专业度、忠诚度不足，也对如何跟华兴就流程和文化的沟通并不熟悉，之前，一直是靠大量中方团队来牵引的，然而 MIC 项目交付完，中方已撤走了大半，仅在本地留下少数的中方运维。而 CEO 包总也欠缺经验，如果说这是一支足球队的话，危地马拉分公司是一支超级弱旅。

但形势逼着安哲必须成长为这支弱旅的队长，而作为一名队长，他得挑选出一个属于他的核心团队。

他还记得那晚 Jacob 在墨西哥机场时讲的三句话：

> “这事你必须一个人完成。”
>
> “我不能来危地马拉，来了就会暴露你的存在。”
>
> “你现在是 FRAN 唯一不知道的一支奇兵。安哲，你必须靠自己，你可以做到。”

Jacob 的这些提醒，让安哲意识到自己作为“小透明”的特殊意义——FRAN 的封锁太严，事业部的每一步帕特里克都能猜到，Jacob 和臣享等强悍的大人物，以及其他一线经验丰富的老员工，都正在用自己的肉身在拉美各地当靶子，吸引住了 FRAN 的火力聚焦，而安哲则是事业部中唯一处于隐秘战线的暗子。

Jacob 那番话是在“明修栈道，暗度陈仓”，想用障眼法迷惑帕特里克。也许，Jacob 期望的正是用最稚嫩的“小透明”，去抄了最老辣的帕特里克的后路!

安哲领悟了，他必须在危地马拉低调拓展，以免这里也被 FRAN 狙击。他看了看会议室外的办公区，此办公室组建短、人员杂，员工又与西电和 FRAN 或其分包商有着千丝万缕的关联，且不说商业间谍，就算是本地员工不经意间和同业人员闲聊，消息也会走漏，所以安哲的原则是不选在危地马拉招聘的员工做自己的班底。

他在人事列表里仔细查阅，有一个工程小组跃入眼帘，组长 26 岁的安德烈斯（Andres）是墨西哥籍，组里还有一位 25 岁的洪都拉斯籍员工和一位 27 岁的萨尔瓦多员工。三人都不是本地招聘的，而隶属于墨西哥地区部，是为了 MIC 集团在中美洲项目而抽调临时支持的，原计划三人即将在下个月调回墨西哥地区部。但他们的工程经验都不错，对危地马拉的需求场景和实践也有理解，完全能与客户就关心问题做深入交流。安哲决定就让安德烈斯三人小组，承担 20 个基站的核心工程。

然而，有一个环节是例外——物流。危地马拉人才能最懂本地的供应链资源，确保设备的特殊报关，以最快速度入库并转运现场。这恐怕只能交给本地的“大胖子”路德维希。

他走到了办公室的休息角，那里有台咖啡机，闲来有人会坐着聊天。他悄悄靠近路德维希，想探探底，“嘿，路德维希，我最近真有点累，危地马拉的咖啡豆够给劲吗？”

“我看你还得多做做 Massage 吧，Happy Ending 的那种。”路德维希是个开朗的肥宅，无节操地开着玩笑。

“别扯了，我可是说真的，你有介绍的按摩馆吗？我要正规 Medical 的那种。”

“Medical？哦，是女护士风啊，看不出来，原来你喜欢制服诱惑呢。”路德维希又从冰箱里开了一听啤酒，揶揄大笑道。

气氛很好，安哲也趁机套出他的话来，原来，路德维希之前并不在电信行业里，而是当地物流公司的员工，所以并没有走漏风声的风险。安哲悄悄把路德维希拉到一边，叮嘱路德维希须严格保密。路德维希点点头，胖子虽表面神经大条，工作却十分敬业，并还给安哲支招：如果想节省时间，设备只要不以整机进口，而是拆成零件，一件件走 DHL 的航空快件，就从海关必检改为抽检，有机会免清关，3 天报关能压缩为 1 天。

“太好了！”安哲很兴奋，一抬眼，发现坐在办公室另一头的老沃特，正看着他俩的交谈，然后老沃特又眼神闪避，迅速地把视线收了回去。安哲猛然意识到：老沃特是中美洲电信圈的活化石，他曾是危地马拉 Clara 前身 Telgua（危地马拉国家电信）的初代老员工，亦多年任西电的中美洲高管，这位老字辈在此地有丰富的人脉，他虽带着自己拜访了 Clara，可也反而成了最容易走漏风声的人。

怀疑的念头掠过安哲的脑海，沃特会不会……没错，最近沃特确实老在打探他的细节。

但事关重大，安哲处理得小心翼翼，自己也不似刚来时，现在，他很少透露项目进展。可安哲越不说，沃特就越想问，而最近沃特的眼神也越奇怪。

办公室两头，两人的眼神再次交会，这一次，安哲回避了老沃特。一层隔膜顿然产生在两人之间。安哲的内心五味杂陈，一面是内疚，不该把人往坏处想；一面是重任，自己不能出一点错。

接下来几日，安哲更加低调了，他甚至把自己关在会议室里，绝不出来，行踪和会议也不透露。这样，他渐渐疏离了这位曾一手带来机会的沃特。但没办法，低调才能胜利，华兴新产品的弱点就太多，客户给的 20 个基站的事更不能宣扬，获取 Reference 就像一叶小扁舟要渡过前方的飓风区，存在极大的不确定性，确实不该让太多人知晓。

可这一天，会议室外有一个人打开了门——危地马拉 CEO 包总笑着进来。

“小安，我们 8 月 3 日与 Clara 要搞一个大型的 Workshop，危地马拉 Clara 的 CEO、CTO、中层管理和基层工程师全都参加。这次是恩里克组织的，他真的是功不可没！这样，你必须得搞一个演讲主题，重点讲一讲这次的 20 个站的方案和目前进度。”

糟了，安哲皱起眉头，不知如何是好。他在这个会议室，并将核心团队小型化，就是不想让太多人知道自己在干什么。至于搞个Workshop去打动危地马拉Clara CEO，这显然是多余的，因为戈麦斯·李是能直接与墨西哥COO office五柱中负责中美洲大区的里卡尔多对接。恩里克想要搞个全员的大型Workshop，恐怕更像在与自己攀比较劲，怕自己真弄出业绩，而他先占位，用“大事件”来赢得上风。可实际上，戈麦斯·李是“写报告”，而Clara CEO早已不管事了，这样大规模曝光，只会南辕北辙。

“我还是不讲了吧，”他把包总拉到一边，“Jacob说过要低调一些，因为……”

“这怎么行，墨西哥地区部销售副总裁关忠也会过来支持，恩里克特意请他来进行高层互动，”包总一脸严肃地打断他，“关总还要和Clara CEO会面呢，你这次拓展很重要，方案要作为Workshop的重中之重去讲。”

安哲愣了，这不搞乱了Jacob给他的方向嘛，但如今的包总已变得强势起来。

安哲拨开百叶帘看向恩里克，而那个讨厌的墨西哥人也正观察着安哲的会议间。安哲放下窗帘，他听闻大家都对恩里克风评不好。可一个人水平越不够，就越须用贪功来保命。而恩里克很会搞中方上司的关系——听说每次地区部销售副总裁关忠来，恩里克都吃喝玩乐伺候好，关忠也很信任恩里克。而包总是从供应链职业转型，十分仰赖恩里克。此外，包总也知道恩里克和关忠关系好，更会听从恩里克的话。

“好吧。”安哲也没办法，现在，恩里克察觉了安哲有机会，就要强行参与，并加以主导，未来这就算恩里克的功劳。安哲十分无奈，身为销售，失落感常源于人家闻着肉味来抢食。

安哲乏力地走出小会议室，再次到休息区，冲了杯咖啡，便坐在窗边发呆。他嘴角啜了下，唉，又烫又苦。这时，他又感到背后的目光——那五十多岁的老沃特又在看他了，可安哲不敢回视，因为他心有一阵亏欠——自从他和Clara客户熟悉起来后，项目就全由安哲主导，因为猜忌防范而疏远这曾一手带来机会点的沃特。将心比心，安哲觉得自己对沃特，就像恩里克对自己一样，今天自己被夺走了成果，也是活该。

安哲手上的咖啡一口没喝，渐渐凉了。他正为自己的行为而忏悔，Clara 这 20 个站的突破机会，其实既非自己的，也非恩里克的，仔细想来，全是沃特在本地搞了大半年后，才搞出眉目的。安哲把冷咖啡一饮而尽，他压抑不住深深的歉意，想立即找沃特道歉，也希望沃特重新加入，帮忙想想办法。老沃特经验丰富，又能与 Clara CEO 对话，有他在，或许即便恩里克敲锣打鼓地大搞 Workshop，他们也能保障好 20 个站的低调潜行。

安哲深呼吸，鼓起勇气回过头，正要走过去。这时，办公室大门口忽然来了两个拖着拉杆箱的中方员工——MIC 事业部从卢森堡派了两个人来中美洲，他们专职负责 Tigo（MIC 中美洲子品牌名）。两人与沃特打了个招呼，便径直走向了包总的办公室，而恩里克也旋即坐进里面。

安哲走了过去，他听见这两人要求包总协助，派一位危地马拉本地员工，转入 MIC 事业部危地马拉分部，与他们一起工作。而恩里克也附议，要把沃特的人事关系转到 MIC 的新项目拓展。

安哲看了看不远处的老沃特，而沃特似乎早知道这个安排，低下头，不再看安哲了。安哲茫然地杵在原地，意识到沃特其实是想在最后时间里帮帮自己，而自己的道歉太晚，已超过了有效期。

“小安，你进来一下。”包总招呼着在门口的安哲。

安哲走进了独立办公室，卢森堡派来的两个人、包总和恩里克都坐着，而安哲已经没有座位了，只能站着听。

从欧洲来的两人比较资深，身穿西服，严肃得就像办案警察一样，他们面无表情地说：“你好，我们是 MIC 事业部，是要专职为 Tigo 客户负责的。”

“你们好，我是美洲电信事业部的，要专职为 Clara 客户负责的。”安哲尽量不露怯，他想好了，这次要把沃特再一次挖回来。

包总开口说道：“小安，我们刚刚聊过了，他俩会常驻下来，成为我们的同事。另外，为了配合 MIC 事业部在危地马拉的拓展，我决定让沃特转过去帮他们。”

“包总，但我正在美洲电信事业部拓展 Clara，我必须要人帮啊。”

“这事定了，危地马拉的人事安排，我来统筹，你要懂得合作包容。”包总的语气与以前不同了，如今，包总也开始逐渐兵强马壮，资源渐广，也不再像最初那样百分百器重安哲了。

安哲又看了看欧洲来的两个人，两个人一看到安哲的拒绝，就拉下了脸，像尉迟恭和秦琼两位凶恶的门神。没办法，来自欧洲片区的人，就是高人一等。而安哲只是一个拉美小员工，在这四个人面前，毫无发言权。

“危地马拉，你可以让恩里克帮忙。”包总说。

“哦。”安哲看了看恩里克，试图挤出一点讨好恩里克的笑容。而这一次恩里克也不再用眼角看他，第一次正面对视，只是依旧没有笑容。安哲又何尝不清楚，恩里克支走沃特的目的——这样恩里克就有了对 Clara 客户的绝对话语权。

见安哲服软了，从欧洲来的两人也故作缓和：“我们能理解你的工作，Tigo 的项目交付暂告段落，售后工程师我不跟你抢资源，但沃特会是我们的销售，我们要用他拓展新项目。我们也知道，他还想参与你 Clara 项目，但希望你可别动用我们事业部的人，做你们的事。”

“哦，好吧……”

“你先出去吧，我们几个还有要事要聊。”包总说。

安哲走出了办公室，步伐沉重地挪进自己的小会议室，麻木地对着电脑，操作着事务性的核对工作，可是精气神已经完全倒了。那种前几日的老郑给他的教诲，像是一泄而去。

直到晚上 9 点，员工们早已下班回去了。安哲走出会议室的门，想去倒杯水，却发现还有老沃特在加班。

安哲想打破几日来的沉默：“你怎么还不回家？”

沃特敲击着键盘：“女儿送去加拿大念书，不必照顾孩子的话，我就不急着回家。”

安哲还未婚，也不理解身为父母的家庭琐事，不知怎么接话。两人又陷入了沉默里，他也只好点点头，重新走回会议室，继续工作。

刚坐下，安哲一下就头晕了，大概是累了吧，他抬起头振作下，却越来越晕，就像晕船一样。他看到墙上的钟怎么斜了？再一看，东西都在晃动。难道，是地震吗？他从没有经历过什么叫地震，这和电视上的感觉不一样啊。

他毫无经验，完了完了，脑海一片空白，可他身处 17 楼，越高层晃得越厉害。

说时迟那时快，有一个人迅速地冲到小会议室，一把拉着安哲，从紧急通道往下跑，一口气跑到楼下——正是老沃特。

这时花旗银行大厦下，也站满了逃离的人，安哲在马路边喘着气说："你反应真快啊，我都没意识到，真是太危险了。"

老沃特安慰道："这在危地马拉很常见，每月都会有 2～3 次。要是睡在床上时地震，我才不下床呢，翻身继续睡，你别担心。"但他刚才也倒吸了凉气，这次摆幅挺大的，"安哲，我家住 1 楼，你住在高层时，记着有事就往空地跑。"

安哲充满着感激，前辈总是不太计较小辈的过错，他倒是感谢这次意外的地震，让两人打破了彼此的隔膜。楼下刚好有个日本寿司店，他便提议道："我们别加班了，吃个夜宵吧。"

一个 26 岁的中国人，一个 55 岁的危地马拉人，是寿司店最后的两个客人。

日本老板端上来两份金枪鱼刺身，安哲拌好了芥末："你刚说你把女儿送到加拿大了？"

"是的。"

"你觉得男人一旦有了孩子和家庭会失去自由吗？"

老沃特倒上危地马拉 Gallo 啤酒："男孩都不愿安定，我年轻时也一样，但是家和孩子都是上帝的礼物。过几年你就会明白，男人有了责任，才更有自由。"

"反正我很难想象啊，我挺恐婚的。"安哲吃着蘸着酱油的寿司。

老沃特终于笑了："你会变的。"他举起啤酒，两人终于碰杯，一起畅饮。

沃特渐渐说起自己的年轻往事，从女儿，一直讲到自己 20 岁到

50 多岁的人生变化，以及 20 多年的电信从业经验。以前在 Telgua 和西电，那时他在中美洲混得红红火火，只是后来中美洲随着拉美经济危机而严重下滑。他跳槽的西电科技，原本是在行业堪比 FRAN 的超级明星公司，甚至扩张速度和科技水平一度超越 FRAN，但因 2000 年后的信息产业泡沫后，股价暴跌，西电几任 CEO 为了稳定股价，昏招迭出，债务严重，已濒临破产而大幅裁员。这时，华兴来到了中美洲。

安哲认真地听着前辈的故事，善良慈祥的沃特实际上比他想象中的能耐得多，可这些人生的起伏际遇，也不是一个人的个人能力可以改变的。他知道沃特老了，在中美洲环境下要找同样好的工作很难，辉煌过的老男人原本需要体面，是不该屈尊的。但沃特却觉得为了女儿在加拿大过得更好些，他出来到华兴工作，还能为女儿做点事，反而也很有目标、很幸福。

安哲难受又愧疚，作为一个工作不到 2 年的新手，他却掌握着这位前辈职场尾端的价值感，一直不让沃特参与 Clara 项目。论本领，他远不及沃特，只因祖国正日新月异，公司也腾飞崛起，这才给了菜鸟一个大舞台。华兴走向世界的同时，也为中国新一代年轻人创造了跨越式的机会，让他放眼看世界，有了与工作几十年的老前辈对等交流的阶梯。

其实，他还在地区部时，听墨西哥员工不无羡慕地说：华兴的中方很幸运，这么年轻就能在全世界和不同的人打交道，做上亿美金的单子，而外籍员工都要比中方大上 10 岁。

两人聊到半夜 12 点，但都没谈及 Clara，这像双方一个尴尬的禁区。安哲能做的，只是陪着有些寂寥的沃特聊聊天。他也心知肚明，Clara 就是沃特印记最深的青春和荣耀，沃特还放不下 Clara。

“沃特，对不起，是我的错……”安哲终于忍不住了，他站了起来，无比愧疚。

“一个男人，永远不要对别人说‘对不起’。”沃特用着前所未有的严厉语调说道。

安哲一愣，人不都该知错就改吗？

“我在墨西哥培训时，见过你的上司 Jacob，你觉得 Jacob 会是一个道歉的人吗？我想，他是那种永远不会道歉的人。真正成熟的男人，要威严果断，他的道歉就像生命一样珍贵，只有一次，要用在最关键的地方。”

可安哲依然徘徊在自己的道德槛上。沃特看着这位后生，他印象里的安哲，技术很优秀，人也很善良，道德操守也总比前一代更高，愿意循规蹈矩、追求公正，但因此行动力反而弱了。安哲是一名好的士兵，可沃特觉得以危地马拉在目前内外的环境下，这是远远不够的，危地马拉需要的是一名长官，能随机应变，不达目的誓不罢休的征服者。

“你不该向我说‘对不起’，而是继续 Move on，你是危地马拉项目的 Leader，你要干的是承诺并做到，就像恺撒大帝说的那句：‘我来，我见，我征服’，而不是为沿路的花草而感伤纠结。”

安哲心生感激，沃特在自己刚来时就一直帮他，哪怕现在也不断激励着他。

已到零点了，日本老板出来鞠躬，说明要关门了。安哲抢着买单，被沃特压了下来，老家伙走去了结账台，回来时手里捏着一沓纸币。

“孩子，你之前做得很对，想要项目成功，就是要低调进行。你本就做得很好，而之后的事情也要靠你自己了。如今的时代，基站都是新一代的，机会也是你们新一代人的，我相信你能干好！”沃特拍了拍安哲的肩膀。

安哲却更愧疚了，沃特就像父亲一样，什么都不说，原来心里却什么都清楚，长者总是知道什么是正确的，又总在合适的时机把舞台让给年轻人。这样一个为这一行熬到头发花白的老前辈，被自己排挤到了一边，他真的不忍心。可餐厅灯关了，老板又在催客了。

沃特收拾好，他迟缓的动作看上去比实际年龄更老一些。安哲抢在他的前面为他开门，并召唤来出租车。

两辆出租车，一辆向东，一辆向西。沃特笑了笑，挥手告别：“对了，安哲，我觉得你再过几年，会喜欢孩子的。”

说完，沃特钻进了车里。危地马拉雨季的夜晚略有些凉，他搓了搓手，关上了车窗，可又忍不住从后视镜里，望向正目送他离去的安哲，这一阵子，他就是这样一直注意安哲的，因为安哲就像他在 Clara 上的接班人，他的一切举动都是希望在 MIC 事业部到来前，安哲能干成事。其实从去墨西哥培训那时起，他一眼就看出安哲虽然稚嫩，身上的潜质却像事业部两位大领导——既有臣享身上的专业洞见，也有 Jacob 的些许吹嘘感，还自带年轻人的天然进取心。这孩子有潜力，但需要磨炼。只是现在这条路，只有靠安哲自己走通了。

加油，年轻人，替我实现目标吧。

5

7 月 30 日早晨，臣享还没能在“麦哲伦－南极”大区设计出海事救援方案；Jacob 也尚未搞定哥伦比亚 Comcell 的 CEO 冈萨雷斯。

Reference，还没结论。

“这事你必须一个人完成。”

安哲在公寓里，一边刷牙，一边咀嚼 Jacob 的话。可产品缺、货期紧、工程难，恩里克捣乱，沃特也调走了。他也对接下去的事情没有信心。

“先生，我到了。”他的电话响了，是电调的出租车到他所在“千禧年”富人区楼下了。

按计划，安哲今天要跟客户戈麦斯 · 李见面，碰一下 20 个站的工期和任务。尽管安哲的麻烦事从内到外一件接一件。然而，这种事客户并不知道，也不能让客户知道。

在 Clara 办公室，安哲用 1 个小时，讲解了后续方案和计划，第一批基站预计 8 月 5 日到货，到货后立即组织安装。戈麦斯 · 李听着还算满意。

“你一会儿还有时间吗？”戈麦斯 · 李关掉了桌上的三块显示屏，“我还有两个新的需求，想带你去看看站点现场，你们能不能也一次性做掉？”

“好呀。”谁不喜欢新订单呢。

戈麦斯·李开着丰田车，带他去了危地马拉城两个最大的购物广场——Okaland Mall、Mira Flores Mall。他们开车在外面先绕了一圈，再勘测一下周边环境，然后两个人再进入商场内部。

“这些商场的室内信号不好，客户投诉很多，得要增加覆盖，扩大容量，”戈麦斯·李把安哲带到商场工作人员区，打开一扇门，里面机房空间很小，“可 Clara 现有的 2G/3G 宏基站太大，商场又说内部工作区不够，不给我新增场地基站。我只能在商场户外建站，从外向内打信号进商场，但室外信号遇到墙体和建筑结构，传播损耗很大，也满足不了在商场里高聚集性的人群话务量。”

戈麦斯·李用手比画着还未见过的小体积“分布式基站”，眼神充满了期待，“安哲，你能把华兴的分布式基站，也做一套‘室内覆盖系统’吗？”

安哲只是听说过“室内覆盖系统”，这种需求往往采用“分布式天线系统”，简称 DAS[1]。DAS 是用极长的粗壮铜缆做传递射频信号的传输介质，这些铜缆叫作馈线，像蛛网般顺着楼宇墙体和结构内部，将在商场机房里基站的射频模块与悬挂在商场各角落的天线，连在一起。不仅是商场，一般大型机场、医院、复杂楼宇都离不开 DAS。因为这些地方既要考虑美观，又要考虑信号覆盖，还得符合建筑结构。这是很专业的活，布设难度很高，就像给建筑物设计通风管道系统一样，得专业设计公司来做。

可安哲的知识来自于 PPT 材料，他从没见过 DAS 这么专业的方案。

“怎么样，你们的分布式基站能做吗？”

内外交困，新需求又超出了安哲已紧绷的能力极限。

戈麦斯·李皱起了眉头，也好像觉察出安哲的神情不对。虽然他急需引进一家新供应商，但若是一个没有信心的供应商，他也绝不会用的。

安哲纠结着：要不要说华兴没有那么强，只能做有限的一部分呢，他急得额头冒汗。这时候，要是沃特也在场就好了，沃特专业那么强，又深谙危地马拉的场景和话务模型，他要是在，会怎么样回复呢……

1 Distributed Antenna System的缩写，即分布式天线系统。

“男人不必向人道歉，遇到问题，他只要继续 Move on，不断向前、征服。”——老沃特那一晚的话再次闪现脑海。

安哲模糊记得自己的大队培训时，有一个展厅实习阶段，他见过展厅里有一个微缩沙盘模型，用以演示“分布式基站”对一套楼宇室内覆盖的仿真。这模型就像个玩具，按一下按钮，微缩大厦就会有一层楼亮起绿灯，表示“分布式基站”信号覆盖了这一层，再按一下又亮另一层绿灯。那时他觉得这挺神的，当客户参观时，他喜欢带客人来讲解这套模型玩具。只是他也听老师说，这技术只是束之高阁的概念品，仅供演示，理论上也许可以，但还没人这么干过。

“李，让我想一想。”安哲的语气像变了个人。

戈麦斯·李对这份变化感到有些意外，但却又不自觉地更加尊重起安哲。

安哲坐在座上，深吸一口气，沉心思考：现在，西安老郑团队给危地马拉开发的“All in 1”正是基于“分布式基站”的，虽然信号发射模块 RRU 是为室外设计的，但“室外型”可靠性比“室内型”更高，肯定能用在室内场景里。

他思维向下沉：传统 DAS 系统最本质的，就是用铜缆做传输介质，像一条条神经一样，穿梭遍布于整个大楼的各个角落。而布放在商场工作区的“室内型”基站，其射频模块的信号，凭借“铜缆神经”，链接到远端分散于商场各角的天线，DAS 就形成一个“铜缆神经网络”。

而“分布式基站”与传统基站不同，但也有一种类似蛛网结构——原先属于基站内的射频模块 RRU，脱离出基站躯壳，这样射频模块 RRU，就直接与远处的天线放在一起，省去了长长铜缆。这个被拉远的模块则用一根细细的光纤，与基站“本体”来连接。

他闭上眼睛，想象着：分布式基站的 RRU 模块与本体，可以级联，可以串行，可以环形，可以星形，可以树形，可以麻花，也就是一个基站“本体”能控制大量的 RRU 模块。其扩展能力理论上无上限，就现在书面表示的单板规格，就能达到 72 个 RRU，一个基站连这么多的 RRU+ 天线，甚至比 DAS 还要灵活。

基站既能“灵魂出窍”，一跃千里，万炮齐发，又有无数根“风筝线”牵锁RRU。分布式基站就像一个长着无数只手的千手观音，而每个手都是能无限伸长的感知体，其扩展能力、感知力、操控力强于传统的DAS系统数倍。

光纤取代铜缆后，信号损耗极小，成本极低，而且光纤比铜缆细得多，因此工程会很简单快速，墙体开洞极小，甚至无须沉重的管道“暗线”工程，直接走“明线”，因此信号四通八达。

“没问题，我们可以做。”安哲睁开眼睛回答道。

“我们一个基带BBU[1]能串并联36个射频模块，2个基带串联，那最多可以是72个模块，就像积木一样自由拉远、无缝拼接和延展，很灵活，你哪里需要覆盖，基站可以指哪儿打哪儿。”安哲一边清晰地背着产品规格，一边画着蛛网一样的网络拓扑图，柔韧组合得像乐高玩具，能适配任何建筑结构形态。

“Dios Mios（我的神），这不就是我要的产品吗！”戈麦斯·李振臂大呼，像是终于找到新大陆，他眼睛里有了光，更流露着满满的信任，“走，我请你吃饭！”

时间不多，两人只能在FOOD COURT吃快餐，边吃边商谈，客户认可了安哲的洞见能力，谁料一波刚平，一波又起，戈麦斯·李冷不丁又改了个主意，横生出一个新要求：

“我还有一个地方——危地马拉的旧城安提瓜（Antigua），车程一个小时，世界历史文化遗产，那里也有个难题，我觉得你还能帮我再看看。”

今天又在繁重苛杂的任务之外，增加室内覆盖的新工作量了，已经很麻烦。安哲的时间不多了，他真不想去了。可热情的戈麦斯·李像是认准了他，让他没推托的余地。

车开出城区，一路上山清水秀，蓝天白云。安提瓜在西语里是“过去”的意思，这也是危地马拉旧首都的意思，几百年前一次大地震后，安提瓜全城倒塌，首都就迁址到了今天的危地马拉城位置。

高速路通向了潘乔亚（Panchoy）山谷，当车经过一处转弯的盘山

---

1 Base Band Unit的简称，即基带。

道，戈麦斯·李忽然停下了车："安哲，你瞧那边。"

他跟着戈麦斯·李下了车，眼前是三个大铁疙瘩。

戈麦斯穿着白色的 PoLo 衫，衣服上印着 Clara 的红色 Logo，而这三个铁疙瘩前面也有同样的 Logo。

"我每次来安提瓜，路上都会遇到这个站点。这个站点有 3 个基站，一个是西电的 900MHz 的 2G 户外型宏基站，一个是西电 1900MHz 的 2G 宏基站，还有一个是 1900MHz 的 3G FRAN 户外型宏基站，底座下是供电，后面有一个拉线铁塔，几根粗大的铜缆馈线从底下连接到铁塔上的天线系统。"戈麦斯·李对这个站点如数家珍，"以前，这里只有一个 2G 基站，现在为了放下新基站，我把防盗的铁丝围栏都拆了——设备实在太多，没空间了。"

安哲看了看，2G 和 3G，双频三网，全是相互独立的系统，如果不能"All in 1"，实在是浪费太多资源。

"占地太大了，我以后很难拿到土地批文，也就无法补信号盲区或扩大数据容量，但未来 Clara 和 Tigo 的市场竞争愈演愈烈。"戈麦斯·李在山弯处眺望前方，"再往前面，越靠近安提瓜，人越多，基站占地空间反而越小，这个站点的空间已经是最大的了。"

面对这样陈旧的产品，他无可奈何，他很多次向供应商发出产品需求，可危地马拉是一个 1000 多万人口的小国，经济落后，毫无存在感，甚至在国际新闻里都找不到，偶尔出现却只因为天灾或是国际政治玩笑，谁都看不上。戈麦斯·李那微小的声音，被西电和 FRAN 轻易地过滤，就像小石子扔进大湖，没有一点儿回响。

戈麦斯·李回头凝视着站点，发出一声咳嗽，像是叹气。他双手叉腰，胸膛明显一波起伏，弓起的背脊像被什么东西压着。

安哲有一丝同情，面临竞争对手 Tigo 的侵略，戈麦斯·李全力防守，可始终呼唤不到供应商的武器，而上峰却空给目标，毫无支援。身为守将，他在绝望中，已不得不耗尽仅有的资源，用土法造防御工事，甚至快徒手搏斗了。

"嗯，你怎么这么严肃？"戈麦斯·李很快又恢复了笑容。

"没有啊。"安哲掩饰着，他挪开视线，仔细看这 3 台大基站。这其实也是安哲第一次看见 PPT 外的真实站点。

两人重新坐回了丰田车里，戈麦斯·李继续开车，一路说说笑笑，也没有什么抱怨。安哲对戈麦斯·李起了几分敬佩。没有一项任务是简单的，谁都生活在进退两难中，但戈麦斯·李没有放弃职责，哪怕厂商的冷漠、上司的无知、他一直不停想办法，并在耗尽资源前，勇敢地尝试走一条新的路线——与华兴沟通！明知美洲电信总部反感华兴，但他哪怕踩到采购流程中越级的“灰区”，哪怕华兴在危地马拉不成熟，但戈麦斯·李愿意在边缘上冒一把险。

一阵凉爽的山风刮进车里，安哲感到了自己在公司内的怯弱。

又开了半个小时，终于到了安提瓜，这有残垣断壁的危地马拉大教堂，旁边是一个“国工广场”，周围是众多的方济会修道院、神学院、隐修院、礼拜堂，以及一所旧式大学，广场四周有棋盘状的街道，石瓦街道很像欧洲旧电影里的美洲殖民城市。

安提瓜，也就是危地马拉旧城，这曾是西班牙殖民时期的中美洲军事中心、宗教中心和行政中心，地位等同于总督时代的墨西哥城和秘鲁利马，一度十分繁盛，“新西班牙征服者”科尔特斯总督曾在此长期建设，成立都督府，管辖大中美洲地区。

戈麦斯·李绕着小城中心找停车位，这里私有房产是红色的，而公共场所的房子则涂上了黄色。西班牙殖民式的街道上，拱门风格采用了罗马帝国遗留下的风格，建筑的螺旋圆柱则雕琢了华美的巴洛克风格。安哲看着这个美丽的小城，充满了像欧洲一般文艺复兴的味道。

“车位真不好找。”戈麦斯·李又绕了一圈，上街沿都画着黄线，示意禁止停车。

戈麦斯·李只好把车停在外围，两人步行进入，他一边走，一边指着这里的残垣断壁：“安提瓜周围有火山，以前每 100 年就有一次大地震，18 世纪的大地震后就被废弃，在旁边新建了今天的危地马拉城，但这反而让安提瓜最大程度保留了当时的原貌，成了世界著名遗迹。”

安哲这才明白，刚才车辆禁停，正是保护着安提瓜的历史风光。

两人穿梭在小城中心，国际游客很多——因为安提瓜的西班牙语发音最优美，且物价便宜、风景优美，它成了欧美人学习西语的短期游学胜地，因此这些游学生活的欧美旅客的话务量很大。作为美洲电信这样顶级的跨国电信集团，Clara品牌必须服务好国际客户。

戈麦斯·李带着安哲，让他探察了一圈，最终两个人走到一片遗迹构成的一个酒店。酒店像是以修道院改的，旁边有一个长长的古罗马高架引水渠，并通向一个罗马喷水池。这里，夕阳残垣、石柱雕像，青草艾艾，不少游客驻足，而危地马拉情侣正在拍婚纱。

“美吗？”

“真美！”安哲看着夕阳，不禁赞叹，他曾在中东地中海边的黎巴嫩出差，看到过当年罗马行省的遗迹，现在没想到能在远隔万里的美洲也见到同样风格的建筑遗迹。

“但新规定，历史文化景点里，政府不允许基站破坏景观协调性，所以，我想试试看‘伪装基站’。你们的分布式基站小巧灵活，可以做设计改造吗？”

伪装基站，便是把基站改造为融入自然的样子。比如在海岛的基站改造为棕榈树，在城市里改造成烟囱，不伤害环境。这便是戈麦斯·李面对游客话务量激增和环境保护的矛盾，他接招后的一个新对策。

可这需求超过安哲的能力。安哲听说过伪装基站，但那必须是高度定制化的设计，而深圳发货过来的都是标准产品，危地马拉一线谁来设计，谁来做，费用怎么走，他都不知道。

“你再看看这个，”戈麦斯·李拿出手机里的照片，在像《古墓丽影》里的茂密丛林里，有一些玛雅式的金字塔，“这是在北部的佩滕省，玛雅文明发源地——蒂卡尔（Tikal）金字塔群遗迹。游客很多，我也想做伪装基站。”

安哲的专业性今天刚得到客户的认可，现在要是拒绝，岂非前功尽弃？但他还是道了歉：“对不起，戈麦斯，我也不知道。我们没有一线设计能力。”

戈麦斯·李有些意外和失落，但很快调整过来：“没关系，我额外追加你们10个基站的订单。先试试看，只要我们有一个成功了，就证明这是可行的。”

“可你实验都没实验过，就追加？我怕让你失望。”

“先做起来再说！”

“谢谢你那么信任我。”

“不要道歉，也别谢我。干好就行了！”

回“千禧年”公寓的路上，天色已经渐暗了。安哲比来的时候要更沉默，有些已有无数的难解之题，还不断催生新问题，20 个基站，西安团队都吃不下，现在还再加 10 个复杂的新需求，作为销售的安哲竟不想再要订单了。

戈麦斯 · 李开着车，话也不多。一年多来，Clara 与 Tigo 的竞争中，Clara 历史包袱沉重，不断落于下风，而政府掣肘很多，大量 Clara 用户正“携号转网”流向对手 Tigo。目前，危地马拉 Clara 流失率已在美洲电信集团内排第一，戈麦斯 · 李早已决定，绕开无所作为的 CEO 和毫无察觉能力的 COO office，放手一搏。

安哲这稚嫩的水平，戈麦斯 · 李又何尝不知道呢？这孩子肯定不是华兴最资深的产品经理，但戈麦斯 · 李早已习惯于在失去最优准备下打仗。没有条件，他就创造条件。他不在乎安哲的起点，是人就总会进步，事情也总能优化。今天在 Shopping mall 里，他对安哲专业上的进步刮目相看。但这不是他最看重的。

他更希望一个能和他一起镗进冒险之旅的合作伙伴，一个能像他一样，不惧风险、果敢、手段灵活、并勇于任事的人。他深知供应商内也有阻力，所以安哲在华兴内也困难重重，他希望安哲能与他一起，并肩顶住压力，而不是像 FRAN 和西电的客户经理那样，只是来“表演”的。

“再见，那我们 3 天后，Workshop 见。谢谢你送我回来。”车到了楼下，安哲打开门下车，低声告别。

“好，再见，安哲！”

距离第一批基站到货还有一周时间，戈麦斯 · 李向副驾位置，看着安哲上楼的背影，自言自语道：“I’m all in you and I’m all on you!（我全押你了，我全靠你了！）”

6

目前首批基站到货在8月5日，但能否准时到并顺利实施工程，获得合同Reference，将关系到事业部能否在8月14日零点前拿到4G最后入场券。这几日，安哲奋力地协调着新方案、项目计划，累得不眠不休。

然而横亘在安哲面前的最大麻烦，正是恩里克和包总的Workshop对“暗度陈仓”的计划曝光，而遭到FRAN的阻击。

8月2日上午，大型Workshop在古堡酒店，Clara大批客户已经依次入场。恩里克在门口特意安排了巴西和委内瑞拉的女模特，火辣的姑娘们要负责与Clara工程师合影，拉高愉快的迎宾气氛。还有两位美女专盯CEO，一见Clara CEO来了，就主动上前进行亲切的贴面礼。

安哲今天换了一身西服，等在酒店门口，他看了看手表，另一只手捏着会议Agenda，就快轮到他上场了，他有点犹豫。包总要求他的压轴演讲主题，是针对Clara的具体方案和施工计划。

他手心出汗了，倒不是因为演讲。他从学生时代起，功底就很好，大场面上用英语演讲是他的拿手好戏，但今天可不该暴露20个站的方案！他跟包总反复解释，但包总不同意，说要听恩里克的建议。

安哲决心去做最后的沟通，能否改换Agenda。此时，墨西哥地区部的销售副总裁关忠从机场到达会场了，在恩里克的陪伴下一起入场。关忠当过国内省公司总经理，又任海外大国CEO，经验丰富。然而，恩里克与关忠的关系极好，亲自去机场接机，恩里克一路陪在关忠身边，两人谈笑风生。包总也连忙迎了过去。

一切让安哲没有了沟通的机会，看着关忠频频对恩里克的点头满意之情，安哲一位基层小兵，再怎么也不敢惹毛地区部二把手。

在关忠的背后，还跟着一行人，安哲认出来，那是商业咨询部同事阿秀他们。他意识到，恩里克为了把活动做大，不仅要求关忠配合，还特意让关忠调动地区部资源助长Workshop的声威。

上午10点整，Workshop开始。恩里克主持会议开场，包总跟着致辞。包总英语不好，气场也差，在Clara高层眼里，这显得像个能被恩里克操纵的傀儡。一个中国公司的老总如果被外方捏在手心里，在海外就会被客户视为能坑蒙的冤大头。

安哲的主题在 10 点 30 分，他就坐在关忠的身边，他想跟关忠说，可他不敢，因为关忠的另一边正坐着恩里克，越级汇报恩里克会记仇的。矛盾啊，可安哲已“箭在弦上，不得不发”。

“一会儿轮到你的时候，你可要好好展示方案。”关忠对安哲轻声说，他也察觉包总的问题，可他要到下午才与 Clara CEO 有私下会面。所以，现场扳回印象的人就是安哲。

“哦，好的。”关总开了口，安哲就更没商量的余地。

他借故上洗手间，跑到门口，心神不宁地掏出烟，想抽一根减压。但外面风大，点不燃。这时，他接到了一个从哥伦比亚打来的电话——Jacob 已经得到 Comcell CEO 冈萨雷斯的支持，正带队进入反政府武装区的卡克塔省，做 36 个站的偏远覆盖。

“安哲？”

“于总！于总！”安哲兴奋地扔掉刚点着的烟，就像找到了救命稻草。经历了这一切，他才能感觉 Jacob 在雷厉和果敢之下，是极度不易。

“你这里怎样了？”

“哦，我跟您汇报下，”安哲有太多的话想说，这几周的困扰太多了，到处埋雷。上一次，Jacob 消解过他的困惑，但迷茫又如病灶复发，令他瞻前顾后，祥林嫂般地诉说种种两难境地，只希望 Jacob 能告诉他世上的两全方法。

“信号不好，我听不清，”Jacob 意外地严厉训话，“安哲，我不知道你说了一大堆乱七八糟的是想表达什么？你是要我来替你工作吗？”

安哲被训蒙了。他已经够难了，也够拼了，难道还做得不够好吗？他被骂得自卑起来，甚至认为自己的犹豫天性不适合做销售，自己永远也成不了 Jacob 这样的人物。

“世界从来就是在两难中前进的，没有一种选择是 100% 绝对真理，你做不到，我也做不到。但世界又是很公平的，想赢，就注定会付出等量的代价。

“我知道你很想变成我，那我就告诉你我俩的差距——我跟你的最大区别，不在于谁更有知识经验，谁更精于分析，而在于我比你更有决心、更敢进攻，也更不惧怕自我牺牲。现在，是你在危地马拉一线，其实你比我更明白什么才是对的，所以，我很难替你决策，我更要相信你的判断。如果你知道怎么做是对的，你就该毫不犹豫地扑上去，但要是你感到了怕和犹豫，其实那一刻你已经输了……”

是啊，自己想成为英雄，但又不敢打破世上的平衡，想拥有战斗的快感，却不愿意带去伤害。瞻前顾后，这样，是干不出来的。

信号变得嘈杂了，听不见了——Jacob 已进入了无信号区。

安哲听着那空灵的声音像是宇宙电波。然而，他却顿悟了什么。从西安研发的老郑、到五十来岁的老沃特、再到 Clara 的戈麦斯・李，哪个不在黑白之间的灰度中大胆决策？他们的手脚都被各种规矩绑着，但却都有敢于在边界上突破的勇气。

“危……马……拉就……交……你……了。”这是 Jacob 最后的声音，电话中断了。

一切靠不了别人，自己的事还要自己解决。

“你怎么还不进去？”从墨西哥过来支持 Workshop 的阿秀正四处找他，“到你了，包总急得上火，关忠要骂人了！”

“马上来。”他走进洗手间，用凉水冲洗着脸，收拾领带，重整仪容，看着镜子中的自己，幡然醒悟：危地马拉虽小，但绝不能放弃。现在 Jacob 和其他人正面牵制着敌人的主力，而危地马拉却是一条无声无息的胡志明小道，能包抄敌人后路，万一其他人失败了，他就成了唯一的反转牌。所以，自己不能依赖别人，而是别人都得依赖他。

会场大厅的门被推开，他在包总、恩里克和关忠的不满中入场，虽然他已无法更改 Agenda，但他决定推翻原定主题，不碰本次的提案，以避免提前泄露秘密。

但原 PPT 已拷入了演示电脑，安哲短时间来不及寻找一篇合适的 PPT 去替换。他只能从后方进入操作台，找操作电脑的阿秀帮忙找新主题，阿秀心急火燎，鼠标疯狂地点击，依然没找到合适的主题。阿秀的心脏紧张得怦怦跳，而台下也开始躁动了。

“这家伙是怎么了？”关忠耳语着包总。

“我们请安哲分享下一个主题。”台上的恩里克催促着安哲。

阿秀在操作台丧气地摇了摇头，看来只能打开原PPT了。

安哲抬起头，登上了讲台，环视了台下一周，沃特今天特意赶来，Clara客户工程部的戈麦斯·李和维护部的哈罗德，他核心班底的安德烈斯小组也在，大家正期待着他。他抬头看了看投影幕布的介绍，自己只是个初阶员工，上面夸大为部门副总监。是的，他得负起一个“总监”该有的担当。

他暗暗深呼吸了一口气，向阿秀使了眼色，示意她不要翻页。

“各位，我叫安哲，是拉美无线部门的副总监，今天是华兴与Clara第一次在危地马拉的正式见面。我想换一个轻松的主题，因为大家还不熟悉中国，也不熟悉华兴，所以我就想从几个有趣的故事开始，先加深彼此的了解和信任，也帮助大家先认识华兴是一家怎样的公司。”

他在大学里就有演讲功力，开始脱稿演讲。他把在大队培训时听到的华兴大历史，在一二营培训时打探的销售传奇，在深圳支持海外项目的经历，以及和海外员工回国聚餐时讲起的奇遇记，糅杂一起，变成了一锅可口的“故事烩”。故事从1990年讲起，覆盖全球各地的地缘文化区。而其中一个故事，正是Jacob的故事，那是华兴最早拓展的艰难。

台下坐着许多Clara的工程师，平日都与技术打交道，他们倒更愿意先听安哲讲段子。客户们听得津津有味，都忘记了原主题。只要有趣，谁又在乎这种形式化的Workshop上讲了什么呢？

所有外籍员工和客户笑声、掌声和互动不断。他们是第一次听到华兴的神奇故事，产生了好奇与好感。而老沃特和戈麦斯·李也都心领神会，无声地赞许着安哲的机灵，也更相信这年轻人能带来变化。

演讲结束了，安哲坐回阿秀的身边，阿秀指了指那边，关忠和恩里克正非常生气地怒视着他。而包总悄悄出门，给安哲打电话责问。

安哲直接掐掉了包总的电话。

“你今天脑子里是不是有痰？”阿秀用不解而又嘲讽的口吻。

“有吗？”安哲鼻子里发出一丝自信的轻笑，“我才是这个项目的负责人。”他低头对阿秀耳语，“你一会儿讲的主题，不要再讲给

Clara 做搬迁西电基站的成本收益分析。”

“这……”

“不要怕事。”他这话像是说给阿秀听的，也像是说给自己听的。

安哲又找到了自己核心小组里的安德烈斯，也帮他们调整了演讲内容。

全天 Workshop 结束时，已是傍晚，酒店外搞起了户外 BBQ 派对，Clara 的客户对华兴的能力有了了解和好感，双方在美食、美酒和音乐下，氛围很不错。但安哲和恩里克似乎已是泾渭分明，两人在草坪上擦肩相视，微笑中带着敌意。

而关忠、包总也对安哲的举动大感不满，两个人在派对上只能欢笑应酬，待回去后再收拾不服管教的安哲。

晚宴结束，包总开着 SUV 过来：“安哲，我带你回去。”安哲一上车，发现后排坐着关忠和恩里克，一路上车厢里无语，气氛十分压抑。

“千禧年”公寓里，四人坐在包总的房间，开始“谈心”。

“你怎么能讲这些，原定主题呢？”

“我们不得不低调。”安哲解释着。

“放屁！低调怎么打？”关忠今天很生气，而且他走惯高层路线，不信戈麦斯·李和安哲能“自下而上”地搞定整个突破计划。

“我听你说了很多次，也批评了你多次。”包总迎合着。而恩里克在旁边冷眼旁观。而安哲人微言轻，解释都显得苍白。

关忠说：“明天，你必须再次去给高层作交流！”

三人成虎，既恐吓又疏导，批评持续了 2 小时。夜已深，安哲不得不做出承诺后，才被“释放”。可当他在电梯口时，却看见恩里克带着关忠出门夜生活了。

安哲摁着向下按钮，一个人在电梯里想：今天只是拖延了 1 天，但离 8 月 5 日第一批到货还有 3 天，躲得了 1 天，躲不了 3 天，现在已经得罪了大领导，可明天地区部副总裁亲自压阵，那该怎么办？

8 月 3 日，安哲根本没出现在办公室——他带着他的小团队集体旷班了。关忠一个人都找不到！这一天起，安哲决定放弃一切官僚主义的束缚，听从自己的内心，冒着风险，奋力一搏。而这一切都是源于前一晚，他彻夜反思 Jacob 电话的那番训斥。

正是 Jacob 对于自己这样不自信的新人，用委以重任的方法，逼迫安哲激起斗志。现在是最关键的时刻、最关键的地方，Jacob 敢于顶着肩上全事业部巨大的责任和风险，放弃亲自来最有机会的危地马拉，像一位伟大的篮球教练在“赛末点”一样，创造空当机会，把球传给自己这个新人，让自己去完成球队翻盘的“最后一投”。如果 Jacob 主导的这一战术失败，可能会对安哲自己一生产生重大影响，但如果成功，也会让安哲彻底涅槃重生。可 Jacob 却选择坚信他，那份托付给安哲所需要的勇气、智慧和信任，也是安哲生命中从未见到过的，让他深深感恩。

安哲从小就被父母教育要去获得认可和嘉奖，他还算优秀，总能在能力范围内获得出色的认可，但也因此，他学会了逃避可能导致失败的困难。安哲从没有、也不需拼尽全力去战斗的经历，更没有师长指导过遇到这些困境怎么办。这让他总会轻易地放弃，尽管他也知道有些事逃不掉，但他还是本能地逃避。

但 Jacob 的训话惊醒了他，自救之路，就是要接受自己会输，然后置之死地而后生。Jacob 不也输吗？但输了又怎样，不是还响当当地站直了吗？所以人生本当如此，也许自己会输，但自己不会永远输下去。

这样，有朝一日，他就有希望成为 Jacob 这样的男人！

花旗银行大厦附近的停车场，安德烈斯的核心小组几人正不解地看着这位“小领导”。安哲停止了思考，回过了神来对大家说：

“我们准备得已经差不多了，再过 3 天就要正式开工。到时候大家也许会几天都不能睡觉，所以今天，我们放松 2 天疯狂地玩，然后再玩命干。大家不用担心包总，玩的费用我全出。我只希望我们兄弟几个最后能一起并肩，全力战斗！”

“Amigo，Amazing！我就喜欢这样工作。”年轻的安德烈斯，把戴着的帽子往后一歪、墨镜夹在了额前兴奋起来。相比安哲之前事无巨细的领导风格，现在三个小伙伴更喜欢起安哲的这份率直和勇气。在安德烈斯的一脚油门下，车风驰电掣地开出停车场了。

车开过城区，安哲的手机正不停震动，是领导们的电话轰炸，但他就是不接。他看着风景飞逝，不断深呼吸调整着不安的情绪。但他始终试图向安德烈斯几个拉美人学习，暂时放下工作，与他们一起放声大笑。

这时，阿秀打来了电话。他方才接了起电话——“安哲啊，领导们不知道我给你电话，但是我得告诉你，他们要气疯了。”

他不接这一茬，说起另一件事：“西安会派来几个老郑小组里的研发兄弟，明天会到，我不在，靠你多照应了。”

在办公室里的阿秀悄悄瞟了眼抓狂中的包总：“你确定要这么干吗？”

“是的，我带安德烈斯他们出去，先激励一下他们，给他们加满血。抱歉，这次把你也害了，等项目搞定了，我请你去蒂卡尔金字塔。”

阿秀转过身，避开狐疑的恩里克，用手捂住话筒道：“好啊，你说到做到哦。”

四个男孩白天去城郊的彩弹俱乐部，又去了甘蔗种植园喝朗姆酒，最后到靠近萨尔瓦多国境线的太平洋黑沙滩，玩得心满意足。安德烈斯问：“明天是最后的疯狂，你打算去哪儿？”

安哲想起在安提瓜的时候，戈麦斯·李带他看到过一座海拔2400米的活火山，安提瓜曾经的大地震正是被那座火山的喷发所摧毁的。戈麦斯·李说那也是危地马拉的“神山”，爬上火山山顶，见到岩浆的人，都能梦想成真。

“明天去Pacaya火山。”

8月4日，年轻人组成的团队，出发开向了Pacaya火山，在山腰处，他们必须下车，换马上山，男孩们唱着歌，向着被黑曜岩覆盖的活火山进发1个多小时。路逐渐陡峭，甚至需要40度坡从小径上攀登。这会儿，火山山腰还热得出汗，但随着海拔升高，冰冷云层飞速飘来，男孩们浑身颤抖，但过了这一段，冰冷的云层都已经在脚下了。

到了最后一段登顶之路，向导说，马儿已不能再向前了，因为脚下全是彻底的黑色粉末化的火山灰，地基太松软，马无法发力。向导给了他们几根木棍做登山用，四人一步步攀爬，十分费力，脚上根本吃不住劲，而空气也冰冷而稀薄，呼吸也变得困难，实在太累了，而气温正飞快下降，逼着人随时想放弃。

大家喘着气，安哲抬头向上看，乌黑的山顶盘踞着一大片冷云，正高速旋转。向导说这团云常年都在山顶，想上去，就必须穿过这团像魔鬼一样的冷云，而且这样的冷云不但冰而且风力很大，你们还要不要爬？

“Move on，继续向前！”安哲大口呼吸着，双脚却快抽筋了。

几个人走入了冰云之中，山下还是艳阳，这里已完全浸在阴霾中，能见度迅速下降，安德烈斯走在他前面，拉美汉子虽然健壮，但也被吹得浑身发抖，睁不开眼睛，他不得不把卫衣的帽子戴起来，行军的速度降了下来。

“坚持一把。”安哲鼓励着打退堂鼓的伙伴，他一边加速坚持行军，一边开始唱歌，点燃了士气，大家与他一起大声高唱。冰冷的狂风中，他忍着刀削般的寒冷，大步地走到安德烈斯的前面。在队伍最前方，他引领着伙伴继续前进，征服这座神山。这时，冰褶子和冷风都吹进了他的嘴里，但他继续放声高唱。众人的歌声断断续续，忽高忽低，但始终保持着稳定的节奏感，如果停在下方的马儿能有灵性，一定觉得是 Pacaya 山神在显灵吟唱。

此时，他们已经接近了火山最上方。冰冻的云在他们身边打旋，脚下的地面却已从松软粉末，化为黑色的黏稠流体——那是半冷却的熔岩，呈现着流动的痕迹，而这柔软的土地间有裂缝，下方竟透射出了火红色——熔岩和岩浆就在这层薄薄的地表下流淌！

Pacaya 的山顶不是常规的火山湖，而是沸腾中的滚烫熔岩汤。

这是他第一次亲眼见到了活火山的“血液”。安哲的鞋底都有了煳掉的味道。向导在他们身后问：“还上去吗？”身边刮过极寒的冻云，脚下不时会蹿出炽热的烈焰，火山正发出这冰火两重天的咆哮。

“走走走！”安哲带领的几个年轻人，虽然累得有些虚脱，但却毫无惧色，反过来还狰狞大笑，仿佛嘲笑着大自然，非要和 Pacaya 火山死磕到底。

终于，一盆巨大的熔岩汤暴露在火山口，壮美而华丽。大家也都是第一次看到活火山的壮丽，他们征服了这座火山。

“我们迟早得在山上也插一座基站！”安德烈斯高举双手，欢呼得像一位斗牛士面对一头公牛，“等它下一次再发怒的时候，基站就能通知周边的百姓避开。”

安哲站在山巅，果然征服神山的人都能美梦成真，现在士气就很旺，而他这次不仅要激活队伍，更是为了向关忠、包总和恩里克亮剑：虽然自己级别最低，但这项目掌握在美洲电信事业部的手里。所谓将在外君命有所不受，一切暂时自己说了算，若要砍安哲的头，也得等做完项目，拿到 Reference 后，任凭领导发落。

大家下了山，迎接他们的是向导的小女儿，她难得见到一个中国人，好奇而腼腆地向父亲提出了请求：“La foto?（西语：可以拍照吗？）”

安哲拉起孩子，喊着“Patata”，并咧开笑容。小女孩心满意足地拍完后，忽然跑回自己简陋的木屋里，给他拿了一个小纸盒。安哲打开小盒子，里面有 12 个火柴般大的娃娃，个个穿着玛雅人的衣服。

“她说她看你刚来的时候好像有心事，所以给你这个，”向导翻译起女儿的话，“这是我们玛雅人的‘烦恼娃娃’，你睡觉前打开盒子，把烦恼告诉娃娃，娃娃们就会在你睡梦时把烦恼带走。”

chapter 2
危地马拉（下）

1

8 月 5 日凌晨 1 点，研发的第一批基站组件，通过深圳供应链以特殊渠道发货，空运到达危地马拉城，而危地马拉供应链负责人路德维希彻夜跟踪清关。

凌晨 5 点，物料以急件方式，抵达了市郊仓库。安德烈斯清点物料后装车，外包施工团队已经就位，准备施工。

同时，安德烈斯带着所有家伙，但唯独把“All in 1”的射频模块 RRU 分拣出来，让司机送回研发派到一线的三位工程师那里做二次检查。

三位研发人员在阿秀的后勤保障下，已抵达“千禧年”办公，他们选出无故障的 RRU，再让司机送回各个施工现场。

早上 6 点 30 分，太阳初升，安哲已经与客户坐在了一起。

戈麦斯 · 李对这个工程无比认真，和 Clara 网络运维总监哈罗德一起，穿上工程服，头戴白色 Clara 帽子，开着工程车，像一线工程师般亲自上阵监督，协调各部门通力配合。Clara 在这任 CEO 管理下，已无法与 Tigo 等新锐竞争。这一仗他们也一定要赢。

安哲拿出图纸，这些图纸对第一批 20 个站的选址顺序做了调整：

第一、二个基站，在 Okaland Mall 和 Mira Flores Mall，解决城中

两大高级商场的室内信号覆盖；

第三个基站，“千禧年”豪宅区，用电线杆抱杆安装，解决高档小区信号弱——高档小区不批建立基站，但用户又投诉信号差；

第四和第五个，在全市最繁华的 Zona Viva 的 CBD 区和“枫丹白露”精品购物区，解决数据容量不足。

他的选址有了明显的新特征：人流集中的商业区和富人住宅区。因为高端用户的满意度有着较高的影响力，是 Clara 最须要保住的。然而，这些高尚街区的土地许可又最难拿，这个矛盾正是 Clara 的核心痛点。但之前，安哲怕技术和工程风险高，不敢碰这些站点，一直压在后面。

现在，他主动把最难的调到最前面，首战就啃硬骨头。这倒给戈麦斯·李对华兴有了极大的并肩作战感，更让戈麦斯·李振奋的是，在紧接着的第二批基站计划中，安哲决定进入世界文化遗产——安提瓜，并承诺将为 Clara 设计“伪装基站”。

甲乙双方同心协力，但得避免 FRAN 的阻击。项目一旦启动就会曝光，安哲团队要在“友商”发现之前，须“快准狠”，用迅雷不及掩耳之势完成“电线杆承重”“室内覆盖”“系统对接”“同频干扰”，直到最终符合验收标准，拿到订单。

倒计时开始了，上午 8 点启动，所有环节必须一次性成功。

安德烈斯和他手下的郝赫（Jorge）、迪亚哥（Diego）兵分三路：

第一路，安德烈斯。他在两个购物商场里，利用西安老郑团队的“All in 1—分布式基站”的光纤延伸，实现信号千手观音式的拓扑延展。

第二路，郝赫。他进入“千禧年”豪宅区，站在吊臂上给电线杆加装抱杆，利用了上海老魏团队的“模块级 All in 1—SDR 技术”将 2G/3G 融合，9 个 RRU 减少到 6 个，重量合格，符合电线杆承重，无须额外加固。

第三路，迪亚哥。他在“枫丹白露”和 CBD，也都顺利过了“电线杆承重”和“室内覆盖布线”的关。

三路人马，机械安装成功，突破了最让安哲担心的第一关。

紧接着要闯第二关“系统上电”：光模块链接，光电转换，传输穿透，电源模块启动，一阵“嗡嗡嗡”声，指示灯亮了。

终于，安德烈斯小组安下心来——原先为了加速物流到货，基站的一部分组件是从中国空运来的货，一部分则是调了危地马拉仓库的备件。一台基站设备得靠两边合成，其完整度和型号匹配度，就像航天飞机在宇宙中与空间站对接一样，全仰赖安哲之前的精密筹备。好在上天保佑一切平安，团队又过了一关。这也说明了安哲的第一批剩余 15 个基站，以及第二批 10 个基站，组件全都是正确可用的。

“第二批基站什么时候到货？”安哲在现场坐镇指挥，他一收到安德烈斯的消息，立即问起供应链的路德维希。

在办公室里的路德维希回答道：“ETA4 天。”[1]

“不行！”安哲打开总部供应链发给他的 Excel，语气强势，“总部的到货预测写——三天后到达，而你上次跟我保证过，最快只要两天！”

DHL 在华兴有驻场，可随时发急件，每天发往拉美的货机有三个航班，最快一天半可达。而美洲与中国的时差晚 11 个小时，又为安哲争回了半天，这样就是一天。再加上危地马拉卸货，海关清关提货，又一天。一共就是两天。这就是最短时间。

“我从没答应过两天，”路德维希被安哲的话惹着了，仿佛就是不受信任，“是你自己一周前才提的新需求，而研发这里又寄晚了一天，你不知道吗？”

“只给你两天。”这虽是安哲不擅长的领域，但他没有缩回去。

这不但是为防 FRAN 的阻击，而且从现在起的每分每秒都是要挤——8 月 14 日 4G 邀标截止时间，得留阿曼多 5 天说服墨西哥集团 COO office 复审。这样，为了危地马拉 Clara 就必须在 8 月 9 日上报墨西哥，相应地，安哲就必须赶在 8 月 8 日前把危地马拉 30 个站的合同订单签掉，一切验收和论证报告都得本地闭环。依此时间反推，又倒逼 8 月 7 日调测完毕，8 月 6 日第二批必须到货并安装！安哲算遍了各种优化组合，才勉强赶上进度，一切环节都不能出岔子。

1 Estimated Time of Arrival的缩写，即预计抵达时间。

“办不到，DDP[1] 交易，4 天都是最快时间！最近还因为夏假，海关和物流公司的人力都会减少。”一向热情的路德维希竟在办公室里站起来，怒气冲冲的，明明是这个中国小伙没做好计划，还不尊重自己的专业，而且自己 40 岁，怎么能被 20 多岁的小年轻指责？

“就两天。”安哲并没有与路德维希吵架，直接挂掉了电话，又再去关注工程的第三道关——基站软件系统。

当硬件 OK，就要灌入“All in 1”的全新软件版本，并做“网络参数配置”。三路工程师拿着笔电，用 USB 接入基站的“LMT”[2] 对基带模块 BBU 进行设置。BBU 是整个基站的中枢，监控着供电、维护、协议转换、时隙和码资源分配、数据通信。

“系统稳定，5 台基站都未出现任何的故障告警。”安德烈斯汇总过来，“‘All in 1’的软件版本可以用。”

“好！”戈麦斯·李和哈罗德非常激动，现在，“All in 1”技术已经经过了真实场景的实践检验。

但安哲并不能掉以轻心，因为本次采用的“All in 1”，不是“基站级”的 2G/3G 融合合一，而是“发射模块级”的 2G/3G 融合合一，其技术更高精尖。最关键的变化不在于 BBU 基带上，而是在被光纤延伸拉远的信号发射模块“RRU”上。

送到现场的 RRU，早经过西安老郑团队和赴危地马拉一线的 3 位研发人员的两重把关，保证质量。但 RRU 毕竟是西安赶制的，风险依然存在。

“阿秀，你带一个研发兄弟出来，先上指挥车吧。”

一辆流动指挥车正停在“千禧年”下，公司的那位玛雅司机也已经待命，一旦任何一个站点出现 RRU 的电子软件问题，这位研发专家就会随指挥车前往处理。而阿秀在指挥车上调度，提供全程保障。

时间一分一秒过去，谁都不能休息片刻，所有人的神经都高度紧

1 贸易术语Delivered Duty Paid的缩写，意为完税后交货：需要出口商将货物运送到进口商所在国的指定到站点或仓库进行交付，过程中，出口商承担货物运送的一切费用和风险，还需要办理目的港清关手续、缴纳税费、手续费等。该贸易术语下，卖家需要承担的最大责任。如果卖家无法取得进口许可证，不应采用该术语。

2 Local Management Terminal的缩写，即本地维护终端。

张。因为今天必须得初装完 20 个设备，才能赶上 8 月 8 日本地签约，9 日向墨西哥汇报。终于到了中午 12 点，靠着安哲的准备到位、安德烈斯小组以及阿秀和研发兄弟们的专业素养，外加上 Clara 网络工程师的配合，这四关有条不紊地逐一突破，5 个基站的安装和调通顺利完成。

戈麦斯·李一个个站点地轮转，不停地协调供应商的进场文书，审批 OA 电子流的各环节，不停地现场记录，准备这后续文件和报告的合法性。当他听到这首批 5 个站的成功消息，十分振奋，因为各类场景中，只要各有一个“模板基站”成功，就意味着之后也能批量成功，剩余的基站似乎也胜利在望了。

时间继续嘀嗒地流逝着。

“安德烈斯，我们调整一下作业顺序，先别按《操作指导书》的步骤把一个基站的‘测试环节’提上来，而是把这 5 个站的经验复制下去。咱们最难都搞定了，后续的 15 个站的初装就依葫芦画瓢，你们很快就能搞定。你们全部安装调通后，再统一做站点测试。”安哲临时改变了策略，将原来的单一站点作业，改为流水线模式，减少了工序间的切换时间。

“好主意！但是 Clara……”

“你放心，我已经协调过了，Clara 会调整资源，加班配合你的时间表。我出去一会儿，你有问题给我电话。”

“那你去哪儿？”

“回一趟花旗银行大厦，搞定明天需要用的第二批 RRU。”

2

“Chinga Tu Madre！（西语：去你妈的）”大胖子路德维希愤怒地走到办公室休息区，从冰箱里拿着三明治下了楼，有人喊了他一起午饭，可他不理不睬，任凭十头牛也拉不回来。

他意气难平，一个人坐在楼下的快餐店，自己点了杯 Gallo 啤酒，又用力地猛嚼冰冷的三明治。

他一边吃，又一边刷起了Facebook的动态，还看着Youtube上的搞笑视频，很快又没心没肺笑了起来。他就是有着这样简单、易怒而又单纯的个性。然而气消了，他的心情却放松不下来。不一会儿，路德维希放下了手机，抬头望着危地马拉城湛蓝的天空，真舒服。可日复一日地混着日子，时间在这个国家就像凝固了一样，一切都没什么变化，而自己四十岁了，生活也好像少了几分拼尽全力的意义。

他喝了一大口啤酒，瓶子落在桌子上，却想起他每次下班时总劝安哲这孩子别那么辛苦，而这孩子总是尬笑后继续埋头，这年轻人身上有让他羡慕和怀念的某些东西。

“叮咚，”手机上收到了一份Email，他拿起一看，是来自深圳总部的通告——“祝贺中美洲MIC项目组交付大捷！授予华兴危地马拉团队金牌团队奖。”

MIC中美洲的交付全靠危地马拉为班底承担，还覆盖了萨尔瓦多和洪都拉斯，这一封信是总部的表彰嘉奖令！路德维希没想到，世界上不起眼的危地马拉，竟受到这个全球公司在180个国家分公司的通报宣传。他顿时兴奋起来，酒精也在体内燃烧了起来，觉得自己的工作被人看到了，被认可了，这份成就感，他好久没有过了。

四十岁的大胖子像个单纯的小孩，涌起难言的喜悦和自豪。他恨不得立即告诉餐厅里午餐时玩着手机的白领们：你们正享用着的高速无线网络是华兴提供的，是我确保了这场中美洲网络战役的整个物流后勤。

“老板，我要一个蛋糕，还有一瓶香槟，最大份的。”路德维希大声叫嚷着，这倒惊扰到了周围的白领食客们。

大胖子拎着大礼包上了楼，并把邮件打印了十几份，贴在墙面上，然后走到休息区中间，高举双手挥舞起来道：“兄弟们，兄弟们，看看这是什么，是嘉奖令，我们是金牌团队！我们可是最棒的！”

砰的一下，他打开了香槟，切开蛋糕，整个午休的办公室都被他煽动得热闹了，他就像一场狂欢派对的主持人，溢着初为华兴员工的价值荣誉。

人声鼎沸中，他望了一眼小会议室，安哲并不在。也许这孩子又得低调地去忙那件大事了吧。路德维希切了一块蛋糕，倒了一杯酒，推门进去，放在安哲的位子上，自己则悄悄地下了楼，直奔停车场。

“喂，阿方索老兄，无事不登三宝殿，我现在过来求你帮个忙。”他一只手打着方向盘，一只手付着停车费，用脑袋和肩膀夹住手机，“你这回说什么都不能拒绝我！想看脱衣舞吗？不不，你必须陪我看，我买好了一个月的啤酒。”

路德维希在这个行业里混了二十年，养兵千日，用兵一时。他不惜耗尽关系，物流进程确保明天凌晨一定会到。他想办法让海关和机场仓库加班，走特别流程。

他决心要好好干，未来华兴一定是危地马拉这样小国家里的大公司，自己将来应该更有奔头。

安哲接到了一个电话——“我是路德维希，我们的货‘先放行，后审查’，就按你说的两天。明早你让安德烈斯来提货。”

“谢谢。”安哲正在一家公司边的寿司店，此刻，他的对面正是欧洲 MIC 事业部派到此地的那两位。挂掉路德维希的电话，安哲对着那两人说：“也谢谢你们的配合。”

刚才，他与这两人完成了一场交易——在他爬火山的那天，在他决定同意做戈麦斯·李新增的 10 个基站时，他就预见了到货时间的潜在风险。他致电那两人，表示不同意把沃特的人事关系转交给欧洲的 MIC 事业部，为此不惜兵戎相见，主动表示将此问题上升到美洲电信事业部与 MIC 事业部的两位事业部总裁那边，由大佬去 PK 一轮。除非 MIC 事业部向总部申请一份嘉奖令，表彰拉美的危地马拉团队的工程交付，发文重点必须是拉美的实践令跨洲际的欧洲集团建立起了华兴品牌的认可度。绝不能让拉美的马儿跑得快，又不让拉美分享荣誉。

最终，高人一等的欧洲片区还是选择大事化小，同意把嘉奖令发出来，这更得到了本地分公司的支持，一直被恩里克贪功而掩埋了功勋的工程团队，找回了成就感和价值光芒。这个下午，团队包括路德维希都开始真正欣赏并融入华兴的精神里。安哲跟路德维希交流过，他知道路德维希这样高傲单纯的人，更需要的是认可，而不是强硬的命令。

此时的天已微暗，他又一刻不停，一边迅速地离开，一边给安德烈斯打了电话，说明第二批基站 RRU 将如期到货，后面继续开工。而安德烈斯也告诉他：20 个基站已经全部安装调通，即将进入最后一关的测试环节。

整机的测试用例十分多：2G/3G 信号覆盖，系统切换，数据流量等等。一辆测试车在傍晚时分，开车来回做“Drive Test（路测）”，测试人员一边驾驶一边用信号仪器，收集信号分布状态。

20 个站逐一完成，一直测到半夜，一切看来还算顺利，全新的“All in 1——分布式基站”在第一次应用中非常稳定，Clara 的各个信号盲区正在消失，数据容量扩展。

但这都是初步的“单站验证”，真正“完备测试”需要 20 个基站统一纳入 Clara 整网系统，做“全网联调”：由 20 个基站，通过远距离传输网，汇总到 Clara 总机房内的 1 台华兴“基站控制器”，并用这台“控制器”，接入 Clara 总机房内的核心网络。

但 2G 核心网是由西电，3G 核心网则是由 FRAN 提供。这意味着，华兴要与这些竞争对手的系统对接，等于主动拉响了“防空警报”，西电和 FRAN 会知道华兴已攻到家门口了。可这又是绕不过去的最后一关。

到了半夜 12 点，安哲、安德烈斯进入到了 Clara 的核心机房。戈麦斯·李已经腾出设备位置，一台华兴最新“基站控制器”BSC6900 在夜幕掩护下悄然入场，安德烈斯开始装配这 1 台符合“All in 1”规则的控制器，30 台基站即将连到这台控制器上。

这台控制器柜高 2 米，共占地 1.4 平方米，重量在 150 公斤，每一个设备架上还安插了不同的母板和刀片式服务器，因为戈麦斯·李不想惊扰到 FRAN 和西电，没能腾出更多的地方，安德烈斯受制于场地，安装和布线十分局促，他根本无法动弹身子去看清接线。

可仅有的狭小空间里，郝赫又把另一个大机柜拖进了核心机房——华兴的 M2000 网管系统。螺蛳壳里做道场，他们一共要装下两台机柜。这两台机柜本身的安装调测一般要一天人力，更何况他俩从凌晨 5 点干到现在，已连续 19 个小时高强度作业了。但两人咬紧牙关，硬拼 150 分钟，完成了硬装——8 月 6 日凌晨 2 点 30 分，华兴完成了

BSC6900 基站控制器和 M2000 网管的机械安装、传输网线、电缆铺设。

接下去的 1 个小时，大机柜“上电启动”，20 台基站的数据流正透过 IP 传输网络，成功地链接到机房里的 BSC6900。而 M2000 的网管界面上，也能显示出这些设备的状态。

这说明一切顺利。接下去，就是最重要的一刻了——游离于 Clara 网外的华兴设备，启动“割接”到 Clara 网络。大约 3 点 30 分，连着 20 台基站的“控制器”已就位，待命接入 Clara“核心网络”。但这项割接任务，需要对端西电和 FRAN 工程师的参与配合。

成败的关键是：现场团队必须要在西电和 FRAN 反应过来之前，一举突破，飞速对接。

“喂，你们来一下机房。”戈麦斯·李在凌晨 3 点，提前 30 分钟通知西电的核心网工程师。戈麦斯·李决定“逐个击破”，先接西电，再接 FRAN，避免两家携手抱团抵抗，至于先后顺序上，西电已濒临倒闭，反应速度远不及 FRAN。

3 点 30 分，西电工程师到了机房一看到“控制器”BSC6900 已矗立在那里，就意识到华兴已等他缴枪。工程师慌了，却拖延起来，说要请示上级领导。但戈麦斯·李强行压制了下来。然而，大约凌晨 4 点，西电中美洲总监还是出现了，那人一身西服，斜背着电脑包，睡眼惺忪地赶到了机房现场，与戈麦斯·李展开谈判。

说起来是谈判，却更像是苦苦哀求。戈麦斯·李冷冷道：“你们做还是不做？拒绝做的话，现在我们 Clara 工程师就自己动手对接了，这是你们违约，以后的维护费 Clara 不再支付给西电，而且还要支付违约金！”

四十多岁的西电总监一脸疲惫与痛苦。

“你现在就要决定！”戈麦斯·李十分强硬。

西电主管没法不答应。现在是半夜，他需要向加拿大总部请示，可加拿大负责人还在睡觉，根本无法展开运作。但如果拒绝，他就必须赌戈麦斯·李敢不敢独自对接，万一对接成功了，那就彻底得罪了 Clara，连数百万美金的维护费也都收不到。作为濒临破产的公司，那位总监又不敢有丁点的损失。

戈麦斯·李毫不手软，继续施压：“就算我 Clara 工程师对接接出问题，但现在是凌晨4点，活跃用户少，也不会出通信事故，我只要‘数据回滚’，就能恢复原状。现在我再问你一次，是你做，还是我做？”

“我们做吧。”西电总监转身对自家的工程师说。然后，他便低垂着头出了门。

安哲在现场注视着这场谈判，他站在窗台往下看，那位可怜的总监走到机房大楼下，松开领带、搓乱头发，轻轻地哭泣起来。

安哲看得也难受，他的拓展残酷地伤害了一个行业前辈。但这时候，他告诉自己必须得心狠些。商场没有怜悯，大浪淘沙，潮起潮落，西电不复当年王者，落后就要挨打是千年不变的道理。华兴在之初，又何尝不是看尽世界的白眼，受尽天下的冷嘲热讽，谁相信你怎能做出高精尖的设备？天下的路，没人白白让道，是Jacob那批初征海外的华兴人，一次次跌倒，再一次次站起来拼下来的。

现在，轮到自己扛过旗帜了。他回过头，没有时间哀鸣。他、安德烈斯与戈麦斯·李一起，监督着西电核心网工程师的每一个操作，以防其故意制造麻烦——这时，心要硬，不能出一点岔子，哪怕友商无意造成的。

终于，近1个小时的“系统联调”后，华兴无线网与西电核心网完全打通，华兴20个基站的2G信号正式在Clara危地马拉上空飘扬了，此刻正是，8月6日凌晨4点45分，全部接入了Clara网络。

紧接着，是华兴“基站控制器”BSC6900与FRAN的3G核心网络对接。但FRAN工程师却不像西电那么弱势——“我无法对接”。

戈麦斯·李再次强压：“网络的归属权是Clara的，不是FRAN的。”

FRAN工程师回答：“不好意思，我也没有办法。”

“这得罚款！”

“您找我上司吧。”即使强压，FRAN工程师也不让——他们已收到来自墨西哥的指令，一旦遇到对接一律要经过当地讨论。

真正的强者，不惧怕任何威胁，戈麦斯·李也没了辙。戈麦斯·李跟Clara维护总监哈罗德商量：“我们自己对接吧！”

“你这是高危操作！”安哲担心。

戈麦斯·李充满了担当：“敢威胁我的网络，我以后还怎么管供应商？我真把电信网络搞瘫痪了，最多只是我收到处罚撤换而已，FRAN胆子再大也不敢不救场！反正这次我再不干，我迟早也要下台。”

安德烈斯团队和戈麦斯·李团队开始操作，他们对照着FRAN的操作手册，先在模拟环境下测试，然后再在真实的生产环境下进行。

第一次失败，系统数据回滚。

第二次失败，系统数据再次回滚。

第三次失败，回滚。

公鸡在叫，附近的车流在涌动，已经5点30分了，天快亮了，这帮人已经鏖战24小时了，脑子也有点糊涂了。落地危地马拉的研发小组也连忙来到了机房现场，并一同连线华兴深圳总部的核心网产品线，也许总部在全球各地与FRAN的系统对接中，积累过经验。

“你们是哪套设备？”总部问。

“ESGN4810。”危地马拉回答。

“稍等，”总部调取全球资料库，“有的有的，我现在发过来。FRAN软件版本号是？”

“R9V8。”危地马拉现场在核心网系统上找。

“不行，这版本号太粗了，有没有细一点的？”

“细一点的版本号？”危地马拉现场面面相觑，可操作台上看不到。操作记录日志上也没有详细登记细的版本号。

“没有细版本号，我们这里也不确定，你可能有七八种排列组合才能成功。”总部说。

七八种？天一亮，当人们开始上班，网络就需要稳定，不能再做“系统回滚”，七八种根本来不及一一测试。可版本号？大家看看那个FRAN的工程师，FRAN工程师虽被气氛震惊到了，但作为FRAN的一员，他也绝不能给华兴这个机会。

“等等。”安哲想起来一件事，他打开手机给墨西哥打电话：“钟文山，醒醒，你们在‘17国统一核心网关’的投标中，集团给过你们拓扑图，上面的FRAN危地马拉的核心网版本号是多少？”

钟文山被吵醒了，但他知道越是凌晨的电话越重要：“你稍等。”

安哲正开着免提，听到钟文山从床上滑了一跤，崴着脚叫疼：“妈的，是R9V80003N！”

“操，亲你一个。”

总部给出方案，系统再次重启，终于，在天亮之前的第八次测试中，系统对接成功，华兴3G信号也接通了。戈麦斯·李紧张得浑身湿透，但笑着对安哲说：“来，我们打个3G电话。”

安哲跟在“千禧年”小区里的阿秀打去电话，铃声响起来。

阿秀也没合过眼，但累得半睡半醒中，只听安哲在叫喊：“通了！通了！你知道这意味着什么吗？”

8月6日的清晨，这是华兴“All in 1”技术，在全球的第一个商用电话，这种“多模块融合合一”，用“软件无线电SDR”的技术，将引领未来十年无线的全新技术格局，好比从马车进入了蒸汽机时代。只可惜，这原本应该是一个轰轰烈烈的大新闻，应该开大型发布会，应该有众多大人物见证的伟大时刻，现在只能悄然地在危地马拉一个平凡的早晨里，“深藏功与名”地低调诞生。

插上红旗，并不意味着战役结束，安哲预计这一大清早，FRAN就要对失守的阵地进行反扑，安哲一面得守住FRAN的进攻，另一面是第二批基站已经到货，安德烈斯已赶往仓库提货，向安提瓜进发，部署“伪装基站”。而戈麦斯·李也加紧准备要签的合同订单和质量报告。

果然，交付战的第二天，FRAN拉美片区工程交付副总裁戴斯蒙德一醒来，就收到了工程体系的直线消息。一份红色惊叹号的密件，上面写着“危地马拉”，他压根没想过，小小的危地马拉会翻出什么水花？明明Jacob和马里西奥在哥伦比亚，臣享在智利，李丞在海地，阿曼多和片区总裁方先生在墨西哥。那危地马拉会是谁在操盘？

或许只是一个实验局，不可能是商用局，更不会是Reference吧。他不敢确认，眼下帕特里克也不能跟集团CEO丹尼尔反复纠缠，杯弓蛇影，投诉着每一次的潜在危机，这太露骨，也太没有FRAN的大气概。他决定先自己想办法解决。

戴斯蒙德向中美洲的工程分部问道：“是在危地马拉城内吗？”

“是的！”

“都市区里‘插花组网’，这就是作死。”

“我也这么觉得，Clara 的用户手机会处于干扰、频繁切换、用户掉话……”一个坏念头起来，就等着领导答复。

戴斯蒙德清晰地下达命令：“不管与 Reference 有关否，必须搞清楚华兴到底插在我们哪几个基站簇里，把‘同频干扰’加到最大，让 Clara 的网络把华兴‘排异’掉。”

3

8 月 6 日清晨 7 点，安德烈斯抵达仓库，但货机却因天气原因，竟然迟迟未到。

但路德维希昨晚就镇守在海关：“Amigo，你赶紧去安提瓜，先完成站点勘测和其他外围安装，总部的 RRU 很快会到，一到我就提货，给你发往安提瓜的现场。”

一分一秒都耽搁不起，也只能采用“人货分离”的模式。安德烈斯提了一些其余组件物料，便带领团队奔赴安提瓜，备建最后 10 个基站。因为连续奋战，工程团队在车上就轮流开车、轮流睡觉。

可是车刚刚开到半路，Clara 网络运维总监哈罗德给安德烈斯打来一通抱怨的电话，说华兴的 20 个基站 KPI 异常，跳频阻塞、手机老掉话、小区链路频繁切换。信号一会儿从满格变 0 格，又从 0 格搜索后，变为满格，反复循环。而制式也出了问题，手机一会儿 2G 跃升 3G，然后又从 3G 跌回 2G，网速极慢，用户体验糟透了。

这说明华兴质量差，而且昨天的单站验证和系统联调的工程参数根本没过关。

安德烈斯连忙把车停在高速路的应急车道上，安抚客户后，立即给刚回花旗银行大厦的安哲打电话：

“恐怕是同频干扰超预期，我们也许得立即切断华兴与 Clara 的网络链接？”安德烈斯担心很快就会有大量的中高端用户投诉 Clara

了。这会让戈麦斯·李的期待落空，也让其背负指责。

“我要不要先回去重新返工？”他又问。

但工程团队已经在路上，如果回撤危地马拉城，那剩余的 10 个站就交付不了，Reference 就有麻烦。但不撤，那事件就会愈演愈烈，因为投诉量是运维部重要的 KPI，哈罗德如果压不住，Clara 将被迫启动责任事故的升级流程，并须报备墨西哥总部。

“3 家厂商基站的参数都跟客户核对过，不会 20 个站都出问题啊。”安哲虽对操作的参数细节不懂，但基站全出问题就很奇怪，“你能派一个人回来吗？我们到现场研究昨天的参数设置。”

“可以，但安提瓜的交付也一定会慢很多，恐怕赶不上工期！”安德烈斯忧心忡忡，想让安哲来拿主意。

战局就是这样，一旦开打，形势演化就复杂而动态，危机完全超乎计划储备的对策。安哲看着墙上的各时间节点图，像指挥着一场殊死战斗的排长，现在自己一处城墙被打开裂口，是攻还是守，他陷入了进退两难的境地。

“安德烈斯，你工期还是不能耽误，但如果我想办法给你替换人手呢？”

“行的，”安德烈斯刚觉得好，可又察觉到问题，“可别人都没经过演练培训。”

“那就选你最信得过的家伙来替。不管是谁，我都给你搞来。”

“那你把办公室里的勘测工程师克鲁兹（Cruz）叫来，就是那个大高个，我想要他来。”安德烈斯的语速也不自觉地加快了。

安哲不熟悉克鲁兹，而项目还须低调进行，那最后一刻情报会否走漏呢？“安德烈斯，你得保证他不会传出去。”

“我向上帝保证。”安德烈斯郑重发誓。他虽是个花花公子，出差来危地马拉没多久，就有了不少当地女友，可他的工作责任心却没让人失望过。

安哲脑海里也浮现着危地马拉团队拿到表彰邮件时，整个办公室都充溢着自豪感，没有人会出卖华兴的。“那好，我帮你去要克鲁兹，你按原计划继续执行第二批基站交付。”

“明白！”安德烈斯重新发动汽车，向安提瓜进发。而车上的迪亚哥授命立刻下车，在高速路上拦下一辆返回危地马拉城的大皮卡，火速赶回支援安哲。

此时已是8月6日上午8点30分，花旗银行大厦开始上班了。包总、关忠也一起进入17层的办公室，意外地看见几日未现身的安哲，但他们也意识到安哲正全力冲刺交付，两人并不想在这节骨眼去追究之前的事，而且他那股气势也越来越像Jacob。

三言两语的沟通后，“替补上场”的克鲁兹直奔下楼，驾车与安德烈斯会合。但迪亚哥还没赶回来，安哲并没干坐枯等，他又想起一个人：刚来时，包总曾把维护Tigo网络的中方张工介绍给他，两人曾一起讨论过“同频干扰”和“插花组网”，当时张工答应支持Clara。只是MIC事业部的人来后，安哲就没再要求。但现在顾不上那么多，安哲要调动张工支援迪亚哥，定位故障。

谁知刚一调动，MIC事业部俩负责人拦在面前：“张工已经转成了Tigo的专职工程师。”

“之前你们不还允许我能动售后人员吗？”

“你咋还没明白，他已脱离了这里分公司的行政平台，这是最新规定。”

两方事业部在危地马拉办公室里一阵争吵，但吵架没用，也浪费时间。按8月14日节点倒排，8月8日危地马拉本地签约，9日必须上报墨西哥总部，因此今天一定要把事情干完，安哲二话不说，直接强行带走张工。

8月6日上午10点。安哲与张工率先赶到一个站点，立即着手调查网络排异的源头。

“开工前，安德烈斯已做了一轮检测，也跟Clara客户核对了邻近其他公司基站的空口链路数据，这样还会出问题吗？”安哲问。

“有可能，空口最易受干扰，但要看变化程度。你们现在这个有些夸张啊。对了，你有远程登录M2000网管系统的端口吗？我登上去看看。”

“迪亚哥有，他还在赶来的路上，我问他要。”

安哲把迪亚哥连线现场。张工透过迪亚哥，远程登录到在Clara核心机房的 M2000 网管系统，发现了华兴基站的小区链路都不稳定，有“乒乓切换”和“网络拥塞”的症状，信号切换非常飘忽，显然问题不小。张工又核对着现有华兴基站的配置参数和邻区边缘别家基站的参数，满腹狐疑：“奇怪，实际现象是有问题，基站间切换太频繁了，但从切换参数上看，我又觉得不像。”

“那怎么办？”

“我要去驾车‘Drive Test（路测）’收集一些真实的环境数据，再在控制器上实验，做逆向分析。”

“好，今天一定要找出病根来，你还要什么资源？我帮你要！”

“我和迪亚哥也做不过来，还要靠网络优化工程师。网优团队他们有专业 iStar 网优工具。我们把采集到的真实环境数据导入 iStar，iStar 能模拟倒算出一批新参数，这样我在‘基站控制器’设置新参数，再统一下发给 20 个基站，试试看能否有效。”

“好。”安哲一面告诉迪亚哥这个计划，张工和还在路上的迪亚哥也开始分工协作。

张工迅速背上笔记本电脑和测试终端、一手挎扫频仪，一手持 GPS，用车载逆变器装配到工程车上，准备去做数据采集。登上车之前，他忠告起安哲：“我们危地马拉就一个网优工程师，你还记得那个李工吗？就是他，他一定要帮忙。不过……你要有心理准备，他可能要休假了，所以也不一定肯帮。而且这也不是他的职责。”

李工？安哲想起来那个一米九的家伙，自己第一天就与李工打过交道，这人似乎是不太认真靠谱。但安哲没多想，扬招出租车立即赶回公司，可李工果然不在公司，安哲心中一沉，真是关键时刻掉链子了。他连忙又在内网上查到李工的手机和邮箱。

谁料，联系半天，李工既不回邮件也不接电话。一旦没有李工，这不就乱套了吗？

而这时，戈麦斯 · 李的电话跳了进来：“你们华兴的 20 个基站，总是掉话！”

这是戈麦斯 · 李第一次用责备的语气，安哲有点措手不及：“呃，我们……在回溯原因。”

“还回溯什么呀？别的就不说了，关键你有一个还出现在了我们

CEO 家附近，这个站也他妈的出问题了！”戈麦斯·李的声音越来越激动，是华兴破坏了他信誓旦旦的承诺。

“CEO 家……”在 CEO 家出问题，绝对是大事，安哲也不敢喘气了。

戈麦斯·李没有停止：“CEO 感受这么差，让我怎么撑，怎么交代？这样吧，先把你们的网断了，华兴 20 个站立即从 Clara 网络剥离出来。至于安提瓜那 10 个站，那边伪装设计的合作方我已经叫停了。”

这话如同晴天霹雳，意味着在危地马拉最后 24 小时里，项目被叫停了，尤其是安提瓜的伪装方案也都是戈麦斯·李提供的设计方，现在叫停了，就意味着根本无法在 8 月 8 日完成签约，Reference 也没戏了。完了！

一阵失败的伤感令安哲极度疲乏，绷到断弦的神经松懈了，但这反让他头脑冷静下来：“我的选址列表中，没有要在 CEO 家附近布置基站。”

“是恩里克要求的！就是第 19 号基站，那是半山腰的豪宅区。昨天下午你离开那阵子，他要求换成这个的。”

被自己人害了。原来恩里克为了取悦于 Clara CEO 故意做了一个特别的建议。谁料，弄巧成拙，本来迪亚哥、张工也许还能补救，但现在 CEO 对华兴在原来西电和 FRAN 的网络中的“插花组网”有了亲身负面体验，这事的性质就完全不一样了。

“华兴必须先消除问题，你尽快剥离网络。先停下，签单以后再说。”戈麦斯·李不给安哲辩论的机会，直接挂掉了电话。

福无双至，祸不单行，Clara CEO 也给恩里克发了一封投诉邮件，而恩里克直接把这封邮件添加点评，抄送关忠、包总、安德烈斯、路德维希，对安哲倒打一耙，甩锅说是安哲的策划失误：

> 安哲，我曾建议过，你应用妥当的拓展方式，但目前 Clara CEO 已经对华兴设备表示严重不满和不信任。作为技术销售负责人，你已经对危地马拉 Clara 拓展带来了巨大的危机。
>
> 关总，包总，请放心，接下来，我会尽全力挽回与 Clara

CEO 的关系。请安哲全面配合我的指令，迅速解决 CEO 家附近的小区。

当安哲看到这封信，他陷入了极度的内外交困，犹如黑夜里要走过一片连绵无尽的高山，他走到了自己的最极限。虽然他已变得更勇敢，但却过度透支了自己的能力。他两眼一抹黑，终于栽倒了。

黑色绝望中，他已穷途末路，不知所措。他想要跟包总、关忠等领导说一声“是我胡闹”；跟并肩作战的安德烈斯、路德维希、阿秀、研发老郑和老魏这些团队伙伴说一声“让你们失望了”；跟一直支持他的戈麦斯·李和哈罗德道歉，是自己搞砸了；还有事业部拼尽全力也受过委屈的兄弟们，向在智利的臣享，在哥伦比亚的 Jacob，在海地的李丞——“对不起，我没能包抄 FRAN 的后路，在最后的 24 小时里失败了，辜负了期待！”

“男人不必向人道歉，他只要继续 Move on，不断向前、征服。”——老沃特的声音在黑暗中响起。

为什么叫“不断向前”，因为前方永远不会有终点，而真正的男人却不能因为茫茫无望或虚妄干扰，而停止步伐，忘记使命。安哲睁开眼睛，恍然意识到，危地马拉的战役实际上还在继续，他必须再次鼓足精神，死也要咬住目标。

“Veni！Vidi！Vici！（拉丁语：我来，我见，我征服）”他念着咒语，给自己打气道。

万千困境，事情要他一件件应对。他没有按戈麦斯·李的要求立即剥离网络，而是打车赶回“千禧年”，直奔 B 座 703 室，那正是李工的宿舍，他要先找到李工。

“李工。”可他在门口敲了几十下门，也没人开。他只能不停地打电话，还是没人接。但李工不在公司，那就应该在宿舍，因为他现在没有别的工作。

他还记得刚到危地马拉时，见到一个一米九、脾气大、性格懒的网络优化的李工。李工曾当面说因临近回国休假，想避开项目。

“李工！开门！”如果不在宿舍，他也不知道李工还会在哪。

他不停地呼喊敲门，持续了 15 分钟。外国邻居打开了门，嘟囔起来，还说要报警。扰民在海外很严重，尤其在富豪区。

安哲反而借机大吼：“李工，你再不开门，我和你邻居就报警，到时候就撬你的门！”

隔了1分钟，李工假装睡眼惺忪，终于打开了门：“今天我休假，刚才在睡觉。还有，明天我已请了一个月假回国。”

“你别想回去！”安哲身高一米七五，却一把把一米九的壮汉推进门，自己也杀气腾腾地冲进屋子。同时，他又拿起手机打到墨西哥地区部的网络规划部部长：“你们的李工还想不想干了？”

李工何尝不知自己理亏，但20～30个基站在FRAN和西电的基站簇里“插花组网”，李工也很害怕所带来的“同频干扰”，一旦粘上去就很难脱身回国休假了。

“安哲，我是售后，并不负责你们售前拓展啊。”

“Clara CEO都在投诉了，还要分售前和售后吗？包总和关总都在，你还能走得了？”安哲两天未眠，眼圈通红得像怒目金刚。

这时，地区部售前和售后网优部门同时发出指令，要求李工支持。

虚线、直线和斜线的领导都在要求，李工叹了叹气：“好吧。我可没想到，你竟然真做‘插花组网’了。”

插花组网，这是高风险的部署，也是每个运营商最不愿意的，更是破坏网络稳定性的常识。但安哲现在明白，为什么Jacob并不反对“插花组网”，还愿意押宝在危地马拉。恰恰正因“插花组网”是“Mission Impossible”，FRAN只能想到华兴会在哥伦比亚或智利的偏远区域找机会，那里因偏远而没有异厂家网络的邻近基站，也就不会有干扰。这便是Jacob认为危地马拉能有的奇袭机会。安哲相信，正因Jacob等人的掩护，即使到现在，FRAN也不会认为华兴的宝就押在了这里。所以，李工必须搞定。

此时是8月6日下午3点了，已经到了火烧眉毛，安哲把李工的笔记本电脑放在大条桌上，大声说道：“过来用你的iStar模拟，你只有半天时间！”

前后方的工程师，终于开始了立体协调。

张工和迪亚哥在不同的基站现场路测，向“千禧年”传递回采集到的数据。他们的探针软件上，联合地图信息，记载着周围各个厂家的发射功率，RSRP[1]、SINR[2]、吞吐率、导频信号，以及相关的话务统计。

这些参数和话务统计，就像医生看病一样，需要检查病人的临床症状信息、CT 影像信息，还有血液、体液或组织切片中的生化指标。但透过症状去逆向找本质，是很难的，尤其面对疑难杂症时，医生也没有答案，需要猜测、试错，甚至要冒险，但也未必能找到病根。

网络也像人体一样精微，能参与到表象的因素太多了，有环境中的建筑物、天气、树木、山坡和周围电场，有工程师的参数错配和漏配，还有设备本身的瑕疵。

想短时间内解决 20～30 个站插在异厂家基站簇里的同频干扰，实在太难了。李工看着几百个数据在排列组合中跳跃，他有无数种猜测，需要在前线的迪亚哥和张工一一去验证他的假设。

一会儿他觉得路测的驾车路线可能不对，一会儿觉得天线下倾角有问题，一会儿又说是邻区参数有疑点。“千禧年”后方假设，而前线的验证，然后再将新的数据反馈回后方，做下一轮的优化迭代。但网络依然处于乒乓切换，呼叫成功率、切换成功率、掉话率、负载率都不正常。

李工不停地用 iStar 进行蒙特卡洛运算，再让张工一遍遍开车路测，再根据反馈数据，让李工调准切换参数，循环往复。这是逆向工程，拿一个毒液去配解药，再像病理学家一样盲测出毒液的配方和比例，而华兴只能在成百次的信号收集中，一遍遍猜测，逐步逼近最优化的方案。但他们没有时间试错了，客户也没有给他们余地去试错。戈麦斯·李的忍耐是有限度的，他随时会给出确定时间，要求强行断电，安哲也不知还能拖多久。

“安总，你杀了我吧，就算神仙也搞不定的！”李工失去信心，逐渐绝望起来，即便在 20 度的空调室内，他也满头大汗。

“好了，你慢慢来，你能搞多少是多少。”安哲心里焦急，可语气也软了下来。这时谁也无能为力，安哲唯一想到的是再向墨西哥的网

1 Reference Singal Recieved Power的缩写，即参考信号接收功率。

2 Singal-to-Interference Plus Noise Ratio的缩写，即信干噪比。

络规划部求助，让王博远程支持——王博是公司“金牌网络规划5级专家”，也许“老专家”能不像李工这样盲目地“穷举遍历”。

偏偏这时包总打来了电话，口气很不客气——“你小子跑哪儿去了？”

“呃，我跟李工讨论方案……”

“出这么大的事儿，你居然不在公司？”

安哲转过头，以便在李工面前维持权威：“包总，你听我说，我们还有个计划。”

“去你妈的什么破烂计划！出了事还不在公司，现在你还不断网？你啊你，总这么无组织无纪律，我已经一忍再忍。我告诉你，上次Workshop时，我也跟Clara CEO保证让他家里能体验华兴的信号，现在人家投诉我了。你小子给我尽快回来，啥都别干了——CEO要求停网！”

包总的语气充满训斥。其实，上午当他收到安哲成功开通的简报时，还与关忠吹嘘自己多信任安哲。

“不能停啊！我还有修复机会。您得想办法说服CEO。”安哲祈求再给他一次机会。

“暂时叫停也是关总的意见，你别犯浑，听到没！”包总身边正坐着关忠。

安哲不知从何辩解，一个人长时间的受委屈、高压、两难与疲劳，他无名大火终于爆发了，直接冲着当地分公司最高首长喷发而去。

“包总，你如果不能帮到我，至少就别替我乱指挥！”

他怎么失控了？对领导这么讲话，情分可就没法修复了——李工听傻了，默默地停下了键盘上的演算，望向安哲。安哲曾一直孤身坚持，但现在却被狂风撕得支离破碎。

电话那头沉默了几秒，免提被打开了：“安哲，你还太年轻，不知道怎么正确运作。”关忠插了话，像给安哲盖棺定论了。

“我刚才的话也包括了你！”安哲彻底情绪失控了，甚至愤怒地顶撞了地区部副总裁。“砰”的一声，安哲那头摔了这通电话。

恩里克坐在关忠身边，听着这通电话，冷笑了一下，给安哲补了一刀：“这家伙疯了！关总，包总，接下来交给我。”

“哎，那你去弄吧……”

职场人最难的事情，永远不是有多累，加多少班，而是自己的热血真情不被人理解。安哲独自浴血奋战，背后却呼唤不到炮火，他感到一切奋斗换来的都是落空与背叛。但安哲拧巴地皱着脸，把眉头和鼻子都挤到了一起，像是能再次挤出自己一点一滴的振作精神。他咬了牙，决定要血拼到底，因为自己不能让还在安提瓜的安德烈斯，还在路测的张工，更不能让在一个遥远地方的 Jacob 失望，他绝不会让这个项目中止，也决不让付出过的大家前功尽弃。

李工垂下了手，屏幕也暗了下来，等着像已“死掉了”的安哲。

“还愣着干吗？你去现场找张工一起干啊！”安哲忽然发出大声，呵走李工，而他自己也下了楼，准备回公司和领导最后谈判。

他打着车，一路上在给安德烈斯发消息，告诉他安提瓜不要停，施工许可证没有书面取消前，无论发生什么事，谁口头喊停，安提瓜一定要想办法做下去。此时，路德维希已经清关，第二批 RRU 也全部到达现场，至于伪装设计，没有外人帮，也一定要自己想办法，哪怕只搞定一个也行。而他向安德烈斯保证，自己会在这里先顶住客户和内部领导的压力，只要不放弃，届时“非法安装”就可以“一夕转正”，赶上 Reference 的截止日。

车在 Zona Viva 的花旗银行大厦停下，他迅速地奔上电梯。可忽然之间，他有些泄气了，他觉得自己很可怜，一种孤立无援的挫败感，让他双脚无力。

他勉强地把身子拖进办公室。本地员工看着这个年轻的孩子，说不出话来——他头发几天没洗了，衬衫领圈也泛起了黄色的汗渍，实在是狼狈不堪。

安哲回到会议室，打开电脑，再度试图振作，想从电脑里找一些证据来说服领导，也好让他们去说服 CEO。这时一封邮件跃入了他的眼帘——还是恩里克上午投诉安哲的那封邮件，而刚才包总电话后的几分钟里，恩里克把上午那封投诉邮件抄送给全办公室，并宣布接管现有的项目，以卸掉安哲的指挥权。

作为一个年轻气盛、血气方刚的孩子，他的一切委屈终于如沉寂的火山总爆发了。他以疯狂的手速，一股脑儿宣泄情绪地回应邮件，并回复了所有危地马拉员工。他已经不再关注目标，而是被怒火牵引着，遍寻历史邮件，收集证据，揭露恩里克全都是马后炮，采摘他人成果的阴谋。

但恩里克是个老到的高手，他根本不在意，因为这没有任何作用，反而让安哲更像一只斗败的公鸡，显得他输不起，还要自残，十分可笑。

可出乎任何人的预料，2 分钟后，安哲的第二封邮件抄送了 Jacob 和墨西哥地区总裁林强。5 分钟后，他第三封邮件抄送了片区总裁方总和更多的高管，安哲已经玉石俱焚了。

这时，包总看到邮件，面色不对了，谁都不知道安哲万念俱灰后，接下来会不会有第四、第五封邮件，甚至干出更疯狂的事情来。恩里克也意识到了大麻烦，惊呼着走到安哲身边："你在干什么，为什么抄送那么多人，你为什么这么对我？我做错了什么？"

"你又干了什么？"安哲站起来，并冲动地对办公室大喊着，"这个项目绝不能停，现在还由我来负责！"

但全力的嘶吼后，是一阵虚脱和自我怀疑。安哲看着办公室本地员工满脸奇怪的表情，他惊惧起来，人们会怎么看他，还有那么多邮件里的人，会怎么看他？

他尴尬极了，逃到楼下，不想再被人看戏了。今天他已经一切动作都变形了，是真的要服输了。这一阵子，他已经蹚进这场冒险之旅，虽然他变得不惧风险、勇敢果断、手段多端，可还是没有办法。他精疲力尽，痛苦地想哭。

在楼下的 Hard Rock Cafe[1]，他点了一杯 Gallo 啤酒，几乎想要从头上往下浇上去。事实上，他已经 37 个小时没有休息，现在他决定好好静下来吃点东西。

"Keep Moving！"一个声音响起，他张望着，这好像不是幻觉。

Hard Rock Cafe 里的摇滚音乐响起了，已是晚上 6 点。一个熟悉的身影坐在他面前——那正是沃特。

---

1 滚石餐厅。

4

8月6日晚8点，按Clara CEO的要求，项目还是暂停了。安哲下令华兴在危地马拉Clara网络里的新一代“All in 1”基站断电，可它的运行生命还不到24小时，而伴随着的同频干扰也消失了。同时，安提瓜的小队也被叫停了。

8月7日上午9点，这是安哲预计工程完成日的最后一天，其余都是商务流程的时间。可Clara CEO在家里时，感觉信号依然不好，CEO问戈麦斯·李和恩里克——“为什么我这里的网络还在频繁切换？”

戈麦斯·李在Clara办公室里，又一个电话追问起安哲：“你修复网络了吗？”

“还正在测试。”安哲回答，昨晚他又没休息，还在Clara CEO家附近路测。

“但你修复不了，就该暂停啊！这是CEO的决定！”戈麦斯·李苦口婆心地劝道。

“是的，我们尊重CEO的决定，昨天已关闭了网络。”

戈麦斯·李听不懂了：“这话是什么意思，你关闭了，怎么能信号测试？”

“没错，我们关闭了20个基站里的19个，但1个基站还工作着——CEO家门前的那个！”

“这为什么？”

“因为我们要做1点测试。”安哲一边说，一边打开系统日志，“昨晚8点到今天凌晨5点，我们一共调集了20辆工程车，不停地在Clara CEO家附近做路测和优化。我给你发个邮件，你看一看。”

昨天，19个基站都在晚上8点断电，19辆车都在Clara这19个区域内，对无线空口信号强度进行连续扫描。而扫描日志显示：晚上八点时，因华兴基站断电，Clara网络的信号强度发生了一次变化。但在10点又发生了一次变化。

安哲说：“这意味着有人在晚上10点10分，人工更改了一次空口链路的数据，是你们吗？”

“没……我没有啊？”戈麦斯·李充满疑惑，但如果不是自己，又会是谁呢？他打开了自己的登记日志，其他部门也没有申请改参数。

这种对运行网络的人工操作更改，必须经过运营商批准。因为网络设备的产权是运营商的，绝不允许在运营商不知情的情况下做修改。而这一次，安哲证明了一件事——有人在私自篡改 Clara 商业运行中的网络！

前一天晚上，安哲在危地马拉办公室内宣布，晚上 10 点将关闭华兴基站，但实际上他晚上 8 点就提前关闭了。他要证明一件事，这一次 20 台基站的同频干扰，一定是有人恶意篡改了华兴基站附近那几个西电或 FRAN 的基站邻区，加强了它们的发射功率，导致它们的信号越区覆盖到华兴的站点，不仅污染了频率，更对华兴站点内的通信手机形成重叠干扰。手机不知该“听从”哪个基站的指挥，这就导致了“乒乓切换”和“网络堵塞”。

安哲坚信安德烈斯曾对“插花组网”做了预防，不可能 20 台基站同时出现大问题。而之所以李工 iStar 算不准，是因为导入的基础数据就错了部分，有人改了参数，而唯一不在华兴控制范围的参数，便是华兴基站邻区的 FRAN 和西电基站上的相关参数。

但要怎样才能向 Clara 证明这事呢——唯有断网做对比。而只要当华兴宣布断网后，相应地，为了恢复之前网络信号状态，这个恶意篡改的“隐藏者”必定会悄然改回原参数。然而，安哲提前了时间，把 10 点变为了 8 点断网，而“隐藏者”并不知情，反而网络在 10 点 10 分发生了一次集 19 个基站的集体的信号波动。这一波动，被华兴记录下来了。

安哲设了局，鱼被钓出来了。

“Puta[1]！”戈麦斯·李非常生气，谁竟敢擅动自己的网络！这好比管家窃取了主人保险柜的密码，背地里掌控主人的财富！西电是没这熊心豹子胆，最大的可能就是 FRAN！

“你和哈罗德可以去检查一下 FRAN 基站控制器上的日志，也许还没来得及删干净，会有备份。”安哲说。

哈罗德飞速地利用远程登录，查阅到一份同步资料，果然如此。

1 西语脏话，英语为Bitch，即婊子。

戈麦斯·李问安哲："你们一共20个基站，但你为什么要留下唯一一个工作的基站不改呢，还故意放在CEO家门口？"

"因为这是最直接让CEO被通知到的方式，"安哲拿着另一部手机，迪亚哥、李工和张工正在那个唯一工作的基站的维护台下集结待命，他们都在等候安哲的指令，"李，如果你愿意，允许我们再改一次参数，CEO家的信号一定没有干扰。"

"好吧，开干吧！"戈麦斯·李说。

"还得要哈罗德帮忙，恢复一下CEO家门口FRAN的基站参数。"

"FRAN怎么没改这个基站簇的参数？"

"因为我曾在华兴办公室里宣布过，我不会放弃这个基站。所以'隐藏者'也可能听见我的话，就没改回去。"

很快，哈罗德把FRAN和华兴的参数都调整后，戈麦斯·李给CEO打了一个电话询问情况，CEO忽然改了口，表示信号很满意，然后戈麦斯·李才把完整情况向CEO汇报，CEO非常震惊——什么时候网络竟然能如此被人洞穿，一个强势的供应商已经控制了自己！

昨天，戈麦斯·李已经停下一切华兴的验收报告和质量文件，但现在他重启文件，为订单做准备，并还把CEO的问题也记录了下来，单独作为周报。这周报按惯例将呈报到墨西哥COO office五柱之一的里卡尔多那里。

现在轮到FRAN在中美洲的人喝一壶了，FRAN留下了一个程序后门，平日作为维护端口，这本身就极不规范，而且FRAN拉美片区工程交付副总裁戴斯蒙德，还利用了这漏洞做这事。

"我们的问题快解决了。你下午就会有好消息，"安哲挂掉与戈麦斯·李的电话，给包总打去一个电话，"另外，请调查一下你办公室的本地项目经理桑迪诺（Sandino），工号70363，他每天都会问我进展如何，我昨天试探了他一下，他或许就是'隐藏者'的内线。请您让地区部的IT信息安全部对他进行调查，我没资格看调查报告，但您可以看看结论。"

包总一惊，立即联络IT信息安全部，不久，他便发现桑迪诺长期通过项目经理之便贪污公司赃款，这一次还把华兴的Clara 20个基站的坐标透露给了外界。

安哲觉得有内鬼，因为他不信 FRAN 能在短短 1 天之内就完整搜索到 20 个基站位置。昨天，他故意告诉桑迪诺 Clara CEO 家门口的基站还将工作，果然，FRAN 的 20 个信号干扰，只关闭了 19 个，而 CEO 家门口的还继续存在。

包总后悔之前没低调行事，好在安哲正亡羊补牢。

“包总，您如果查到，也别打草惊蛇，今天还有安提瓜的 10 个基站开通。”

此时，另一路的安德烈斯已在安提瓜的站点待命，昨天他虽被勒令叫停，但人停手不停，连夜准备好了一切基础工序。当今天他再次获批 Clara 许可证，一切就能倍速完工。但安德烈斯面临的难题是“伪装基站”，因为戈麦斯・李撤回了 Clara 提供的伪装配件，现在即便拿回来，也来不及调整设计的适配。

现场，被叫去支援的克鲁兹，他曾是分包商的“站点勘测”出身，专门负责站点与环境的匹配，很早就知道历史保护的问题。为此克鲁兹在加入华兴前就曾用 AutoCAD 设计过一种“路灯伪装（Lamp Site）”——把基站伪装成路灯，当时还只是空想，因为如果没有“分布式基站”，就无法“小模块”式地灵活嵌入伪装路灯中。

克鲁兹曾在一家工厂打过小样，昨天去安提瓜前，他先从家里带走一个样品，并通知工厂，等他现场勘测后调整的设计，准备连夜赶制。也就昨天到今天被耽误的 24 小时里，工厂连续不停地做，只要做完一个，路德维希就从危城向安提瓜发一个。

8 月 7 日上午 10 点 30 分，安德烈斯指挥着工程吊车，安装起第一个“All in 1——分布式路灯伪装”，前后衔接，犹如大钟的齿轮啮合。

“我把照片发你了，看看伪装效果如何？”安德烈斯在现场拍照，记录着全过程，传给了戈麦斯・李和市政机构。戈麦斯・李又一次庆幸选对了华兴，这方案比他 Clara 的伪装设计更自然，无须额外再向市政机构申请许可证了。

“Good Job！安德烈斯，你放心地干活，我给你保驾护航！”戈麦斯・李在电话里回应。

安德烈斯耗尽全力拼着，而克鲁兹的路灯伪装也很给力。但 1 天 10 个伪装站还是有点麻烦。这时昨夜调集的那 20 辆工程车也抵达现场支援，10 个基站全部完成硬件安装，并且迅速完成单站的路测验证，测试报告提交给 Clara。

此时已是 8 月 7 日晚上，戈麦斯・李切断了 FRAN 对 Clara 网络的后门链路，确保 FRAN 不再搞小动作进行干扰。

晚上 10 点，戈麦斯・李和哈罗德召见了 FRAN 中美洲售后负责人，扔出一沓铁证。FRAN 被抓住了一个大把柄，惊得一身冷汗。戈麦斯・李一阵怒斥，把昨晚傲慢的 FRAN 工程师喷了一顿，这股怨气不是昨天形成的，而是由来已久。他持续施压，FRAN 工程师因心虚害怕，只好主动协助在场的迪亚哥，提出技术方案，大幅修正了同频影响。

终于，一场恶战在 8 月 8 日凌晨 0 点 30 分结束。

而在这一波三折的劫难下，反而加强了危地马拉 Clara CEO 的决心，CEO 不能接受 FRAN 的背叛，他亲自改口，下令重新对华兴的基站"上电"。时隔 24 小时，危地马拉上空再次飘扬起华兴为 Clara 提供的无线信号。"All in 1"复活了！

已是凌晨 1 点，CEO 亲自给关忠打电话："天亮后，你们就过来签约吧。"CEO 明白，西电已经衰落，必须增加华兴，才能钳制 FRAN，哪怕有暂时的同频干扰！

此时，一封内部调查信也发到了"内鬼"桑迪诺处，需要其自述清白。桑迪诺正在 Fridays 酒吧里和人接头，他既惊又惧，像被抓了现行的贼，恼羞成怒，加倍抵赖。他摔掉杯子后，立即回邮件，扬言要告华兴。然而关忠早已安排，墨西哥城的法务部已启动雇佣了危地马拉的一家高级律所。企业全球化，难免会面对当地讹诈。但华兴的一贯策略是决不妥协，只有身骨正、正气强、不存污泥，才能让企业在海外当地长存！

今晚像昨夜一样，安哲和沃特一直在花旗大厦楼下的 Hard Rock Cafe。原来这一切，从断网测试、倒钩钓鱼，全是沃特这个老家伙给他出的妙计。连来回在危地马拉与安提瓜之间的 20 台工程车和工程师，也都是他积累了几十年的分包商老伙伴们，才能在 2 小时内给他们火速驰援。

还是在公司楼下的那家日料店，安哲要了一瓶最贵的山崎威士忌，为这位背后的无名老英雄斟满了酒："沃特，我敬你！"

"是你干得好，接下去还得好好继续！"出身 Telgua（Clara 前身）的老头看着这年轻的孩子。但老头已是 MIC 事业部的人了，他望着夜空中不变的北斗星，知道是时候交棒给下一代人了。

自己退场了，而这个孩子已经成了男人，将代替他继续 Move on，不断向前、征服。

5

8 月 8 日上午，Clara 采购系统生成了一个 PO 单（采购订单），决定购买 30 台华兴基站。安哲报价时，再次给戈麦斯·李电话："你确认能不需要墨西哥 COO office 审批吗？"

"我们有预算，低于 200 万美金可以本地决策。过来签约吧。"

下午，Clara 正式向华兴下 PO，还举行了一个小型签字仪式。关忠带着恩里克、包总，并且也让安哲一起去。

自 8 月 5 日凌晨 5 点起，安哲已经连续 80 个小时没有休息了，他浑身发臭、疲惫不堪。他终于能回家洗个热水澡，换身干净衬衫和西服，也给头上擦了擦发蜡。

在 Clara CEO 办公室里，关忠和 CEO 相互冠冕堂皇地吹捧了一番，拿到了这份极其珍贵且意义非凡的合同，文档大概有 15 页的签字，关忠把合同往旁边一挪，并把三个人叫到身边训话：

"签单我从不自己签，而是要让真正付出努力的兄弟签，这份订单的荣誉是属于他们的。"

恩里克和包总都想要签字时，关忠用自己庞大的身躯一挡，把一支万宝龙塞给了安哲："你来！"

安哲参与过一些项目，但却从没有代表过公司签字，这是他第一次真真正正签下百万美金级的合同。

"是这里吗？"他受宠若惊，指着文档最后的乙方位置。

"这里要签，但每一页也都要'页签'。"关忠笑话着他，这孩子还真的没有签过。这短短几日，关忠目睹着事业部这位基层员工从一个文质彬彬的好孩子，飞跃成有着铁血意志、不惧自我牺牲来换取资源的男人。他是真正凝聚团队的力量，是创造奇迹的头狼！

一共15页的合同，安哲能签15个名字，让喜悦重复15次，他幸福极了。可签着签着，到了后几页，安哲哀伤了起来，安德烈斯、沃特、路德维希、迪亚哥、郝赫、克鲁兹，这些外籍员工才真正是这一仗的钢铁雄兵，而自己何德何能，能有资格签满这些页呢？

第15页签完，他把笔还给关忠，而关忠却把笔插到了安哲的西服内袋，向安哲致意："你给我留着它，签大单。"

安哲摸了摸内袋的笔，摸到了另一样东西——一盒子"烦恼娃娃"，她们也在帮安哲。

这个夜晚，所有的危地马拉同事都聚在夜店，一起痛饮狂欢。华兴的成功，也是他们的荣誉。拉丁音乐下，他们跳着舞，安哲感慨着自己的痛苦与幸运。一个人能在年轻的时候，有机会在远隔万里的彼岸，一起完成一件超越自己能力的事，这值得一辈子记忆。

"哈哈哈，抓住他，"路德维希一把抱住安哲，和安德烈斯几人一起"一、二、三"，把安哲抛到了空中，老沃特则在一旁喝着啤酒，偷偷窃笑。几十个人跟着欢呼。

半空中的他，终于成了一个领导者，而他喜欢这种团队凝聚的快乐，比签单更快乐。

他浮在空中，可周围好像安静下来，酒吧里的灯红酒绿，在他眼里成了慢动作，这段日子也恍惚而迷幻。但他知道，自己的使命暂时完成，商用 Reference 在本地已拿到了，明天8月9日就轮到墨西哥城总部处理，那接下来的 PK，就要交给美洲电信事业部在墨西哥的兄弟们了。

然而，成熟起来的安哲，直觉触及着一个念头——规则是可以改变的。就算有一张商用 Reference，也没人能保证华兴真被4G邀标。而且 Jacob 和臣享还没有回来，他们的计划能成吗？

重力加速度猛然再现，周围从慢镜头变成了加速下坠。秒针嘀嗒一下又逼近了8月14日的零点。

chapter 3
最后冲刺：满舵！全火力推进！

1

数天前，当危地马拉打响这场奇袭战的同时，墨西哥则在正面战场，承担起一场主战役。

那时的美洲电信事业部，墨西哥指挥中枢空虚，而分兵拉美各国的一线兵力也没有任何一处胜利消息。面临最后的10天，情势已十分危急。可Jacob进入了哥伦比亚无信号的反政府武装控制区，暂时联系不上。拉美片区总裁方总受Jacob的嘱托，跨越半个地球，启程紧急从巴西到访墨西哥，代理指挥权。

方总在8月3日来墨西哥的飞机上就意识到，8月14日截止日前，战局必然千变万化，无论拿或拿不到Reference，FRAN都不会坐以待毙。因此他亟须在墨西哥进行另一层面的“外交斡旋”，做好各情况下的应变处突，为事业部一线铺垫更多的时间和谈判空间。

然而，他无兵无将，亦无牌可打，没东西能去交换。一句老话讲得好，“战场上打不下来的，外交桌上更谈不下来”。在这关键一刻，用空谈去争取利益，这难度犹如隔空取物。

但8月4日一到墨城，方总还是要求立即约见美洲电信集团CEO丹尼尔。因为这是他作为拉美最高长官责无旁贷的事。而墨西哥地区总裁林强，也费尽全力邀约，光速推进，促成与集团CEO丹尼尔在次日的第一次正式会面。

这次会面是4G邀标前的最后机会，也是唯一的机会。从8月4日半夜，林总和方总完成各自巨量的日常工作后，便在卡麦隆公寓的宿舍内，模拟双方高层会谈的交锋，一直演练到5日凌晨五点，才稍作休息。

早上8点20分，他们提前10分钟出现在美洲电信集团。可当秘书玛莉亚将他俩引到CEO办公室前的最后一刻，林总还是有些不安，再次提醒方总："丹尼尔不好对付，尤其我们'空手而来'。"

方总点点头。一会儿，他就要煮一锅无米之炊，但他也不是毫无机会——从EMT研发总裁转为海外片总后，这次的轮岗，让他渐渐悟着一种新的境界：任何业务的行销，其方案、技术、价格等理性的数据，越发像表面形式上的对比，而那种投资越巨大、影响越深远、分析越理性的项目，最终决策拍板的一瞬也是十分感性的。财阀投资一套无线网络和普通人挑一部智能手机在买定离手前，决策情感是一样的。所谓过度的数字分析、生造的古怪术语、自吹的技术图景、复杂的投资模型、纷繁的报价套路，只会让决策高层陷入到一片迷乱中，故意把简单的事实搅浑了。

真正的核心决策者，并不是技术或财经专家，他们最关键的购买理由只有一个字——"信"。

电信网络复杂而昂贵、还掺杂着民生性和政治性，意义非同小可。所以，核心决策者选择网络供应商，是需要建立在一种"托付感"之上的，就像家长把孩子的成长托付于一个老师，父亲把女儿的幸福托付给一个男孩。这种托付的信任感，超越一切。在这一方面，有强大科技文明史的西方，就比中国技术有先天优势。

方总接待过外国客户，他们都知道广东的假货市场里，有高仿的假包假表，也怀疑处于广东的中国公司，其科技实力、商业信用、长期维护能力行吗？而且，背负知识产权侵权恶名的中企，会不会给自家的电信网牵连进国际纠纷和法律风险呢？一旦中企跑路了，自己的网络谁来管？

"请进。"玛莉亚微笑着推开了门。

方总收紧了一下领带，他今天就要在这个“信”字上做文章。

“两位，早上好。”丹尼尔坐在办公桌前，他起身，笑容满面地伸出手。

方总一看，正如林强所说，丹尼尔果然是个体面的绅士，一派旧欧洲的贵族风范。他又余光瞄了瞄正迎合着的林强，想起林强还说过，丹尼尔为人保守，而保守的人是不会轻易“信”的。

“幸会了，丹尼尔。”身形高大的方总伸手紧握。

“请坐。”

方总不急于坐下，而是让林强拿出一样精心挑选的东西，“这是一份中国的小礼物。”

“哦，呵，您太客气了。”丹尼尔笑着接了过来，却放在一边，根本不拆开。

方总扫了一眼环境，丹尼尔的会客室很大，布置着16世纪的西班牙委拉斯凯兹和荷兰伦勃朗的油画，还有些19世纪巴黎印象派的作品。可既然这么爱艺术，倒是没挂着墨西哥的两大名家——弗里达和里维拉的作品。

“您去过纽约很多次？”方总问。

“嗯？”

方总笑了，眼光触及到一个小角落上，挂着丹尼尔在纽约拍摄的照片。

“哦，美洲电信是在纽交所上市的，所以我得经常去那里做业绩发布和投资者沟通，”丹尼尔笑着挥了挥手，指着四周的艺术品，“不过，忙里偷闲，出差一有机会就去看展览，纽约大都会博物馆太棒了。我去了很多次，看不完，也看不厌，所以我就会收集一些西方艺术画。方先生，您平时喜欢艺术吗？”

对西方经典艺术的欣赏与收藏，是上流贵族的一种传统审美和历史训练，也是一种特权身份的象征，中国人确实不太擅长，而两人的破冰阶段，丹尼尔抛出这个这话题，显然给方总出了难题。

这超出了昨晚的预演范围，方总即便知道些西方艺术，然而他断然无法和豪门世家的底蕴积累相比，若跳进去，只会陷于被动，只能道：

“喜欢，全球出差时也会去博物馆，只是东方美学上我可能更熟悉些。但您更熟悉并欣赏西方艺术。”

“哦！我失礼了，”丹尼尔看着两位中国人，笑着改口道，“纽约博物馆里，我也看些中国的作品。中国是一个历史悠久，拥有古代文明的伟大国家，长城、兵马俑、四大发明……”

但丹尼尔说的这些中国古文化，都是些一百年前的老话套话。进门不过半分钟，方总能够感受到，丹尼尔代表的决策层，从骨子里崇尚西方文明，却依然对中国感到陌生、不屑而怀疑。

3 天后的 8 月 8 日，正是在中国举办的北京奥运会开幕式，方总今天来，就是要借这个天赐之势，让丹尼尔从骨子里重新认识中国，并“相信”中国的实力。“她”已不是西方贴着标签下的那个中国，中国企业也不再是没来过的外国人想象中的“山寨”帝国，进而，颠覆掉丹尼尔对华兴的思维定式，为 Reference 的下一步做铺垫。

秘书玛莉亚再次推开门，她穿着一身酒红色套装，端来了三杯浓缩咖啡。咖啡杯是金边骨瓷，非常华丽，另一个精致的小盘子则放着几片马卡龙。方总拿起杯子，喝了一口，思考着该怎么说。忽然，他把杯子放在了手里，以避免敲在瓷器杯垫上发出的声音。

“丹尼尔，恕我直言，看来您并不真的了解中国。”方总单刀直入。

一直低头闲聊的集团 CEO，像被针刺着一下，他伸手去拿马卡龙的手悬停了一秒，然后迅速恢复，笑着把饼一口粗鲁地吃下去：“是吗？我可不觉得。”

“是的，您真该来中国看一看，不但看看过去，更要看看现在，还有未来的。”

“呵呵呵，以后总有机会。”丹尼尔意识到方总是在激自己，便躲过伏击。

“对了，您如果没去过中国，可以去一次，看一下华兴总部，也了解一下我们。”

“不了，8 月 14 日快到了，我会很忙。”面对方总的持续施压，丹尼尔的拒绝也干脆利落起来，“嗯，方总这次来，我有什么可以帮您的吗？”

事实上，丹尼尔之所以愿意在此时见方总，也就是想直截了当地拒绝方总，给华兴一个痛快的死法。

但方总却不接这话茬，只要他避开谈 4G 投标的话题，与丹尼尔的讨论就还有缓冲余地：“如果您暂时去不了中国，那我们下次约吧。不过，最近中国在举办奥运会，我想邀请美洲电信一起在墨城共赏奥运开幕盛典。您总得吃个早饭吧。”

他顺势给了丹尼尔一张奥运早餐会的请帖（因为时差，开幕式北京时间 8 月 8 日晚，就是墨西哥 8 月 8 日的清晨）。

面对方总一而再，再而三的请求，丹尼尔也实在有些愣住了，而且拒绝太硬也显得失礼。

“我也难得来一次墨西哥，您就立即拨冗盛情款待，重视我们的友谊，这实在太珍贵了，”方总笑着拿起精美的茶点，细细朵颐，“我也一定要回谢您。不然，还不知道我何时才能回礼呢？”

丹尼尔一看，虽然是一清早的活动，但方总那么盛情，他拒绝一次可以，两次就不近人情，而且自己刚说对中国文化感兴趣，反正就只是在墨西哥城吃个早饭，总不能打脸了吧。

“那好吧，我会到的。谢谢方总的邀请。”丹尼尔合上请帖，交给玛莉亚安排日程。

“我们可否邀请一些您的员工？”方总咬紧了，继续问，“奥运是人类四年一度的盛典，普天同庆，大家一起看看墨西哥队入场也挺好。我们也增进一下彼此了解。”

一旁的林总已经捏紧拳头，等待着丹尼尔的关键回答。这位执掌权柄者，外软内硬，从不愿意关心旁支问题，他会答应手下骨干来关心下中国和墨西哥吗？

“好！没问题。”丹尼尔给出了答复。

两大高层很快也转到了其他话题。

林总这才缓了口气，复盘着这一幕：或许是丹尼尔懒得再与方总纠缠，又或认为打发掉方总只是一顿早餐的时间成本，抑或是丹尼尔想给卡蒂纳斯和方总几分薄面——毕竟，集团 CEO 先叫停了 Boyko，又取消了华兴已经拿到的“17 国 SDP 项目”的 Reference 资格，还把海地项目推迟到 8 月 14 日以后生效，一口气干预了三个 Reference。方总却十分大度，连提都不提，丹尼尔也是识趣之人，总得还还礼吧。

反正无论什么原因，目标至少达成了，算是胜利的第一步。

20分钟的会谈结束，林强跟着方总离开了CEO办公室，忽然方总回头问："刚才我是不是逼得过头，他才被迫同意？"

林总也点了点头，丹尼尔压根没兴趣，也懒得知道中国有什么变化。

"嗯……那我要改变计划，原先30人的奥运早餐会，现在改成500人！"方总说。

林强一愣，被方总的手笔吓到了，自己没听错吧，一般初邀高层，举办小型私密的活动是最合适的。昨晚他俩策划的高管出席，也只涉及核心人物，双方最多30人的早餐会规模。现在500人，林强倒吸一口凉气，这是一个气势惊人的数字，甚至不是早餐会规格，而是晚宴级的Gala Dinner，可有谁会在早上搞晚宴呢？

"500人？您要全请来？"可开幕式是8月8日，什么策略都先不说，3天约不到那么多人啊。

"阿林，我知道你想说什么，可丹尼尔越是没兴趣，就越要让他有兴趣，"方总转过头，并掏出了手机，对林强说，"手机要是没电了，你又必须用，那就得'快充'——快充的原理就是比平日里大很多的电流和电压，才能充进去。"

他想抛弃"个人对个人"私交为目的的精英私享会。因为已经没时间一步步升级友谊和互信了，他要组织一场双方500人超大规模的"早宴"，把美洲电信、Telecell、TeleMex的经理级和总监级都要请来，将"个人对个人"改为"组织对组织"进行系统性对话，这会有一种仪式感，只要策划得好，是一定能让人产生变化的。

方总挺直着腰杆："才30个人看，还有什么奥运气势？中国办的开幕式向来就最有大国气势，既然只有三天让这群墨西哥人'相信华兴'，那也只有一场超大型早餐会，才能有与奥运相应的气势，从上到下镇住美洲电信，"方总鼓动着林强承担起这不可能完成的挑战，"四年一次奥运，百年才轮到中国一次，这是绝佳的机会，我们要一次性改变他们所有人，而不只是一个小圈子，让集团有能量的、说得上话的人，都对中国有全新认知。"

丹尼尔今天的姿态，是谈不上一个“信”字，任何人也无力修正的。如果借中国奥运开幕式这股洪荒之力，扭转一群拉美人的集体偏见，那即便集团 CEO 丹尼尔再强大，也只是环境中的一员，如果 500 人的整个环境发生扭转，丹尼尔也会被感化，而他身边反对华兴的属下们也会不再那么坚定。CEO 也不再被小圈子垄断，能在更多渠道下，听到“相信华兴”的声音。这就能为 Reference 的谈判，打下坚实的基础。

“只有 3 天筹备，你办得到吗？”方总问林强。

数百人的迅速邀约，这样超大规模的早餐会，从场地、菜单、节目、座位表、活动、采购、活动物料，困难太多了，早餐会的效果还必须震撼客户。方总知道他有点为难林强了，可现在没回头路。

“必须行！”林强给自己下了军令状。

“好样的，”方总拍了拍林强的肩膀，他一抬头，认出了马路对面的 Taco 摊，“我听 Jacob 说，那个铺位的 Taco 好吃也好运。走，咱们吃饱了好干活。”

2

3 天后，8 月 8 日，危地马拉拿到 Reference 的日子，也是奥运会开幕当日。短短 3 天，林总已安排好了在墨西哥“皇家之路”酒店，举办一场早餐会，与美洲电信共赏奥运的开幕盛典。

凌晨 5 点 30 分，华兴在 San Isidro 和卡麦隆公寓的灯都亮起来了，今天全员迅速洗漱，准备赶往“皇家之路”酒店。但还有一批人并没有睡觉，从昨天到今晨，他们在宴会厅现场做最后的布置。

“会不会吓到丹尼尔？”林总开着车，副驾驶坐着方总。

恐怕丹尼尔都不知道活动搞那么大，又如此疯狂邀请他的员工！

“会，肯定讨厌我！”方总用丝巾擦了下眼镜，“但只要你把早餐会搞得精彩，他就会忘记我的错，只记得华兴的实力。”

“方总，‘早宴’一定会精彩！”车飞驰出去，早上 6 点的墨西哥城还没有很堵。

这 3 天，地区部和事业部的所有客户经理、产品经理、项目经理、工程经理，全体出动，向自己的客户发出邀约。大量的美洲电信、Telecell 和 TeleMex 的主管都被邀请。客户答应得爽快，只是拉美人的性格也常常会放鸽子，或是会迟到。但是林强也担心，他能搞定大型餐饮、大型节目，租到巨大的场地，布置巨幅的宣传物料，可万一客户不来，500 个人填不满，就会反差出一种空落冷清，丹尼尔看到，又会是怎样的滑稽和恼人的景象。所以无论客户是来了，还是没来，这都让他感到心神不宁。

“我先眯一会儿。”方总闭上眼睛，身为片区总裁，他平均睡眠不足 4 小时。可他也睡不着，危地马拉的关忠、智利的臣享和哥伦比亚的 Jacob 那边的消息波动很大。现在，只有靠自己剑走偏锋了。

他知道，万一今天林强再搞出纰漏，那自己激进的行为会引起丹尼尔的不适，但别人讨厌就讨厌吧，他的个人形象已经不属于自己，而成为工作的一部分，是必然要牺牲的。作为一个拉美片区的统帅，他不能是好好先生，也不能怕得罪人，而得勇于承担。既然是自己赌了一把，就算林强办失败了，那不是林强的错，作为片总，自己绝不会推卸责任。但他更愿意相信今天的活动一定会成功，也更相信华兴拉美片区的兄弟们。

正式入场时间是早上 7 点 30 分。但 6 点 30 分，华兴的员工已西装革履，站在酒店门口迎宾，大家手机保持畅通，翘首以待各自的客户。

7 点钟，太阳已经高高升起。墨城的紫外线很大，但因海拔高而并不闷，可大家都燥热到了嗓子眼冒烟。

这时，第一批重要人物到达了——中国驻墨西哥大使馆大使、商务参赞，以及使馆一秘和二秘。

7 点 15 分，墨西哥工商协会会长，墨西哥经济部副部长、教育部副部长（奥运和体育挂于经济部下）也都到达了——这正是大使馆协助请到的。

这些客人被安排到最前排的主桌，由林总陪同，将与丹尼尔等集团高层坐在前方。

7 点 30 分，美洲电信、Telecell 和 TeleMex 的客户开始陆续到场。

一辆辆车开到了“皇家之路”酒店门口，华兴员工不停确认着自己邀请的客户是否到达，一看到就带入会场。每一桌都被安排过，入座的原则是“谁邀请，谁陪同”。

500 人的会场被填满了！真没想到，平日总拒绝自己的客户们，真的准时到了。

虽然华兴员工常常被客户拒绝，然而拒绝次数多了，也会因歉意而拉近距离感。人都是有情感的，在非工作状态下的客户，还是很宽容的，一下子由“负面近距离”，变成了“正面近距离”。

从 7 点 30 分到 8 点的 30 分钟里，是鸡尾酒社交。

一支刚上过综艺节目“拉美好声音”的著名墨西哥民族乐队登场，他们高礼帽、一席白色服装，弹奏出“马利亚契”音乐，充满着墨西哥风情。整个大宴会厅气氛渐渐点燃起来，大厅非常宽大，四周布置成了墨城改革大道（Reforma）的周末集市样子。集市上，亡灵节骷髅、可爱的吉祥物、阿兹特克武士、征服者科尔特斯都在被街头艺人们 Cosplay。墨西哥手工艺人们制作着栩栩如生的彩色动物纸雕（Alebrijes）。而四周又摆放了电子游戏机、街头美食。而集市上，还不经意地夹杂着中国文化表演和美食制作，一切都充满了嘉年华般的喜庆，超乎所有墨西哥客户的期待，让人跃跃欲试，气氛竟也意外的融洽。

“Todo Bien!（西语：都很棒！）”

“Muy Interesante!（西语：太有趣了！）”

“Amigo, Perfecto!（西语：兄弟，完美极了！）”

美洲电信员工主动与华兴员工交流起来。墨西哥人生性热情开朗，他们谈笑风生，又拍照、又跳舞、又游戏，宴会厅里洋溢着愉悦的能量。他们谁都没料到这个工作日的上午如此有趣，在这办公室之外的氛围下，往日工作中对华兴的那种无端的抵触也随之消失了。

如同节日般的集体狂欢，在这热闹的室内空间里，人们相互簇拥，气氛渐入佳境。

相比员工们的放松，CEO 丹尼尔略微严肃了些。他站在大厅前部，与方总、林总、COO 卡蒂纳斯、大使和部长等人，进行简单的政商交流。当部长讲话时，他拿着香槟酒杯，瞄了眼方总，不再小看拉美片总——这个中国人竟有胆放弃小型私密的早餐会，这完全出乎自己的预料，这位方先生绝非那种畏首畏尾、循规蹈矩的庸俗经理人，反而也颇有胆色。

穿梭于宴会厅的侍者走过，丹尼尔把杯子放在侍者托盘上，他从没有在上班前喝酒的习惯，但不知怎的，今天就喝了。他更没有听闻过早宴（Gala Breakfast），但今天见到了，而周围几百名员工一起这么开心，作为集团执掌者，他也很少再看到这样的喜悦氛围，作为CEO，他也会为自己员工们的高兴而高兴。华兴真是不走寻常路，他能想象，方先生一定是在那天两人的会见后，临时才改变了计划。没想到，不到3天，就能搞定，华兴的执行力真的太惊人了！又一口香槟酒，他微醺中，滑过一个从没有过的念头：也许，华兴真的可以成为美洲电信的一个选项吧。

他正面直视着方总，这个高大厚实的男人，正像定海神针一样，矗立在这场宴会席的中央，撑起这巨型的场面。方总的余光也注意到了丹尼尔，丹尼尔略略地点头，向方总致意。

8点整，现场一阵中国锣鼓队的震撼表演，配合着声光电的效果，气势十足，宣告着活动即将正式开始。

8点3分，多块巨型投影布上，投射展示出CCTV西语频道播放的张艺谋导演的中国奥运会纪录片。张艺谋用他独有的大气磅礴，用美感直接震撼了客户的认知。短短5分钟，丹尼尔和墨西哥人在感性上触摸到了新的中国，一种传统的宽广、浓厚、纵深的大国雄魂，正和日新月异下的冲刺速度，相互交织，彻底更换了中国那种“李小龙时代”的旧有形象。

8点8分，墨西哥现场，宴会BGM切换为悠扬的声音了，一位中国女孩上台进行沙画表演，当投影布最终显示出墨西哥的雄鹰和奥运五环时，现场响起了掌声，也拉开了墨西哥现场的序幕。

8点10分，墨西哥政府官员开始了简短的致辞，一句随口的俏皮话，让氛围更为轻松。

8点13分，轮到方总开始讲话。所有人都屏气凝神，想看看这位新任华兴拉美片区总裁、前EMT研发总裁的水平。

他稳步地走上了舞台，脚步很慢，试图把节奏放慢，让焦点凝聚于他。他环视一圈，全场安静了下来：

“各位好，我叫方勇。有幸与大家一起见面。

“刚看到奥运片子，我自己也恍然回想，这还是我小时候记忆里的样子吗？我可是来自一个贫困农村，小时候，连肉都吃不上，甚至从没想过自己能走出大山。这几年中国变化之大，我想不到，而全世界谁也都想不到。

“世界变化很快，今天还有很多事，当年也想不到。我小时候，读过拉美的《佐罗》《百年孤独》，也看过玛雅文明、亚马孙河和马丘比丘的神秘故事，对幼年的我而言，拉美一直是魔幻的、彼岸的，另一个平行世界的存在。我从没想过，我这辈子还真来到了拉美！几十小时的飞机，我就像穿越了虫洞！”

他停了一会儿：“我们中国朋友不要笑，你会这么想，拉美的朋友们也一样吧！对你们来说，好像中国只是一个传说，它也很陌生，一样不属于地球。

“中国也许只是一部《李小龙》，是一只功夫熊猫，一笔象形文字，历史课本里的一行笔记，是漫画书里有着神秘长城和兵马俑的东方巫国。您小时候也和我们一样，觉得彼此遥远而不可及，谁能想到，二次元里古老的中国人正活生生地坐在您身边！跟您讨论网络的高科技！您能想到吗？”

墨西哥客户也笑起来。

“在座的朋友里，我们打个赌。您看一看身边的华兴人，是否也是您遇到的第一个活着的中国人？我赌 500 比索，没错，赌他或她就是第一个！”

台下忽然炸开了锅，每一桌的墨西哥客户看了看身边的华兴中方，彼此一视间，多年的芥蒂在会心欢笑中，像一缕烟被吹掉了，双方的相遇或争执更像是一种命中注定的缘分。

“今天，我还讲一件想不到的事——墨西哥跳水队的总教练，她也是中国人。”

“嗯，是吗？”墨西哥客户窸窸窣窣地确认起来。

方总精确地控制着火候，彼此互信的气氛继续推高：“在上一届的跳水世锦赛中，墨西哥夺下了3块金牌，问鼎世界冠军。去年还包揽了泛美运动会跳水项目全部8枚金牌。所以，跳水将会是墨西哥在本次奥运会中，最有机会冲击冠军的项目。”

台下的墨西哥客户再一次惊讶地交头接耳起来，墨西哥极少拿到奥运奖牌，而且在印象里，墨西哥从未在世界跳水中有一席之地。但台下有人承认方总说得对，窃窃私语中，一个之前被人忽视的消息逐步传播扩散——体育媒体已把墨西哥跳水队称为“梦之队”，并获得了很多荣誉。培养跳水队的中国女教练，名叫马进，甚至还受邀见过墨西哥总统。

“是的，大家想不到吧，”前席主桌中有人站了起来，那是墨西哥教育部分管体育的副部长，他兴奋地说道，“跳水将成为墨西哥足球之外，最有热度的运动，更多的跳水学校将开办，总统将为中国的马进教练颁发阿兹特克雄鹰勋章。”

“阿兹特克雄鹰勋章？”全场震惊，这可是曾颁发给南非前总统曼德拉这一级别的，是外国人在墨西哥能获得的最高荣誉。

方总继续介绍起来：“这位女教练在2001年起，就被中国国家体育总局派往墨西哥援助体育项目，她也没想到一待这么久。她初来乍到时很崩溃，语言不通、人生地不熟，工作开展不下去，虽然有教练头衔，又是中国公派之名，但她依然受到许多排挤和不被理解。在墨西哥她面对政府的不重视、大众的冷淡、体制的不同、媒体的质疑，以及来自教练组和家长的压力。但她说：‘人要适者生存，到了一个新地方，你一个中国人不能改变其他人，所以只有改变自己，去适应他们的民族习惯、处世风格。’”

台下，忽然有一个墨西哥客户开始带头鼓掌，很快掌声连成了一片。

“她不懂外语，就刻苦学习、现在会两门语言；墨西哥队员和中国队员不同，个性更鲜明，她就耐心地改变自己过于严格的执教风格，与小队员沟通谈心鼓励。”

方总点击了翻页笔，投影幕布上出现了一个漂亮的姑娘——那正是墨西哥的“跳水公主”宝拉。她是世界冠军，台下开始轰动了，很多人是知道宝拉的。

“马教练说她有两个时刻特别高兴，第一个是看到墨西哥队员站在领奖台上。另一个是，墨西哥队员们每晚都会给她发信息，说‘我们都想你’。但其实，她说最初的两年里，自己差点无法撑下去。一个女性在陌生的国家生活很不容易。是队员们的爱，让她觉得责任重大，一定要把队员们带出道。现在，她在墨西哥生活了快十年，已把墨西哥队员当作自己的孩子，也把这里当作了家。”

墨西哥人安静地听着，一面是来自民族的自豪感，一面是对中国女教练十年付出的感谢。会场里有一处掌声再次响起，然后再次掀起雷鸣般的掌声，就连“皇家之路”的酒店人员也都鼓起掌来。

“当今世界变化很快，很多曾想不到的事正在发生，她在来墨西哥前，没有人相信她能把墨西哥变成一个跳水强国。体育合作只是一个方面，未来还有其他合作。也许我们在最初很陌生，但我们最终会彼此熟悉和信任，只要我们走得近些、沟通多些，幸运的事情就会发生！”

方总举起杯子：“最后，祝福墨西哥队，Viva Mexico! Salud!（墨西哥万岁，干杯！）”

“Salud! Viva Mexico!”全场的气氛燃爆，共同干杯。感性的墨西哥人被点着了火。

丹尼尔尽力克制着情绪，身为高层，意志力和信念不能被软化，但他还是自豪地举起了杯子。而举杯的同时，墨西哥教育部副部长告诉同桌的丹尼尔：“总统会在与中国领导人的国宴上，邀请我们的马教练与跳水队冠军一起出席！”

“什么国宴？”

经济部副部长说：“近期墨中正在策划双边互访。”大使点点头，也确认此事。

丹尼尔恍然大悟，难怪大使和两位副部长也都参加了早餐会，原来有更高级的会晤背景。而两国高级互访，一定会有国家间合作协议，而背后也包含政府和大型商业订单作为成果。卡洛斯家族虽是私人企业，但在墨西哥经济比重很大，一定会承担其中一部分。

而在方总背后支持此事的，正是前拉美片区总裁、政府与公共关系部长陈亚非。在 Boyko 案于美国听证会失败后，陈总没有停下，又重新向 FRAN 反击。中国领导人将在拉美进行访问，而在陈总的协调下，华兴跻身进入到随行的商业代表团，成为中国国力象征的一部分。

方总回到了主桌，他的表演结束了，接下去才是重头戏——奥运开幕式。华兴能不能因感性地打动而被信任，就靠这一场调用国家力量，并准备了长达七年之久的奥运会。中国向世界展示的精华，都将被高度浓缩在接下去的 2 个小时之中。

全场屏气凝神，巨型屏幕上，中央电视台西语频道开始现场直播，方总看着高高飘起的红旗，接下去的一切，都要交给时差 13 小时、远隔 12451 公里的祖国母亲了。

3

电视里，中国并不单单是那个古老的中国，它有长者的伟大、沉稳、智慧，但更是年轻的、充满活力，革新进取的。一切新生的事物，一切新生的商业模式，一切新生的技术都能在这片古老的土地上出现。

它是世界上人口最多的国家，也是经济进步最快的国家，它是世界上最安全的国家，也是基础建设最强悍的国家。

巍峨的大桥公路架在云贵群山的天堑，也跨越了三大湾区的波涛大海之上；

疾风般的高铁已经纵横覆盖大江南北，甚至战胜了世界之巅的青藏高原；

航母、十万吨级远洋轮、南极科考船和海上石油平台，一个陆地国家开始独步海洋；

嫦娥、神舟、天宫，超级望远镜，中国是少数的宇航大国；

国家的食品，通过技术改良，养活了数十亿人，解决了粮食危机；

“太湖之光”超级计算机，量子通信，最前沿的科技领域中国没有缺席；

这是一个个三十年来的世界奇迹。

喜马拉雅的群山、

壮丽的新疆山色、

内蒙古的大草原、

江南秀美的风光、

一座座日新月异的城市，正在中国崛起。

而最最关键的是年轻人。

中国拥有强大的基础教育，人才储备源源不断，他们的发展是可持续的……

今天，全世界第一次这样观看中国，不是通过好莱坞电影，不是通过 CNN 或 FOX 的新闻。

墨西哥客户目瞪口呆，他们的观念被颠覆了，餐盘里的食物也没有动。丹尼尔也触达内心，开始重新审视自己对世界格局的认知。

但最有感觉的不是墨西哥人，他们只能震撼，并不理解。

最有感觉的也不会是中国人，他们已太熟悉这些日常。

只有海外游子，才能真正明白其中的感受——在场华兴的中方员工，内心激动得忘记照顾自己的客户！

无线产品经理汪秦还记得：年初春节时，配合奥运中华文化宣传，当时墨城也正举办着中国文化周和中华花车大游行。在墨的华人不多，他和同事们就都自发参加了。花车仪式以墨西哥城的“天使雕像”为起点，一直沿着改革大道，前往 Zocalo 大广场为终点。可那天出现了许多莫名其妙的人，那些人举着“动物保护组织”的牌子，身着白色烫印广告衫，在“天使雕像”处说中国人不爱动物。文化花车仪式的守护并不严密，行车路线也不可以改变，墨西哥警力水平也跟不上，是汪秦一个人挡住了 8 个收钱办事的闹事者，而其他男生同时也手拉手形成安全网，女生们则把对方扔在地上的五星红旗小心翼翼地捡起来。

不仅在墨西哥，拉美片区的巴西，阿根廷华兴公司员工，也曾有过类似的事，奇怪的是，他觉得在国内明明自己是个散漫的人，一到海外后，怎么变得把祖国荣誉视为比自己安全还高。

林总还记得：那年的国庆大阅兵，因为时差，墨西哥在晚上 10 点才能看到。那一天，他意外地发现地区部中方集体加班，一个都没有回家，可到了 10 点，当他一个人想在办公室里收看阅兵式转播时，大家竟自发汇集在大会议室里，把里面挤得水泄不通，很多人站着收看，结束时已是凌晨 2 点，大家才回家。这让林总感慨不已。

在林总向别的分公司联络时，发现智利、哥斯达黎加分公司，不，那一天每一个华兴海外的分公司员工都和墨西哥一样，也包括对军事不感兴趣的女员工们。

客户经理李森还记得：前一阵的汶川地震后，墨西哥办公室上午 10 点，集体起立默哀 3 分钟，这个场景并没有任何的形式化或刻意造作，因为海外游子的心里真的特别容易爱国。尽管那时国内有人说“捐款最好不要超过 10 元”，可在墨西哥自发的捐款上，他捐了 5000 元，同事们也都捐得不少。

大家都是普通的年轻员工，出身草根，平日省吃俭用，还没来得及买下已经飙涨的房子。都说捐款不能靠道德绑架，但他很难解释，为什么人到了海外，更愿意为祖国亲人无私捐助。

行政卢娟还记得：她和同事们去了墨西哥城的一个爵士乐酒吧。她认识了几个本地朋友。大家听着音乐聊聊天，喝着龙舌兰。可就在离开酒吧前，门口有一群墨西哥男士，看见一个中国女孩，竟大喊着被外媒影响后的不敬之词。她不知是因为喝了酒，还是一片真挚的爱国心，就跟对方辩解起来。可双方逐渐争执起来，一个柔弱的中国女生在危险的娱乐区，对着这群男人大胆地喊着“Fuck off, I’m Chinese, and I know better China than you do!”。

她的朋友们吓坏了，这可是墨西哥城，还是酒吧区，激怒酒鬼会很危险，尤其还是一个女生。但她也不知道为什么发起狠，她还年轻，懂得历史并不深，但一股子爱国热情到了海外被激发出来了，那一晚她觉得她不做，就没人做。

地区部产品副总裁岳总还记得：他所住的卡麦隆公寓前，有一片巨型广告墙，每两周都有工作人员贴上最新上映电影海报。有一天，他看到广告位贴上了一张大海报——是歪曲历史事实的宣传。他每天上下班会看到，在窗台上吃饭看到，晚上睡前又看到，一看 3 天。在一个周末，他实在忍不住，他从 16 楼电梯冲下，手撕整张海报。海报大约有 50 平方米大，用的还是特殊粘物材质，极难撕。他花了一个半小时，在墨西哥人围观下撕掉一大片。

他喜欢电影，但他实在受不了为了某种目的而歪曲的作品，作为一个大公司的地区部高管，这样的行为在当地可能引起巨大诽谤。若万一遇到不理解的墨西哥人，或海报公司的员工，恐怕会有肢体冲突。他父亲知道后，说以他现在的身份应该用更合适的手段去处理，不能像少年般冲动。可他说："爸，我知道，但我控制不住。"在海外，这些事他责无旁贷。

还有很多，很多……中方员工都沉默着，喉头上下吞咽着，不让情绪在客户面前显露出来。

"你怎么了？"声音从汪秦的身边发出，是他来墨西哥时最早的两位客户——Telecell 的两位主技术长奥斯卡和玛尔克斯。自从墨西哥农村通信起，他们已相识了大半年，也见证汪秦从一个懵懂的小男孩，变成了稳重可靠的男人。可他俩第一次看到汪秦如此激动，奥斯卡拍了拍汪秦，玛尔克斯给汪秦敬了一杯酒，他们知道一个中国男生会想家。

阿曼多看到了这一幕。他比客户更能理解这些外派的中方，阿曼多是华兴墨西哥的第一批外方员工，见证了华兴的逐步成长，也令他也充满了自豪感。他是梅斯蒂索人，在拉美社会地位中下，他的印第安基因，使他皮肤更红些。相比其他墨西哥大公司任用白人做高管，华兴里唯才是举，如今的他被 Jacob 提拔为事业部的客户副总裁。

上一次，他第三个孩子的受洗仪式，得回到家乡办。在家乡里，他是一个成功人士，没有人想到阿曼多有出息了，能与最富有的卡洛斯家族成员对话。他感谢这家公司，也感谢常年漂泊异乡的中方们。这些中国人不可能像阿曼多那样完成一步步积累，海外游子毕竟不是本地人，他们没有根基。他隐忧过这些中方伙伴，当有一天中方不再年轻，回到中国后，他们并没有中国社会资源的积累。

方总坐了下来，手紧紧地捏着餐巾。他最明白手下的这些兄弟们、孩子们受委屈了——在华兴，工作压力十分大，尤其是拉美。那个著名时差段子："拉美夜总会，夜里总开会。"每天都要工作 16 个小时，周末加班是家常便饭。拉美的地震、高原反应、毒枭匪帮，语言都无一不影响着工作。可他们都坚持下来了，最让他心痛的，是为了工作，常驻拉美的员工比其他片区更苦，只能一年回一次国，而拉美离中国最远，常常一次就是要飞行30个小时。

他回过头看看他的员工，他们大多才二十多岁，当这些独生子女离开父母后，就必须在外独当一面，很多应届生只培训到一半，知识还不足，就因项目紧张被扔到海外，在一线战场上磨炼。嗯，没错，就是“扔”过来的。但训练是没有实战性的，真正成长都要在一线战场上学会。于是，他们离开了父母、恋人，甚至是在他们孩子出生时，也赶不回去。

作为他们的父母官，方总一阵心酸。他深知华兴因此背负恶名，但他也知道中国在海外的事业，不是躺在家里说个Work/Life Balance就从天上掉下来的，更不是到海外收购几个公司，搞些空壳的硅谷分部，就在资本市场上吹嘘海外拓展的故事。那些自欺欺人地骗取金融市场的高估值却不肯脚踏实地干实业的人，是无法走得远的。

相比想过平凡而轻松日子的普通人，或是向往一战暴富的金融精英，方总想念起了Jacob。真正的海外市场，就是像Jacob这第一批走出去的华兴人闯出来的。Jacob那批人是真正无敌的英雄，他们在一穷二白，在没有当今网络和信息发达的情况下，奔赴海外。那时正是华兴国内销售因战略判断错误而陷入泥潭，而这批人把华兴海外销售从0%变成今天的65%。Jacob这第一批人，奠定了华兴的海外文化。华兴海外不能忘了他们，因为一支英雄部队都是靠部队里最早的英雄，才不断感召着今天的后继者。

宴会厅越是安静，方总就越知道大家的内心澎湃。人一出国，就爱国，因为他们的所作所为，就代表了国家，对于常驻海外的兄弟们来说，这是情不自禁的。但被中国同胞误解的委屈呢，跟谁诉苦呢？譬如近期的这场猪流感，墨西哥是猪流感的重灾区。可“天涯论坛”的键盘侠，满屏都是骂这些墨西哥华人，包括中方员工——“崇洋媚外的华人，死在外面，不要把病带回来！”而当一些负面的信息传到了墨西哥，墨西哥电视台又直播中国网民的态度。那段日子，外派的中方人员走在街头时，有些路上的司机会摇下窗，对他们竖起中指羞辱，而小孩子则会扔石头。可即使猪流感肆虐，夹在中墨两方不被理解，方总却没收到一个回国申请。大家不但没因为猪流感或人身安全而想回中国。相反，那些日子里，他们坚持维护网络——他们知道，平日里说得天花乱坠没用，这关键时刻，墨西哥客户和墨西哥员工都看着中国人是不是能共进退。

唉，这些年轻孩子真不容易啊，一腔热情，赤子之心，他们总是冲在最前面。方总抹了下鼻子，试图控制自己四溢的情绪。就在这时，丹尼尔忽然说："要开始了！"

巨屏上，出席开幕式的诸多外国国家领导人也都屏气凝神，这是点燃圣火的仪式。

点圣火，是开幕式核心中的核心。英国有007特工开着快艇沿泰晤士河，经大本钟、伦敦眼登上直升机，跳伞后准确点火；美国有帕金森症的拳王阿里，以带病之躯，用颤抖的手点燃火焰；西班牙有神箭手，在风中，将火箭射入坛内；每一次点燃，都充满悬念。那中国会以怎样的形式出现呢？

庄严的国歌声中，五星红旗冉冉升起，红黄两色牡丹礼花弹正沿着龙行水系上的22个燃放阵地全速奔跑，展现出长达3.5公里的巨龙奔腾。此刻，礼花绽放在整个北京上空，烟花从永定门，经天安门、什刹海、土城等30多个烟花阵地。烟花在上空化成了30多个巨大的金色"大脚印"，象征着奥运从第一届开始，在经过30多届后，一步一步终于到了北京奥运会场的上空。

忽然，一个近五十岁的中国体坛老将，以空中飞人之势出现在了体育场上空，他近乎以平行于地面的姿势，手持圣火，在空中沿着体育场上方的环形侧身慢跑一圈。每迈出一步，他脚下就会生出奇异的莲花波纹，与礼花交相辉映，煞是好看。

可这种斜吊威亚的空中漫步，完全借不了力，因此极耗体能，而绕场的总步长估约1200米——哪怕是陆地都无比劳累，五十岁了，他行吗？此外，这样一根绳索，能安全吗？

全场安静下来，不，全世界都安静下来。

这一刻，有些人把点火者当娱乐来看。但也有像墨西哥"皇家之路"酒店里的华兴人一样，需要点火者。神圣的点火者知道自己的重任，因为奥运体育的背后关系着千千万万的经济、民生和幸福。

方总紧紧捏着餐巾，要是这一刻出现闪失，这场早餐会之前办得再好，也只会被美洲电信记成一个笑话。一个与笑话关联起来的公司，很难赢得客户的尊重，更别想在没有 Reference 的情况下，与客户讨价还价。

点火者小心翼翼，他的每一步都要控制好气息、体力。他注意好步速，不让自己与上空威亚旋转的速度不吻合；他也小心着风向，不让他被吹跑了，而一旦脚落空踩不到脚下的斜面，他就会在空中打飘，再难找回行进路线。此外，他还得保护好圣火，不要熄灭。

忽然，控制系统有一个全世界都无法察觉的小异动，他咯噔一下，脚踩空了！风力正让他偏离预设路线，他努力地旋转过来，但又飘了回去，他来回调整着，却无济于事。他多次出征过世界大赛，心理素质过硬，可这情况让老成的点火者也很慌张，肾上腺素一波波地冲刷着他的肉体与精神。

世界还浑然不知，但很快就会发现。他的耳机里，总指挥正疯狂地呼喊，但这无济于事。最终，他只有靠自己。圣火者只有一个办法——他想起体操训练时的一个动作，可以扭转回姿势，然而他要一直用这个凌空的姿势去跑完，他的全身将只有威亚一个支撑点。这姿势消耗太大了，即使年轻二十年，他也没有把握能坚持！而一旦消耗过大，他就握不住圣火，火炬也会掉下去。他若是惜力，则无法在原定时间里完成点火。

他听不见耳机里的声音，听不见观众的欢呼，也听不见礼花的爆炸，唯一看见的是脚下的 LED 里的莲花绽放和头顶宇宙苍穹的万点星光。他心中的信念发挥着超过他体能的力量，他飞速地奔跑，而手中的火炬依然牢牢握着，一切挑战都在这股强大的意志下显得微不足道。

他又稳又准，在奥运圣坛里点燃了火焰——全世界为之欢呼！而同时，居庸关长城的空中，也出现了一个巨大的“彩虹”焰火造型，这是跨越古今的对话，今天的中国，既有着古代的传承，又有强大的现代化力量。

墨西哥城“皇家之路”里，观众们都忽然叫了起来——“Viva China!”

这个世界上除了圣火者和导演组之外，没有人会知道刚才的危机。

这次的圣火曾经历坎坷的传递，但也曾笑傲在珠穆朗玛峰传递，创造了人类历史上的第一次在最高峰的接力。那时，华兴的基站信号已覆盖到了珠峰顶，为圣火传递保驾护航，并第一时间将那一幕以彩信传递向世界，而方总也选择不再说给同桌的丹尼尔听，因为丹尼尔已完全沉浸去了。

“神奇、神圣！方先生，很成功，真的很成功。”丹尼尔伸出了大拇指，并主动用熟人才用的扶肩拥抱礼与方总庆祝。方总也很高兴，这场点火仪式是“脚印”，正寓意着，中国是一步步从困难中走过来，并走到今天，点火者用的是最难最累的方式去点燃圣火，这种淳朴厚重的踏实感，毫无刻意地拔高精神，但却更能让人本能地产生了“托付”的信任之情。

当运动员进场时，早宴现场已经是欢声笑语，到了墨西哥运动员身着绿色服装入场，这里有中方的掌声，而到“中国之队”身着红色队衣入场时，这里又有墨西哥人的掌声。掌声中包括了丹尼尔和他的幕僚团队。

林强放心了下来，这场活动很成功！但这只是一种印象，如果Reference还没及时拿到，刚赢得尊严的方总，就只能再次低声下气的恳求。

4

8月8日的早宴结束后，当天下午，地区部销售副总裁关忠从危地马拉传来捷报——签了！签了！

危地马拉战情反复多变，关忠之前不敢贸然汇报。而FRAN也十分意外，因为戴斯蒙德原以为搞定了危地马拉，可安哲在8月7日深夜反转了局势，更关键的是帕特里克完全没有意识到Jacob居然用亲征牵制了FRAN的防守，却把一支预备队安排在了小小的危地马拉。

终于，方总有了一副炸弹，可以出牌了！当他在8月9日把牌打出去时，美洲电信上下也蒙了——怎么危地马拉Clara的项目，不经过墨西哥总部COO office就自己审批了呢？否则，到了墨西哥总部，保守派至少还能拦一下。

这一局来得太突然，天下全乱套了！

Lago Alberto 的美洲电信总部里，丹尼尔把卡蒂纳斯叫过来："这项目不是要经过 COO office 负责中美洲的里卡尔多吗？"

可 COO 也很意外，故无法回答。

"你调查一下，怎么能这么擅作主张！"丹尼尔把文件扔给了他。

卡蒂纳斯出去了。只是他回味着丹尼尔刚才责备的不是华兴，而更多是 Clara 的内部管理，也许丹尼尔对华兴并没有那么多的讨厌。真正讨厌华兴的，是丹尼尔背后的人。

丹尼尔背后有三大元老：TeleMex 的 CEO 兼董事长普拉多（Prado），Telecell 的 CEO 赫克托（Hector），TeleMex 的财务长萨利纳斯（Salinas），三人都是美洲电信的董事成员，更是一直追随卡洛斯的左膀右臂，起家兄弟。

这些打下江山的老叔叔们，见证着家族产业建立的大历史，但第一代财富缔造者，钱来得总有些"争议"，身上更铭刻着记忆中的不安全感。而消除这一忧虑的，正是美国资本的背书。

卡蒂纳斯想起上个月和岳父普拉多的那次交谈，普拉多觉得从 TeleMex 时代起，家族已与 FRAN 风风雨雨合作了二十年，而 FRAN 又与美国财经、政界之间有千丝万缕的关系，中国公司就别用了。

卡蒂纳斯叹了口气，原来丹尼尔也很不容易。如今摆在丹尼尔面前的，就是如何平衡危地马拉这件事！既要对外解释，又要对内解释；是拦？还是放？是找借口堵住华兴，还是……

8 月 9 日中午时，里卡尔多也收到了戈麦斯 · 李传来的商用合同报备，但危地马拉 Clara 的操作确实没问题——200 万美金以下的采购额，只要有预算，本地就可决策，无须经过墨西哥审批。

但这一次的蹊跷之处在于，危地马拉 Clara 未经多家投标，就启用了新供应商，这需要报备。可是华兴也不属于新供应商，因为华兴的某些产品也是在美洲电信的采购名录里，这是制度上的灰色地带，从没有说清楚过。

卡蒂纳斯把里卡尔多叫来询问，里卡尔多也把这些情况一一向他说明。

卡蒂纳斯自责道：“西电太老旧，迟早是要退出网络服务的，我们也没安排，而我们不管，当地管理层必然会跳出来。只要格局不平衡，这些真空地带，就自然有人来填补。”

“您想怎么处理？”里卡尔多问。

“我们先等一等，这事不那么简单。”

等里卡尔多出去后，卡蒂纳斯想给 Jacob 打电话，但是 Jacob 的电话依然不通。卡蒂纳斯也很奇怪，怎么 Jacob 连昨天的奥运早餐会都没出席？

而在 FRAN 拉美片区总部，墨西哥城圣达菲区，帕特里克怒火滔天。本来负责此事的工程交付副总裁戴斯蒙德因办事不力，被立刻调去危地马拉紧急处理。而销售副总裁古斯塔夫还正在哥伦比亚封堵 Jacob，原本在古斯塔夫的部署下，已全面封杀了拉美各国的通路，怎料大意失了危地马拉。

帕特里克冷静下来，也觉得是自己的疏忽。陪在他身边的是拉美片区的产品副总裁西蒙，西蒙谏言道：“现在还来得及取消危地马拉项目，我们作为现网供应商，当然有优先参与权，怎么能给在名单之外的华兴呢？”

帕特里克点点头，盘算了一下。准备立即起身去找丹尼尔，甚至是普拉多、赫克托和萨利纳斯。这是最危急的时刻，已顾不上君子颜面，出手必须狠。

这时古斯塔夫从哥伦比亚来电，他不知是从哪里也获得了消息。帕特里克一看，以为为他镇守南美的古斯塔夫也要传来什么噩耗。

“不，幸好我们在最后一刻拦住了 Jacob。”古斯塔夫在电话里说。

帕特里克刚缓了一口气，但古斯塔夫把 Jacob 被抓的事情告诉了帕特里克，帕特里克震怒了，质问道：“你们想过后果吗？这个消息走漏出去，比危地马拉的‘系统后门’危险百倍，我们就都完了！”

“不会的，谁都不会知道。而且反政府武装目标一向只是谋财，只要 8 月 14 日后，我们出资为友商总裁 Jacob 支付赎金即可，FRAN 还落得个好名声。”

帕特里克不知如何评价，商战归商战，不能拿人命来赌。可眼下戴斯蒙德和古斯塔夫都已经无招可防，被迫使出下三烂的手段。

忽然一瞬间，帕特里克反应过来，Jacob 是故意让事业部的三大副总裁分别去了海地、哥伦比亚和智利，又把方总带来了墨西哥。这才让人忘记了危地马拉。Jacob，你真是兵不厌诈。

他想起在泰国 DGG 董事长门口，见到的那个无助的男人，竟一直与自己死缠烂打了几百个回合。哪怕自己刚在一个月前，用重拳把 Jacob 防御的美国分公司击回了中国本土，在这么短的时间里，这个恐怖的男人就报仇雪恨，又扳回了一局。没事的，这个男人有实力，他是死不了的，别说反政府武装，就算是进入地狱，他也能回来找自己寻仇。想到这里，帕特里克反而为宿命对手的安危稍稍宽慰。

“帕特里克，我本来是想等 Jacob 被抓，一旦多国政府参与营救，就演变成国际事件。这样，美洲电信也会对华兴在拉美的交付能力，感到信心不足——毕竟连事业部总裁都被抓了，那么 Jacob 所谓的‘哥伦比亚偏远通信’都是打肿脸充胖子，是为了销售而‘过度承诺’，”古斯塔夫小声说道，“那就是欺骗客户！”

擒贼先擒王，Jacob 被抓的消息一旦暴露，就是华兴的重大失误和国际笑话。帕特里克盘算着，这不失为眼下一个全面封锁的新方案。

古斯塔夫说：“但哥伦比亚那边，FARC（哥伦比亚三大反政府武装之一）好像还没有发出声明，我们不得不主动释放信息了。”

“好，也没别的办法了。”帕特里克说完，带着西蒙就去了美洲电信。

5

元老们也知道了此事，第一反应是震怒——危地马拉 Clara，胆大包天，居然不解圣意，公然违抗墨西哥总部。

元老们给了丹尼尔指示，希望他压下这件突如其来的事件。

丹尼尔已经干预过很多次了，从 Boyko，到海地，再到 SDP，可这次华兴的商用合同，白纸黑字，戈麦斯·李不但下了 PO，而且就连初验报告也一同做掉了，钱货两讫，都到了开票付款的阶段。丹尼尔怎么拒绝，这不是要打美洲电信的脸吗？

在奥运早宴后，丹尼尔也对华兴少了先入为主的反感。但元老们的意见难违啊！美洲电信的基础都是由元老奠定的，丹尼尔只是很后来才加入——为把收购后的各国电信公司装入一个母体，在打包到美国上市时，他才被推上了台前，做大平台的CEO。

丹尼尔只能先调查情况，看看能否废掉这份合同，而这个调查他交给卡蒂纳斯。

第一个问题，就是为什么墨西哥总部不清楚危地马拉项目，是否不合规矩。

COO office的里卡尔多的结论是：合同流程是在规则的灰色地区，但并不能说是错的。

第二个问题，来自帕特里克的申诉，为什么在危地马拉两家现有供应商之外，选择华兴来做？这里是否有猫腻？

这个问题才是致命的，一般无线网络的供应商格局都是依照地理区域划片的，一个国家说好是哪几个，就只能是在这几个里挑，没有墨西哥总部的意见，不能更换。这也就是为什么智利Clara和哥伦比亚Comcell，都不敢擅作主张，而危地马拉违抗了墨西哥总部制定下策略的原因。

“为什么非要让华兴做？”——里卡尔多把这个核心问题，抛给了危地马拉Clara。这个问题，从危地马拉CEO，转到了CTO，最终交给戈麦斯·李来回答。

戈麦斯·李当天下午给墨西哥的回复十分干脆——“华兴的技术，对于危地马拉的特殊现状不可替代。”

戈麦斯·李异常刚毅坚持，这让安哲十分意外。面对内部高压，很多人都会㞞，一般说话须留有余地。可他在早已准备好的周报和质量文件里陈述了数点纲要，把西电的衰落、FRAN的傲慢、对手MIC的市场竞争统统写了进去。

一般而言，子网技术问题都由本地子网决策。但这一局，墨西哥要插手干预了，技术须交给集团总部复核。这就危险了，什么狗屁的“华兴不可替代”！光是戈麦斯·李犯了让华兴“插花组网”这种常识性的大忌，就没有说服力。要是FRAN坚持，甚至能倒打一耙。

华兴也没停下，阿曼多和汪秦也同时去COO office找里卡尔多了解情况。里卡尔多告诉他俩，现在事情已经超出了 COO office 的范围，技术问题已交给美洲电信的集团 CTO 肯博士来处理。

CTO 肯是股东 AT&T 委派的，除了集团自上而下的统谈项目，他从不参与 16 国分公司技术分析。毕竟一个外来人，山高水深，他不蹚浑水，甚至不太管各国分公司 CTO——肯把这部分技术权力下放给了各地一线，这个权力就又回到了 COO 卡蒂纳斯的手里。

但这次事情搞得太大，而卡蒂纳斯被认为是偏向华兴。为了显示中立性，卡蒂纳斯又把问题交回给肯来评估，要肯投出关键一票。肯虽觉得危地马拉这次真是个烫手山芋，却也不得不接过来。

肯拿到了戈麦斯·李的报告一看：

> 西电 2G 设备老旧，更新势在必行；而目前对手危地马拉 Tigo 步步紧逼，可危地马拉 Clara 却因无线基站的站点获取困难，无法扩容新建，仅有电线杆的许可资源；在此场景的限制下，只有华兴的分布式基站，才能实现电线杆安装模式。

戈麦斯·李的呈报上，为了方便肯的理解，华兴的“All in 1——分布式基站”已经被形象地称为“All on Pole Solution（Pole 杆子，All on Pole，杆上安站）”和“Pole Site（杆子站）”。

> 华兴的分布式基站，模块组合非常灵活，可灵活挂在属于 Clara 的电线杆上，变成 Pole Site，也能轻松伪装为“路灯”，而不必像 2G/3G 宏基站，一个站点需要两块巨大的占地面积，以及麻烦地获取业主和政府的许可证，有利于 Clara 保持在危地马拉信号覆盖的领先优势。

在翻阅了几张现场照片和施工进度对比表后，肯终于看完了。“All on Pole”把模块高度小型化、集成化，轻松挂在电线杆或木杆上，这能快速建网，响应业务需要，绝对是好方案。只是这种“游击队”似的安装方式，显得不太“正规军”，对于后期维护可能会有影响，而且“插花组网”是个绕不开的重大问题，若肯同意了，待到

FRAN 向他发起挑战时，他也会显得有失 CTO 的水准。

一个技术进步，总是有利有弊的，关键是利害权衡。肯和他的 CTO office 一起来评估，却犹豫不决、难下结论。因为“技术”是客观的，但“选择”是主观的，还蕴含了“裁判员”的价值观。

正在这时，肯收到了华兴的求见，来者是邓博、汪秦和阿曼多，他们手里拿的不是“戈麦斯·李版本”，而是安哲版本的“不可替代性”。邓博也是博士，详细阐述了整个方案。

“为什么‘All on Pole’的集成性能那么高，能做得那么小，那么灵活？”

“原因有很多，一个是分布式管理，一个是‘All in 1’中的模块级融合——SDR 技术。”邓博与西安研究所老郑和上海研究所老魏是旧识，昨晚三人沟通到了深夜。而今天老郑擅长的分布式和老魏擅长的 SDR，在邓博此处合一，他已背得烂熟于心了。

肯完全听懂了，更惊异于 SDR 能做到 2G/3G 多模块融合，这已经比他在巴塞罗那时进步了一整个等级！

“‘Pole Site’很有前途，”肯有兴趣了，他看了看邓博，忽然想起了以前来讲解的是旧友臣享，“臣享人呢？”

“还在智利，这是一份他之前给智利 Clara 的材料。”阿曼多见缝插针，立即把臣享的智利调查报告塞了过去。

肯仔细翻阅臣享在智利的方案汇总，感慨起来，真是好宝贝啊！他看了看对面的 3 个华兴人，又看了看手上智利和危地马拉的这两份报告，手指触了触下巴，回想海地项目和“17 国 SDP 项目”，他也不免被华兴的拼劲触动了。

等华兴走后，肯博士一个人坐下来仔细思考，自己不属于丹尼尔和卡蒂纳斯的任何一方，但丹尼尔这一次却没让嫡系“新技术部”的胡安来主导裁判，就是为了让肯能有一个独立自主的决定。

既然如此，那好吧！肯决定了，他也冒着风险，按照自己的想法，写道：“华兴的‘All on Pole’在危地马拉项目中，确实不可替代。”这份报告同时呈报给了集团 COO 和 CEO。

而这一消息，也很快流传出去了，在华兴墨西哥内部燃起了初胜的欢腾。

这下问题又成了丹尼尔的了，他看着里卡尔多和肯的文件，犹豫不决。他决定放下手头的所有大事，直接打开戈麦斯·李的原始汇报文件。这里面出现了一个里卡尔多和肯没敢列明的问题——FRAN 擅自给美洲电信装了“网络后门”，干扰了华兴的组网。

装“网络后门”，虽不规范但可以理解，毕竟维护效率高。FRAN 和美洲电信关系良好，这点信任是有的。但是，装归装，利用后门操作则必须要自己同意才行。而这一次，FRAN 竟然为了私利，破坏现网参数，这往严重里说，就是“鸠占鹊巢”式的造反！

丹尼尔十分生气，但里卡尔多和肯都没有明写出来。这种尴尬的事见不得光，对于自己内部也是一种耻辱！

怎么处理啊？他脑子很乱，拿着笔在一张纸上胡乱涂画着，一个词根从笔尖中弯弯扭扭地流淌出来，一个蛇形连笔——“mu”，他停了下来。

Mu 什么？是“multi”（多个）吗？——管理一家傲慢的供应商，只有用另一家来平衡的 Multi Vendor（多厂商）吗？丹尼尔忽然理解了在一线实业中的卡蒂纳斯难处。可他再一看“Mu”，那是“Mute”（静音）吗？让自己闭嘴？

丹尼尔划掉了这个词根，他松掉领带，喝了口水。这时，他手机响起——帕特里克来电。帕特里克没有太多寒暄，单刀直入地，想要阻止危地马拉项目：“下一代 4G 网络，事关百亿的 CAPEX（投资费用）和 OPEX（维护费用）。利益面前怪事多，尤其是投标前的最后关头。”

“确实如此，”丹尼尔冷笑了一下，“有各种异象的。”

帕特里克听出来了讥讽口吻——丹尼尔也许知道了戴斯蒙德用“后门”篡改参数的蠢事，原本帕特里克关于危地马拉“插花组网”的话已经到了嘴边，只能吞回去。他想了想，改口爆料道：“对啊，亲爱的丹尼尔，我听到消息说，Jacob 为了做 Comcell 偏远地区的信号覆盖，进入反政府武装区，一周没消息了。大家为了商业利益，再怎么也不能这么不惜代价。”

丹尼尔倒吸了口冷气，美洲电信可不想和这种事有任何牵连。一瞬间，他对华兴刚积累起的好感和对 FRAN 的怒火又被压了回去。

“一旦这事传出去，美洲电信也得准备好怎么公关处理。”帕特里克说。

不消帕特里克多说，丹尼尔已经在手机上立即给秘书玛莉亚和COO卡蒂纳斯发去信息。要求立即调查详情，并协助营救。令他反感的是，中国企业太冷血，方总竟然掩盖事情，不救下属，还搞什么奥运早餐会！

“丹尼尔，我向您保证，这段时间华兴逼得太凶了，我们不会再发生有些乱象了。”

“好吧。”丹尼尔知道，帕特里克是想私了危地马拉的“后门”事件。

与此同时，FRAN科技的集团CEO布雷德利，也亲自与墨西哥卡洛斯家族的元老们打了电话，极力游说：

> “毕竟美洲电信这样的大企业，就像一艘航行于大海的巨轮，最需要的是稳健、稳定。而我们就是您最稳健的老领航员。”

于是这个不消停的8月9日，元老们破天荒地在一天之内，第二次向丹尼尔施压。

这天傍晚，丹尼尔以集团CEO的身份做出了反馈，他给董事会的一份解决意见，开宗明义写道：“开除危地马拉子网Clara CEO和CTO！”理由不是流程违规，而是这几年危地马拉在集团业绩排名垫底。

这个做法是一个重大姿态，维护了美洲电信的体面，又不破坏本次投标规则，也给了元老们面子，也保住了CTO肯的技术观点。唯一的变化，是丹尼尔不再那么信任FRAN和帕特里克了，所以他还是留了个心眼——Clara CEO和CTO被双双开除，因此之前与华兴签署的商用合同可以作废，但又不是因为本次采购流程而被开除，这合同的Reference也可以保持有效。丹尼尔给华兴留了半条命，让子弹再飞一会儿，至少他要等找到Jacob这个人。

“你要问问冈萨雷斯，哥伦比亚Comcell到底发生了什么？”丹尼尔给 COO 卡蒂纳斯电话。

“丹尼尔，Jacob 刚才给我打电话了，他开通了哥伦比亚反政府区卡克塔的基站。哥伦比亚政府正在庆祝这历史性的事件。哥伦比亚国防部长刚和我还通了电话，祝贺我们。我在哥伦比亚待过，知道这事情的意义非同小可。冈萨雷斯问我，这是政府要求，但只有华兴接了项目，但冈萨雷斯不敢做主，问要不要把华兴纳入到哥伦比亚供应商列表里？”

“什么？”今天太多的反转，让丹尼尔已经不知所措。

这是哥伦比亚政府的喜庆事，是给美洲电信的企业社会责任加分的事，没理由拒绝。可是一旦列入，华兴就又多了一份商用 Reference，元老们那边怎么交代？难不成还要开除 Comcell CEO 冈萨雷斯吗？冈萨雷斯可是卡蒂纳斯的人，而且业绩良好，再怎么也法不责众啊！

丹尼尔说：“卡蒂纳斯，你一会儿没事吧？我到你这里来一下。”CEO 明明应该让 COO 过来，他现在却乱了心意，要去 COO 那里。卡蒂纳斯说：“Jacob 刚刚赶到墨西哥城机场，他说一回来就要见我，你要不要一起见？”

回来了？那 Jacob 就没有被绑架，也没拖累美洲电信，还给美洲电信加了分啊！丹尼尔心里这么想。

“见！”丹尼尔说。哥伦比亚到底怎么回事，今天非要搞清楚不可！

6

8月9日晚上9点，墨西哥城著名的“名店街”玛莎利克（Masaryk），这是最上流奢华的街区，周边都是大使馆和顶级别墅。

一间爱尔兰酒吧门外，停着两辆民用的悍马 H2，几个着西装的人抽着烟站在外面，还有三个则坐了下来，但点的只是冰激凌——保镖是不能喝酒的。

酒吧的客人都是纯白人的男女，一看就和多数本地人不同，墨西哥上流多是欧美后裔，长得金发碧眼、身材高挑匀称、五官立体。他们英语和西语夹杂，讨论着纽约、巴黎、伦敦、法兰克福、马德里的留学或生活趣闻。帅气精干的男人穿牛仔裤，配修身白衬衫，头上发蜡，袖口略略翻起，露出高级腕表。女性则画着眼妆，穿着性感迷人的细吊带裙和高跟鞋，纤细的身上垂着奢侈的珠宝。

丹尼尔和卡蒂纳斯坐在最里面的一张小方桌，他俩只点了果汁，心中急不可待。

一辆奔驰的“S450”停在了酒吧门口，一位强壮的司机跑到了副驾驶一侧，拉开了门迎来一位尊贵的客人，他穿一双高级感十足的小牛皮皮鞋，灰色浅格的珍贵羊绒西裤，挺括洁白的修身衬衫，身披意大利剪裁的蓝色西服，胸前是一条纯色丝绸领带，手上是玫瑰金的积家“地理学家”手表，便于他掌握全球各地的时差——那是他的一块新表。

司机正是艾迪，而这位尊贵的人便是 Jacob。他抹着发蜡，梳着背头，身上喷着爱马仕的皮革味香水，沁人心脾。他身形挺拔，步履生风，自信从容。他走进去时，嘴角微扬，一笑中闪耀着高尚的光芒。整个酒吧仿佛忽然宁静下来——众人被一个亚洲男人吸引。

热情奔放的拉美女生不吝啬姿色，性感地衔着吸管，向这位美男子传情。而酒吧中的白人男士也对这位东亚男士，顿生好奇。这人眼神坚毅，气质阳刚，像极了东方故事中的武侠英雄，令这些上流人士也感受到一股强烈的压迫感。

注目礼中，Jacob 走到了丹尼尔和卡蒂纳斯身边。即便在两位貌如希腊天神的豪杰身边，他依然源源不断地输出魅力。

“哥伦比亚发生了什么？我听到很多矛盾的消息。”卡蒂纳斯迫不及待地问道。

丹尼尔也是第一次认真坐下来倾听 Jacob 的话。虽谈不上推心置腹，但已不戴有色眼镜。

Jacob 没有回答，他脱下新手表，手腕上却是一道新刻的刺青，上面用特殊的字体标记着“F”。

“那还是上一周的事情……”

卡克塔省的一个村庄里，在 Jacob 下榻的旅馆楼下，一个衣衫褴褛的年轻村民用一把小刀顶着他的后腰，逼他往角落里走。围巾蒙脸、手持 AK47 的武装分子把他劫持上一辆破旧但架着机关枪的丰田皮卡，迅速向丛林深处开走。

他的手表、手机被收走了，人也是被蒙着头的，这不是抢劫，而是剥夺一切能记录讯息的载体。一路上，这些士兵沉闷着也不说话。车开了很久，一直在猛烈地颠簸，疾上、俯冲、转向、急刹车，这让他都快要呕吐出来了。

显然这不是公路，司机是故意绕弯路，不让被绑架者猜出方位。而一般人在黑暗、恐惧和晕车下会失去时间的尺度，也就无法确定行驶的时长——这样政府营救人员就无法按时间与车速，判断出搜救半径，找到坏人可能的栖身之所。

Jacob 不断逼自己冷静下来，以便在心里读秒。当他估计过了 1 小时 8 分后，士兵才打破了沉默，似乎用着“半双工”的无线电步话机，向“基地”通话。他听不懂说什么，等汇报结束，士兵们也开始有了少许交流。只有一个西语单词他听清了——“Jefe”（西语：老板）。

他被摘下了头上的蒙布，光线一下子暴增。哪怕刺眼，他也要拼命地睁开眼睛，试图记住这个环境：

这是一个热带雨林中的原始村庄，环境有点像东南亚的金三角。但区别是这里的草皮很细腻翠绿，就像被修剪过，不是那种杂草乱生的样子。周边搭建了一些茅草屋，是传统的印第安式的搭建方式。这里的人，都穿着军绿色的士兵服装，他们皮肤黝黑，头发很短。一些小童和妇女也生活在其中，其中一名妇女给生活在这里的人分发食物，但这些食物大都是冷食，毕竟热灶容易生烟。而四周还布设着一些军事防线，铁拒马、狼狗、战车、机枪、山炮、火药和汽油。

这是一支生活在热带雨林里的游击队，营地周围还有一圈埋好的地雷保护着他们。

Jacob 记得他的一本旅行指南书里写着，哥伦比亚有三大主要反政府武装——ELN、M19 和 FARC，他们都是上世纪五六十年代下的特定产物，那时在冷战下，美苏在全球争霸，而哥伦比亚经济环境不稳，贫富差异巨大，这三大组织自称归属于哥伦比亚共产党，旗下有数个“集团”，几十条“阵线”，每条“阵线”多以游击队的形式，活跃在广大的农村，那里的经济和社会结构与大城市不同，且政府也控制不到。

Jacob双手被捆着，后面有两个年轻的士兵驱使着他走，他们看起来才十六七岁，前方是一个年轻的女兵在带路。然而士兵的态度并不恶劣，相反提醒他走路要当心脚下。他走进一间小屋子，里面有一个穿着背心，略显肥胖的五十岁大叔，大叔头发灰白卷曲，叼着一根雪茄。Jacob看了看四周，墙上挂着卡斯特罗、切·格瓦拉、马克思、列宁、毛泽东的画像。

大叔让Jacob坐下来，给了他一杯水。Jacob有点担心水里下了药或者毒品，大叔嘲笑起来，Jacob也不想让人看不起，外加难忍的口渴，就一饮而尽。

他坐在椅子上，只见大叔拿出一个工具包，上面有银针，有试剂，Jacob以为是要拷问上刑，然而他变得软绵无力——那水里果然有什么。大叔用着火烤消毒，在给他左腕处，用刺青刻下了字符“F”，字体设计得很特别。那是FARC——“哥伦比亚革命武装力量”的缩写首字母。

不知过了多久，他醒了过来。面前坐着一位留胡子的军官，大约四十岁，很像年轻时的卡斯特罗。

“你觉得怎么样？”这个军官会讲英语，看上去也比较有修养。

Jacob看了一下手腕，刺青有点发红，伤口也有一些疼。

“这个刺青记号，是保证你下次不会再被二度绑架——我们从不绑架同一个人两次。”这个军官说的话，让Jacob十分意外，盗亦有道吗？这结论下得为时过早，但至少这证明了一件事——他们未必要他的命。

Jacob支撑了一下身体，对军官说道：“Colombia, the only risk is wanting to stay.”——这句话是他在波哥大机场入境时，看到的政府旅游局口号，“可事实上……”

军官也不理他，叫人来给他送来饭。饭菜是香蕉木薯，伴着黑豆泥，此外给他配了一份果汁：“我们这里没有什么特别好吃的。但你放心，我也不会饿着你的。”

饮食和住宿透射出这里的艰苦，Jacob 翻了翻，没有肉，但他真的饿了，戴着镣铐也吃得很快。他边吃边问："我叫 Jacob，您是？"

军官觉得这个男人有着不一般的冷静，倒也有些意思："我叫马卢达（Malouda），某分支阵线的指挥官。"

"马卢达先生，您绑架我的目的是什么？" Jacob 竟直截了当地问。

马卢达点起了一支雪茄，不说话。然后，背身走出了门外。他双手撑着竹木做的桅杆，看了看这片土地上的士兵，不由得露出无奈的表情：

FARC 在 1966 年成立。上世纪 20 至 40 年代，哥伦比亚贫富差异十分巨大，10% 的人掌握了国家 70% 的财富，农村偏远地区的生活更是痛苦不堪。国家在撕裂，政府内的两派，即保守派和自由派，也进行激烈的斗争，造成上世纪四五十年代"大暴力时期"的几十万人丧生。而在此期间，一些属于自由派的平民主义游击队独立分化出来。为了保住既有权力，原来内斗的自由派和保守派达成了妥协，约定两派轮流执政，并镇压两派以外的政治活动，导致了游离于两派政治之外的准军事组织的出现。

"神枪手"曼努埃尔便在此间创立了 FARC，这一组织代表了被城市精英忽视了的农村穷苦人民。他当年在拉美有着不输切·格瓦拉的名号，更有一人阻击百人的传奇。曼努埃尔用兵如神，善于用人，"神枪手"旗下还不乏出身波哥大贵族家庭、且有革命理想的年轻人。FARC 在农村地区亦有很高的民望。

这个卡克塔省，曾经是 FARC 治下的大省。政府和 FARC 有过许多轮和谈，打打停停。一直到 1998 年的和谈中，政府才宣布，FARC 不再归类为恐怖组织，而是国内一支重要的政治力量，可以合法地向政党演化，并且商定在这卡克塔省的五个市内，设立和平过渡区，即"D-Zone 非军事区"[1]。然而换届后的新任政府获得了海外军援后，又对这一带进行了突袭，协议再一次被撕毁，卡克塔省重归战区，双方倒退回去。而这已不是第一次了——1984 年，双方宣布停火，时任

1 D-Zone。原先为军事布防，后双方撤出该区域，取消军事工事，成为缓冲区。比如朝鲜与韩国以北纬38度线为非军事区，南北越曾以北纬17度线为非军事区。

总统直接进行谈判，为了和平，总统想将 FARC 纳入国家政治生活，然而这一和平在两年后又破裂了——因为在谈判后，在政府军队无力控制的各省中，反对左翼的 FARC 的右翼民间自卫队 AUC（代表庄园主利益的准军事武装），趁停火期间，在包括卡克塔等八个省内与 FARC 进行对抗，并对支持 FARC 游击队的平民进行了一些惊人的屠杀——FARC 因此不得不被逼放弃和平协议。

而这一次，卡克塔省又开始拉锯了。这究竟何时才是一个头啊？

马卢达曾经是一个麦德林富豪的后裔，年轻时被为了国家富强和人民平等的革命理想所感召，参加了 FARC。FARC 当年也曾有辉煌历史和进步意义，但今天，FARC 已经沦为一个在世界上臭名昭著的恐怖组织，这与他原先的理想根本不符，然而一切已经回不了头了。

马卢达的雪茄烟灰积得很高了。他的士兵和家属们看到倚在高脚屋边的他，对他纷纷敬礼。他对他们笑了笑，表现得依然像一个强大的领导者，回以强劲、慈爱、坚韧又温柔的目光。只有这样，他这条阵线的战士和平民们，才能保持信念。如今的他们，什么都没有了，更不能没有信念。

7

Jacob 知道，自己一旦失踪。与他一起来交付的金总就会着急，很快就会向大使馆通报，大使馆就会向哥伦比亚当局施压。

但他担心这样做，只会把好事变成坏事，必须尽快阻止金总。可马卢达却再也没有回来过，他要想办法先再次见到马卢达。

在晚上的这顿饭，Jacob 开始绝食，任凭士兵灌给他，他也不吃。马卢达走了进来，他的军靴踩得地板直响，士兵们知道，这是老大生气了！

“怎么，我的人怠慢了你吗？”马卢达问。

“没有！”Jacob 坐在地板上说。

“你想要怎么样？吃中餐吗？我告诉你，没有！”马卢达一脚踢翻了餐盘，“我可以给你挂生理盐水！”

“你想要我活着！来交换赎金。”Jacob 安静地坐着，没有被马卢达的表演所吓倒。

Jacob 一下午都在思考，马卢达不是要他的命，那结论就是财富或是政治利益，但中哥两国之间，没有任何政治利益的矛盾，所以不存在 FARC 挟持中国人质，对中国政府提出政治要求的事情——马卢达只可能是要钱!

马卢达搬来一张椅子，坐在 Jacob 的正对面，然后唤走手下，他知道 Jacob 有话要说。

Jacob 在地上盘起双腿，说：“你让我打个电话，我可以让公司里的人送钱来——你绑对人了，我是统管拉美各国业务的总裁，很值钱。”

马卢达确实是谋财。如今的 FARC，财源已经被切断了，银行账户被冻结，军费援助也得不到，不得不通过绑架外国人和毒品贸易的方式，来筹措军费和体系维持，这种绑架只是一种“商业手段”。

但马卢达不太愿意给 Jacob 打电话，因为这会破坏“收益最大化”。FARC 策划的绑架，与一般绑架富豪不同，后者必须先通知家属，以避免其向警方报案。而 FARC 现在只进行针对外国人的绑架，往往不会主动声明，反而要等外国使馆知道公民被抓后，才宣布对此负责——因为涉外事件，更能影响国家主权在国际上的声誉，哥伦比亚不能以“不与恐怖分子谈判”而拒绝，两国都会不惜代价地营救，等到两国相互施压，FARC 才能勒索到更高的赎金。

“他们会找到你的。”马卢达摇摇头。

“马卢达先生，我现在真是有重要公务在身，您可以允许我给下属打个电话吗？”Jacob 诚恳地请求。

马卢达感到奇怪——蹲在对面的男人原来不是关心自己的命，而是自己的工作。这和他以前的经验完全不同。作为一个军人，马卢达很难不对这种以职责为天性的人产生好感。

“拿卫星电话来。”马卢达对门口站岗的一个警卫员说。一般军事部门采用卫星电话，这是一种安全的方式，无法通过技术手段侦察到拨出者的地理位置。

他让 Jacob 报出了金总的号码：“金先生，Jacob 先生想跟你通话。”

马卢达左手把电话递给了 Jacob，右手则拿着一把枪对着 Jacob 的脑袋，他警告 Jacob——全程必须用英语讲，绝不能说不该说的。

Jacob 看着马卢达，也怕马卢达一失手出状况，自己不能冒这种风险：“小金，听我说，我在 FARC 的手里……”

金总那边就炸开了锅，比 Jacob 还紧张。眼看就要在那边失控了，Jacob 连忙说：“别出声，我没事，他们需要赎金。”

“于总，我立即联系大使馆和公司总部！”

“今天是 8 月 4 日。在 8 月 9 日之前，你把剩下的活先干好，我的事谁都不要说！听清楚了吗?！”

Jacob 不让金总把这件事传出去，因为即使只告诉华兴内部，消息也会走漏。他对这种事情有过耳闻经历，他曾待过的中东和北非，像利比亚、巴基斯坦、伊拉克或阿富汗，都是部族政治，一般内线营救，即使华兴公司内部花大钱营救，也都离不开当地的“中间人”，这通常需要部落酋长、地方长老等。这种资源中国人是一时搞不定的，而且变数风险极大，最终也绕不开官方途径，而由该国政府出面协调地方部族关系，所以事情会搞大，影响华兴的名誉，进而对 4G 邀标不利。

“谁都不要说？”——马卢达察觉出这话背离“FARC 绑架商业模式”，Jacob 则迅速地挂掉电话，不让马卢达用 Jacob 做人质来威胁金总。号码丢了，电话断了，这下马卢达被惹火了。军人反手一记铁拳敲在 Jacob 的脑袋上，Jacob 晕了过去——头部的淤肿会形成脑细胞缺氧，导致他沉沉地睡去。

到了半夜，热带丛林里虫鸣鸟叫，青蛙在田间里呱呱不停。Jacob 醒了过来，他睁开眼，窗外能看到一条清晰的银河，星星多到数不过来。这是在大城市里看不到的美景。只是他头还有点疼，一摸，自己头上包着纱布，上面渗出了丝丝凝结的干血渍。

“你醒了？”一位美丽年轻的哥伦比亚女军医照顾着他。

“哦……”他的头还有点沉。

“你今天可让老大生气了，何必呢？我们又不会伤害你们，”姑娘为他清理着伤口，用手电照瞳孔，检查是否有淤血，“放心，你很强壮，身体应该没事。”

“谢谢！”他费劲地点点头。

“但你要做好心理准备，可能要1～2年后，我们才释放你。”女军医一边忙，一边说。

——为了拿到更多的赎金，FARC会用拖字诀，很有耐心地谈判。

“你可以出去了。”马卢达忽然进来了。

女军医低头起身，离开前抚摸了一下Jacob的手臂，像是安抚他。马卢达背后跟着一个一脸阴郁的人——就是早晨给他下了蒙汗药并且文身的大叔！大叔身上背着一个铁箱子——又是一个工具包，里面装着银针、试剂、手术刀之类的。

忽然大叔拿出了一管灰黑色的试剂，要给Jacob注射一针。Jacob挣扎着，但周围还有两个士兵夹着他，无力的他也没法反抗。紧接着，大叔又换了一个“手枪式”注射器，对准他的手臂按下扳机，“砰”的一下，一些液体射进他的手里。

紧接着，大叔再用手术刀在Jacob的手臂上切开一个开口，植入一个物件。切开时，由于并没有上麻药，疼得Jacob皱紧了眉头，汗珠直流。完成后，大叔用水煮消毒的针，硬生生地在Jacob的手臂上缝针。

女军医站在门口，用着女性同情和关切的眼神看着他。

“疼的话，我可以给你古柯碱止痛。”大叔笑了笑。

止疼用的是毒品制剂！马卢达很聪明，要么让人因恐惧和剧烈疼痛而屈服，要么让人因陷入逃避现实的痛苦而屈服。

“不需要……”Jacob咬着牙，拒绝止痛，当95%的医用酒精消毒新鲜的伤口时，他只是死盯着马卢达。

“好了，我的朋友，”大叔拍了拍他，“第一针是黄热病的疫苗。免得你在这热带丛林里生病了——我们要保证你的健康安全；第二针是有半衰期的放射性元素，让我们可以发现你；刚才的小手术，是植入一个追踪特定频率的芯片。”

马卢达说：“你哪里都别想逃！”

“我不逃，但我也不会让中方来赎我。”Jacob摸了摸生疼的胳膊，虽然气息微弱，但气势不减。

两人就这样面对面，互瞪了很久。但谁都不说话。

“哼！”马卢达怒目圆睁，女军医重新走了回来，马卢达带着怒火拂袖离开，门口留下了两位凶悍的持枪士兵。

Jacob 看着这个美丽的白人女军医，在哥伦比亚，这些人被称为 Paisa。她们身材娇小而格外漂亮，是几百年前来到的欧洲人，因为对外交流少，故保持着中世纪欧洲白种人的基因，可今天，她们中的一部分却被现代战争裹挟着。

马卢达安排不同的人，一个女性温柔地唱红脸，两个士兵无情地扮演白脸。一个俘虏可以很刚硬，可再刚硬的人在一个陌生、可怕又无望的环境下内心也会脆弱，这时留给他一点点温柔，就能制伏这个硬汉。

“你是不是没有家庭？”年轻的女军医问 Jacob。

“为什么这么说？”Jacob 疲惫地回答。

“没有家的男人，才不管自己的死活。”女医生给他倒了杯水，又轻轻摸了下他的额头，检查下体温，好像他有点发烫，“马卢达说，有家的男人通常更有弱点。”

“说得很有道理。”他低头摸着地板上的草席，淡淡地说。疲惫中，他心里忽然涌上来一股难以名状的痛苦。刚才这话像一根毒针刺中了灵魂，他手指甲用力地掰了下地上，弄得木屑都嵌入了他的指甲缝，“你有烟吗？”

战地没有烟这类大众商品，但士兵配给中有最原生的烟草叶子，可以直接卷成雪茄。只是她不抽雪茄。作为军医，她只有毒性不强的大麻可供士兵清创时粗鄙麻醉。她从包里掏出几颗卷好，稍稍加热后，伸手递给他。

Jacob 有些犹豫，但心灵需要安慰。燃烧的大麻带着特有的臭味，并让他感觉到了一种强烈的饥饿，可现在是深夜，也没东西吃。接着，他的身体皮肤异常敏感，精神却极度疲劳。

他倒在地上，闭上眼睛，而她轻轻地触摸着他。他的脑袋沉甸甸的，只感觉到有一个女性陪在他身边，这让他思念起了母亲和佩妮。作为一个三十三岁的男人，他比同龄的男人差太多了，他的同学群里总是谈着中国买几套房、谈子女教育、担心健康就医、追逐投资理财，而他无妻、无子、无母、无友，多年的海外生活，甚至他连国内的关系网都断了，也没有男人安身立命的国内社会资源，唯独剩下一些海外朋友，可海外毕竟不是家，这些海外关系总是过个几年，就因为更换外派而再次断裂。是啊，家又在哪呢？

所以，她猜得对，他确实了无牵挂，才有刚才那些大胆亡命的举动。

“那，我来照顾你吧。”氤氲中，哥伦比亚女孩一边说，一边抚摸着他的头发，倚在他的身边。

哥伦比亚女生的漂亮，是世界闻名的。哥国有很多选美学校，常常听见她们获得“世界小姐”的称号。这位女军医不仅漂亮，更是温柔，很能照顾人，他顺从地躺下了，这并非出于色欲，而是被常年海外漂泊的疲惫和倦怠感所笼罩。自从加入了华兴，他就从一个遥远的国家，飘到另一个更遥远的国家，没有终点，这阵迷烟里，他身体酥软，只想闭上眼，嘴里呢喃语道：“好累啊，我真的好累……”

他睁开眼，看了看她，又闭上了眼睛，真想休息了。女孩的温柔香，沁在他的枕边。这一刻，没有电话会议，没有邮件审批，没有总部的夺命追魂 Call，没有 KPI 和职场缠斗，没有客户的辱骂和投诉。居然在被绑架的丛林里，他竟找到了一个世外桃源，本该危险的地方可真舒服！

女孩趴在他身边睡着。他伸开手，给她当枕头。常年的单身，作为一个好男儿，也离不开女性的体贴与温存，搂着她能让他放松下来，也浇灌着皮肤和心灵的需要。凌晨 2 点，他累了，女孩也累了。

自己追逐的意义到底是为了什么？他想不明白，也累到不想再想明白。

在沉沉的黑暗睡梦里，他走进了一扇门，见到了八年前刚进华兴的那个青涩男生，他来到深圳，只是因为深圳是中国最方便落户的一线城市而已；那里是他的前女友佩妮的家，他只是为了爱，随着女友南下；为了配得她，才来到给寒门机会的华兴。

为了在社会上生存下去，他必须在华兴干下去，他进步得很快，也收获了成果——房子、钱和户口，却又失去了本源的初心——为他呐喊加油的亲人和爱人。物是人非，斗转星移，自己也年华老去，没有了青涩少年对生活的那股子热情劲。

帷幕暗去，一道光照来——是永远支持他的妈妈，然后是低潮时给予温暖的佩妮，然而这些存在的意义，只是在冥冥之中为他指明了自己最终的命运——他看见了另一个身影。

一切机缘巧合，把他引向深圳的华兴；而所有失去的，则把他引向了小玲。

那是陪伴他最长的小玲的身影。他的每一次挫折，每一次荣耀，每一次志得意满，每一次灰心丧气，小玲从没有缺席，她见证着一个叫于佑杰的人的每一点进步。正是与小玲的较劲中，他也随自尊心一步步成长。不知不觉，小玲把他不断推向了更优秀，他成了真正见识过五湖四海、与世界较量的男人，成了那杯“晚泡开的茗茶”，让他不同于国内的那些高端精英。他是一个真正的角斗士，在一线纷飞的战斗中所做的、所亲历的，远比这些隔岸观火的“评论员”，更伟大、更充满历史价值，只是这一份意义也许要在很多年后，才会在有人翻阅时被歌颂。

他说到做到，不喜欢那种光说不练的人。而那些坐井观天的“评论员”都说中国强大了，可中国真正强大是怎么被世界承认的呢？引以为豪的某些企业，并未真正走出国门，绝大收入来源于国内；一些中国巨头，靠着国内的垄断地位和独霸资源，跻身世界500强，一旦走出国门就无法在国际竞争中赢得市场；而通过金融和地产发家的富豪们，也只是买下海外资产，但这些不能让中国这个后发国家得到世人的尊重！真正的强大是依靠科技工业，而只有华兴才真正将中国强大的科技工业向外输送，并用西方的竞争规则，获得了世界的认可。他，这个叫Jacob的男人，就是这第一批跨出国门的第一代海外老总，为中国在世界贡献着名声！

他没有“评论员”读破万卷书的渊博，可他行了万里路，亲身见识过这世界真正的本来面目。所谓历史、人文、规模、社会结构、地缘政治和经济，他不是不懂，只是他不是理论派，而是像发掘宝藏一般的实践者。

他来了、走了，很多同学说他浪费了人生的黄金机会，错过了中国国内暴利发展的岁月，但只有一路和他有相同经历的小玲才能理解。终于，他领悟了属于自己的人生路线，也找到了一位真真正正的同路人，一位有着相同使命的灵魂伴侣。

他从麻药中醒了过来，望着星空，看到有一颗流星划过夜空。他轻轻地推了推女军医：“嘿，嘿……”

女军医睡意还正浓：“嗯，怎么了？”

“我刚说错了，我有家。”

“什……什么？”她蒙眬地睁开眼睛。

“你有家吗？”

女军医顿时清醒过来，她耳朵上还挂着一副耳机，循环播放着哥伦比亚最有名的女歌手 Shakira 的专辑，在亚马孙深处的寂寥夜里，她被问得心中一阵悲凉，呜咽地哭了起来。他只好安慰地拍拍她。

他一边拍，一边抬头看着夜空：因为有家，自己不能再莽撞地找死了。

8

哭声引来了门口的士兵，士兵以为 Jacob 欺负她，要狠狠地用枪托砸他。她挡住了士兵。

Jacob 说：“我想找一下马卢达先生。”

已经凌晨 3 点了，马卢达还是过来了。他想用女军医软化 Jacob，怎料却是 Jacob 软化了这个女孩。

“都出去吧。”马卢达说。

马卢达搬了张椅子，坐在 Jacob 对面，即使半夜里，他依然一身戎装，身上还佩戴着一些勋章。而 Jacob 只能坐在地上，仰视着马卢达。

马卢达的这条“阵线”是想拖延赎人，可 Jacob 想要悄无声息，永不声张，那马卢达就陷入谈判的被动，拿不到钱来支撑军费。而 Jacob 也担心，别说被关押一年，只要 8 月 14 日前他还不能悄无声息地回到墨西哥，即使安哲在危地马拉搞到 Reference，形势也会极为不利！

他俩对视着，彼此必须找到一个平衡点。

“你把这么美丽的女孩弄哭了，为什么？”马卢达问。

“她问我有没有家，我告诉她有；而我问她有没有家，她却哭了。”Jacob 说。

马卢达嘴角抽了一下，顿了顿道：“这是‘大家’和‘小家’的区别。这里每一个人都丧失过亲人，而我……”马卢达控制了下情绪，“我已经什么都没有了……没有了父母，兄弟，妻子，还有三个孩子。”

房间里有一张 FARC 创始人“神枪手”曼努埃尔的画像，曼努埃尔前几年去世了。他看了看画像道：“没有真正的信念，我们如何面对这一生？虽然失去了亲人，却有了‘大家’，这一切让我们更坚强。”

“马卢达先生，但你还是没有家。”

“你少给我废话，”马卢达眉毛一扬，掏出了枪来对着他，“我不是没了你就不能拿到赎金的，你既然认为我没有了亲人，那你更能明白，我可以不顾一切，心狠手辣，什么都干得出来！”

“你说过，没有家的男人就没有弱点，所以，我并不想激怒你而被你杀死，”Jacob 轻轻拨开了他的枪，“但是我看到外面你的士兵，都是娃娃兵。你的娃娃兵为什么不怕死，因为他们没有家，其实，他们并没有你所说那个‘大家’。”

“战争没有胜利者！”Jacob 紧盯着马卢达的双眼。

马卢达愣了一下，一种灵魂深处的颤抖，他放下了枪。

“你只是生活在和平之中的人！”

“是的，这我知道，因为这不是我进入的第一个战区。在来这里之前，我去过东南亚、中东、非洲。马卢达先生，我真的看到过很多的灾难，即使有些是战后多年的重建，但那也毁掉了一代代年轻人本来的可能。我也在波哥大的 93 大街公园见过哥伦比亚新一代的年轻人，她们很善良，你一定不想他们再受你年轻时一样的罪。”

Jacob 的这种见识，让两人暂时走到了一起，马卢达静下心，坐着听这个他无法击溃的人质的聊天。与 Jacob 聊了许久，渐渐地，马卢达不再觉得 Jacob 是一个普通人。

“时代已经变了，谁都不可能全胜，这不会有胜利者。”

一种焦灼刺痛了马卢达，他感到这是一场没有终点的竞争，其实 Jacob 不过是点穿了他内心早有的这种感觉，他只是不愿意承认——

“万一你错了呢？”

“我不会错的。”Jacob 的语气平淡，却有力。

马卢达发着呆，也陷入了回忆。FARC 在曼努埃尔的起源时代，还是有正义性和感召力的，斗争也或者是“内战”属性，他们在哥伦比亚搞土地革命，打土豪分田地，赢得了农民的支持。那时他们的资金源于古巴、委内瑞拉和苏联的支持。他们在安第斯山脉东部的森林地带开展活动，后来发展到北部，从事香蕉生意获得资金，然后又在西南部进行农牧业和石油生意。但当苏联陷入阿富汗战争泥潭后，外援就少了，游击队的经费就成了问题。于是，他们不得不在亚马孙地区种植古柯，而亚马孙的这些密林就成了他们的老巢。

然而，包括自己在内，FARC 里很多人并不想贩毒——这违背了先前的政治理念。就在上世纪 80 年代，当 FARC 与政府中的主和派力排众议，决定双方和谈，但残酷的现实撕毁了协议，双方一次又一次交战。最终，两边“主和派”就像过街老鼠一样，被压制了下去，主和领袖被反噬，而毒品生意被确立为主要财源，那时，FARC 就控制了全球 80% 的毒品市场。因为毒品，FARC 得以续命，也因为毒品，FARC 的政治生态和道德信仰也毁了，也被国内外社会所抛弃，之后又有多次谈判，总是谈谈打打，陷入这怪圈的重复。战争永无宁日，双方缺乏互信，时而 FARC 重创政府军，时而政府军在美国援助下杀入 FARC 区内。

FARC 本是一支不同政见的政治力量，但时间模糊了一切，现在他们被欧美认定为恐怖组织，而 FARC 也索性更加暴虐，并针对国家的权力部门、农业中心和各经济领域进行破坏。这进一步使 FARC 内部分裂。

因为毒品，泛美高速公路本是一条从北美阿拉斯加直通南美智利最南部的公路，宣布在唯一陆上封锁处，就是在巴拿马与哥伦比亚的边境——这是为了切断哥伦比亚毒品进入美国的陆路。可笑的是，美国凿通了巴拿马运河，却封锁了巴拿马地峡。

也因为毒品，美国空投大量的“橙剂”，用破坏哥伦比亚土地的方式，来破坏游击队种植毒品的农地，再把这笔破坏自然环境的账算在了 FARC 身上。为了不再做臭名昭著的毒品业务，FARC 取而代之的是以“绑架外国人”（不是绑架本国富豪，也不杀害外国人）来获得经费。

FARC想重回政治舞台，表现出一种在与政府对等基础上的和谈愿望，可所谓的和谈，都没有信任基础，哥伦比亚总统压不住右翼自卫队、城市居民、自由精英、美国CIA和将军们。而为了活下来，马卢达这些阵线领导人，就不能放下枪，不然当年的血海深仇，都将令他们遭到复仇者的清算；但是若不放下武器，又永远谈不成。双方互相抓住对手的要害，都不敢先松手。

马卢达知道，这修罗场里，一切只是在熬，可能又要熬走一代人的青春。他回过身，问Jacob：

“冷战早已结束，一切都成为历史，我们只是当年的余震，但我也不知道该如何停止。

“FARC曾放下过武器，想化身为一支政党。我们做过，但现实从没给我们机会。我们的新领导人，每一次都要求有尊严地和谈，而每一届总统也都愿意和谈——他们还想着拿诺贝尔和平奖呢。可即使是双方的最高领导人，都无法终止这场浩劫！我何尝不想让这些士兵们获得公民权，重新过上安全的日子，不再吃我吃过的苦。

“可是我该如何保证他们的安全呢？Jacob，如果你见多识广，你告诉我该怎么办？”

马卢达出了道难题，世间那么多聪明的政客，都解决不掉，Jacob怎么可能回答？

“世事都有本源，可演化着，总会偏离初心。”Jacob说道。马卢达点点头，缔下的仇恨已跨越了一代人，而消除仇恨却不知道要几代人。Jacob继续说道：“马卢达，你是好人，你要做出改变。虽然很多时候你在位置上，身不由己，也许做不到‘从善如流’，但你至少可以‘从沟如流’——不断‘沟通’，哪怕双方不断地争吵、抱怨、打架，也要保持沟通——只有沟通机制还在，就能保持双方在同一个框架下，避免无限的战争。”

“这只是大道理，但人天性就是报复。”马卢达失望地反驳着。

“沟通才是永恒的！”Jacob毋庸置疑地回应，“这不是大道理，而是唯一的道路！”

“不！沟通意味着妥协——妥协就是软弱，历史上强者一软弱，下场就是死无葬身之地。高层谈判，就是死局。你看看巴勒斯坦和以色列，谈了几十年了！你跟我讲什么沟通。”马卢达愤怒极了，正是和谈让他绝望透了，他甚至不自觉地把手按在腰间的枪盒上。

Jacob 闭上眼睛，也许马卢达在森林里太久了，脑子里只有“丛林法则”。他缓了下来，换了个思路：“世界上最无解的矛盾，不在哥伦比亚，也不在巴以冲突，而是在欧洲。”

马卢达被这么一说，忽然静了下来听。

“英法百年战争、欧洲 30 年战争、法国大革命、拿破仑战争、法俄战争、普奥战争、普法战争、各国独立战争、一战和二战。几百年来，这片土地从没有停止过猜忌与杀戮，这些世仇早已注定永恒的战争，但从欧洲煤炭同盟开始，诞生了一个真正伟大的智慧构想——欧盟！这是人类最伟大的政治，他们最终放下一切，关税同盟、统一货币和开放边境和原料，自由贸易。只有深度的融合沟通一体，才能避免无止境的‘黑暗森林式’的猜忌！

“欧盟总部在比利时布鲁塞尔、欧洲议会在法国斯特拉斯堡、欧元总部在德国法兰克福，你中有我，我中有你。谁能料到，帝王们渴望用战争统一欧洲，可欧洲统一却以和平面貌避免了战争！”

Jacob 的话，像一个小火苗，些许点亮了马卢达心中灰暗的角落。

“是的，可……”马卢达还想争辩。

Jacob 打断道：“您去过欧洲吗？”

“……”马卢达哑然了，他早已与外界切断联系了。

“马卢达先生，不是高层谈判才算沟通，而是要彼此民意的融合。当有一天，政府区百姓和 FARC 治下百姓，建立了广泛的交流时，你就能安全地放下武器，重返国家。”Jacob 换了盘腿的姿势，“一把锤子砸不开坚冰，但一股温水却能消融它。”

“Jacob，你把人想得太美好，欧洲人能做到，因为他们有智慧，但哥伦比亚人太蠢了，”马卢达强壮的胳膊挥舞着，显得很激动，“我们沟通出的和平协议一次次被撕毁，不仅仅因为总统每几年就要换一批，很多时候就是民意变了，因为人心善变！”

“那你就要想办法让它不变！”

“人心怎么可能不变？”

“人心会变，但‘基础设施’不变的，它就像纪念碑、大铁桥和教堂一样永恒存在。比如一套网络，它能连接起FARC与外界的互通，让两边互相敌视的百姓长久地交流起来。只要有一种基础设施，能让你们永不停歇地进行信息交流和经济交流，那总有一天，双方会诞生一种共同的文化和习惯，用时间抹掉原来的仇恨。而如果你不做，那一天则很难以和平的方式到来。”

“我们……也确实有一些你说的‘基础设施’。”马卢达低吟着，拿来一台电脑，用卫星宽带设备BGAN，连上了一个网站。Jacob翻了翻，那是FARC自己建的网站，用七种语言书写的，也有留言与展示。

“很好，不交流才会让人猜测、害怕、防备。但这些还不够，因为这太抽象，也太高端了。你想过为什么之前的停火协议靠不住吗？”

马卢达没有回答。

“因为你们绕过了人民，只和政府谈。所以，在波哥大人民的眼里，卡克塔省偏远而危险，而你们的人把波哥大视为邪恶之都。协议永远只是空文，只有真正嵌刻在人们日常世俗生活里，那种‘自下而上’的东西，才能为协议背书，而这一套网络基础建设就是协议的一枚蜡封印章。”

马卢达饱经风霜的脸，埋进巨大而粗糙的双手里，搓了又搓。忽然他起身问道：“Jacob，我问你，其他纷争地区中，也有人像你建议的这么做吗？”

“有。”

马卢达听完，又一言不发地起身离去。Jacob留在房间里，东方已微白，可能是凌晨5点了吧。他不知道马卢达会怎么想？但是他知道，自己真的拖不起了。

马卢达在门口，拿出卫星电话与FARC总部的更高层汇报：“让外人进来，我们的人出去，先是信息交流、接着是商品互通、最后是情感交换。你中有我，我中有你，也许过一代人，FARC就能和平回归政治和社会。”

他想终结这一切。

卫星电话那头是FARC的参谋长："就在你那边试点看看吧。"

事实上，FARC的总部也在重启与新任总统的谈判。参谋长知道，总统想在任内完成和平方案，还希望拿到诺贝尔和平奖，只是总统绕不开部分激进议员和偏激民意想要战斗到底的决心。现在可能要为此进行"全民公决"。

所以，这何尝不是一个很好的表诚意的契机，有多少公民会因与老家的电话联通，从主战改而支持和谈呢！

门再一次打开了，马卢达蹲下来，亲自为Jacob解下了脚铐。

女军医站在门口，她知道Jacob要走了。

"你是第一个这么快被释放的人，"她轻轻地再测了一下Jacob的体温，结果很健康，"我知道你这么倔强的人，是能改变一些事的。"

"谢谢，我会改变一些事的。但今天，我得感谢你。"

"我很珍惜今晚。"漂亮的Paisa女孩踮起脚，在他额头的伤口上，轻轻吻了一下。

车要开了，她不舍地问："我知道你要走，你有什么要对我说的吗？"

在他再次戴上蒙布头罩前，他笑了，他手里拿了一枝哥伦比亚的卡特兰花，送给了她，轻吻她的额头："祝你和家人有个光明的未来，珍重。"

"这是你的手表，表背还刻了你的名字。"马卢达拿来了一个小布袋，把他的个人物品还给他。包括他那块纯钢积家"两地时"手表。

Jacob调了一下时间，一个是中国的时区，一个是哥伦比亚的时区："留作信物吧。"

"我没有什么可以送你的。"马卢达说。

"有，"Jacob伸了伸左手手腕处的"F"记号，"我走了，我们以后再见。"

马卢达粗野地笑了笑，伸出有力的手，说："也许会有这一天的。"

头罩带上，他离开这片地区，但却依然不能知道位置。但在一片漆黑中，他见到了小玲。

"我心爱的人，我要活着回来！"

9

哥伦比亚总统，站在玻利瓦尔广场边的总统府阳台上，看着这个偌大的波哥大，这个支离破碎的国家，这些平凡的哥伦比亚百姓，他觉得自己一定要黏合住这个国家。

FARC 愿按计划表，按十年时间逐步放下武器，回归国家政治生活，那他就绝不选择战争。但“大炮一响，黄金万两”，也一定有人会在和平进程里从中作梗。自己必须拦住他们，只有一体化，哥伦比亚才能有稳固的基础和全国贯通的大市场，实现经济飞跃。

政府这次偏远地区的信号覆盖，他也有这个意图，一定先要用通信去覆盖整个国境。Comcell 在这方面历来就做得最好，而且这一次不负众望，把 64 个站扩充为 100 个站，去到了更深邃的地区。

他从阳台转身，走回会议厅，对着内阁说：“各位，FARC 同意 Comcell 对偏远地区的信号覆盖，保持互联互通。”

他的幕僚长把一份资料给了每一位人员：“这是具体的运营方案。”

有一位部长看了一会儿，立即提出了反对意见：“通信管理权在 FARC 那里？这不是等于证明他们拥有那边土地吗？”

幕僚长一边发，一边解释：“不，他们可以分十年，根据政治架构下，移交给政府。”

“十年啊，万一有变呢？”“是啊，这不是和我们的初衷不符吗？”台下开始了一片争论，有同意的，有反对的。

总统向桌面用力一捶：“我原以为，能阻隔国家统一的只是安第斯的两大山区、数条大河和亚马孙丛林的地理割裂。难道我们还要再有思想上的割裂吗？”

这一拳力量很大，哥伦比亚绿檀木做的巨大桌子被震得作响，大家都被震得不吭声了。

幕僚长说：“整个哥伦比亚的反政府武装，还占据着 35% 的地区，在有影响力的地区，更达到 55%，在政府区也会不断出没，我们应该终止这一切了。从先跨出这一步开始。”

这件事就这么定了下来。3 天之后，在新闻记者的见证下，总统与 FARC 的第一次通过哥伦比亚第一大运营商 Comcell 打通了一个电话。舆论形势发生了变化。

Comcell CEO 冈萨雷斯也回到了国内，并得到了政府的表彰嘉奖，这一份情况说明和订单申请，便递交给墨西哥总部 CEO 丹尼尔和 COO 卡蒂纳斯，请示他俩的意见。

这就是整件事的来龙去脉。

但 Jacob 在玛莎利克街的爱尔兰酒吧里，却不能说那么完整——被绑架会带来不必要的麻烦。他剪去了在 FARC 军营里的情节，只是说他执行了哥伦比亚总统的任务。

他看了看自己的新手表——“两地时”钢表给了马卢达，现在手表已升级成了“地理学家”金表——这是方总送他的表，有更强大的多时区功能，以便 Jacob 掌握中国与海外更多不同国家的时间。

方总是在今天奥运早餐会后接到 Jacob 的电话。得知绑架的事后，他有无比的亏欠感。不仅是 Jacob，方总知道拉美不少员工都遇到过危险——巴西，华兴的班车三次被黑帮劫停；厄瓜多尔，女孩被尾行；秘鲁，员工因为上班路线被锁定，被摩托车手定点抢劫；哥斯达黎加，交付团队多次遇到持枪抢劫；遇到危险，员工们会把财物交出去，但硬盘总会被藏好。因为那里蕴藏了客户资料、工作文件、网络规划的数据。还有一次，一个同事遇到车祸后，第一反应竟是担忧客户会议迟到了，而不是关心身体受伤。这种条件反射，令方总作为父母官，实在是愧对下属。

这一次，方总便决定亲自到机场为刺头下属接机。他料想到 Jacob 一回来，在目前复杂形势下，今晚就必定会被集团高层召见，他便随身带了一套完全符合 Jacob 身材的新西服，作为今晚的战袍，好让 Jacob 显得是王者归来，力压丹尼尔和卡蒂纳斯两位美男子。当他为 Jacob 将西装套在身上时，Jacob 露出了手腕上的“F”字刺青，方总鼻子顿时一酸，立即摘下自己的腕表，为 Jacob 盖住那道不便向人露出的伤口。

酒吧的爱尔兰音乐响起，Jacob 一边喝着酒，一边娓娓道来……

其实，Jacob 也从马卢达处听到这次绑架事件是因为有人故意透露风声给 FARC，他能猜到是谁。但 Jacob 什么也没说，这些事，他只会永远烂在心里。叙述的过程里，他不卑不亢，没有向丹尼尔和卡蒂纳斯乞求机会。谈到一半，手机响了。

“我接个电话。”他说。

“Jacob，现在还有比和我们谈判更重要的事吗？”卡蒂纳斯问。

“有啊，很重要，”Jacob 拿着手机往外走，“是我要求婚的女人。”

卡蒂纳斯被这笑话给笑岔气了，一下打破了严肃的气氛。

“之前你到底怎么了啊？”小玲今天才从方总这里刨出点模糊的情况。

“没事，就是去哥伦比亚玩了一圈。”Jacob 走到门口，他已经认定此生一起相伴终身的人就是小玲。

卡蒂纳斯看着在酒吧外的 Jacob，转过头低声问丹尼尔：“哥伦比亚批不批？”

“你最知道哥伦比亚政府，你也知道，我们不能不批。”丹尼尔回答。

“但是 Reference 呢？”卡蒂纳斯又问，“你到底给不给他一个投标机会？”

丹尼尔沉默了一会儿。FRAN 在危地马拉的“后门事件”让他感到了威胁，但之后的处理和利用元老往下压，则是对集团 CEO 的一种羞辱。FRAN 一家独大太久了，他想起了“Mu”那个词根，也许是时候采用“Multi-Vendor”（多供应商）策略了。然而面对美国，中国靠得住吗？华兴靠得住吗？Jacob 靠得住吗？

“刚才 Jacob 说他在哥伦比亚的那些事，你信吗？”见他迟疑，卡蒂纳斯又问他。

“怎么可能信呢？”他说，“事情会像他说得这么容易？换你你信吗？”

卡蒂纳斯也笑笑，轻啜了口“龙舌兰日出”（鸡尾酒，Tequila Sunrise）。

丹尼尔不信，帕特里克之前还故意给丹尼尔透露出 Jacob 在那边出了事，Comcell CEO 冈萨雷斯的呈报中也在掩饰一些东西。他还听说，FRAN 集团 CEO 布雷德利，更向元老们透露过此事了。

“就算你批了，唉，元老们不会让你同意放华兴进4G投标的吧。”卡蒂纳斯放下杯子，目视酒吧外的Jacob。

“是啊。”丹尼尔点点头，像被戳中了痛点。他看着Jacob笑着挂了电话，那是一种令人羡慕的甜蜜。正当Jacob走回来时，丹尼尔用胳膊碰了碰卡蒂纳斯：“我想，一个有了家的男人，也会是在事业上更能托付的男人，哪怕他刚才说了谎。”

卡蒂纳斯惊讶于丹尼尔的话外音——这位集团CEO终于决定给华兴一个机会。卡蒂纳斯也不由得闪回起半年前Jacob曾当着自己的面说的那句话——“我一定会进美洲电信，我说到做到。”不自觉中，他们竟然真的帮着这家伙实现了预言。

这时，Jacob走回到了他俩桌边：“抱歉，让你们久等了。她刚给了我个好消息。”

“没事，我们也有个好消息，要恭喜你！”

10

8月10日的中午，COO office负责哥伦比亚的“五柱”之一的阿瓦罗，迅速批准了哥伦比亚的商用合同。这流程走到了COO卡蒂纳斯。

卡蒂纳斯接到报告，便根据危地马拉和哥伦比亚两个商用项目Reference，拟在最后几天特批华兴参与这一次集团的4G投标。

而这一流程没有被CEO丹尼尔否决，他装作默许的样子，把这件事办了下去。

这时COO office的五柱之一，负责拉普拉塔大区的安东尼奥，也接到了智利的汇报，智利Clara无线总监越过了CTO，在周报中单独发来一份极为翔实的《智利全境洞察报告和对策》——这正是臣享在智利的方案，罗列了智利4300公里长的丰富场景，还有了后来的复活节岛方案。这样详细的全景调研让安东尼奥眼界大开，万分震撼。安东尼奥也猜得到，智利无线总监或许也是被打动了。

报告也被安东尼奥特意转交给了卡蒂纳斯和丹尼尔。这两人读来，不禁感叹，短短时间里，华兴竟如此深度、广度、速度地了解了美洲电信各地子网的需求，这足以证明华兴的诚意，更证明他们的能力和意愿绝非嘴上说说而已。

在此刻的 CEO 和 COO 面前，智利的报告又为选择华兴多了一份合理性。那何不让这家公司来试一试呢?

凭借智利、危地马拉、哥伦比亚的三管齐下，8 月 10 日下午 4 点，卡蒂纳斯正准备让经办 4G 投标的“五柱”之首安赫尔，向华兴发一份正式的“邀标通知书”时，丹尼尔忽然给他打来了电话。

“暂停，暂停！”

“怎么了？”卡蒂纳斯不解地问。

“暂停！”这句话又说了一遍，但只是说话的人变了，那是普拉多，而旁边还有萨利纳斯和赫克托。元老们正坐在集团 CEO 的办公室里，“你也过来一下吧，但是我再次提醒，你不要轻举妄动，擅自发邀标邮件。”

三巨头的警告已经很清晰了，卡蒂纳斯不能再强硬，他一路赶往丹尼尔的办公室，一路想着：智利、危地马拉、哥伦比亚、海地，“17 国 SDP 平台”、Boyko 方案，难道这还不够吗?

可这样下去，还有什么意义呢?

在丹尼尔的办公室里，又是一阵激烈的辩论。CEO 秘书玛莉亚吓得不敢进去端咖啡。

闭门会议里，三巨头要求丹尼尔和卡蒂纳斯取消邀标函，还专门发一封拒绝信，彻底通告华兴“这次邀标没戏，下次请早”。

丹尼尔没有说话，卡蒂纳斯不想发。

“好吧，那你把 Jacob 和方先生叫来吧。我明天当他们的面说。”既然年轻人不听话了，普拉多准备亲自出山。

普拉多站了起来，身形像巨熊一样。他是三巨头中最强力的一位，既是卡洛斯最信任的左右手，又是卡蒂纳斯的岳父，没有人能阻拦他的命令。当年，是他建议丹尼尔担任 CEO，卡蒂纳斯出任 COO，今天他也要让后生仔知道这家公司究竟是谁的，明白所谓集团 CEO/COO 的权力边界在哪里了。

一封邮件发了出去，让华兴明早 8 点 30 分来一次，普拉多将会像最高法院终审一样，宣告华兴的死刑。

11

8月11日，上午8点30分。

美洲电信集团一间最高级的密室里，元老三巨头，集团CEO和COO，五人提前到了，但谁都没有说话。玛莉亚颤颤巍巍地给他们端上早餐和咖啡，一出门，她就大口大口地呼吸——密室里的气氛就像是极寒的深海，她快喘不过气了。

内线电话响了——“他们到了！”玛莉亚蚊子叫般地轻声通报。

“好，让他们进来吧。”

然而一进门，卡蒂纳斯大惊失色——本该到场的拉美片区总裁方总和美洲电信事业部总裁Jacob都没来，来的是另外三人：墨西哥地区部总裁林强，销售副总裁关忠，产品解决方案副总裁岳威。

三人递交了自己的名片。

萨利纳斯和普拉多互视了一眼，两人眼中燃烧起极度的怒火——拉美文化重视“Respect”，而两位华兴负责人不但爽约，竟然换了人也不打招呼。华兴太不知好歹了！

林总第一次见到卡洛斯家族这么多大人物都在，看来今天一定是大事。不是大坏事，就是大好事。他的肩膀，今天得扛起天大的重压。他顿了顿说：“早上好！先生们。我很抱歉，今天是我们几位来。我想解释一下原因。”

普拉多几人坐在古老的皮沙发上，既不回话，也不招呼华兴三位总裁入座，就让他们站着说。

林总继续说：“今天凌晨2点30分，智利距首都数百公里的第二大城市康塞普西翁，发生了里氏9.5级的特大地震。方总临时赶回去了，那里有华兴正在交付的项目，还有很多员工。方总必须赶去。”

“什么？！”普拉多皱眉一惊，他活了大半辈子，从没听过这前所未有的9.5级地震？怎么自己还不知道呢？他老了，不看互联网，正好咖啡旁有一份今天的报纸《El Universal》（宇宙报），他拿起来一读，这果然是轰动世界的消息。今天，他所有的消息管道还没有呈报上来讯息，怎么华兴就已经赶去了？还是片区总裁亲自赶过去！

“坐吧。”普拉多招呼着三人坐下，并让玛莉亚上咖啡。

丹尼尔悄悄问卡蒂纳斯：“Clara 智利的站点设计防震多少？”

“8 级。”卡蒂纳斯回答。

三位元老也听见了。

“方先生现在去了吗？太危险了！你们中国人没有拉美的地震知识，智利处于环太平洋地震带最要命的地方，这可能是超级地震，会有几十次余震，这个等级即使余震都可能有 7～8 级。”人命关天，萨利纳斯反而关切起来，他们老一辈人，都难免想起 1986 年墨西哥城奥运会前那死伤无数的超级地震。

“不，中国有过经验，很惨痛的经验。所以，我们比谁都知道。”林总低沉地回答，“那是山区高原的 8 级地震，几十万人的死伤。”

萨利纳斯问：“怎么回事？”

“是汶川吗？”丹尼尔接过了话。

“是的。”三个中国人同时回答。

“可大地震来了，你们能救什么？送死吗？”

“因为是山区，地震的时候，大量建筑物全都倒了，人埋在里面，可山体也滑坡了，道路也断了。但是灾区救援离不开通信指挥，然而大山高原里的基站全部瘫痪了，信号失联，因此，我们的工程师们是要第一个冲进去的。”产品副总裁岳总回答道，“先用空投基站的方式，把基站输送进去，然后团队徒步进入灾区。另外，还要临时装配大量的通信设备，组成应急通信指挥车队。”

普拉多听着有些震惊，作为商人，他没见过这样的勇敢逆行又有自发使命感的供应商。

关忠说：“这必须在第一时间内完成，因为除了救援伤者和失踪者的黄金 72 小时，如果灾区里的人和外面的人隔绝联系，恐惧和骚乱就会蔓延，引发更大的危机。”

“那 Jacob 呢？”卡蒂纳斯急切地追问。

“他去太子港了。早晨 6 点，海地太子港发生里氏 7.8 级地震，现在海地大量房屋倒塌，目前初步估算的死亡人数已达 6 万，未来估测可能达 20 万。Jacob 正带着我们地区部的交付副总裁张总，与已在海地的美洲电信事业部交付副总裁李丞会合后，一起负责海地的应急部署和通信救援，”林总回答，“我们万分抱歉，可能会影响原有的工程进度。”

卡蒂纳斯因为只关注今早这场至关重要的会议，也忽略了地震。他惊得站了起来，立即联系起 COO office 负责加勒比海地区的路易斯。

“不不不，这是不可抗力，进度先不提，赶紧让他们先撤出来！海地本身治安就很危险，如果此刻地震，一定会引起骚乱的，你们这是要冒生命危险的。”萨利纳斯担心起来。他一直很质疑华兴在拉美的交付能力，尤其是海地这样的极度贫穷地区，别为了订单把供应商的人命搭进去。

“越遇到重大自然灾害、军事危机、政变，华兴人就越是不能撤退，这是我们的铁律。我们所在的通信业不是普通的行业，它是一种基础设施，一旦我们不服务，造成电信中断，那国家会混乱的。”

“林先生，你们华兴也别去添乱了，大地震面前能自救就不错了，真正的救援应该让军队去。”三元老之一的赫克托说道，感觉华兴太会做戏了。

骤然间，气氛被赫克托急速冷冻，林总的视线移了过来，眼神又涌出了光与热。

“华兴不仅仅拥有‘All in 1’‘Pole Site’、SDP 和 Boyko 等技术，更不是低价格和推出产品的速度。除了华兴，还有谁愿意去疟疾肆虐的非洲沼泽，或是把基站搬到哥伦比亚的山翼之中？”一种职业自尊让林强变得无比强硬，搾了赫克托，“在日本核泄漏时，华兴员工全都留在了日本东京，像本地人一样，与日本客户一起坚守岗位，而其他供应商都撤走了。”

赫克托一时语塞，愠怒又不便发作。而丹尼尔则恍然大悟，难怪冈萨雷斯和其他子网都愿意推荐华兴。

普拉多沉默思索着，在这种投标关键时刻，方总和 Jacob 有两个选择：一是他们赶到客户的网络，去解决问题；二是去见客户中的大人物，尽力销售签单。所有理性的人都会选择后者。

然而，华兴选择了前者，冒着项目和人身安全风险，领导们更是身先士卒地进入险境，以非常快的速度赶去了一线：方总去智利，华兴有智利 Clara 的对手——智利 Telefonica，他竟然为了对手，不怕惹怒自己吗？而 Jacob 去的海地，也未被定为 Reference，去了岂不是浪费机会吗？

普拉多看了一眼还摇头不信的赫克托，却有了自己独立的看法：今晨，拉美意外地进入2012年前夜的“地球震动档”，但华兴两位高管的行动不是意外的，更不是冒着商业机会去作秀——这就是华兴人深入血液里的正常反应！普拉多喜欢这种务实作风，他厌倦了身边那种汇报、吹嘘、作秀，“Show Respect”，这时候，“Respect”个屁，到现场才是他要的人。

“哦，对了，您今天找我们什么事情？”林总问道，他还不知道昨天元老们发生了什么。

丹尼尔和卡蒂纳斯都看着普拉多的雷神之锤。

普拉多看了一下萨利纳斯，转过头来，悠悠地说：

“我们想当面通知你们，华兴已经被邀请进入了这一次网络投标。”

这样的反转不亚于另一场强震，全场所有人的心脏都要震得爆炸了。

林总激动地想哭了，没想到他亲耳听见了。他在这里已经待了几年了，在Jacob来之前，他就一直努力突破，却一直无果。现在，他心中呐喊道：“Jacob，你他妈真是说到做到！”

但他的外表却保持着冷静的微笑：“谢谢您，普拉多先生。今天的通知实在太隆重了，是我们失礼。”

普拉多坐在最中间的单人沙发上，拿来一根雪茄，说：“这是一件大事，我当然想面对面说。替我祝他们好运。”

“一定转达。我也还有一件事，因为华兴还在抢险现场，想恳请一下投标是否能延期几天？”

“好，我们会研究一下的，给出最后时间。”普拉多点了点头，毕竟Clara网络也受到不可抗力的灾害，推迟几天完全合理且必要。

这件事，峰回路转，Jacob风风雨雨半年，华兴在8月11日早晨被正式纳入进了“下一代4G无线网络的投标”。序幕已经结束，一场真正的决战要开启了。

散场后，三元老留了下来。赫克托拉住了普拉多，脸上还有犹豫：“你相信华兴靠得住吗？相信我们能够依赖中国人吗？”

“我本来不相信的，但我相信天数，”普拉多清楚这一路上华兴遇过多少麻烦，也不是不知道FRAN的小动作，但这些中国人比他想象中靠得住，“有些事，非人力所为，但既然华兴都做到了这个地步，那不也是天意吗？”

赫克托皱着眉头，不敢相信普拉多会这么想。

普拉多安慰起赫克托：“我也只是想给他们一个机会，试一试他们的实力，如果不好我们随时可以在后面淘汰他们。”刚才心中的直觉一直告诉他：把华兴踢走，现在并不是时候。

“可是4G是一件公事，延标岂不是别人一看就知道是偏袒他们了吗？华兴若真有实力，时间就不该变。”赫克托说。

萨利纳斯劝道：“海地也是我们的网络，难道我们集团内部不会手忙脚乱几天吗？华兴愿意为欧美大公司避开的危险地区提供服务，也是为我们服务。”

“其实，我们海地项目还没开始，海地项目是可以取消的，但我认为4G不能延迟！”赫克托回过头，瞪了瞪萨利纳斯。

普拉多沉吟着：“赫克托，你让我想一想。”

chapter 4
大决战前夜的正面会战：巴拿马投标战

1

8 月 11 日的晚上，墨西哥城的一间高级餐厅里。

女侍者们极为年轻貌美，身材修长，这些都是精心选拔过的。她们身穿墨西哥殖民时代的民族服装，就像《佐罗》里看到的贵族女性：腰线曼妙，臀部翘起，袒胸露出一部分，但束缚得很紧。她们说话温柔、优雅、调情。在客人点单时，她们甚至会故意弯下腰，露出若隐若现的酥胸，故意投射着暧昧与性感。

这是这家餐厅的特色，环境幽暗清雅，来这里的客人，非富即贵，通常是上了年纪的体面富人。他们有钱，也有对逝去的“年轻活力”的追忆，来这里感受一下年轻女子的鲜活魅力。一些八十岁的穿戴整洁的老绅士，甚至会抚摸着女侍者的手，摸了又摸，脸上露出了枯木逢春般的笑容。

FRAN 全球销售高级总裁帕特里克，和 Telecell 的 CEO 赫克托坐在一起，但他们今天没有心情和女孩们玩笑调情。

“华兴是一定会进来的。”赫克托五十多岁，头发卷曲而灰白，但不掉发。他抹了发蜡，肚子发胖，但身上的浅色格子衬衫的面料致密度，能显示出他所在的精致生活的社会阶层。

“会进来的。”帕特里克点点头，他很快默认了这一现实，也没有流露丝毫抱怨。

作为一个高段位人物，帕特里克情绪控制力很强。换作别人，早因 Jacob 击穿了他的层层设防而暴走。这让赫克托都觉得很佩服。

“赫克托，海地项目还是继续做吧。如果华兴能做的话。”帕特里克一边切开牛肉，一边镇静地说。

“为什么？那个破地方，已经不该做了！”赫克托吃了一勺蚂蚁蛋（escamoles，墨西哥名菜），接着一杯龙舌兰下肚。

“海地遇到了百年不遇的大灾害，全拉美各国政府和有名望的富豪都对海地进行捐款赈灾。这一次，美洲电信如果要撤回海地项目，虽然在商业上合理，但道德上对卡洛斯家族是不体面的。”

帕特里克从旁边拿出一份本地报纸《Excelsior》（至上报），头版头条就是海地地震，全美洲都在展开募捐行动。

“好吧，那我就不反对了。”赫克托说。然而赫克托很不喜欢自己管理下的墨西哥地盘，被一个中国公司拱进来，这侵犯了他原来的习惯。总之，就是很不喜欢，甚至这无关乎 FRAN 本身。

想想也对，任何一个穿着皱巴巴西服，面带尴尬笑容的乡下中介，敲开你家门，跟你说：

> “先生，我向您推销我公司产品，有以下五大功效，你现在存在很多风险，而我们家产品更好，还得到了很多证书。”

你一定不会可怜他、给他生意，而会一下子把大门关上。

卑微的乙方只会让甲方看不起。而 FRAN 的帕特里克总是那么有风度，甚至还大度地让出海地，赫克托愈发欣赏了，他把手从椅背放到了桌上，身体前倾道：“好，那还是 8 月 14 日启动投标，我去说服普拉多。”

8 月 14 日投标，海地项目继续实施，华兴肯定自顾不暇——老大 Jacob、产品的臣享、交付的李丞这铁三角都不在墨城。现在方总也离开了墨西哥，这已是蜀中无大将。赫克托就是不想让华兴日子好过。

“不，这样也显得不公平。应该推迟十日。”帕特里克的答复再一次让赫克托惊讶。

“帕特里克，你对竞争对手也太宽容了吧？”

“呵，哪里有，”帕特里克拿餐布拭了拭嘴，遮掩着不好意思的情绪，“哦，对了。你们不是在中美洲和加勒比海还有一个新的牌照计划吗？”

“是的，我们正在调研。我之所以建议海地取消，就是因为我们还有一个项目可选。我建议过取消海地，集中精力专攻一个新牌项目。一方面，我们还没有从 0 到 1 的全新建设一套网络的经验，这涉及太多问题。另外，买一张电信牌照就要数亿美金，再建设一套网络从土建、施工、铁塔、设备、工程、人员，这综合的 OPEX[1] 和 CAPEX[2] 得砸很多钱。”

“那你们需要的就是‘交钥匙工程’？”

“对。”

“董事会怎么看这个项目？”

“地震前，更多董事还是想建两个国家的网络的，一个加勒比海上的海地，一个在中美洲。集团规划也做了。而董事们以为只是收购一个中美洲现成公司呢，而实际上，我们也是新建一套网络。这样经验、资金和人员都会比之前紧绷得多。”赫克托喝了一口酒，往后一仰，“而从昨天的地震起，情况可就更复杂了。”

赫克托是墨西哥 Telecell CEO，而这种项目从美洲电信集团总部发出的，技术和工程全都靠 Telecell 输出资源，赫克托觉得忙不过来，也对 Telecell 自己的 KPI 没有帮助。

“既然董事会早有了决议，那要干还是得干！”帕特里克给赫克托又倒满了酒，“我记得，上次说的新牌项目是在哥斯达黎加吧。”

“对，巴拿马和哥斯达黎加中二选一，但是普遍更看好哥斯达黎加，那边现在只有一家国有电信企业，没有竞争，是一家独大的局面，我们的市场机会更大。巴拿马总人口也略少于哥斯达黎加，而且已有两家私营运营商，我们刚过去，肯定会遭遇激烈的竞争打压。”

“那是选了哥斯达黎加吗？”帕特里克点点头。

1 Operation Expenese的缩写，即维护成本。

2 Capital Expense的缩写，即投资成本。

“哥斯达黎加政府那边有点麻烦，通信部被人抗议，所以项目好像延缓了。”

“哦。”帕特里克低头往嘴里塞了一小勺冰激凌。

正餐、甜点、咖啡已经完毕，两人又转到了餐厅 VIP 专用的雪茄屋，在一个保温保湿的柜子里，姑娘为他们取出两根古巴 Cohiba 特别版 SIGO 雪茄。

帕特里克用雪茄修剪器，剪掉了尖尖的尾部，拿着专用火柴点了木片，再用木片点着雪茄，一股特有的香味夹杂着巧克力的味道，吞云吐雾之中，他问道：

“既然哥斯达黎加不行，那巴拿马新网能不能做？如果集团愿意，我们 FRAN 也想参与，还能用‘交钥匙模式’。”

“‘交钥匙’？！那好，当然欢迎，但你知道流程，现在必须投标，而且这局面，华兴恐怕也会被列在巴拿马邀标范围之内。”

“当然当然，这是应该的。赫克托，我们能在这 10 天里，做一个巴拿马项目的标书吗？”

而这 10 天也刚好能满足华兴延迟投标的小要求，又给了普拉多面子。

“可以啊。”标书一般都是 Telecell 的那两位 Chief Technical Engineer——奥斯卡和玛尔克斯出的，都是赫克托手下，能控制得了。至于推动投标，董事会本身就很有意愿在今年多开拓一些新的国家。唯一要落实的就是 COO office——因为这种国际项目的投标协调、任务分配、后续落实，都是要靠卡蒂纳斯手下那五位“国际业务经理”。

赫克托抽了一口雪茄，心想卡蒂纳斯倾向于革新，而且越来越激进了，这一年里自己更不喜欢卡蒂纳斯这种不懂商业稳健的毛头小子。年轻人指手画脚，完全不把老一辈的商业智慧放在眼里。

“投标，万一被华兴拿下呢？”他问。

“公平决斗，FRAN 怎么会输呢？”帕特里克露出诡异的一笑。

双方哈哈大笑起来，烟气弥漫着雪茄吸烟室的玻璃，两支红酒杯撞击出清脆的干杯声。

笑声中，帕特里克却有自己的算盘——目前华兴在“墨西哥和中美洲加勒比海”地区部的人力部署和分公司设置是最少的，而同时开展两个极其消耗资源的“交钥匙”项目的海地和巴拿马，却都在此地区部，外加“下一代4G网络投标”在墨西哥城——华兴断然无法同时三线作战！

华兴想三线作战，就一定会输。然而，帕特里克就是想让华兴进入这种泥潭，所以，棋局变了，之前想取消“海地项目”的他，现在绝对双手支持美洲电信拿下“海地”，还要再添一把火——巴拿马。

他之所以选择巴拿马，因为他早已获悉Jacob事业部里的冯程盯住哥斯达黎加有一阵了，而且华兴也在去年中标了哥斯达黎加国有电信ICE。因此华兴完全具备在哥斯达黎加的经验和资源。而FRAN恰恰在当地资源为0。因此，帕特里克也就把主攻方向从哥斯达黎加，转到了FRAN的主场巴拿马——巴拿马有FRAN服务的客户Cable & Wirless和Digicel子网，而华兴则为0资源。

数月前，当臣享刚把冯程下派到中美洲时，FRAN的古斯塔夫就已安排了手下的客户总监克里斯（备注：参加FRAN巴展随行负责玛莉亚的那位），操作巴拿马项目。克里斯办的第一件事，便是设法阻碍哥斯达黎加项目——这是个小国，克里斯通过中间人介绍，利用当地工会、行业协会、环保组织、通信专家、媒体、议会人士，延迟了哥斯达黎加国会同意引入第一家外资电信公司的决议。紧接着，克里斯加速了巴拿马政府对新牌照的发放速度——巴拿马政府更需要拍卖电信频段和牌照带来的财政收益，补贴赤字。

如果华兴输掉巴拿马，FRAN赢了——就证明了华兴技不如人，不利于4G投标。

如果华兴赢了巴拿马，FRAN输了——华兴将限于4G、巴拿马、海地三线作战，其中两条线都还是难度极大的消耗战、是从0到1的“交钥匙”，必然乱象丛生，证明华兴无法担当大任。

相反，FRAN输了，必然赢得大量同情分，在“下一代4G网络”投标中获得平衡弥补。这是帕特里克因势利导，在真正大战略观上的纵横捭阖。

如今，Jacob就算小胜了帕特里克一局，但后局怎么算都是帕特里克赢。

这位曾在美洲电信CDMA（美国制式）转网GSM/WCDMA（欧

洲主导的全球主流制式），FRAN 遭遇最大危机的时刻，单骑救主，以一敌八，力敌天下日韩、欧美各大科技巨头的名将，认真起来时，Jacob 就会遇到他最可怕的噩梦。

2

军用飞机划过海地太子港的上空，舱门打开，急速的大风吹了进来。一个戴着墨镜的军人一只手捏着缆绳保持平衡，一只手拿着锐利的军刀："这里可以吗？"

一个中国网络规划人员，手持 GPS 和网络规划器，看着实时经纬度与准心合一时，说："就这里，投！"

华兴基站准备空投！

军人割开固定绳，一排基站嗖嗖地飞了下去，降落伞自动打开，基站降落在山包上。

"三、二、一，下！"——另三辆直升机迅速越过低空，他们正紧跟随着基站预定降落位置。直升机悬停，放下缆绳，在 30 米上空，做直升机机降。

直升机是爱尔兰老板凯利的雇佣军，他正拿着"Walkie Talkie"步话机调度。那架飞机正是联合国维和部队的"蓝色贝雷帽"提供的，士兵们身着蓝色荧光服，头盔和制服上印着"UN"，执行救援任务。海地政府由于能力过于有限，屡屡被联合国托管，强震后，更是孱弱，救援中枢便全依赖他们了。

海地首都太子港是优越的良港，环绕海港的半山则在城市最高处。基站架设在最高处能最有效地覆盖整个沿岸。但是大地震下，山体滑坡、树木倒塌，公路破损，整个山路已经被封，无法进入，只能采取设备空投和工程师机降的策略。

"你肯定会把海地项目做下去的，对吗？"在这场大地震中，凯利的 CariCel 的二手系统设备已经很多出现了故障。凯利也很担心自己能否坚持下去，也就更担心华兴会否抛弃原有的订单支持。

"会的，我说到做到！"Jacob 迎着风说。

他坐在直升机后排，看着整片受损的区域，想起汶川大地震。那一次，一位三十岁的“华兴人”，也是在空投设备后，由一位伞兵协助跳伞进入灾区，利用卫星传输、微波架设等方式，在地震受灾24小时内，他冒着余震的危险，重建了基站通信和信息指挥中心，使灾民情绪稳定。那个“华兴人”成为了全公司的骄傲，很多人甚至会打探到这位“英雄”的工号和邮箱，发Email鼓励他，很多女同事甚至给他发了电子情书。

这俨然就是作为通信行业的使命和尊严——基站就是恢复地区秩序的第一步。

刚才只是第一波——那只是简易安装的基站设备，用的都是抱杆和低矮的拉线塔，但没有高耸的铁塔，目前基站虽然架设在高山上，但依然会被浓密的热带树林阻碍，使无线信号迅速衰减，只有用更高的40米甚至60米铁塔，与低矮基站，联合打“组合拳”才能做更好的信号覆盖。

下午还有第二波空投，一大批铁塔拼装零件、水泥包、工具箱，一共重达几十吨物资也将被空投下去。之后，一批土建施工人员在空降兵的保护下跳伞进入现场。

另一批越野车队整装出发，工兵车队挺进，遇山开路、遇水架桥，打通了前方道路，从陆路进入指定区域。华兴工程师正做好最后准备，把工兵车做改造，车顶打洞，立一根挂天线和卫星收发器的抱杆，里面拆掉座椅，放置基站和电源，改为临时通信指挥车。

“你确定要派你们的员工亲自去吗？”凯利的一位手下问事业部交付副总裁李丞。

“去！我跟他们一起去。”李丞在中铁三局出身，擅于“交钥匙”中的土建，负责过大型铁路、桥梁、高速路、大坝、港口的土建工程交付，有些甚至是在危险地区。他在海外经历过大风大浪，协调过很多重大事件，因此越两难的境地，他越大胆拍板。眼下，基站的土建安装绝不能出乱子，铁塔建不起来，基站就通不了。

后面跟着几辆车，都是他从中亚地区部巴基斯坦一起调过来的兄弟。在巴基斯坦的特大项目里，这些中方员工都跟着他，敢拼敢打，经验也十分丰富。

可大地震后的形势比预计恶化得更快，港口区那边，人已经乱成一锅粥。哭喊声震天，妇女抱着瓦砾中死去的孩子，男人搂着一起长大的兄弟，老人被压在废墟下苟延残喘，野狗成群地叼着尸体碎块吃。

糖业工厂、水泥工厂、体育用品工厂已经被震塌停业。工厂老板已经对工人失去了控制。他们冲进了公司的财务室、食堂、车间和管理人员办公室，抢夺现金、工厂机器、电脑、汽车、桌椅和食物，总之一切可能有价值的东西都被拿走。

年轻人和帮派分子开始带着头，砸掉超市的玻璃，焚烧汽车和房屋，各自占山为王。

圣何塞教堂附近的广场上，垃圾成山，污水横流，现在尸体更因炎热的天气而在腐烂，为了防止瘟疫，人们来不及就地掩埋，只能焚烧尸体。火焰冲天，到处是烧焦肉体的味道。

一些人的食物紧缺，当地人开始售卖起一种泥巴晒干后做成的饼干，但价格炒得很高了。货币俨然失效，开始以物易物，这种生意被一伙坏人垄断，甚至用更残酷的方式交易。

原来的社会秩序、经济的分配方式一下子崩溃，整个系统都停止了运作。侥幸生还的人们又因失去收入和食物而恐慌甚至争夺，规则的维护者无能为力，整个城市都在动荡中。

维和部队的上校站在高处，看着市区内的形势，对墨西哥地区部工程交付副总裁张信兴说："灾区快要失去秩序了，人们会在极度恐惧、饥饿、疫情影响下，疯狂追逐空投下的物资，海地本就不安全，现在更易演化为暴乱。安全起见，我看你们还是先培训我们，由我们的士兵来建设网络。"

"培训，来不及了……"张信兴看着四处的烟火，摇摇头。

海地对中国免签，他紧急从墨西哥交付部门抽调了一批最精干的中方业务专家，星夜奔赴海地支援。

原本，"交钥匙"的网络建设有四个工序，分别为"土建""设备安装""系统调测"和"网络优化"。李丞擅长前两道偏土建的工序，而张信兴擅长后面偏技术的两道，然而现在情势紧急，张信兴无法等李丞做完，两人必须齐头并进。

四道工序，李丞的前两道算是体力活，可以很快培训完分包出去，但张信兴的后两道工序非常专业，短时间内根本没法教会。原本“交钥匙”最难的是土建作业、建塔安站，这容易涉及土地使用权和产权的许可纠纷，这得靠李丞。然而地震了，一切物权和行政暂时消失，现在真正能制胜的，还得靠自己的网络专业技术。

“如果你们自己上，我不一定能保护得了你们！”戴蓝色贝雷帽的上校，摘下墨镜吼道。

“上校，你的人是工兵，我要的是电子通信专家，你干不了。还是让我们快点干活吧！”

“海地的枪支虽然谈不上泛滥，但是持砍刀、轻武器的也不少，你知道这里的犯罪率吗？”上校一手按着枪托，“如果你不想上全球新闻的话，你们就不要给我添麻烦了。”

这话镇住了张信兴，他是前爱立森中国区工程交付的一名儒将，习惯于外企的安全精细化管理，处理问题也很谨慎。可他的步话机里传来了话音，那是李丞和他从中亚带来的交付团队在前方不断土建的调度。是啊，如果不快点恢复通信，整个地区会更快地陷入无政府的暴力乱象。

张信兴回过头，对着他带来的墨西哥团队问道：“你们怕不怕？”

“怕！”

“怕就快干！慢了才危险！”张信兴极力鼓舞着团队士气，这些员工都是昨晚被他从睡梦中叫醒的，“前面的李丞把架子都给我们搭好了，现在海地救援的主力军，就看我们墨西哥的交付体系了！”

他身后的华兴员工们，其实压根毫无退意。自从汶川地震后，他们内心里都想成为那个能为地震开通信号的英雄。

张信兴登上一辆皮卡，设置好 GPS，自己发动起来：“上校，我们可以在站点现场培训，让你的士兵边看边学，但士兵学不会的话，我们也不会浪费时间一遍遍去教。现在我要去前面了，你车队跟不跟得上？”这样士兵们就会成为保护他们的护卫队，虽然牺牲安全，但能换取效率。

上校摇摇头，无奈地手一挥：“Vamonos，Vamonos.（西语：出发，出发）”几辆军用悍马一齐发车跟上去。

现在，由华兴工程师现场带队、凯利的外包人员、联合国部队的工兵，边看边学边保卫。张总在外企爱立森时本是个性格谨慎的人，如今他能自由地做出这么大胆的决策，是因为他能感受到华兴的文化与爱立森迥然不同——华兴人在这一刻反而不会退缩，这是他们真正体现价值与荣耀的时刻！

话虽如此，但作为老大不能不对员工安全负责。张信兴看着现场，又警惕着周围环境。天气很炎热，蚊虫叮咬，可兄弟们忘我投入，一个个基站正迅速发射出信号。男人们的专注和成就感，会让他们忘记正身处险境，也不相信还有危险存在。

其实，谁都不知道还有一层隐形的保护。张信兴走到一边，拿着卫星电话，询问着安保情况进展。因为，Jacob 正在为他们提供与当局的协调保护资源——在张信兴带队赶来的航班上，Jacob 就要为他们去谈保护条件。

海地的总统府，留有当年法国的风情，它洁白无瑕、雄伟壮丽，但这一次也被震歪了。总统、内阁和部长依然坚持办公，其实这里也不安全。除了嫡系保镖以外，门口站岗的警察也处于极度不安中。

五辆维和部队的悍马军车开来，前后还有三辆步兵装甲车开来，Jacob、凯利和维和部队准将一起下车。

在办公室里，房间的墙壁已经破损，准将看了看说："总统先生，我建议您和行政团队还是移往联合国维和部队的大本营。一旦陷入恐慌，这里可能会成为暴民的洗劫目标。现在只有我们能保护你。"

太子港的电力系统已遭到破坏了，而总统府的油机备电也出了问题。空调没了，总统的西服被汗水湿透："不行，我若走了，那才是更糟糕的信号。"

"但您要是出事，我担不起这个责任，而且一旦权威缺失、群龙无首，在海地国内会引起纷争，国际援助也找不到海地的核心人物。请您随我尽快离开吧。"

"但我离开，就说明我们政府已经瘫痪，更给人可乘之机。我绝不能走，好容易恢复了海地的太平，如果就此离开，等于权力真空，就难恢复秩序了！"总统说道，"没事，我不怕，反正国际社会不还有粮食和物资援助吗？"

“可是你的人民不知道。恐慌会像瘟疫一样蔓延，”准将也很坚持，“请允许我说句实话，您可能控制不住自己的行政系统了。”

“只要我把好消息不断散播出去，就能稳定人心。我们在各个街区依然有分层管理，依然有行政运转能力。将军，我只需要你把守好总统府的安全，我就有信心。”

这位总统并没有至高无上的权力，相反此刻还有更多的麻烦。但他的作为，令一旁看着的 Jacob 也十分佩服。

“Jacob 先生，凯利先生，只要通信维持畅通，我就能维持行政运转。我想问你们能够尽快把通信恢复起来吗？我需要用总统的名义发布国家紧急短信。”

国家紧急短信是一种特殊格式的短信，在重大预警、灾害时起到全民公告作用。

“总统先生，我会加快烧制调用一批 SIM 卡，免费提供功能机和网络使用。”凯利说。

总统两手握住凯利：“一旦救援资金到位，政府会补偿给您。”总统又看着 Jacob，“Jacob 先生，感谢您的支持，我们也会把这笔资金打到位的，请您务必让贵公司员工全力支持。”

“总统先生，这是当然的。但我有个要求，维和部队、海地警察、私人保安公司，一定要保护好基站设备和人员安全。”

“恢复通信，这是当然的，海地警察我会统辖，”总统打包票说，“部队和保安公司也会在将军和凯利的协调下完成。”

“总统先生，这些人都是我的兄弟，我不能只拿到一句空口承诺就让他们冒风险。我必须要您制订详细的计划。”Jacob 看了看总统，又看了看准将和凯利，拿出了一张详细测算的表格，“我需要按照这个标准，对每一个基站进行安保力量的配置。我们也一定会竭尽全力去完成。”这份表格是根据李丞这一个月的安排做出来的，“我们的项目总监会严格审核的！”

这份表格，要求每个站点在实施时必须有 7 名安保人员守卫，准将是不会答应 Jacob 的。

“我明白。”总统回答道，他转身对“蓝色贝雷帽”说，“准将，我恳请您按照标准去进行下去。”

准将毕竟要受到总统的影响，只好竭尽全力地协调。总统也恳请凯利的支持，并对凯利做了一些政策承诺。终于，Jacob 赶在华兴工程师出发之前，得到了安保条件。

正待离去时，总统拉住 Jacob 问："美洲电信如果愿意投资，你们还会完成吗？"他还考虑着从频谱拍卖中为政府财政补充 5700 万美金。但海地已经成了烂摊子，而且地震是不可抗力，华兴有理由拒绝 Clara 海地项目，这将使海地政府财政收入减少。

"总统先生，请您放心，华兴在这种时候不会撤离！这是我司的传统。"Jacob 回过身子，沉着地答道。他自从哥伦比亚回来，人变得更瘦，阳光照着他的侧脸，像刀削斧劈般的石膏像，坚毅异常。

总统瞬间也安下了心："好！那我待在总统府里，也就不怕了。"

走出总统府，凯利却还有一点犹豫，他对 Jacob 刚才对总统承诺的项目还不确认——形势的逆转，使他的资产迅速受损，他的 CariCel 非常依赖 Jacob 的订单和承诺。

Jacob 坐在车上，点上一根烟，递给了凯利："你放心，我说到做到。"

和他在泰国交付 CDMA，遇到百年不遇的洪灾时一样，绝不后退，即便那时内忧外患。

而这次，美洲电信更不会取消这项目，这是美洲电信对与华兴"恋爱牵手"前的一个考验，Jacob 就是再难，也必须完成的。表面上，人人都说 Jacob 是发了"国难财"，靠海地的天灾，才侥幸进入"下一轮网络邀标"，然而谁又能知道在海地交付，到底有多难、多险呢？这恐怕会是一个无底洞，对于华兴的人力和财力都会是考验。但这也会是普拉多等元老在不影响美洲电信现有格局实力下，试探华兴极限能力的绝佳方式。海地一旦做不好，合同上还将有巨额的罚金等着华兴。

车辆颠簸着，沙尘扬起，飘进了车内。Jacob 用围巾捂住鼻子。还有一件事他必须关心，他已经收到了一个风声——美洲电信可能要启动一个新的中美洲项目，极有可能是巴拿马，这将又是一个"交钥匙"，而华兴在巴拿马储备近乎于 0。华兴能放弃吗？不能！一个新来者，必须比既得利益者承担更多责任、展现更强大的实力，才能证明自己，站稳脚跟。

现在，海地已消耗掉张信兴和李丞两个人的能量，他得要抽调人马过来，置换出一位来。谁呢？臣享，正在帮助智利代表处做工作，但现在他也要重返墨西哥参与4G投标，不行。

他又盘了盘，还有吕风、冯程、罗笑这几位老将，这是他在2月份巴展前夕时，就从其他地区部找来的。可除了能力之外，来海地需要点胆色。

飞机撞山、大难不死的吕风，虽然他不怕危险，甚至敢于在一次地震中在废墟里还写邮件。但是他正在哥伦比亚，还有交付偏远覆盖的任务；冯程——那个在非洲闲得慌，饭后一路追小鸡十余里地，把可怜的小鸡跑到口吐白沫而死的男生，充满好奇心的他也会愿意来海地，然而冯程在中美洲拓展了很久，此刻，他最该去中美洲的巴拿马，而不是来加勒比海的海地；罗笑，那个二进宫的家伙，虽然前期就在拓展加勒比海，但他太油滑，之前就没踏实地来过海地，他干不了海地，倒不如把罗笑调回墨城，他更适合参与4G投标。

Jacob看了又看，只有一个人：方程杰。那个曾在日本海啸和核泄漏事件中，因害怕未经过日本分公司同意，因胆小擅自逃回深圳的人，因此方程杰被通报批评。作为一个逃兵，他觉得再也无法在日本工作下去，才来到遥远的拉美，以逃避现实。但凡能在日本工作过的人，专业水平都是极高的，因此Jacob曾考虑把方程杰用于“下一代网络”投标中的，但现在呢？是该把他放在墨西哥决战使用，还是海地？……

Jacob拿起电话，他不知道方程杰的心理状态，但Jacob没有别的人选和办法了。他试探着讲述了现在的情况，最后挑明道：

“程杰，你能临时调来海地吗？”

“于总，您不用说了。我愿意！”

“你知道危险吗？”Jacob很意外，因为方程杰答应得太过于轻率了。

“当然知道。”

Jacob还是没敢决定，因为这还意味着方程杰失去了在墨西哥城参与决战的机会。哪个大将，会愿意在大战前夕，被调去一个分支战场呢？

“Jacob，你要给我一个重新证明的机会，这就是我来你事业部的原因！”方程杰已经受够了窝囊气，他要在公司里证明自己，在哪里跌倒，就得在哪里站起来。这一会儿，他想要在最艰苦的地区、最危险的环境下做一次英雄！

“谢谢你，程杰，也许你没法在墨西哥城参与投标，但你是我们幕后真正的功臣。”

“Jacob，我只希望你能拿下4G标书。你这几个月都不在墨西哥，其实大家都开始对你充满期待。所以，我去了哪里不要紧，但你要加油，并且‘说到做到’！”

Jacob有些动容，他眯缝着眼睛，看着漫长土路里的沙子进了车，也吹进了他的眼睛。车剧烈颠簸，他不知道该对这样的伙伴说什么感谢的话，在他不在的几个月里，没想到大家都变得那么拼。

“嗯！”他挂掉电话。

车轮胎压到一块掉下的大石块，车蹦得弹起，所有人的脑袋都撞到了低矮的车顶，每个人包括凯利都咒骂起来，唯独Jacob没有声音，凯利看着Jacob。Jacob已经闭上眼睛，眼角流下了一丝泪痕。凯利也安静了下来。与上一回不同，他也对这亦敌亦友的男人多了一分好感。

Jacob真的很累了，自从卡克塔省回来以后，他的头就一直涨，人也易累。可再累，他也不能睡，虽然闭上眼，但脑袋里也都是事。

现在的墨西哥城波谲云诡，横生出的巴拿马“交钥匙”项目就是一例。FRAN的帕特里克很狡猾，诺阿的巴伯罗也不是省油的灯，还有普拉多等元老，很多的战略性抉择，临场战术问题，都需要他现场拍板！

悍马行进在颠簸的路上。等方程杰过来，自己就必须赶回墨西哥城了，虽然现在到处是漏点，但有你们在，他就能放心地冲。

3

巴拿马占地面积7.55万平方公里，人口360万。冯程于8月12日从哥斯达黎加连夜飞赴其首都巴拿马城。

他的任务是要在一周内设立巴拿马分公司、开办银行账户、租下办公室和宿舍，并立即启动人员招聘和工程筹备，打通这里一切运营商和投标的先决条件。但如此紧迫的时间里，他又初来乍到，难保不走一大段弯路。

那时，巴拿马还没有与中国建交，这正是帕特里克的另一个狡猾之处——他觉得华兴更难在当地交付，就连签证都很难搞定，而巴拿马对美国免签，FRAN 能自由调拨人力。

就在火烧眉毛时，冯程发现巴拿马的华人血统占了巴拿马人口的 10%——1854 年，“海巫”号载着第一批 705 名华工，从汕头出发，经 60 多天，抵达了巴拿马。之后又有上万华人到达这里，修建巴拿马铁路。1881 年起的三十年，又有近万名华工参与到开凿巴拿马运河的世界级工程。虽然数万华工在各工程中魂断异乡，但通过卖苦力修铁路、挖运河，一批华人赚到了第一桶金并定居下来。他们从小本生意做起，依靠吃苦耐劳的精神，逐渐获得了商业的成功。1909 年，清廷的和硕亲王载拟设立巴拿马总领事馆时，巴拿马已侨商数千，投资千万，商务之权过半。如今每年 3 月 30 日还是巴拿马法定的华人节日，连本地饮食上都有广东早茶里的烧卖、艇仔粥、凤爪和虾饺。

海外的炎黄子孙，这不就是资源吗？于是，冯程在中国贸易促进会巴拿马办事处的联络下，和当地华商总会联系上了。后勤、人力、法务和财务等一切不必绕弯路了。在相关华人的热情支持下，还有了权宜变通之计，先上车后买票，解决种种不可能完成的任务。巴拿马前线正迅速地将与华兴香港（海外合同和资金运作实体）和华兴墨西哥（交付主体）做三方链接，为投标和工程打好地基。

只是，巴拿马也更是美国人的后花园。一百年前，美国人把巴拿马运河开凿权从法国人手里拿过来，还在 1903 年怂恿巴拿马从哥伦比亚中独立了出去，并在商业和军事上严格控制巴拿马这条全球黄金航道[1]。当 1977 年，巴拿马争取运河权，与美国重签合同约定在 1999 年底

1 商业上，运河被永久租用给美国，每年美国拿走大头，其中运河附近的16.1公里范围为运河租界区，设立总督，并不允许巴拿马人入内，此后并在这里长期驻军14个军事基地。

收回管理权。然而美国为了保持运河的利益，想扶植一个听命于美国的政权，取代坚决收回运河权的诺列加总统。20 世纪 80 年代，美国不断对巴拿马实施经济制裁、外交诱导，支持“倒诺”的反对党和军队政变，但都被诺加列化解。1988 年美国以军事独裁和毒品为名，在迈阿密联邦法院缺席审判总统诺列加，要将巴拿马总统捉拿归案，终于，1989 年美国借驻军的四个军人与巴拿马几位士兵的冲突，宣布出兵 2 万入侵巴拿马，逮捕巴拿马总统。时至今日，巴拿马没有真正的主权货币，流通法币也是美元。因此，美国企业在巴拿马有更多的各种天时地利。

FRAN 派出的克里斯，便早早准备好迎战。他挟主场之利，远远领先于冯程。

但一切还是要看在墨西哥城的投标。从 8 月 14 日—8 月 24 日巴拿马新牌新网项目投标，这和之前 Jacob 等人在泛拉美的“游击战”完全不同，是第一场“正面战役”，象征“下一代无线网络”的前战！

8 月 14 日晚上 6 点，投标文件是由 COO office 五柱之一的阿瓦罗发给了 Jacob、帕特里克、诺阿的巴布罗和爱立森的当地总裁，一共四家参与竞标。

标书分为：0. 框架条款；1. 商务报价单；2. RFP（Request for Proposal）标书的点对点答复；3. 技术建议书；4. 网络设计；5. 工程计划书；6. 网络规划设计；7. 产品文档、白皮书、功能清单和性能说明；8. 解决方案的未来演进的路标。

由于巴拿马是一套从 0 到 1 的全新网络的投标，所以要求得极全面。产品类型包含传输产品、无线产品、数据通信产品、业务软件、电源和天线系统、核心网产品，全系共 6 大产品；而服务则从土建、安装、调测到网络规划，以及代维（代理维护）的“交钥匙”模式。

这些资料洋洋洒洒，几十份文件，然而答标却只有 3 天时间——8 月 17 日下午 4 点，要以两套纸面件和两张 CD 光盘形式送到美洲电信办公室，完成交标，过期表示自动放弃。然而，考虑到打印和装订资料，那就只有 8 月 15 日、8 月 16 日这 2 天了。

这是华兴第一次参与美洲电信的全网络投标，帕特里克偷袭的时机，令事业部手忙脚乱，而赫克托还将时间进一步提前了两天，这不但让华兴资源被海地分流，更因华兴第一次投标，涉及大量对美洲电信的口径、承诺、价位水准、产品选型、交付底线、成本吃水线、合同尺度等问题来不及梳理，而这些内容纵横交错，各部门都没有足够的资料、授权和商务口径，这本需要拉美与总部的十几个部门 PK，多级评审后，才能准备好的。

而 FRAN 等公司只需沿用之前的口径！未来 72 小时里，华兴将处于不对称的作战状态。

臣享已经从智利赶回墨西哥了，这一类投标战主要由他总负责。而如此大战役的投标项目，需要大量协调，这就离不开一个指挥枢纽——投标办。

“巴拿马项目你能支持吗？”臣享接到 Jacob 转发来的标书，就马上打电话给一个人。

“臣总，没问题！我到您办公室来。”章洋回答。

章洋是墨西哥地区部“投标办”的负责人，而“投标办”就是专门应对大型国际投标业务的专设部门，下设商务合同经理、投标经理、测算经理等，是公司一级机要部门，掌握大量机密。而臣享目前的美洲电信事业部还太弱小，必须共享地区部章洋的资源。

章洋三步并作两步，他兴奋而紧张，就像打了兴奋剂。墨西哥投标办多年以来参与的项目多是“陪标”，他一再积累投标经验，但每一次的努力最终沦为非技术因素的失败。既然事业部离胜利仅一步之遥，他也要用尽气力，通过巴拿马项目证明自己。

章洋拿着标书粗读了一番，靠他的专业嗅觉寻找关键信息。这份标书来得很突然，不但包含着单纯的巴拿马项目，还有与美洲电信集团的框架性合同。他又迅速看了一下文件数量、类型、交稿时间和标准，大致梳理了一下后，对臣享说：

“这个项目比较复杂，依我的经验，大家可能要 72 小时不眠不休了！我亲自来做投标经理，我的副手韦茜做商务经理。另外，我需要您把旗下的产品经理都交给我。而您和 Jacob 可能要随时决策拍板，并得和总部各部门 PK，所以你俩也不能睡觉。”

“好，没问题，我们一定会听从你的投标管理。”

“嗯，您刚从智利的火线赶回来的，先抓紧眯一会儿。2个小时后，我会给大家发出标书梳理后的分工邮件，到时候投标正式启动。”

标书所幸都是全英语的，省去了从西语再翻译的时间。章洋迅速通读RFP（Request for Proposal），标书的每一行，其实都是一个陈述句，而回答一般有三种类型：Fully Complied（FC，完全遵从）、Partily Complied（PC，部分遵从）、Not Complied（NC，不遵从）。也有Acknowledged（已知晓）、NA（不涉及）等答复。一般只要不是FC（完全遵从），都要在回答之外，主动配以详细的原因陈述。然而有些客户不看细节，因此评价供应商的答标质量，很可能只靠简单地统计FC数量来评分。

章洋很快地做出了分类：他在每一个目录边，做好标记，这“2.1部分”是无线产品经理回答的、“2.5部分”是核心网产品经理答复的、“3.1—3.49部分”是工程服务经理答复的，整个第四部分则是网络规划部门的；报价表，则要先各模块解读客户需求，再把网络设计出来，匹配物料BOM编码，申请到授权价格；有些难题要交给臣享和Jacob决策。

他用了1小时45分钟把数千条栏目细分了出来，其中的每一条都对应着某位产品经理或服务经理，而他们除了现有的技术文档，还要与产品部的总工、总部的研发、法务专员、供应链专员、CEG采购、产品管理部的规划专家、商务申请的领导，一一过招，才能做出精准的答复。

但标书最重要的一块是“主合同条款”——这相当于条款中的“宪法”地位，他把商务经理韦茜拉来一起分析。

主合同虽不涉及“技术评分”，但却剥去了技术的外衣，利用商务条款凸显商业的本质逻辑。韦茜读了读，主合同的表述极为拗口，也许这些都由甲方律师所起草，思维也很不符合商业习惯，设置的条款过度刁钻了。

“章洋，你看这一条，要求‘应标者不被允许在主合同的答复出现‘NC’（不遵从）和‘PC’（部分遵从）’，那就意味着只能答FC‘完全遵从’，可哪可能一切都‘完全遵从’呢？”韦茜用鼠标圈了出来，抬起头又说，“而且，这是公司的‘A类禁止条款’。”

章洋点点头。华兴经历过多年的数千场海外投标，总部的投标部已经从数以百万计的条款中，精炼出了极为危险的条款。而“A 类禁止条款”是最严苛的条款。

二十七岁的韦茜抬了抬眼镜，嘴里默念着专业用词的英文，用笔一行行地在屏幕上往下扫着道：“还有这条——未来乙方的任何‘单价折扣’‘总价折扣’‘一次性折扣’‘Coupon 优惠券’‘Voucher 抵用券’，都将被折算为乙方的‘统一折扣率’，结合乙方报价单上的目录价，成为提供美洲电信集团的实际成交价。”

律师制定的这一条款看似合理，实际上却只适合简单小型业务，对这类年采购额高达十亿美金的集团超大订单来说，是不可行的，也是不现实的。而且乙方面对大型业务，甲方大 Boss 出面，乙方不可能不给个折扣，这种折上折，再折入“统一折扣率”里，必将永无宁日。就算签了，这一条也会成为长期合作中的火药桶。

韦茜继续向下搜索道：“再看这一条——未来，如果乙方在任何一个美洲电信子网中的实际成交价，低于与集团所定的价格，集团将沿用更低的报价。”

章洋敏锐地意识到，这一条将限制华兴作为一个后来者的成长可能性。华兴还要一个个与美洲电信各子网交流需求，深入 FRAN 和诺阿等竞争对手的存量市场。这样，华兴会为了“突破或替换”，向各地子网做一次性降价甚至免费补贴，但这些价位是仅针对特殊项目申请的折扣率，很可能是为了做“预亏”几年，再慢慢盈利，然而单个项目的特殊价位，是不适用于正常化的扩容单价的。

因此，这些由律师设计的条款，将导致供应商没有积极性，也不会寻求变化，大家只是守成在自己的地盘上，大的还是大的，小的还是小的。永恒不变的格局下，美洲电信不但降不了价格，而且由于技术封闭，更可能导致供应商常年不变而滋生出腐败。

律师表面上保护了美洲电信的利益，但事实上却降低了供应商竞争。Clara 各一线子网都明白这些问题，而在墨西哥总部的官僚们看不到。或者说，有些明白人看到了，也不愿意去推翻律师的意见，任由法务指导业务，并使之有了对业务的一票否决权。

韦茜又迅速地画出了几条线，包含“设计变更、合同变更、工程变更，甲方不支付额外的变更造成的费用”“未来任何因素导致网络KPI不佳，需要乙方免费增加”以及“验收条款”“支付条款”，这其中都出现了公司A类或B类禁止条款。

“怎么办？”韦茜问，A/B类禁止条款是“绝对禁区”，华兴总部是绝对不允许让步的，然而依照美洲电信的格式模板，卡洛斯家族也不可能同意新的合作者说“不”。这意味着Jacob的团队会被夹在华兴和客户双层夹板中。

章洋皱着眉头，用手指抹了下嘴唇：“先标记，最后综合评审时，交给Jacob来决策。”

8月14日晚上8点了，2个小时到了，每个产品经理的闹钟也响了，他们打开邮箱，收到章洋的邮件任务。章洋把《标书分工表》做成了统一的Excel文件，列清每个小组的交付件清单、标号和时间点。

他规定：每个产品小组只有两个“24小时”答标！

第一个24小时，各小组要速读标书后，找出“含糊不清”的客户标书问题，再与总部讨论后，正式向投标办提交“待澄清问题”。而投标办转交美洲电信，将由臣享等人在8月16日中午12点与客户当面进行“澄清会”，减少不必要的NC/PC项。

第二个24小时，即到8月16日晚上8点，正式向投标办提交第一轮交标件，章洋等人审核文档质量，同时对所有PC/NC项做评审，看能否再度减少NC/PC项。

到8月17日交标当天的上午8点，各小组交第二轮材料，十点完成二次评审。

到8月17日上午10点，在各小组申请到的产品价位上，由Jacob再做最后一次项目总价的商务折扣申请——这种总价必须是在最后关头完成。不但因为组网方案和设备数量可能会在投标中几经改变，更因为价格是投标的核心机密，一旦提早确认，很容易在这种千万级美金的项目中，从某个环节泄露，而被对手摸透底牌，报出更低价格。

8月17日上午11点起，集中刻光盘，打印资料；下午2点，最后梳理，由臣享和章洋亲自押车，司机和保安护送资料，在下午4点前送达美洲电信办公室。

4

晚上9点，华兴办公室里灯火通明。所有人都在奋力答标。光在翡翠大厦的产品经理就有30人之多，而在圣达菲的工程服务中心，还有20人的工程答标团队。

臣享和章洋带到巴拿马战役的兵虽多，但比起FRAN有丰富经验的百战精英，华兴的主力大多是新兵。尤其是在海地等其他项目的牵扯下，巴拿马上阵的更是二线梯队。

“这么多内容，怎么搞得完？”无线的汪秦暗自叹气。

无线是“巴拿马新网”投标的主产品，而主产品经理更是投标方案的“中流砥柱”，驱动整个项目，因此汪秦所选择的产品策略至关重要，会影响到周边产品的方案和价格。可冯程和方程杰等老员工不在墨西哥，现在只能靠他挑起大梁。

他抓耳挠腮，盯着电脑屏幕发呆，妈的，看不懂！

“在海外，你们产品经理才是项目的发动机。”——Jacob教过他，Jacob还跟他说过，海外营商由于异域文化和政商环境的复杂性，如果还像国内那样依赖客户线的“人情关系”抄捷径，总有一天会在政治舆论或国际形势的风雨巨浪下，船翻人亡。只有靠产品好、服务好这样朴实无华的道理，才能赢得“蒸不熟、煮不烂、炒不爆、捶不扁”的铁盘市场——“而这就都依靠产品经理的扎实运作。”Jacob的教诲言犹在耳。

可第一次做主产品经理，汪秦被赶鸭子上架，心里没底。这些标书问题，能回答“FC”吗？答复有漏洞，未来出问题会被客户追责吗？填写“PC”或“NC”，自己会成为投标失利的罪人吗？

标书的英语如此难懂，他连猜带蒙，可有许多专业的问题，都细到了研发大拿才懂的协议算法，远超他学过的产品知识。作为新人，汪秦也不知道一名产品经理的边界在哪。在站上硝烟弥漫、你死我活的实战后，他才感叹曾令市场新员工闻风丧胆的长达6～9个月的“华兴魔鬼式培训”根本不够用。

他只能登录上华兴知识共享的内网，下载了大量投标实例、白皮书、产品文档等资料，每一份少则30页、多则300页，且因科技业迭代极快，资料的有效性也很成问题。他努力地整顿着庞杂无垠的信息，费力地检索答案。

可标书里的客户提问，与华兴的文档编排顺序，极度不匹配。汪秦摸索着，要从几十个文档、几十万字中搜索并组合，才能找到答案。但才答了标书千分之一的内容，效率太低了，他眼看大厦外的月亮正在降下去，慌乱起来——这可不像大学考试通宵熬夜就能混及格的，这是万里挑一的考状元。

“卧槽！”——他的电脑打开太多文件，死机了，而数据没保存！

翡翠大厦的另半层，坐着“工程服务投标经理”——二十四岁的小雪对着电脑也发愁。

她的“服务投标”主要聚焦在工程交付、项目管理、验收标准、网络优化、维保售后。但小雪的难题和汪秦又完全不同，“产品策略”在总部有产品资料可查，可“服务策略”是因地制宜的，她得根据国家的实情，诸如行业工资、员工能力、分包商价格、税收、许可证难度等，与各工程部门接口人一起制定策略、口径和价格。

可小雪是三个月前才到墨西哥的新人。她小小的个子，齐刘海儿的“童花头”，更多的是稚嫩。

她独自从中国飞了30多个小时，到达墨城后，一直住在小小的保姆间。路不认、语不通、人不熟、工作又没信心，一种害怕、茫然萦绕着她。工程部门的同事都是男的，她还无法适应紧张的工作和人际关系，也不知道如何在墨城生存。每天，她孤单地走去上班，晚上加班看标书到21点多又一个人下班，在保姆间里继续盯着电脑看。虽然资料里的单词她都能从字典上查到，可合在一起她就是不理解。几乎每一个夜晚，她都这样“一团糨糊”地坚持看到凌晨2点，又带着自暴自弃的情绪上床。

以前，她还能向上司老白求救。可这次，上司老白被牵制在海地，巴拿马得靠她自己了。虽然她有了点经验，但不足以支撑巴拿马的“交钥匙”。一大堆电力、航空、土地，她都不能确定，所以对工期和成本也没有底。小雪得把一个个不确认的问题，分发到在圣达菲的工程服务中心，根据那边的专业意见，再定答标口径：

“这工期我们完不成。”——小雪在标书回了一条“PC”。

“我们还没在巴拿马签过外包、缺乏人/天工时基线，项目周期很难定。”——小雪只能开天窗。

“巴拿马采购认证还没走完，询价没出来。”——小雪想催对方快点给，可又PK不赢。

“客户要求十年免费售后，还免费网络优化。按公司规定，这不能同意。”——她只能写“NC”。

小雪很为难，韦茜说过——“这份标书不能回复NC和PC。”所以她必须竭尽全力地降低NC与PC的数量，但她也没什么办法。

韦茜也在看框架条款中的商务部分，巴拿马项目该用Incoterms2000贸易术语中的哪一种签约形式呢？是FOB[1]还是DDP？[2]前者有利于华兴，而后者华兴将承担最大风险责任。

韦茜犹豫起来：采用DDP报价，将在FOB的“裸报价”外，还加上“运输、保险、进出口关税、手续费”，总报价必然比FOB的裸价更高。但这种大项目的采购评分中，“商务分”的比重会高于“技术分”。而外国客户都有一种偏见——要求选择中国的技术既要有明显的技术优势，而价格还得比欧美便宜30%～40%。如果报了高价，客户对华兴的期待感就落空了。

韦茜最终选了FOB裸价。这样能最简单地让客户先留下一个低价印象，到时候再调整。但当她与客户经理李森商量时，李森却反对，“客户要的是‘设备+服务’包工包料的业务，你怎能设备报FOB模式在中国的离岸裸价，而工程服务却按巴拿马的在岸价格呢？”

“但FRAN签的合同不少都是FOB价。”韦茜拿到过竞争分析部

1 Free On Board的缩写，即船上交货价，按离岸的中国裸价交易，华兴完成出口申报，美洲电信负责派船接运货物，华兴则在中国将货物装上美洲电信指定的船只，即完成交货。

2 Delivered Duty Paid的缩写，即税后交货，华兴要将设备在巴拿马具体站点交货。华兴将承担运至巴拿马的一切空运海运的运输费和风险，以及办理海关手续时在目的地应交纳的任何运费、仓储费和税费。

的情报。

“那恐怕只是与墨西哥 Telecell 的合同吧。美墨的跨境运输畅通而廉价，又有 NAFTA 协议（北美自贸区）下，美墨没有关税。但我们这次不一样。”

“可我们的 DDP 报价系数预估比 FOB 价贵 20%，你让我怎么办？”

“客户预期在那里，我们必须想办法降价！”李森说。

“怎么降？我在总部培训时，报价一般有‘十大技巧’。”韦茜展开一份 PPT，上面这页显示着：低球（Lowball[1]）、折扣券（Voucher）、诱饵调包（Bait&Switch）、价格转移（Transfer）、阶梯报价（Stepwise）、打包报价（Package）、封顶报价（Cap）、一次性赠送（One Time Discount）等。“但这些报价技巧只有一个目的：降低当期项目的‘一次性总价’，但保住未来的‘扩容单价’，既显出诚意，又扼守住远期收益。但美洲电信的标书里，恰恰规定‘任何形式的一次性总价折扣，也都将被折入未来的扩容单价’。”韦茜扶了扶眼镜，“因此，这十大技巧全都失效，降价就只能先用 FOB 价。”

“可……你是商务经理，你得想想办法啊。”

“价格也不是我说了算的，总部有折扣率，我也定不了。你是客户经理，要是你能拿到对手的报价单，我倒可以想办法，说服总部给个战略折扣。”

李森被这话噎着了，自己还真没掌握交战对手的历史报价和本次动向。

他的表情变成了讨好状：“茜茜，既然你不能降低折扣率，那你可以压缩一下基础成本吗？比如让产品经理们选一些更便宜的产品，少报一点软件费，规划上精简一些站点，工程部再把人力和辅料再压缩一些？”

“我问问看吧，”韦茜拿起电话，“赵阳，你能过来一下吗？”

赵阳是墨西哥无线产品行销“网络设计部”负责人，他的网络设计，对产品选型和配置方案进行把关评审，他输出的设计更直接关系

1 可认为是诱敌深入的一种策略。

到了成本。可赵阳在电话里的语气似乎被重压逼得不耐烦："我忙不过来，你们自己过来吧。"

李森从投标办绕了办公室一圈，围在赵阳的办公桌前。赵阳的电脑是特制的，一台高性能电脑服务器同时接在3块屏幕上。他的键盘、散热器，也都显得与众不同——他要同时查很多资料，设计出目标网络。为了信息安全这类报价设计必须利用VPN连接到总部的"云端"进行设计和测算。

设计十分复杂，包括基站和控制器的选型、数量和配对、天线系统、功率选择、卫星定位、传输走IP或ATM、时钟同步选美国的GPS、欧洲伽利略、中国北斗或俄罗斯的格洛纳斯，还有特性软件、电源备电、异地容灾、CE码资源、话务预测、核心网流入流出总流量、系统预警、灾备和负荷分担，多达几百种选项。

李森小心翼翼地问："赵阳，你能不能整体控制一下成本？"

"怎么控制？"赵阳半夜里被搞得也很毛，脾气有点大。

"减少站点和产品复杂度？"李森递给他一瓶红牛。

赵阳双眼盯着标书看，不接手，也不抬头，继续操作鼠标："500个2G基站，300个3G基站，硬件数量在标书里定死的。至于功能软件方面，客户也给得很清晰，没法节省！你难道要我偷工减料吗？"

李森又被噎了一句。这降价该怎么做呢？

"去去去，别搁着我手，我还忙着呢。"赵阳还要抓紧时间输入参数，由于江秦和小雪给他的输入量还不准确，他只能同时假设多套数据，在几个屏幕中不停切换计算。

李森的背后是"售前网络规划部"，售前网规算是销售一线中最值钱的专家人才了。他们在地图上选出最好的站址、发射方向、铁塔高度、发射功率、增益天线、频率设置和小区数量，以实现信号覆盖、减少干扰和话务拥塞，提升"网络质量KPI"，维护良好的用户体验感。

"王博，怎么样了？"李森问起网规部。

"还行。"王博很客气，他四十多岁，是哈工大博士，公司最优秀的5级专家。他曾经在中国区有过以4300个基站达到5000个基站的覆盖效果的战绩，很受地方总乃至片区总的尊敬。

“这次，您能尽量节省规划吗？标书只规定了基站数量，但没有规定站址，这给了华兴自由度，您的规划，可以减少大量土建和辅料费用。”

“这次时间太急，我的地图资料还不齐呢，连网络仿真也来不及做，”王博又对着手下的董青问，“你采购流程走通了吗？”

原来，王博电脑上的巴拿马三维地图的精度不够，为了准确规划，他不得不购买一套高精度地图。

董青回过头：“已经在特批了。”

王博打开工作台，开始设置和导入文件：“李森，我先按这个粗精度的 Google Map 来算，但电脑也要跑很久的，也未必准确，总之，我一有消息就告诉你。”

李森也不好勉强王博，而且网规的优劣将直接影响用网络 KPI，网络 KPI 又与工程验收标准有关，而验收又与回款挂钩。标书规定：初验付款 35%，终验付款 50%。如果李森影响了王博，就影响了项目的 85% 回款，这李森可担待不起。

这也不行，那也不行。李森决定还是直接找负责土建和工程辅料的人吧。所有人都会把基站设备当价格大头，但事实上，一个站点的土建辅料才是隐含的成本点——那些铁塔、电线、水泥、修路、管线系统不比基站便宜。想着，李森又去找“服务投标”的小雪，可小雪也正抓狂着，她递给他一个电话：“我搞不定他们，你自己去问工勘吧，他们报得有水分，用你客户线的权威来压压看吧。”

工勘，是工程勘测的简称，地区部的工勘部门里，一个工勘经理被调到了海地、一个在洪都拉斯、一个在哥斯达黎加，负责本次项目的是个二十多岁的工勘经理，此刻还在墨西哥北部的瓜达拉哈拉做勘测。

“天馈铜缆线估测 60 米 ×4、电源线 100 米 ×4，还有水泥房子几百套……”

“兄弟不好意思，我人不在现场，所以评估不出准确的来。”

“其他人呢？巴拿马那边没储备吗？”

“仅有的人都先投到了海地。就算现在去也来不及。”

“可你这数字太高了，用的还都是粗口径铜管。你把成本搞这么高？”李森看了看小雪，在“产品、工程服务、客户”的铁三角，客户线的权威一般远高于工程服务。

“老哥，别的项目都要提前一个月做准备的。以上都是我凭经验给的合理数字，兼顾稳妥和成本，真没办法降，万一发货少反而影响工程。”

“你的职责，你得自己想办法啊。不然，你可是凭空乱拍数字，影响项目，我要投诉你。”

电话对面沉寂了一会儿，叹了口气，工勘经理在外出差几周，也一肚子压力和委屈：“投诉投诉。要投诉你就投诉吧，反正如果我估少了用料，万一影响工程进度，你们客户线也会投诉我。另外，我也要投诉你——项目说来就来，还逼我少报，造成公司潜在亏损。”

小雪耸耸肩，看来李森也压不下价来，但李森还在继续吵，华兴并不忌讳内部吵架。一方为了签单，一方为了设计和成本，都有本位的道理，对与错很难找到边界，但吵架会像拧毛巾一样，一个往外旋、一个内旋，拧干最后一滴水，逼到极致，才能走到一个平衡点。

然而就在这时，小雪的座机又接到了一个电话，是圣达菲中心的PMO[1]打来的。PMO的部门总监不安地说：“小雪，我们项目经理不够派了！”

PMO，是项目经理的资源池，一有交付项目，就从资源池中调兵遣将，指派项目经理作为将军，调度项目的人力、资源、财务，又监控着外包、法律和进度，并对外与客户沟通。

“森哥，我真的顶不住了，你来和他说吧。”小雪调到免提给李森听，让李森跟总监PK，而她转身给还在海地的上司老白发去求援消息。

李森离开了与工勘的争论，转身陷入另一场辩战。

PMO部门总监吐着苦水：“李森，我会想办法调派，但你们怎么又是‘交钥匙’？‘交钥匙’是破例，我司真不太会做交钥匙，而且墨西哥地区部更是没多少高手。

“你们不是刚接了海地‘交钥匙’吗，能不能少接这种单？好吧，我不说这事了，我看到巴拿马要‘三个月交付开通500个2G基

1 Project Management Office的缩写，即项目管理办公室。

站，300 个 3G 基站，共 800 个商用站’，还要配套建设一套传输网和两个机房的核心网。你知道这是什么工作量，你读一读标书，怎么会就三个月的工期？

“如果只要求安装调测，拼命干的话也许 OK。可‘交钥匙’就要求我们还得找到 800 个站址和两个核心机房，拿到土地使用的许可……老大，你三个月灌注 800 套基站机房，也都来不及啊。”

李森一看，他聚焦在了价格，却忘了工期。就算王博规划了“最经济”的站点，可那 800 个站点的获取，也要靠项目经理去一个个谈下来，而拉美私有产权保护很严格，政府速度慢，三个月是搞不定的。

时间与成本是天平的两端，时间一紧，谈判余地就小，业主要是恶意，那站点获取的成本就高得没边。那要为了节约成本而改站址吗，那王博的网规不就不精确了吗，这就难以达到“网络 KPI”，进而影响到验收和回款。

真是环环相扣、铁索连船，又像个遥控炸弹，绿线红线互绕，李森无从破解。

PMO 总监继续拆解工期的可行性：“李丞压阵的海地项目，筹备长达两个月，合同交付也都大大超过三个月的！你要明白，我们分包商都是拉美人，不可能像我们一样 24 小时加班的！还有，你也别老盯着我们工程服务，你看看汪秦没有做过备货，设备能否三个月抵港？”

李森也不再争辩了，如果工期这一条都 NC，也许华兴就直接出局了。他也和其他人一样哀怨叹气，美洲电信为什么老给华兴吃毒苹果呢，却把最好的果实都给了 FRAN，还要横向比较，真是太不公平了。

“抱歉，我真得回家一下，”小雪身边的墨西哥服务投标员工罗梅罗（Romero）说道，他是个四十多岁的墨西哥人，一边说一边收拾好包，“家里还有三个孩子和父母要照顾。”

已是午夜零点整了，本地员工干到这个点已经不容易了。李森无奈地点点头，其他的本地员工也陆续回家了。

这一仗，开局一上来就已经输得大半了。

5

“臣总，我们是不是该把‘三个月交付’提交 Clarification（澄清会）？”李森奔跑着回到了臣亨的办公室。

“为什么？”臣亨转过电脑椅，看着神色慌张的李森。

“我高度怀疑客户搞错了吧！三个月一定是普通项目吧，可这是‘交钥匙工程’！你不觉得是客户 Copy/Paste 标书时的笔误吗？”

明天是第一轮澄清问题的提交，乙方能把所有对标书意义含糊或自己有异议的问题上报。

“先不要提这条！”臣亨手边有很多打印件，上面画圈标色，他已通读了标书。

“为什么？这么关键的一条！”李森双手啪地一下撑在臣亨的桌上。已是半夜 0 点 30 分了，雄性荷尔蒙会在熬夜中飙升，男人的胡碴多了、脑袋累糊了、情绪也变得易怒。

“就因为关键，美洲电信内部会没评审过吗？”

“但是，”李森停了一秒，声音又响了起来，“客户难道就不可能出错吗？”

“你就没想过这是故意在考验我们吗？”臣亨参与过多次答标，经验丰富，越是陷入湍流中，他越要紧把住船头，“如果客户没错，我们偏偏把这问题提上去，这不正显示华兴的极限了吗？”

“不可能啊，哪有用这么极端苛刻的条件来试探的呢？”李森十分焦虑。

“这就是压力测试，衡量我们的底线。平时我们对客户承诺得再大再美，一遇真难题就先缩，现在就考验我们在极端压力下能否跟我们吹得一样好。虽然巴拿马是个小国项目。但实际上，这是美洲电信的投石问路——看新晋供应商是不是原形毕露，只顾自己的利益。”

臣亨把标书摆在桌上，他刚飞了 10 个小时，眼睛也布满血丝。

“李森，客户建 4G 网一定不会一帆风顺的。如果我们这一次在巴拿马就表现得斤斤计较、不肯吃亏，客户敢把未来 4G 网络托付给华兴吗？”

干部选拔若按资排辈，而不经过关键任务的考验，不受委屈，没有奉献，这种人提拔上来也担不起重任；军官若只按年限晋升，而不经浴血军功，这种指挥官在战场上不但要吃败仗还要丢性命；同样，电信网络的甲乙方，也要有背靠背的信任。臣享深知不赴汤蹈火一次，是不可能赢得客户信任的。

“可是，我们现在标都答不下去了！”李森急了。

“现在有四家厂商答标，爱立森、诺阿、华兴和 FRAN。任何一家提出的澄清问题，都会被美洲电信统一公布出来，并公示出统一答案，所以你这个问题就算想问，我们也只能让另三家来问！”

“臣总，一旦我们选错策略，就来不及修改。而人家 FRAN 早有积累和准备！”李森摊开双手，甚至无序地挥舞起来。

“那就做一套备案！”

“你看我们还有时间吗？！”李森叫道。

“得了吧，”Jacob 走了进来，他从海地赶回了墨西哥城，身后，司机艾迪抱着一大堆咖啡和零食，这是准备给大家熬夜用的粮食。“你这时候跟客户讨论公不公平有用吗？”他用手敲了下李森的头，“自乱阵脚，你这里进水啦？”

“过来，你先把这些吃的发给大家。我一会儿就来。”Jacob 对李森说。

Jacob 的身后，是从海地一起回来的地区部交付副总张信兴，他也临时抽身出来，先行共同指挥巴拿马项目。

李森退出去后，Jacob 坐到作战室里问臣享：“现在主要的风险是什么？”

“‘交钥匙’的不确定因素太多，华兴又是被 FRAN 突袭了。巴拿马是我前期少数没有投入人力的国家，但现在没时间勘察调研，”臣享拿起咖啡，抿了一口，“也就是说，现在什么都是未知的。从方案、规划、设计、人力都不能确定，价格和工期也都得闭眼睛拍，想完美满足标书的‘价格战’‘工期表’和‘网络 KPI’都不可能了。但投标小组还在强推，其结果就是反过来质疑客户标书的合理性，除了李森的工期问题、网络设计的成本，还有为了降报价而乱选 FOB 和 DDP 贸易术语。总之，华兴的认知与客户的标书严重矛盾。”

臣享看了看手表，已快凌晨1点了："现在都是乱的，循环嵌套着。"

"如果什么都不能确定，"Jacob冷静地坐了下来，"只有先假设出一个点，定下来，才能做解锁循环的突破口。"

在场的另两人也都认可，因为现象是复杂无尽的，如果遍历所有的可能性，去寻找突破之道，不仅是撞运气，时间和资源也不允许，必须果断做出假设。而哪怕是医生治生死重病，也都要先基于一种假设，然后不断尝试、修正，最终逼近症结所在。

"但是哪个点呢？"地区部工程交付副总裁张信兴问，"工程上别想了，我也只能在未知中估些量。"

房间里再次沉默，三人在盘算着。一切混乱往往源于某个"窒息点"，只要解开这个"窒息点"，一通百通。

"嗯，按我理解，最先敲定的点应是主产品选型，"臣享先发出了回应，"这事情是汪秦负责。他这几个月一直负责与Telecell的奥斯卡和玛尔克斯的沟通，这两位是写标书的人，我给汪秦的死命令是要在4G投标前做'引导标书'[1]，让奥斯卡把'All in 1'技术写入4G标书，因为我认为我们的'All in 1'是领先于FRAN的，"他皱了下眉头，"可没想到奥斯卡还真认可了，但却把这技术提前写入了巴拿马标书。"

臣享说："这标书如果这样要求，'All in 1'产品现在就得GA[2]，货提前了至少4～6个月！"

张信兴也认识到了问题——原计划4G交付的主产品，现被迫在巴拿马立即使用，为了赶上三个月工期，一旦中标就要立即启动生产。他问："那你们现在有'All in 1'的货吗？"

"没有！"臣享说，"去年宣传'All in 1'都是打概念牌，今年巴塞罗那展上的宣传也都是预热，第一批即将交付的产品是给德国一个国际运营商用的。频率也是欧洲的，不是拉美频段。"

"等一下，"张信兴打断了他，"危地马拉不是刚发了个拉美频段的货吗？"

1 标书中出现有利于己方技术的条款。

2 General Avaliable的缩写，即产品可大规模销售，华兴研发采用的IPD流程第6个流程点，GA意味着产品正式从研发进入到了生命周期管理。

“那是特殊赶制，本来有少量备货，而且也才二三十个基站，而现在这是要 800 个站点，几千个模块！”臣享说。

“所以产品也就定不下来了？”Jacob 问。

“嗯。公司没有产品，连答标的技术资料、报价器也没有。巴拿马不是危地马拉，没有戈麦斯·李，我们没有客户关系支持。”臣享站了起来，“我刚才已和总部讨论过。‘全球无线行销部’部长的昌总说能支持我们，但‘无线研发产品线’总裁温总，却不答应用‘All in 1’拉美频段交付。”

“要不冒点险，用老产品吧。”张信兴说。

“不行，这不符合标书的要求。”

“那现在怎么答标的？”Jacob 脱掉了外套，因为已是子夜，物业把大楼的中央空调已经关闭了，里面十分闷热。

臣享说：“能答的先答，其余的只能先空着。我正准备材料，再跟总部 PK！再不济，就先拿‘All in 1’欧洲频段的机械规格先顶上去用。电子和电磁规格上，我先让安哲在危地马拉现场测试，希望这两天能拿到相关的实测数据。”

但臣享也知道，这种真实环境的实测数据去 PK 其他竞争对手的实验室数据，恐怕在表述上是要吃亏的。

Jacob 沉吟了一下：“细节先不说，先等安哲的结论吧。依你判断，什么方案最可能拿下投标？”

“‘All in 1’多模合一有两个细类：一类是‘基站级融合’，另一类是‘模块级融合’。

“前者主要是提升设备的整合度，是产品工程级的设计创新，而后者采用的是数学算法级的底层创新——即 SDR 技术[1]，那才是更深度的 2G/3G/4G 多模融合，我认为还是用 SDR 技术的基站才行，这样 500 个 2G 基站，300 个 3G 基站，表面上一共 800 个站点。但用了这种技术，800 个就只是逻辑站点，共享射频模块、共享站点、共享铁塔、共享天线和馈线、共享传输、共享电源、共享工程辅料、共享工程人力。实际可以简并到 500 个物理站点。

1 Software Defined Radio的缩写，即软件无线电。

“只可惜的是，SDR 的研发被压后了，它还不是公司目前的第一优先级。”

“要是有 SDR 技术就好了，那能省掉更多成本和工期！”张信兴拍了拍桌子。

Jacob 没被张信兴干扰，冷静地继续问臣享：“我再追问个问题，如果总部只能给我们紧急开发一款含 SDR 的产品，你现在只有一发子弹、一种选择、一次机会，你会选哪一款落地？”

臣享莫名地出了冷汗，因为他敏锐地预感到 Jacob 此话背后的用意——这款产品不但将用于打巴拿马之战，还得用于打美洲电信‘4G’的总决战——Jacob 这是打算跟研发总裁谈条件，用筹码去交换加速开发拉美产品，但谈判交换出去的是 Jacob 必须承诺拿下集团的大项目，保证销量，这样研发总裁的研发投入才不会亏本。

但臣享转念一想，就算 Jacob 如此决断，由于欧洲市场的重大意义，占据大量公司资源，总部研发也只可能是给拉美做一款武器。

他看着 Jacob，而 Jacob 等着他的答案，眼中充满决然。他忽然意识到，这款武器恐怕也不仅针对美洲电信，而是整个拉丁美洲的统一市场——这样，Jacob 就能依靠片区方总这位前任 EMT 研发总裁的身份，一同向研发施压。

周围忽然静止，臣享感觉身负千钧，仿佛站到了一个十字路口。他正在背负着一种改变历史的重责，因为华兴将拿他选的这款单一武器去打拉丁美洲的天下，而这款产品的设计，将会决定全拉丁美洲人民未来的电信技术走向和所有使用场景。现在，他必须发挥一切的洞察力，来感受美洲大陆的独特性需求，为 Jacob 这门巨炮作火力瞄准。

一定要细心，再细心，他深呼吸着，恢复起理性。但一个之前忽略的小细节引起了他的警觉——这一次巴拿马标书中为什么要主动提及“基站需同时兼容 2G/3G 多制式，并考虑设备能够向 4G 平滑演进，做到 2G/3G/4G 硬件共享，只需软件升级”——这种华兴‘All in 1’的术语。这难道仅仅是汪秦与奥斯卡、玛尔克斯等客户的技术骨干沟通的结果吗？是华兴真的成功“引导标书”了吗？不，不会那么简单的！否则，怎么又会出现这么多对华兴极不利的条款设置呢？

这太自相矛盾了！臣享有一种说不清道不明的感觉，如果 FRAN

没有这种技术，回复“NC”，不也就出局了吗？不，像FRAN这样与美洲电信关系良好的公司，比华兴更善于“引导标书”，怎会不察觉奥斯卡和玛尔克斯在标书中重大的技术变化？

只有一种可能——竞标对手也有了同样的技术。他回想起在FRAN任职时，FRAN被视为超越全行业的信仰灯塔，他再读了一下标书，标书里仿佛传来了来自FRAN的嘲笑声。

他一阵冷汗，也许“All in 1”已经无效了！对手已拥有了比华兴“All in 1”更强的武器。

6

确实如此！去年年底，FRAN集团CEO布雷德利发现了“All in 1”，担心华兴通过“下一代4G无线网络”，将兼并FRAN多年积累下的地盘，因此布雷德利已将华兴视为头号威胁。

法律总顾问张伯伦策划了Boyko的知识产权案，又把火烧到“国家安全”的层面，引发听证会；正当Jacob在美国与人接连过招时，华兴遭遇海外的重大挫折，正是那几个月，FRAN赢得了一个喘息的时间；作为王者，FRAN技术储备十分深厚，CTO查尔斯已研发出与“All in 1”对标的产品——“艾弗”（Evolver，演进者）。

而巴拿马项目，帕特里克就是要拿FRAN的“艾弗”与华兴“All in 1”进行首战的较量！帕特里克很自信，因为“艾弗”在产品策略上，优先开发了拉美频段，而“All in 1”优先开发了欧洲频段。

在FRAN工作了十年的臣享也猜到了这一点，他深知FRAN欧洲根基深厚，只要有别处的案例证明，缓一缓绝无问题，而且欧洲客户更保守，不愿意做第一个使用新技术的“小白鼠”。相反，站在华兴全局的高度，想成为一流企业则必须越过欧洲这座大山，欧洲片区以“All in 1”为尖刀突破市场，已是EMT既定大策，因此FRAN和华兴在战略上是“不对称”的，华兴在拉美必然吃大亏。而FRAN的新产品直奔拉美而来，才挑起了全球第一个“All in 1”商用网——巴拿马！只要巴拿马归了FRAN，欧洲客户也会更青睐于FRAN的同类新产品。

想到这里，臣享不由得一抖，好在 Jacob 已下决心找研发 PK，也许能扳回了一些。但现在得靠自己给一个最妥帖的技术判断，让双方同样在“2G/3G/4G 多模融合”的新技术下，产生一个新亮点，而且，得以一种形式满足拉丁美洲百变多样的需求。

他飞速回忆，扫描这大半年的经历：他记得和 Jacob 一起去墨西哥农村的调研，他记得派往拉美各地的一线员工从巴西、阿根廷、中美洲、秘鲁传回来的各种人口、地形、GDP 经济和城市乡村的分析报告。

在智利，他从极旱沙漠，到高原、大型矿井、雪山之巅，再到首屈一指的都市圣地亚哥、军港码头、海湾、安第斯群山、河谷、农庄、文物保护区，到大湖区的度假点、火山边、绕地震带、群岛、地峡、巴塔哥尼亚荒原、风暴区、复活节岛、麦哲伦海峡和极地。智利的多样性，简直囊获了拉美的一切场景！

“臣享，臣享！”张信兴想把臣享从回忆里拽出来，“巴拿马用什么产品？”

臣享并没有返回来，他还想着坐在飞机上俯瞰巴拿马运河的时候，见到海洋上无数的超级货轮。他未曾想过，有朝一日华兴也能在这条世界贸易的大动脉上，布下中国的网络……

“我想好了，”臣享回过头，“所有基站一般分为‘宏基站’‘小基站’‘微基站’和‘微微基站’。而尺寸的大小，与网速、覆盖和成本呈反比关系。

“而我们选择的艺术，就在于平衡‘大’与‘小’的度上。基站的‘大’与‘小’关乎着客户预算，关乎着用户体验，关乎着数据速率。”

他站起来，在白板上画了起来。

“‘微微基站’，它个头最小，模块小，所以蜂窝小区也缩小了，这让频率能极高地复用——复用，就意味着数据速率和流量近乎无限的倍增。然而，虽然速率高，但覆盖半径小，必须撒豆成兵，传统一个大基站的覆盖半径，需要几百个‘微微站’联合覆盖。若一个人快速移动中使用，手机就会在几十个‘微微基站’蜂窝小区中迅速切换。这就像你坐高速火车，但因里程有限，你需要不停中途下车，换乘另一铁路段的高速火车。

"'宏基站'，它体积最大，蜂窝覆盖半径也最大，但频率复用效率变得最低——这意味着网速慢，数据流量很有限，但它不需要来回切换，很平顺。就像你搭乘了一班一站到底的低速火车。

"现在的问题是，你如果搭乘一班火车赶往某地，你会选择换乘多次的高速车，还是选择一站到底的慢车？"

臣享停下来，观察着 Jacob 和张信兴的反应。

"既不选最快的车，也不选最慢的车，而是选择符合自己的需求。"Jacob 想了会儿。

"没错。"臣享点点头。没有一种决策能保证 100% 对与错，也没有是非黑白的二元对立，但关键是决策时不能只沿着一个方案走进极端。因此 Jacob 只有一款产品打天下，其实是给臣享出了一个大难题，臣享必须走"中道"，可怎么衡量"中"的位置，唯有"实用主义"来当一把尺子。

"一般人坐车，也都长短结合，自行车、地铁和高铁灵活组合，"臣享在纸上画了起来，"所以我们的基站也要打'宏基站、小基站、微基站'的组合拳，兼顾主力场景和次要场景，既能用于穿墙打洞的室内基站，也可经受风吹雨打的户外基站；既要个头轻便的小微基站，以便灵活部署，减轻建造机房和获取站点的困难，但又要有宏基站的高集成度和高可靠性，一个大站覆盖城区几公里半径到偏远几十公里；既要对于家庭、CBD 办公楼、酒店商场、学校医院等低速移动却高话务量的场景，又要考虑公路和铁路等高速移动中，蜂窝频繁切换，但话务量小的场合。"

臣享觉得，一个网络永远不能只有一种基站，真正用兵如神的名将，如恺撒、拿破仑、亚历山大、古斯塔夫二世和戚继光，无不是懂得各兵种协同，善于将步兵、弩兵、轻重骑兵、炮兵、长矛方阵，长枪与短炮全部打散、混编，重构出新的攻防体系，最终发挥出 1+1>2 的效应，才能以弱胜强，以少胜多。如今面对 FRAN，他也有了同样的思考。

"但拉美既然只能有一种统一的'All in 1'，只有一种基站，"臣享在图上画了一个巨大的问号，这正是现在不可协调的矛盾，"而我们就要让唯一的产品，衍生出无限的可能性。"

他先画了一个红色圆点，然后又继续画另一个蓝色圆点。不一会儿，纸上画满了小圆点。

“每个圆点，你就当它无线网络里的一颗基本粒子，它已不是一个基站，而是一个模块！红点是射频模块，蓝点是基带模块，传统意义上，红 + 蓝就成了一个基站，就像化学公式里：一个质子 + 一个电子成为一个原子，但现在我们来改造一下。”

他又画着线把蓝红圆点串起来，但串圆点的方式是自由混编的，打散了原有“一红 + 一蓝”的刚性规则。渐渐地，基站形成了不同的拓扑形态：线形、环形、星形、树形、网形，像魔术般衍生出无限。正如太极一样，阴阳生两仪，两仪生四象，四象生八卦，八卦生万物，无限地生长变化，形态万千，但基本粒子永远只有红蓝两个。质子 + 电子这样的无机物，也就变得像有机物分子式一样，有了无穷无尽的可能性，乃至会延伸出神奇的生命体来。

张信兴惊呼起来：“这不再是固态的硬基站，而是流体般的资源池，彻底将基站的基带‘云化’‘虚拟共享化’，而将基站的发射部分‘分布化’！”

“没错，基站是柔性的，”臣享点点头，“未来，像危地马拉那种傻大黑粗的宏基站，迟早要像恐龙一样灭绝。但选微基站，眼下又太超时代了。只要在安哲危地马拉分布式基站上，做简单的二次改造，让‘红蓝圆点’柔性地混合相连，它就产生了万能的形态。”

他在白板上画起来，分布式基站的元件模块更小，也更灵活，如乐高积木一样灵活组合，可大可小，又能伸缩，就像孙悟空的金箍棒！当单个模块时，等效于一个小基站，但模块组合后，容量又等效于六个宏基站，还能让发射模块“远程分布化”。他举例画了一个天安门的标记，如果基站的基带模块放在那里，射频模块能利用光纤拉远，“飞地”般覆盖到东三环。

“八爪鱼一样，而且‘极简化’建站，只要两根抱杆就可以了，王博的网络规划选址和我们的建站自由度都高了很多！”张信兴如获至宝，这意味着他的工程团队压力下来很多。

“不只是八爪鱼，”臣享继续画，他的笔下，红点蓝点不断地并联与级联，犹如一张不断扩散出去的天网。

Jacob 忽然开口道："像神经元一样，是神经网络的结构，是大脑！"

"对！分布式基站能小到一个单细胞的小站，大到'大脑'，"臣享放下笔，"只是现在从总部研发的交底情况来看，分布式基站的级联＋并联还很有限，但安哲在危地马拉已经走通的产品方向，正是拉美未来的战略路径！"

臣享展开一份安哲的汇报材料，安哲在危地马拉采用的产品，正是一款带有了 SDR 技术、模块级融合"All in 1"，而且还正是"分布式基站"的形态。

"另外，FRAN 目前还没有'分布式基站'的形态。"臣享补充道。

"非常好，"Jacob 对臣享的策略很满意，"这产品型号叫什么？"

"因为之前在流程外，所以暂时没有命名，但'All in 1'概念的产品族都叫 3900 系列，而分布式形态缩写为 DBS[1]，所以可以叫 DBS3900。"

"DBS3900 就是投标破局的产品！"Jacob 的决策很快。

"等一下，"张信兴皱了皱眉，"公司聚焦欧洲，而且我记得巴展上的'All in 1'全是'宏基站'形态，你现在不仅要改为拉美频段，要加快 SDR 的投入，还要改'分布式基站'，研发批准的可行性很低！"

"这事我给你保证！"Jacob 答得很干脆。

这怎么保证，作战室里略微沉默了一会儿。

张信兴又道："老实讲，墨西哥地区部交付的实力极限只能同时打四场战役，可现在已经超额运转，其中巴拿马和海地还是核战争级的'交钥匙'！我有点担心，万一美洲电信的反对派借华兴工程表现不佳为由，我们会丢了未来 4G 核心战役上的胜算。"

臣享看了看张信兴，这担心不无道理。华兴虽赢下巴拿马，但透支战力，耽误全局。这个问题等于在战场指挥官的手里还保有一支精锐部队，是选择现在就一次性全部投入，还是等待一个绝佳的用兵时机呢？于是，他也决心说出内心的困惑：

"Jacob，'All in 1'成了巴拿马标书的必选要求，巴拿马项目事

1 Distributed Base Station的缩写，即分布式基站。

出突然，恐怕是帕特里克有了同类产品，才故意引燃战事，让我们在决战前疲于奔命，虚耗亏空。我觉得，DBS3900可以推动总部去做，但不要急着在巴拿马投入重武器，而是到4G投标的关键时刻才用。推得太快太猛，对内对外都是压力，我们就会到达极限。”

“我们不能退，”Jacob看着窗外星夜下的半山，双手放于脑后，倚在椅背上，“如果FRAN都毫无保留地用了最新最强的产品，拉开架势正面打，而我们还玩田忌赛马，客户怎么想？你们所担心的我都知道，但是平衡FRAN的一家独大，是华兴目前唯一的客户价值，我们不能失去这个。”

攻防就是不对称、不公平的。向上攻城的一方比起在高地的守方要付出大得多的代价。然而，这也是美洲电信最高层给华兴的第一次、也是唯一一次仰攻机会，即便帕特里克在城防四周有埋伏，瓮城里有暗矢万箭，城塔上有落石沸油，Jacob也必须一鼓作气冲上去！

“我们也许会输，但要输得轰轰烈烈，让客户真切坦诚地看到我们的毫无保留、拼尽全力。客户可不会是傻子，他们会仔细在这一战里观察双方交战的真实表现。我们要小聪明，就失去这一份来之不易的信任。”

臣享和张信兴都被这股骁勇的气魄所震慑，战斗之初就已倾尽所有家当，可从Jacob的口中说出这番狂言，却还能让人信任、团结，还有一种可靠的安全感。

“不要想退路了。在巴拿马我们就要一次性投入，给美洲电信看到我们的全部战斗力！”一轮月光照在Jacob刚毅的脸庞，他从不像一个善于精打细算的谋略家，而是气势雄浑、金戈铁马的元帅，他开始为巴拿马之战立下战略目标：

“我们的目标是成为集团的‘战略伙伴’。原本4G统谈能决定华兴与美洲电信的合作等级是‘合作伙伴’还是‘战略伙伴’。什么是‘战略伙伴’？就是双方不会斤斤计较，不因一点争执摩擦，不因一时一地的得失而放弃对方，就像夫妻而不是情人。如果项目难，我就不做了，有肉吃，我又来了，这种关系不能长远！但帕特里克把战斗提前打响了，逼迫我们在巴拿马就会被‘评级’，如今巴拿马已成4G的序曲，那我们就更要不惜代价赢下巴拿马、赢得客户的心。”

他转过头对臣享说：“刚才你说投标没有基石，现在把章洋叫来吧，让投标办通知答标团队：以 30 天后 DBS3900 出货为基准！”

投标办的章洋进到了作战室，听着这一战略构想，而今确认了 DBS3900，从网络设计、网络规划、报价、工程都有了大致的基石。窒息点找到了，团队不会再像狂风中没有指南针的一叶孤舟了。然而他对这激进的策略感到了惶惶不安：“我刚和研发沟通过，总部恐怕不能因为巴拿马 800 个基站而耽误了德国 8000 个基站的全球大局！而且您 30 天交货的假设，是否太夸张了？”

Jacob 深吸了一口气，似乎连日来也有些疲乏，但他重整旗鼓，恢复起锐利的目光：

“章洋，你也算是老拉美了，可为什么你参与的投标大部分会失败？为什么拉美片区被总部视为二等片区？”Jacob 盯着章洋退却的双眼，停顿了几秒，给出了他的答案，“因为研发怪没拉美市场，市场怪研发没拉美产品，鸡生蛋，蛋生鸡，永远扯不清。但这一次，我们就是要按 DBS3900 应标，你也不要跟总部再沟通了。我会先斩后奏，拿到项目后倒逼研发开发。我相信华兴向来是‘以客户服务为中心’的，所以只要我能拿到订单，总部就算事后清算我、骂死我，研发也一定会竭尽全力保障对客户的承诺，但我要是不这么做，你在拉美就永无破局日！”

“先斩后奏？”章洋瞪大双眼，这样做的代价，Jacob 一定想好牺牲自我了。他辅佐过很多领导投标，但这是他第一次辅佐 Jacob 投标。投标最能看得出领导的决策风格，而面前的这个男人太出格，这男人他永不怕麻烦，又不停地制造麻烦，也许只有这种人，才能真正逆转拉美。

章洋又看了看想出“DBS3900”的臣享，臣享也对他点了点头。

“好，我立即通知下去。”章洋重拾了信心。眼前这两人，一个拥有极富洞察的“明”，一个拥有侵略如火的“勇”。事业部双璧，拉美的未来就靠你们了。他出门奔回了投标办。

7

话分两头，此刻墨西哥城圣达菲新区，那里道路宽阔、绿树成荫、治安良好，周边则是新兴富豪区，中央是新科技区，而圣达菲也正是FRAN拉美总部。

FRAN拉美片区产品副总裁西蒙在此坐镇，统筹巴拿马投标。

前方，克里斯早把巴拿马的工勘和商务的一线信息回传给了西蒙，而且在FRAN的信息化投标系统里，还储存有拉美每个国家的详细资料，包含了货币、银行、税法、高精度地图、分包商名录和人力报价。中央情报局的网站上也有大量资料，能帮助FRAN理解在一个国家的交付状况。此外，FRAN已在巴拿马建过网络，更有充分的实地经验。

“工欲善其事，必先利其器”，FRAN的投标十分高效简洁，投标经理正通过一个云系统，支持着答标小组的多人共享工作、动态分配任务、同步信息。相比华兴用邮件和共享文件夹，FRAN的系统不但界面友好、操作便利，效率更是十倍提升。

作战室里，FRAN答标小组的成员们很轻松。房间里放着轻音乐，空调室温调得很凉爽，新风系统里散发着舒爽的香氛，每个人身边放着一杯咖啡和三明治。FRAN积累深厚，答标成员都有15～20年的从业经历，而华兴的答标团队才平均毕业三四年，海外工作仅一两年。因此FRAN的专家能以一敌十，以不到十人的团队撑起投标。

系统先进、情报优势、员工资深，FRAN远比华兴高效，好比一个10人内的“机枪班”可以轻松灭掉一个数百人的“大刀连”。

西蒙也与大家一起坐在作战室。虽贵为片区副总，但他从不轻敌自傲，尤其对手是蛮牛般的华兴。

这几天，他仔细调阅了近年来华兴的投标表现：从总部在欧洲的MIC集团、Telefonica集团、TI集团、Orange集团、Vodafone集团，再到总部在中东的Etsalat集团、Zain集团、STC集团。他想从这一系列跨国集团的大型战役中，分析出华兴打法的弱点。

西蒙发现华兴早年并不适应海外市场，几年颗粒无收。直到非洲部分运营商想贪便宜，华兴才开始有了机会突破。可那几年，华兴也有一个糟糕的行业名声——CTO Killer，因为只要华兴质量一有问题，运营商 CTO 就会因“大胆启用华兴”而被问责。

然而，不知怎的，华兴挺了过去。他又翻过一页，手里的本子上，记录下另一行字——“人海战术”。与华兴交过手的 FRAN 高管都有一个共识：华兴总是大兵团作战，大军集中于一处，压强极大，因此 FRAN 精锐也会失守。

但这招应该仅在中国境内可行，到了全球市场上应该失效吧。他仔细看了看内部分析，上面提示到，华兴内部都是中英双语的，但有时为了效率，实践上是以中文为主，令当地员工无法解读，这使华兴必须派更多的中方员工赴海外一线，然而这又进一步强化了中方管理，弱化了本地员工，最终导致华兴海外的中方比例很高。只是由于海外办事处，受制于海外公司法、投资法、移民签证的难度[1]和成本，不能像在中国区一样输送大量人力，“大兵团”模式在海外走不起来。

西蒙还听说，中国员工到海外后，并不懂如何与海外客户周旋谈判，总搞得很被动，被客户欺负地承诺了大量紧急多变的要求。一名基层中方每天与中国总部都有上百个电话、数百封邮件，外籍员工无论从语言还是工作节奏都很难跟上。而另一头深圳总部也很乱，研发的产品开发、组织结构和人员岗位也经常变动，一线几天不跟踪，情况可能又变了，只能日日看着。电信是超大型的科技项目，一线销售服务必须协调中国十多个部门，讲英语的外籍员工更不可能弄清中国总部复杂多变的事。为了不耽误时间，只能靠海外一线的中方拼命地层层穿透，费劲推动。

海外中方，一个人得干中国区几个人的活，也无法像中国区一样集中优势兵力，人少活多，指挥混乱，又客场作战，虽会想办法不断“空投”补给资源，但效率奇低。

所以，西蒙还是没弄懂为什么华兴能在全球打败戴着光环的西方老牌企业，他之前也和人聊过，就连华兴员工都无法总结制胜之道，

1 公司法规定本地员工和中方比例有法规要求，投资法限定该国该领域能否对外资开放，能否成立赢利实体，签约方式和本地人招聘要求，而部分国家签证难度大，甚至会被移民局调查等。

只认为是“乱拳打死老师傅”。

西蒙不停点击，调阅文件卷宗，只有找到华兴成功的真正理由，他才能在全局上阻击华兴。可资料繁杂，他也看累了，便躺在一排北欧气垫躺椅上小憩。虽闭着眼，脑袋却停不下来，手指在唇下滑动，自己浸染电信业多年，有足够的视野纵深，应该能……

忽然，他悟到了一个大历史脉络：20 世纪末，美国在信息产业的“新经济政策”带动下，GDP 疾速抬头，也掀起了对网络的过度资本狂潮，然而 2001 年泡沫刺破，NASDAQ 科技股雪崩，许多之前借着高杠杆冒进的西方巨头竟面临破产危机。为了股东利益，巨头们纷纷撤换 CEO、裁员、砍部门、卖产品线，原来十多家巨头，破产、拆分重组、抱团取暖，只剩下六七家。也因这次资本收缩，运营商也受到重创，预算减少了，而低价的华兴恰巧出现在世界舞台上。它顶替了消失的那些巨头的市场位置，用低价赢得了一些机会。而且运营商采购流程上，一般也要五六家一起来投标，华兴就幸运地以替补身份，挤入了国际电信市场的角逐，即使人海战术失效，它总有一杯羹。

西蒙睁开双眼，仰视着天花板，华兴真走了狗屎运，非此历史机遇，它永无上场参赛的可能！但他又细细盘算，这也不对，如果那样，华兴只能还是在地下室的蟑螂。可今天的华兴正不断打通向上的通道，登堂入室。

他眨巴着眼睛，回忆着各大 T 运营商的标书内容，为什么它们要给一个低级的中国公司机会呢？他深深怀疑着华兴一直在标书里的技术内容是虚假的、路标规划是过度承诺、广告更是虚张声势，只为了拿到订单。他想起每一次参加巴展，华兴总租用最大的场地、用最夸张的表演方式，造势作秀，又把客户带到深圳总部参观，给客户洗脑、十轮八轮磨耳根后，华兴就祭出“0 报价”忽悠客户，总会有人抱着“试一试”的心态。华兴就这样打开了一道缺口，并用这些“0 报价”得到的种子用户，造案例、建样板、全球范围内宣传，影响力从低级的小运营商，再到高级运营商，一直到说服最顶级的大 T 客户，步步为营，终于蟑螂爬到了主人的客厅和卧室。

0 报价，他叹了口气，这真是骗人上当的把戏。

他抓着躺椅扶手，起身回到电脑前，重新调阅记录，当华兴积累了一定案例规模后，华兴还会向大 T 客户推出一个夸张的概念——“免费替换”，这告诉客户，你系统不好，我帮你免费搬迁拆了，赠送我的设备给你用，但以后你网络扩容时，就得用我华兴的。靠着这没底线的手法，华兴像恶心的寄生虫，一点点蚕食掉发明网络的西方科技企业的躯体。

这种玩法太脏了，西蒙顿时生气了。华兴的免费，破坏了游戏规则，令科技厂商和运营商的天平 180 度反转，如今，最顶端的大 T 运营商们也学会一手拿着华兴的低价，一手要挟 FRAN 等硕果仅存的西方大厂。华兴靠大量补贴换市场的做法，长远是有害行业的，就像仿制药对原创生物制药一样，如果没有利润和知识产权，人类科技进步终将熄灭。

这时，西蒙已完全确认，简单粗暴的“低价策略”就是华兴制胜全球的唯一法宝。而他对其他中国公司的“假冒伪劣”“侵犯知识产权”“缺乏诚信”的标签也一股脑儿地贴在华兴头上。他觉得自己第一次认清了华兴的真面目，不自觉地叫了一声脏话“Huaxin Sucks！”，引得屋里投标小组成员的侧目。

但看透了本质，自己的对策应是什么？这不太好办，因为最近美国的金融危机，使全球债务又要迎来新一轮的风险，西蒙不免担心会像 2000 年那轮科技股危机一样，大 T 们会广泛地选择低价厂商。更恶化的是，随着移动 APP 迅猛发展，网络流量暴增，电信网基建的成本呈几何级倍增，而电信公司收入却不增长，这时候，大 T 们必然需要把华兴这一条鲇鱼放进池子，搅一搅欧美厂商的报价。这便是他刚才看到那么多欧洲和中东的跨国电信集团，引入华兴投标的理由。当年华兴进入全球市场太晚，2G 时江山已定，它毫无机会；3G 时，它也只能小打小闹，大 T 们也并没真给它大单。但 4G 新一代网络投标，天时地利人和，华兴已能借着这股新网建设的大浪潮，实现它在世界上的大规模突破，所以 4G 是华兴跻身于一流大厂的“总决战”，要阻击华兴，就必须在 4G 时卡死，否则后患无穷。

而这时，电话也来了。

“西蒙，你方便讲话吗？”是帕特里克，他又飞回了西雅图总部。

“稍等，我找个单独的地方，”他钻到了一个透明的隔音玻璃房里，“好了，你说吧。”

“这次报价上，你可以打价格战。布雷德利已经说服了董事会，并已经拿到一笔由 12 家银行组成的大银团提供的 80 亿美金五年期子弹式贷款[1]。我会想办法说服 CXO 们，让这笔钱拨备于战略补贴，给你打好价格战。”

“太好了！这样我们就可以和华兴打一场对等的仗了！”西蒙在玻璃房里高兴了一会儿。

西蒙本来很苦恼，华兴没上市，并能用中国市场的利润，支撑海外的长远拓展，而像 FRAN 等巨头是上市公司，股东们容不得两个季度的利润下滑。这一点，他顿时觉得帕特里克真的有远见，因为当帕特里克还只负责拉美时，就一直用心良苦地游说 FRAN 的 CXO 们，警告着要提早树起一道篱笆防御华兴。只是 FRAN 元老们不以为然，都不把华兴放在眼里。

“好，等着你的捷报！”帕特里克说。

“好！”西蒙挂了电话，他已经有了一个核心战略。

西蒙相信任何低价策略都是打不持久的，低价必然会反噬。现在的华兴夺下的市场份额越来越大，战线越打越长，补贴也就越烧越多。相应地，华兴就无法坚持像几年前那样耐心地“预亏”。华兴所有的补贴，都是在等一个反转的时机来回本盈利。

他分析过华兴这几年的海外销售额、成本，倒推补贴额。然后他又参考华兴历年的审计财报，通过票据、贷款和回款，计算其现金流状况。西蒙估算出，华兴一直等的这个时机就是全球运营商的 4G 建设浪潮——如果再吃不到 4G 核心市场的大肥肉，华兴就会撑不下去而全线崩溃；可一旦吃到了，华兴则可能会一跃成为顶级公司。

帕特里克是一场及时雨，西蒙终于在价格问题上松了绑，他能用这笔钱，四两拨千斤，引发连锁反应，打断华兴的资金链体系。

他找准华兴在 4G 的软肋时刻下手，用帕特里克给的“预备力量”，对华兴“半渡而击”，主动打响价格战，而同等条件下，客户

1 子弹式贷款，贷款到期后可继续永续的再借，意味着只还息不还本。

不会选华兴，如果华兴要硬扛对打价格战，华兴就会在拉美的长远扩容单价上亏损。而全球基站上，欧洲、亚太、独联体、中东、非洲都是可以统一一套设备的，唯独北美拉美的需要特别开发，且华兴几年都没有做开拉美，现在还得定制拉美设备，一旦拉美持续失血，只能撤出美洲新大陆。届时，华兴只能依托中国市场，争取欧亚非的旧大陆。而 FRAN 则能割据北美和拉美这两大粮仓，以足够的财力和品牌优势，压缩华兴在欧亚非的空间。科技制造业是讲规模效应的，华兴一旦进入全线收缩，其单位的生产成本就会倍增，为了止血，华兴的售价就会被迫打破原低价体系，但抬价会令其进一步失去市场规模，陷入恶性循环。如此一来，4G 也就成了 FRAN 转守为攻的机会，步步为营，围剿华兴最渴望的战略高地——欧洲市场——当失去了美国市场，这已是华兴不能丢的品牌和价值区域。

灭绝华兴这样的“蟑螂”是不可能的，西蒙的战略就是把华兴压制在最低端的市场，压制在肮脏的地下室，让它画地为牢，饿死它。而巴拿马之战，就是它凋零的前奏。

“这次用什么产品？”一位近四十岁的产品经理打断了西蒙的思考。

“用最新最好的技术——RBS6000。”西蒙说。只有用最低的价格，最超级的产品，才能一剑封喉，毁掉华兴在客户心中的仅存价值。而 FRAN CTO 查尔斯也直接与西蒙沟通过了“艾弗”的最强版本。

“可 RBS6000 不是旧产品吗？”

“设备名是以整机机柜壳来定的，但柜内的模块都是全新艾弗系列的‘演进者模块’。”

产品经理打开投标知识库，FRAN 的工具很智能，不需要像华兴那样一份份下载 Word/Excel 文件，而是直观可视化界面，产品经理调取了 3D 的基站模型，用鼠标 360 度自由选取组合，并会弹出相关数据和信息，非常方便。

“哦！我们的演进者模块也有 2G/3G 多模融合的技术，厉害！”产品经理佩服起这种新技术。很快，他又注意到了一个小红标，双击后，那界面链接到了 FRAN 的“竞争分析库”，上面提示着华兴在德国投标中泄露出的内参。

产品经理仔细对比着："华兴在欧洲片区的德国也有类似我们'艾弗'的'All in 1'技术。"他鼠标又一点，界面再次跳转到电信界最高级别的3GPP协会资料，看了一会儿，他笑了起来，"我们的多模融合的技术比华兴更好！"

"德国……欧洲片区……呵，"西蒙笑了笑，"就这么答吧。"

桌边柜上放着一台咖啡机，西蒙放入了一粒胶囊。等着蒸汽萃取咖啡时，他又随手翻阅了巴拿马的标书，他打开翻到了那一关键页。这次他也花了功夫，特别提出标书上一定要有"2G/3G/4G多制式兼容于一个基站"的强制要求。

相比华兴，西蒙不单引导了标书，还控制了这一次的技术评标人：往常美洲电信写标和评标是两拨人，由Telecell的技术主任奥斯卡和玛尔克斯写，由集团CTO肯或新技术部胡安来评，但这次技术评标的人是Telecell无线工程总监阿里汉德罗牵头，他是奥斯卡和玛尔克斯的上司，而他们这一条线全都受Telcell CEO赫克托的掌控，最终评标也能十拿九稳。

还有在本次应标的"艾弗"新品命名上，他和FRAN CTO查尔斯故意选了RBS6000这个旧产品，这也是障眼法。因为即便华兴从美洲电信的眼线中得到了FRAN的应标信息，也会误判形势，引发华兴在产品报价策略的犯错。

唯一让西蒙不太放心的是，FRAN擅长的产品是"宏基站"，"当家花旦"RBS6000也是宏基站，然而在危地马拉，华兴出现了一套"All in 1"分布式基站。西蒙和查尔斯讨论过，欧洲片区的情报反馈过来，华兴在德国之战，已确定使用宏基站"BTS3900"（"BTS"正是华兴"宏基站"的编号），可拉美怎么出来了一款分布式基站呢？这会不会是一个新的风险点呢？

查尔斯曾给过西蒙定心丸，说德国是华兴志在必得的全球战略制高点，因此华兴研发的主力方向一定是宏基站形态。所以"艾弗系列"的设计，首先就沿用FRAN的宏基站RBS6000平台，而论宏基站的性能，华兴不是FRAN的对手。

咖啡煮好了，胶囊掉落到咖啡机底部，西蒙也停止了思索。而这时，戴斯蒙德敲了敲门，走进作战室，这位片区交付副总裁要检查一下“交付”部分的条款。戴斯蒙德瞥了西蒙一眼，微微收起白衬衫的袖管，眼神还夹杂着一丝怨气——正是西蒙的产品分析错误，使戴斯蒙德因为危地马拉 Clara 的“后门事件”而挨了老板的骂。

“你的咖啡，”西蒙搭了搭戴斯蒙德的肩膀，从冷柜里挖了一勺冰激凌，倒进浓缩咖啡，递给了他，“我向你正式道歉，上次是我错了。”

两周前，华兴在危地马拉拿出了分布式方案，竟灵活地安装到电线杆上，这让 FRAN 措手不及。因为按此前的产品情报来看，西蒙压根没把危地马拉当重点，害得戴斯蒙德忙中出错，被迫利用危地马拉的维护后门，篡改数据，造成严重违规，送了华兴一份 Reference。

戴斯蒙德看着这份冰激凌咖啡，苦中带甜。大敌当前，帕特里克也不喜欢手下斗，戴斯蒙德只能喝上一口：“西蒙，这事过去了，而我也有责任。”

“行，投标结束，我带你去墨城最好的夜总会！”西蒙笑了，然后又严肃起来，“但有一个前提，你的团队见过危地马拉的分布式基站，你给我讲讲，我不太放心。”

戴斯蒙德从衬衫口袋中掏出 U 盘，插在电脑上，投影幕布徐徐落下。作战室里所有人都放下手边工作，抬起头看着 FRAN 危地马拉方拍回的照片：

其中，一根电线杆上挂着一块块像拆碎的基站零件般的玩意，顶上是一根发射天线。这是一种少见的形态。

“这在华兴叫‘分布式基站’，最早一次是三年前在欧洲出现，然后也在日本出现过，”戴斯蒙德打开内网，键入时间、区域，屏幕上弹出了资料，“在华兴总部的展厅、客户资料也都有，只占华兴无线销售的 10%～12%，并没广泛应用。”

“我和欧洲区同事聊过，”另一位投标经理靠着椅背说，“分布式的起源，好像是在 2004 年英国一家运营商提出的概念，但当时没有一家科技公司去响应。而华兴那时在欧洲没有打开局面，为了讨好客户，只能迎合欧洲客户的戏言，结果做完了却没人要。”

“当然不会有人要，这种设计太不可靠了。把整个宏基站的机柜拆碎成一个零件，不等于把机器的五脏六腑都暴露到身体外面，机器能不生病吗？”

投标成员都赞成。基站多在户外，工作环境恶劣，而分布式基站既没有 Shelter（保护罩）、带空调的机房[1]，也没有室外型宏基站的“渗透膜”或“热交换”，怎能保持系统的散热防腐？所以，宏基站这么大的个子不是没道理的，它集成度高、工艺好、冗余大，是最完美的工业作品！而分布式基站看似“灵活组合”，实际是“简陋低配”的代名词，没电池、没防护、没可靠性。在 FRAN 递给客户的黑材料里，华兴分布式基站成了中国科技“偷工减料”的象征。因此，客户也不太敢用，甚至包括了中国本土客户。

“这就是台式机和超极本的差距，分布式就像超极本，性能差、价格还贵！”房间里窸窸窣窣地议论着，专家们托着下巴，再一次审视分布式基站的照片，“真丑啊！”紧接着是一阵狂笑。FRAN 的工业审美十分的“处女座”，而分布式很不美观，集成度凌乱、难以维护。大家觉得把电子零件都收纳到一个大箱子的“宏基站设计”才更“洁癖”。

西蒙也笑了，他看到在安提瓜的旅游点里，分布式基站能做“伪装基站”，在商场大厦里做“室内覆盖”，但那只能定位为“补充性产品”，而不是“主力产品”。

但有那么一瞬，西蒙发现了一个小小的区别：这款分布式基站和以前见过的分布式基站不一样，尺寸大小好像略大了些。那危地马拉的这款设备是不是“All in 1——分布式基站”？

难道华兴的“All in 1”技术已启动“双形态”了吗，“宏基站”和“分布式”一起上？难道查尔斯对德国那边的判断是错的，怎么分布式被率先造出来了，是因为“分布式”形态才是华兴的主战武器？为什么华兴愿意在销售额不过 10%，且出身卑微的分布式基站身上，花精力研发下去，难道它一代代进化下更有前途？

“你们觉得华兴在巴拿马是否会使用‘All in 1——分布式基站’呢？”西蒙试探性地问着周围专家们是否也察觉出什么。

1 便于散热、防腐蚀或抗沙尘。

“不会的，从最新的竞争分析资料看，华兴没有这样的Roadmap[1]。”一位产品经理回应。

Roadmap是一家高科技公司的核心机密之一，相当于大国的国防军事科技。若能知道对手的Roadmap，就能分析出对方的“科技树”，反过来改造自己的设计，做出棋高一着的对抗性技术。但西蒙却觉得，华兴的产品规划很乱，Roadmap也不像西方厂商那么严格执行！所以，会不会是华兴用Roadmap玩障眼法呢？

一股怀疑的情绪萦绕在西蒙的心头……

“你投标策略决定了吗？”戴斯蒙德收起了U盘，打断了他的思绪。

西蒙走到墙边，调节空调新风，风力变大了，“巴拿马是华兴的转折点，‘艾弗’技术、超低价、标书全部回复FC，我们这一次要全力阻击。”

空气的味道辛辣起来。在戴斯蒙德看来，负责投标的西蒙主动放下了FRAN高贵的身段，不惜代价要在“Reference”失守后，建立起第二道“巴拿马防线”，认真开打。这将必然在4G前，想让卡洛斯家族知道FRAN和华兴的云泥之别。

戴斯蒙德点点头：“除了‘艾弗’技术外，这次更是‘交钥匙工程’，巴拿马的交付资源我准备了两个月，分包商和政府许可也打通了，站点获取和土建不成问题。而我们从美国德州和墨西哥蒙特雷的两家工厂生产RBS6000，发货到巴拿马，加勒比海海运供应链也只要1天，而巴拿马与美国还有绿色海关通道，总的来说，我们三个月交付完没问题。但华兴不可能。”

巴拿马标书引导的交付服务部分，FRAN主动引导其在美洲电信第一次实施“交钥匙工程”，戴斯蒙德储备了足够的力量，而且巴拿马对美国和拉美免签，在美洲大陆资源调度十分方便，可华兴工厂远在中国，远洋货运排期和清关等供应链问题不小，且巴拿马与中国暂未建交。因此，华兴不仅在标书和产品上失败，就连服务能力方面，凭借戴斯蒙德的全力运作下，华兴将又输一局。

1 产品的路标规划，是新产品的技术走向和上市时间。

商务经理也说：“对了，巴拿马对美国进口有特批的进口关税，我可以申请减税为 5%。而华兴大约是 12%～15% 的关税！所以华兴在价格战上会先输我们 10%。”

投标小组集体笑了。他们知道自己一努力，就一定能赢，但 FRAN 的目标不是胜利，而是用多大的优势压倒性的胜利，这才是王者的气息。巴拿马是终结华兴攻势的转折点，从此，华兴将回到属于它的最底层市场。

古斯塔夫推开门，他也赶回来了，并把戴斯蒙德和西蒙拉到了隔音间：“好消息，帕特里克也说服了 CXO 们，用子弹贷款做一个‘战略补贴池’，全球商务价格的折扣率，都归帕特里克全权统筹。老大终于拿到‘战补’的授权了。”古斯塔夫又转向西蒙：“他说了，无论你这次申请什么价，他都批！现在，绿灯全开！”

从评标、价格战、技术、服务，FRAN 优势太明显了。看来这一仗十拿十稳，大家也心定了。西蒙拉开作战室的大门，对着投标成员说：“很晚了，大家先回去休息吧，明天再来。”

西蒙也回到停车场，坐在车里，他想了一会儿，最终连上车载蓝牙，深夜拨去电话：“帕特里克，抱歉深夜打搅你了。但我有个新的想法，跟你单独沟通。对，很急，关于他们的分布式基站……”

8

发标的次日是 8 月 15 日。上午 8 点，华兴的投标团队已经工作了整整十二个小时了。

投标时，不仅要与敌手全面战斗，更要洞悉幕后观战者的姿态。

“谢谢，所以，这一次是阿瓦罗负责咯？”阿曼多确认着信息，他要获取点滴信息，提供投标的情报参考。

巴拿马能那么快启动，这绝不只是美洲电信元老们的旨意，更要有实权的少壮派支持，除了一贯支持 FRAN 的 Telecell，有人肯定也串联过的 COO office。

巴拿马作为一个新子网，肯定要被划分给 COO office 的五柱之一，可给谁管理呢？巴拿马处于加勒比海和中美洲之间。加勒比海地区属于路易斯，中美洲属于里卡尔多，但为什么是阿瓦罗负责呢？

阿曼多挂掉电话思索着：之前，海地是路易斯的地盘，第二替补的哥斯达黎加也明确归属于里卡尔多。如今，转而开发巴拿马，这与阿瓦罗有什么关系呢？也许，巴拿马历史上曾属于哥伦比亚，而哥伦比亚在总部归阿瓦罗的管理。可美洲电信弃哥斯达黎加，择巴拿马布局，难道有人要扶植阿瓦罗？

去见一下阿瓦罗吧。尽管投标时刻，是不适合见客户的，但阿曼多不顾那么多了，反正今天有澄清会，理由说得过去。

半小时后，阿曼多已出现在了美洲电信集团的办公室。他走上那精美的木地板，地板声音甚是好听！到了二楼，他与秘书打了个招呼，再次走进那个U形回廊——COO office的五人就坐在五间办公室里。

第一道门是中美洲大区的里卡尔多，第五道门是拉普拉塔区的安东尼奥，两人都有经验与水平，但无野心；第四道门是加勒比海的路易斯，一位年轻认真又有极深背景的贵公子，但他还很年轻，卡蒂纳斯叮嘱让安赫尔多照顾路易斯，海地项目，安赫尔已抽一半精力帮他；第三道门即是安赫尔，COO卡蒂纳斯的首席幕僚，负责拉美最大经济体——巴西；而紧邻安赫尔的第二扇门才是阿瓦罗，负责安第斯地区的哥伦比亚、秘鲁和厄瓜多尔。

阿瓦罗穿戴挺括，光泽的发蜡压住了卷发。体型上，他比安赫尔、路易斯和安东尼奥等纯种白人要胖些，尽管他的皮肤也很白，可他是五柱中相貌上唯一有印第安特征的人——眼睛有些“蒙古褶子”，而并不凹陷。事实上，阿瓦罗比起另四个人，出身低了些——那四个人都有墨西哥贵族家庭背景，或远或近都与卡洛斯家族攀着关系。而阿瓦罗只是一个上流家庭，但家庭没有与豪族连接，全靠自己的努力，考入UNAM大学[1]，获得工程学士[2]，并拿到卡洛斯特设的奖学金，最终因其优秀的能力，阿瓦罗被卡蒂纳斯提拔为“五柱”之一。

论及五人的能力排序：路易斯有想法，但年轻欠经验，排五；安

1 墨西哥国立大学，拉美顶尖学府之一，全球最大大学。

2 墨西哥人有工程师文化，非常重视“工程学士”。

东尼奥可靠守成，但开拓不足，排四；安赫尔、里卡尔多和阿瓦罗各有优势：里卡尔多洞察力惊人，天资可排第一，但性格阴郁；而安赫尔十分全面，有领导力、有手段、有思维体系，综合能力第一；至于阿瓦罗，他与安赫尔不相上下，也能问鼎 COO office 的首席，只是资历背景比安赫尔差。这也许是为什么卡蒂纳斯只把他排在第二扇门，并为了安抚他，让他监管自己的根据地哥伦比亚以示信任。

“你找我吗？”阿瓦罗注意到了阿曼多，微微一笑，“进来吧。”

“哦，来了。”阿曼多立刻回以热情的笑容。他善于交际和观察，在回廊里与阿瓦罗眼神相会的一瞬，他便觉得阿瓦罗的清风细雨中，总掩饰不住野心与不甘。一种猜测涌现在阿曼多的脑海：

海地的现状将成为安赫尔无法脱身的泥潭！里卡尔多的哥斯达黎加这个最可能的项目却黄了！而阿瓦罗负责巴拿马，就能在五柱第一阵营的三个人中脱颖而出。

“早上好，”阿曼多伸出手，阿瓦罗也站了起来，两人用墨式贴面拍肩礼，“过得好吗？”

“都很好！你呢？”阿瓦罗一手指着客椅，让阿曼多入座，自己则用手抚了下领带，随即也坐下来。今天阿瓦罗即使在办公室里也没脱西服，神情也显得得意。

真是意气风发啊！阿曼多想起来，这三个月来，华兴参与过的“17 国 SDP”和“17 国统一核心网关”项目中，当时集团 CEO 和 COO 还在内斗，代表丹尼尔的是新技术部胡安来负责技术评标，然而代表 COO 商务谈判则全都是阿瓦罗主导。这两大 17 国统一项目，令阿瓦罗风生水起、地位隆升，风头一时压过了安赫尔。

“阿瓦罗，你看着气色真棒！我嘛，‘SSDD’——Same Shit Different Day，哈哈！”阿曼多开着自嘲的玩笑，惹得阿瓦罗心情更好了。

有人从 U 形回廊经过，阿曼多一回头，是路易斯，双方点头致意。这时，阿曼多猛然反应起一个多月前 Jacob 拿下海地时，有八卦消息说“五柱”曾对海地是否立项有过一次激辩，而阿瓦罗不支持海地，直到安赫尔决定亲自为路易斯的海地保驾时，阿瓦罗才松口。此事再联系到今天，阿曼多隐约感觉阿瓦罗是早有取代安赫尔的蓝图。

“标书上，有什么不明白的？”阿瓦罗笑着问，“澄清会还没开始呢。”

“哦，澄清列表一会儿就会发您邮箱，我是很意外美洲电信忽然做巴拿马了？”

“海地大地震，不能押宝那里，但集团的扩张又不能停！”阿瓦罗不紧不慢地说。

“明白，那哥斯达黎加是不做了吗？之前呼声很高啊。”——阿曼多又问。华兴在哥斯达黎加已有团队，而FRAN没有，巴拿马则完全相反，美洲电信明显是180度反向倒转，而这种临时变故必须摸清原因。

“先做巴拿马。哥斯达黎加是之后的事了。”

“可你们在哥斯达黎加投入了不少，也是沉没成本吧。”

“我刚说了，先做巴拿马。”阿瓦罗不悦地用笔敲了敲桌子，目光也不再与阿曼多接触。

阿曼多明白了：这说明决定是草率的、临时的，没全盘思考过的内部角力结果。但阿曼多继续刺激，想再试探下阿瓦罗的反应：

“但是您想一下，巴拿马忽然那么急，我看标书三个月的‘交钥匙工程’，谁都难做。现在，您接了这个烫手项目，我担心您的压力啊。”

“这是我的工作！董事会已经审批了的，赫克托也会要做的。”阿瓦罗更明显地抗拒。

“亲爱的朋友，抱歉，我不是这意思，让您误解了。”阿曼多安抚起阿瓦罗，但阿瓦罗的回答已暴露了三个信息——1. 标书没写错，确实是苛刻的三个月“交钥匙”；2. 背后主脑确实是赫克托；3. 阿瓦罗明知不可为，不跟着吐槽，还护着巴拿马。

阿曼多装作抱歉，解释起来：“我的本来意思是，无论谁中标，您都是缔造了巴拿马新网的人，荣誉和责任都很大，而且巴拿马将来也归您区域内管理，您必须考虑如何顺利交付啊！你想过吗，一旦中标后，谁去监理和执行巴拿马Clara的工程？又是谁去做巴拿马Clara的CEO？”

阿曼多诛心一问，让阿瓦罗醒悟过来——这是集团总部发起的项目，按惯例，经常由墨西哥 Telecell 指派一个人过去的。阿曼多继续道：“但您想过吗？想在这项目上成功交付，要推荐你自己认可的人去，才能避免麻烦！”

阿瓦罗眼神晃动着：如果 Telecell 指派的人去做了巴拿马 CEO，自己可管不住 Telecell，而且这还意味着“这人”能通 Telecell CEO 赫克托的天。那接下来，自己如何掌握三个月交付的局面呢？真的很容易功劳被人抢走，黑锅自己去背。

而且让 Telecell 的人安插进卡蒂纳斯的国际辖区，不是更大的问题吗？阿瓦罗猛然意识到为什么自己和巴拿马会被人看上了，就是自己负责哥伦比亚，隐蔽性极高，选他更能让卡蒂纳斯放心，面上也显得公平。

阿瓦罗脱下了西服，挂在衣帽架上，并打了个电话到前台：“帮忙送两杯咖啡来。”

昨天，古斯塔夫又一次约他吃晚饭，局中暗示了很多。而他早秘闻古斯塔夫为了防守华兴的 Reference，最近跑了拉美很多子网，甚至密会过诺阿的高层，这种供应商私下联盟是甲方非常讨厌的。阿瓦罗还听小道消息称：当 Jacob 在哥伦比亚失踪时，古斯塔夫正与诺阿当地负责人雷耶斯会面，这事也可能与之有关。这让阿瓦罗纠结，古斯塔夫是个有野心的家伙，做事没有边界，然而机会在面前，他又不想失去。但刚才阿曼多的话让他警醒起来：与古斯塔夫这样的人联盟并不牢固，出了问题，古斯塔夫会更在意 Telecell 的赫克托，而不是自己。现在，阿瓦罗决定要自保，他要提名一个信得过的候选人出任巴拿马 Clara CEO，而那人最好就是在他管辖的安第斯区，而这样做，卡蒂纳斯也会满意。

看着阿瓦罗的表情，阿曼多试探出他确实掺和进去，便问道：“评标大约几日结束，会有几轮沟通呢？”

阿瓦罗变得很客气：“很快的，8 月 17 日交标，21 日第一轮评标结束，22 日出答辩，24 日公布结果。”

前台送来了咖啡，阿曼多喝了一口，觉得可以再进一步了：“那其他几家答得还好吗？”

“爱立森昨晚回复我们不应标了。诺阿也表示很难完成，但可以陪标。”

昨晚，爱立森致函阿瓦罗，表示因项目突然“交钥匙”难度大，知难而退。而诺阿虽在哥伦比亚有很强的交付团队，可辐射邻国巴拿马，却没有类似“All in 1”的技术。

阿瓦罗拿起手机看了看，说：“我估计FRAN已经把标都答好了！”

“这么快！”这次轮到阿曼多吃惊了。

“阿里汉德罗刚发消息，他已经收到了FRAN标书的‘澄清问题’列表，答成度很高。”阿瓦罗说。这些情报算是他回给阿曼多提醒的人情。他喝了口咖啡，又问：“你现在要去Telecell找奥斯卡吗？”

阿曼多脸红了起来，这话是在赶他走，也是在挖苦他，现在是投标敏感期，他不该见技术评标人，也不该见阿瓦罗。阿瓦罗的眼神锐利，似乎显示着他才有资格问话。

“没事，去吧去吧，你有什么消息，我们保持沟通吧。”阿瓦罗反而鼓励起阿曼多，他站起来一边伸出手，一边打开门恭送。

“好，电话联系。”阿曼多笑着做出打电话的手势，然后拿起皮包，握手告别。

阿曼多离开了美洲电信总部，望着一街之隔的Telecell总部，回味着阿瓦罗最后的含义“保持沟通”——这是让阿曼多把在Telecell打探到的消息回给COO office的阿瓦罗。同一个集团处于竞争关系的两部门，信息反而没有外人了解得多，阿瓦罗在利用供应商间的博弈，以巩固自己的权力。

8月的日光格外刺眼，阿曼多也得选边站了。原本他已找到了阿瓦罗的弱点，希望阿瓦罗能理解自己的处境，可现在看来，是阿瓦罗在敲打他，而阿瓦罗也不会像卡蒂纳斯一样认可华兴。但今天也不是一无所获，至少分化了阿瓦罗与FRAN的利益联盟。

“Jacob，果然是FRAN策划的，别家已弃标，只剩下我们两家对决了，”他拿起电话，“FRAN已答标完成了。”

9

“FRAN 已经完成了？消息可靠吗？”Jacob 问。

他不眠不休地工作了一夜，拼命处理事务。平时他可以分轻重缓急，但是竞标如战场，局势每一秒都在演化又相互关联，使他停不下来，可即便如此，对手却跑得远远比他快。

“很可靠。”阿曼多在电话里回答。

慢，一方面是因为投标工具的落后，但更因为应标的 DBS3900 是新品，上市资料暂缺。目前投标用的电子性能、成本测算、网络设计等信息，是由一线不同部门前期收集综合的。但资料重叠时，就有大量的矛盾信息，谁也不知道哪个数据才是真的，目前都靠安哲团队在危地马拉的实测来矫正。

这就像一辆载有军需的火车要开赴战区前线，却总要开在不同轨距的轨道上，需要不停地卸货、换车轴、再装车，反复切换轮距，才能继续向前。

Jacob 意识到华兴的行军速度与 FRAN 差得太大了，不但投标武器落后，连前方用的军需粮草也运送不上，全靠人力肩挑硬扛。就算拼尽老命，勉强赶到决战地点，也早已是强弩之末，只能完成仅有的一次进攻，更不会有机会做战术调整，而对手 FRAN 却早已在战场上以逸待劳。

Jacob 把臣享叫了进来，问：“能不能让总部的产品行销部支援，他们应该能支持答标？”

“昌总支持不了。”臣享说。昌总是全球无线行销部部长，支持全球各地的无线产品拓展，可他是二级部门总裁。而无线研发总裁则是一级部门总裁，现在是研发不肯给上市资料，行销也没有资料去答标。

臣享的眼睛也已布满了血丝：“DBS3900 产品一直在 TR2 阶段[1]，并没有获批，一直搁置着。直到危地马拉时，被安哲和西安研究所

---

1 产品上市要经过IPD流程从TR0到TR6的7个研发阶段，TR6才算可销售，TR即Technical Review，技术评审点，TR1概念，TR2计划，TR3开发，TR4验证，TR5发布，TR6产品生命周期管理。

一个团队，强行拉到了实质性的 TR3 和 TR4 之间。但研发只有到了 TR6 阶段，昌总才有面向客户的资料、配置器、报价器、规划器，为一线提供投标工具和口径。”

“但危地马拉怎么用的？”

“那是安哲与 Clara 客户关系好，客户又催要得急，很多流程简化了。可现在回到墨西哥总部，投标流程和资料必须全部正规化。”

臣享揉了揉脑袋，咖啡已经没效果了。他拿着一罐清凉油涂在太阳穴，又放在鼻子前嗅了嗅道：“TR6 是大规模商用发货，TR5 则是小规模试点，所以哪怕重大项目的投标，TR5 是昌总能支持的极限。昌总也没办法，”他旋好了盖子，看着外面疲劳不堪的团队，“各部门自己零星搜集的材料，很多都是‘仅供内参’，口径很乱，不少文档还都过了有效期，兄弟们只能反复确认，效率很低。”

“汪秦是主产品经理吧，他现在用的是什么？”Jacob 问着，但他不放心，改口说，“先把他叫过来。”

汪秦带着电脑过来，他硬盘里有一份《“All in 1”基站产品概述》，这已经是最权威的资料了，但上面却标印着“Revised Version”（待修订版），不是最终版。这是他之前两个月为 4G 拓展时储备的，当时他辗转总部十几个小组才拿到，可自己记不清是谁给他的了。而且仅此一份绝版，后来就再也没流传出来新版本。

“你们都待在这儿别走，让我想一想。”Jacob 搓了搓疲惫的脸，他经历过多次投标大战，每一次都能让投标团队掉一层皮，但这却像是最累的一次。

卢娟敲门进来，轻声道：“隔壁酒店已经租好了。”这是臣享原先的轮战计划，一批人累了，就换另一批先上，保证一批批人能轮流休息 1～2 个小时。

“等一下，现在先别休息了……”这时来不得仁慈，Jacob 抬起了头，但是他的动作和话语显得异样吃力。

章洋也敲门进来：“时间到了，我们要做第一轮标书的评审，Review 现有的 NC/PC 项，不过进度好像赶不上计划了，您看怎么办，我们要不就少做一轮内部评审吗？”章洋的表情显示着他也面临着无解的难题，“刚才地区部产品副总裁岳总也看过了，他认为如果要快，现在还有一招——及时掉头，用回老产品 BTS3800 系列，只有这样还赶得及。”

臣享问章洋：“但标书规定‘基站须有兼容 2G/3G/4G 多代网络的能力’，这是强制的，老产品就不遵从这条了，我们不能有 NC，不然可能会被废标的。”

“用老产品就只有一个 NC，总比用新产品带来一串 NC 好，现在必须取舍，”岳总跟着也走了进来，“如果产品顶不上，我们在后续的澄清和谈判中，靠降价和客户关系来扛吧。”

大家再次把眼神汇聚在 Jacob 一个人身上。

如果放弃了新产品 DBS3900，在“巴拿马预赛”就已说明华兴技不如人，而且用老产品，且不说会被踢出局，一旦因此而报低价，根据规则将延续到美洲电信给华兴的 Pricebook[1]。至于说用“客户关系”去顶，大家都认为 Jacob 和卡蒂纳斯关系好，可他俩并未好到那份上，而且第一次合作，更来不得半点人情。“客户关系”这种资源只能用一次，得用在刀刃上，可现在到了刀出鞘的时机吗？

“绝对不能用老产品，”是地区部工程服务副总裁张信兴的声音，他也走了进来，“用老产品，工程部门不能承诺三个月交付！”

“但现在答标速度太慢，不内部评审，就会出大漏洞。”

岳总和张总就交付和产品争论着，内部撕裂了起来，投标局面让章洋左右为难，臣享也不知如何收场。忽然有一个声音说道：“各位，我先跟总部通完电话再说。”

10

北京时间晚上 11 点 30 分，深圳总部的昌总正准备回家时，接到了电话。

“于哥，情况我知道，我一直是支持你的事业部，可研发流程 TR3 是关键节点，你们没到……”

1 产品目录价。

Jacob 打断了他："啧，这样的话，我是真的真的听够了！"

昌总没有直接回。过了好一会儿，等 Jacob 没声音了，他才说道："现在华兴大了！要考虑整体系统性的品牌，于哥，你在一线太久了，已经看不到全球范围内的相互制衡。如果我在总部给你让一点，全球一盘棋的策略就会出问题！"

"我一线太久？是你在总部畏首畏尾了，变得官僚了吧。没有一线，你能坐在总部就远程扩大市场吗？我看你已经只会看表格，不会打仗了。"Jacob 起初声音很高，略有些激动，但他又试图平缓自己的愠气，"你不要真误以为华兴已经做大了，就学会挑客了。"

面对 Jacob 的指责，昌总又一次以无声应对，但墨西哥现场的几人却能从免提中听见昌总的叹气。

Jacob 离喇叭最近，却像唯一没听见的人，又继续道："我知道，你们在总部的人脚上有一双停不下来的'红舞鞋'，左脚穿 KPI，右脚跳着流程，觉得一天不穿红舞鞋，公司就不能转了。但你天天穿着鞋，也就丧失一线最基本的常识，也毁掉一个公司最可贵的东西——活力！

"这半年来，以前那个高贵的 FRAN 已经学得我们当年的狼性，而我们却穿着红舞鞋跳舞，失去了闻着血腥就扑上去的直觉本能。如果你这一点还不能看出来，那么小昌，我保证今天我们全球的大好局面很快就会退潮的，别再跟我谈什么全球策略！"

这一席肺腑之言，听得现场所有人都有了反省。可昌总很平静："现在研发必须严谨遵循的流程化，这是迈向全球性大公司的必由之路。这是大局，而且产品线投委会也还没决定 DBS3900。"昌总意味深长地叹了一口气，"老于，现在真的、真的不比当年了，你还要像当年在中东一线时那样投诉总部吗？"

Jacob 愣了一下，昌风是怎么了？他又一次凑近了麦克风，语气从责备变得有些卑微哀求："曾经，我是第一批出海外派的人，都是一穷二白的，兄弟千辛万苦争取来任何一个投标时，总部敢不支持吗？那时的一线，有条件要上，没有条件也得上；当时的总部也不讲章法，什么乱七八糟的文件、语言、版本都往前撺上去，虽然答标的质量都像笑话，但一样是敢答的。可我觉得现在的总部，有了这么多流程，却还不如以前……”

管理千万条，敢战第一条。地区部产品副总岳威在一旁听着，也无奈地叹着气，他是轮岗从总部调来了一线，早年他在总部的全球产品行销部担任总工。那时海外一线一个需求传回来，后方从研发到行销，莫敢不从。但现在，随着全球市场纷纷崛起，后方的“研发产品线”重掌大局，项目话语权不再由一线市场说了算。岳威从总部到一线，经历了这一整个变迁的循环。

看着还竭尽全力想说服总部的Jacob，岳威有些心酸，但他还是按下了静音键：“Jacob，目前推行的研发流程，是山总亲自下达的指令，需要全公司上下一齐，放下旧心态。哪怕我们削足适履，也必须要‘先僵化、后优化’。”

“我知道……”Jacob侧着头看了看岳威，神情疲惫。

“知道还这么耿？”岳总瞪大眼，实在不理解，难道他还要再犯泰国的错了？

他怎会不知道一个组织离不开条条框框的约束呢？然而组织改变的大趋势下，总免不了一些局部的冲突，“大风航行”时，帆船若只朝一个方向打满舵，没有负反馈的平衡，就容易过于倾斜而翻船。唯一能纠偏这种“趋势”的，也就是一批敢于在大势中逆风的愣头儿青，而他便是这种人。

他拨开了岳总的手，取消了静音键，缓缓对着麦克风说道：“昌风，你忘了你在中东的时候吗？”

那是很久以前。在中东某国首都郊区一间简陋公寓的五楼，里面住着7个二十岁出头的男生——这就是华兴第一批海外团队，昌风是其中一员，也是Jacob的副手。那时不比现在，没网、没经验、语言不通、饮食不惯、法律不懂、治安不宁、连货币兑换也困难，这7人就像被千里流放。团队从零摸索，大家一起生活，一起工作。光是能与外国的基层工程师见着一次面，就能兴奋一两周；若获得邀标，快感堪比被皇帝宠信。然而屡屡投标，屡屡失败，现实把他们先高高捧起，又重重摔下。在客户依然嘲讽中国是个山寨国时，所有人的信心殆尽了，有人想回国、想女友，或抱怨祖国、或咒骂公司。只有Jacob

一直坚持并为大家打气。

当日子刚刚好转，可有一天，警察忽然持枪冲进宿舍，带走昌风，收押在当地监狱。谁也不知道怎么了。有说法是，华兴触犯了当地工商税法或劳动法；也有说，华兴被怀疑有间谍行为，什么窃取国家基建信息、窃听机密、贿赂高官；还有说法，是昌风与本地女孩恋爱，被宗教警察带走；更有讲法，说女孩与昌风恋爱没问题，而是女孩利用无知的昌风外商身份掩护，把他卷入了贩毒事件。但也可能，就是当地一场无事生非的勒索而已。作为当地领导，Jacob 必须为昌风赎身并洗刷冤屈。这是华兴第一次海外营救。由于无法国际转账，Jacob 背着超过 10 万美金的书包，冒着走私犯的罪名，穿越了当地海关，最终找到当地大人物，进行了和解。

但昌风并不能提前回国，因为外派至少三年，这是铁的纪律，否则华兴海外军团就不成方圆。Jacob 知道昌总的压力，他与总部商量，最终把自己的服役年限拉长，把自己的回国名额赠给了昌总。

“你欠我一个人情，就当还我吧？我保证出了问题，责任都落在我头上。”Jacob 用低沉的声音祈求起来，这个声音让在场所有人都震惊起来，这是包括臣享在内，大家从未听见过的一种语调，包含了力量，也包括了无奈，更有内心深处的哀伤。

那一头，安静中似乎传来了一些颤抖，多年前的往事，令昌总在电话那头哽咽。当昌总回去后，Jacob 接连拿下了大项目，但 Jacob 没有忘记昌风前期的功劳，把荣誉也分给了他，昌风也随即升迁了。而昌风是海外第一批功臣，有海外见识，又受过重大磨难的镀金，回到总部后，逐渐走了职场上升通道。而 Jacob 则因为让出了回国名额，他无法回去与正闹脾气的女友佩妮和解，也没法探望母亲。后来，和 Jacob 最早在一起的六个人都在服役年满后回国，担任总部的干部。而 Jacob 的人生则发生了逆转，并在泰国受了巨大的委屈。如果不是昌总那次变故，以 Jacob 的资历，回国任职级别一定不低，也不会有家庭变故。

然而命运无法假设，Jacob 依然孤身一人漂在海外，而他们共事过两年，但后来关系也就淡了，昌总只能喊一声“于哥”来保持半熟半生的旧情分，双方成了平行线。可刚才那一番话，让昌总惭愧不已，原来 Jacob 至今一点没变，而是自己在总部变了。

Jacob 还在嘟囔：“虽说 TR5 你们才有文档资料，但上市的准备工作其实在 TR4 就启动了。你在总部，行销和研发开过那么多会，你们行销手上肯定有资料。这都算我们偷的，没人知道是你们支持的。就像我俩以前一样，你搞资料，但标我一定要拿下，出了事，我负全责。”

Jacob 的声音绕着昌总的办公室，虽然深夜，昌总还留在深圳基地的 7 区办公室。也许老于还不知道，在总部想要打破惯例的压力，可比一线强百倍。

“于哥，还是我来负责！”往事历历在目，昌总终于豁了出去。他挂上电话，也脱下了裹在脚上的红舞鞋，人也像年轻了十岁，重返少年般的激情。

“有重大项目要支持，辛苦回来加一下班。”他立刻启动了夜间值班，全球无线产品行销部的骨干员工和值班员工待命支持巴拿马项目。而通常，总部只答应像巴西、印度、德国、法国、俄罗斯等有决定性意义的大国项目。

刚坐上班车的老员工，2G/3G 行销部的部长、总工、网设专家、网规专家，又都回来了，7 区 1 楼正灯火通明！

他们就像 Jacob 呼唤来的“空中力量”，当 FRAN 的西蒙在地面用机枪扫射着臣享的“大刀连”的冲锋时，唯有总部的“空中炮火覆盖”才能击退 FRAN。只要总部启动起来，这股能量就像横扫千军，而墨西哥一线就需要作为它的眼睛，为它指引火力。

Jacob 转而对办公室里的几人说：“让各部门和总部保持直线沟通吧。”

“好！”喊声整齐。翡翠大厦的希望在重燃，没人再提用老产品，也没人提战略放弃。

“卢娟，安排大家分批休息了。”

卢娟看在眼里，奋力地点头。他就像战神，充满了雄性力量，当众人都摇摆的一刻，Jacob 顶住局面，全军再度出击。她虽是后勤部门，不懂战事，但她相信只要老大在，华兴必胜。

深圳，昌总打着电话：“我今晚不回来了，加班！”

“又加班？你们公司怎么这样，不要家了吗你？”妻子很生气。

搞不懂到底工作是生活的一部分，还是生活是工作的一部分。

昌总让她先发泄完，才说出实情：“你知道，是于哥的事儿。”

电话里瞬间安静了几秒，显得祥和起来。可随即又是一声大吼——“那你跟你于哥过去吧！”砰的一声，电话断了。

昌总取出放在办公桌下的折叠床，打算在公司通宵了。他看了看背后墙上挂的在中东时获得的金牌团队奖章，默默地念着：“老于，可别输啊！”这一次，Jacob 一定会挨总部的板子。从泰国到 Boyko，再就是这次，只有赢下，才勉强能功过相抵。

墨城办公室，众人散去，只留下了 Jacob 一人。他再度把脑袋埋在双手里，使劲搓了搓冒油的脸，豆大的汗珠在他额头上凝结，他也在疑惑自己到底对不对，是否累得头脑不清了。

他擦了擦汗，拎起电话，给巴西的片区总部拨打了过去。

11

36 个小时过去了，墨西哥时间 8 月 16 日晚上，交给客户的“澄清列表”，客户全都回信了。美洲电信表示：“标书没有任何错误”，所以一切看似极度困难的，根本不是写错，这就是一次考验。

又是一轮答复的修改，几十个文档，相互联动着，牵一发而动全身。

总部竭力支持，给出专业答复，但最终还是要一线现场的决断。一线连轴 2 天了，人困马乏。哪怕是在 SDP 项目里最能熬夜扛打的高杰团队，现在也撑不住了。

有人睁眼睛睡着了，可连他们的梦里也都在答标。若不是年轻，身体还真会扛不住的！

华兴曾在中国媒体圈里，曾有过一段关于“科技能力不足”和“员工过度劳累”糟糕的名声。带领几万人的大企业，难免众口难调，只要与媒体关系好，这都是能处理的。可媒体绝不放过华兴，因为傅山不喜欢在媒体前曝光，华兴始终是静默的，这让媒体没料可爆，也令一些被拒绝的媒体不悦，因此媒体更多的是批判，记者总会设问：“为什么华兴人不懂得生活和工作的平衡？”

写大道理的记者们无法理解的是，每一个华兴普通员工，不管以前多自我，可人到海外市场后，都情不自禁地拼命，这是国内工作的人很难懂的。华兴是一家孤独地“走出去”的公司，就像在茫茫沙漠中去往西天取经，尤其是它被迫承载了“中国”的标签，就更难走了。然而人性就是这样，越是压力也就越有凝聚力，原来的一盘散沙，也就成了水泥般坚固。华兴的驻外员工都感受到，原来一份工作已不单是赚钱生计，他们在海外的每一刻，都不得不与“中国”这个标签绑定，得到世界的认可便成了他们另一项使命，唯有更由衷地加倍努力工作。世界上，每个大国的崛起时，都有一批这个国家的冒险者去争取，而华兴的员工阴差阳错地承担了这样的角色。

章洋看了看表，已是深夜 10 点了，现在投标办必须完成标书的最后一轮修改稿，确定最后的客户口径。他又绕着办公室环形走了一圈，喊道：“开会了，都进来吧。”

大家拖着疲惫的身子，夹着笔电，按小组三三两两地走进了大会议室。有的人则还拿着电话，与总部争取着最后一刻的确认。

半夜的会议室里不仅有中方，还有墨方。事业部 CTO 马里西奥和客户副总裁阿曼多、无线的产品经理奥马尔、业软的客户经理马努埃尔、服务投标经理的罗梅罗、网络规划的罗德里格斯、商务投标办的玛丽索尔（Marysol），还有几位本地客户经理和 MKT 专家，中外人员在一起拼搏，这是最后一轮 NC（Not Complied，不遵从）/PC（Partially Complied，部分遵从）的过堂会。

Jacob 坐在中间，看着满屋子的人，大家神经绷得很紧，这还只是第一轮大战，之后几天还有好几轮交锋，但人人都不肯下火线休息，因为巴拿马很可能是第一次通过投标，堂堂正正拿下美洲电信的大项目，谁都不想错过历史转折的时刻。他感动，也心疼。权力越大，责任越大，坐在 Head 位置上，他就必须守护着众人希望的炉火。

投影仪打开，章洋将所有 NC/PC 项列了一份 Excel，上面列明了“标书条款”“答复人”“风险点”“理由”。

章洋刚要进入正题，Jacob 先开口了：“这一轮结束，投标人员有 3 天假，去坎昆度个假！”

疲惫的团队忽然有了嬉笑声，最近 50 个小时里，翡翠大厦因项目的高压而飘满了此起彼伏的脏话——一线正与总部专家甚至高一级领导 PK。这正是 Jacob 希望见到的一线的活力，或者说是“狼性”。只有这样争吵，标书里才能争取到更多的“FC”（Fully Complied）。

但这股戾气必须释放掉。现在留到最后的评审会上，已是解决不了的问题。最难的难题、最苦的苦恼，当然是留给权力最大的人来决策，Jacob 并不逃避，多年高管的他习惯于听最负能量的声音，若只向他顺耳地“报喜不报忧”，反而害他做出错误的判断。

“好吧，来看风险吧。”Jacob 说。

章洋坐在长桌的最前方，读着标书里的难题：

“第一条：应标者不允许在主合同答复中，出现‘NC’和‘PC’的答复。我们一旦同意了这条，意味着我们条条都要 Say Yes。”上来就是一道像哲学递归般的大难题。

“承诺 FC，”Jacob 回答，“对于一家新供应商，这是最关键的一条，客户所有人都会盯着的，不要落下口实。”

“这可是 A 类禁止条款！”章洋说。

Jacob 说：“你记下来，我事后会报备的。要先市场准入，未来我们再谈判，把它改为‘Acknowledge’（已知晓），避免写‘NC’。”

“好吧。”章洋继续说，“再看这一条，也暂答了 NC。首先是签约公司的主体问题。客户确认用 DDP 贸易来签，所以不能用‘华兴香港’，而要用‘华兴巴拿马’签约。但是巴拿马分公司注册、银行户头和证照还没办完。”

“为什么要巴拿马做签约主体？”Jacob 问。

“因为只有属地的分公司，才能被法律制约。”合同商务部的韦茜说。墨方法务玛丽索尔也补充道：“美洲电信怕我们有违约风险，只有属地法庭起诉有效，如果弄到香港，他们怕无法法律追溯，也没有以注册资金的赔偿额。但我和冯程正在想办法，买一个当地壳公司，再做扩充资本金，设立上级母公司来解决，但要一个半月。”

“那就回答 FC，”Jacob 说，“再附加注释：先用华兴墨西哥作为签约的背书，一个半月后追加巴拿马为签约主体。我们拿墨西哥做抵押，或者签一笔履约保函，让客户对项目放心。”

章洋记录下来，但免不了疑惑：“加了注释，不就算是PC吗？”

“先写FC，客户问起来，我们再与客户点对点沟通。”Jacob沿着灰度往上走，因为任何一个PC/NC都将会带来风险，而客户评标往往又很粗放，放弃灵活性就是主动吃哑巴亏。

大家一道道条款往下过，标书问题的难度越来越高，Jacob始终保持灵活，只有灵活，才能突破关卡。既然客户和友商都能使计，华兴就不能作茧自缚。在他的心里，合同谈判即战争，双方可以计谋百出，而棋逢对手，才能赢得尊重。商业世界里，甲方也不会同情弱者的。

但是，风险与机遇一体两面，风险也确实更大了。

“这一项NC——乙方应在三个月内完成巴拿马网络交付。”章洋说。

“我们之前不是讨论过吗，怎么还不可行吗？”Jacob吃了一惊。

“经过与总部反复讨论，我们判断即使新一代DBS3900产品，也很难在三个月内完成‘交钥匙’。”服务投标经理小雪的上司把老白从海地远程接入电话会议，“总部和我们模拟了巴拿马地理、站点获取和法律，做了概率预测，结论是80%概率来不及！”

小雪把打印的工期预测表给了Jacob，一份是最优预测，一份是中档预测。交付副总张信兴坐在Jacob身边，说道：“这还是假设了DBS3900能准时交货，且毫无故障的基础上，可‘交钥匙’离不开辅料，我们没有辅料的备货。”

Jacob看了看他，两天前，张信兴还是对DBS3900很乐观的，可现在他变了，形势比预计的更糟。Jacob双手撑着下巴，深呼吸了一口，问道：“我们能不能硬上？”

这是要冒着工期违约的风险，硬吃这个项目！

“我们也很希望，但很遗憾，不能，Jacob。”墨方的服务投标经理罗梅罗说，“巴拿马项目对工期有大额罚息——每超过1天，罚息就是中标价的0.5%。更麻烦的是，一般项目以20%封顶，而美洲电信的罚息条款不设封顶。如果我们硬吃，那就有巨亏风险！”

“如今海地人力吃紧，巴拿马缺乏资源，极易工期违约，而我们85%的合同回款，必须等完工后初验的180天和终验后的180天才能收到，”老白在电话里补充道，“也就是说，预付才15%，我们要长期地大量垫资，那么客户就能从我们 85% 的垫资中扣除罚金，拒付合同尾款。”

“如果只是自产设备或中国长期供应商，我们可以延期付款给他们，”采购认证部的负责人补充道，“但‘交钥匙’中有大量在海外当地外购的辅料和人员外包，而这部分是新合作，我们必须及时向海外分包商支付的。”

PMO 总监和项目财务也认同，以华兴巴拿马成立的进度，还很难进行大笔国际转账，没有账户和会计名目，会被认为洗钱和逃税。如果没有美洲电信的以货款名义做支付，就难以合规地给分包商结算、开票和付款。而分包商收不到钱，就要闹！这又耽误了工程。

这是一连串商务问题，而距离最终交标不足 18 小时，箭在弦上，不得不发。

Jacob 张着嘴呼吸，身子往后靠了下，又安静了下来。所有人都看着他，把两难的决定交由他来承担。潜意识里，大家只要把风险提前说了，自己的责任也就消失了。

Jacob 在口袋里摸烟，他特别需要一些东西来集中精神，而咖啡、清凉油全都不能提神了。但室内不能抽烟，他把手又缩了回去：“呃，关于 85% 回款，先答 FC，但仅限于普通项目，华兴的自产设备和国内供应商可以遵从，‘交钥匙’部分待定，投标办要单独与 COO office 谈判，解决分包商支付的问题。”

“怎么谈啊？”大家处在迷茫状态。

“我们不知道，其实美洲电信业也不知道，”Jacob 咳了咳嗓子，脸色有些发黄，“这也是美洲电信第一次尝试‘交钥匙’，合同条款这样子，说明他们也在摸索。”

轻微的躁动后，Jacob 说：“回到刚才的‘交付工期三个月’，我们也要答 FC。”

这下炸开窝了。

“这条已提交客户澄清的，客户反复确认，一定会在未来死抠着我们的。”

“无上限的罚息呢？”

“总部技术服务也专门审查到了这条，他们也反对的！”

“工程项目管理上，赶进度，就保不了质量。你想保质量，就没法赶进度！”

有人切换了屏幕，特意用鼠标圈出一句话，又是关于“85% 回款要到初验和终验的 183 天后才能开发票结款”。这意味着客户能以工程质量不好而不付 85% 的款。这样，加速交付就可能因工程粗糙难验收而拿不到钱，但不快速交付又有无上限罚息——美洲电信的合同相当精明。

老白咳嗽了一下：“这还隐藏了一条 A 类禁止条款——初验和终验之间，还间隔着 183 天。即使通过了初验，只要 183 天内网络 KPI 出问题，183 天的起点要清零重计。也就是说，客户可以无限循环，拖延不付！”

办公室忽然鸦雀无声，却又传出来一声叹息——那是 Jacob 的叹息。

他叹息着，这里的团队，像是受了太多教育的文化人一样，只会纠缠于细枝末节，看不见目的本质。

“好吧，”他压着气息说：“我刚说了，三个月的承诺我们是没有退路的，既然没了退路，那就变通，利用这一条并将其利益最大化，比如做一次‘条款交换’，用这条去换另几条的谈判！但三个月完工，这是客户死脑筋的地方，我们 FC 没得谈！所带来无上限罚息，我们只能让法务团队提前切入，做好缓冲预案。”

“三个月完工是死循环，合同环环相扣着呢，就看哪个部门倒霉，俄罗斯轮盘的子弹崩在哪个部门头上……”有人小声嘀咕着。

“谁说的！”Jacob 蜡黄的脸上一阵血红，背后蒸发出了白色热气，像一只燃烧火焰的野兽，他的脾气变得充满戾气，这几天别人还能眯缝轮休一会儿，可他一秒都没休息过，爆肝爆出了火来。

他站起来，环着办公室，走到那个家伙边，拎起了那人的领子就往外拖出了会议室，看得大家目瞪口呆，而他站在会议室的门口，回头对里面的人厉色道：“既然决定了要打，大家就是背靠背的，相互支援。你们可以互相吵，但绝不能破坏彼此的依赖！”

开弓没有回头箭，暴君必须一路向前逼着大家推进：

“没错，我们是陷入了死循环，但是我们要的不是埋怨，而是一个突破口，勇敢地在死循环中给我撕出一道口子再爬出来，而不是坐在这里装什么运筹帷幄，当羽扇纶巾的师爷。

“像你们这样遮遮掩掩、羞羞答答的人，是做不了大生意的。我告诉你们，我打下的那些项目，都是被你们分析成必输的那种项目。今天你们跟着我，我就要你们像狼一样，不要老想着合同文字而斤斤计较。法务需要参与业务，但法务绝不能主导业务，你们不是律师，而是销售和服务。销售要拼命卖，服务要拼命交付，就这么简单！华兴海外，从来就不是温室中成长起来的。你们要习惯被虐待，在歧视和不公环境下成长。”

他走回到了自己的座位上，坐了下来，重新拿起投影笔，激光点到那几个条款上：

“三个月交付的问题，美洲电信连自己的巴拿马 CEO 人选也没确定，你们觉得客户自己三个月人力建制能到位吗？我们只要跑赢他们，不成为短板就好了！你们有必要这么纠结吗？

“无上限罚息的问题，合同这么写，是因为客户更怕我们的交付，如果大家都只想着自己，都死抠条文，还怎么做生意？运营商想赚钱，不是靠你给的罚息，而是他们的网络运营！你怕他，他还怕你呢！谁会轻易使用‘无上限罚款’？他更怕你把他的网络搞烂！

“战略合作伙伴，就像两口子结婚，谁会参考法律去过日子？除非是一方的心凉透了！但我们能让它凉透吗？记住，我们双方还抚养着‘爱的结晶’[1]，绝不会离婚的。”

大家笑了，又迅速收住，严肃起来。

“这个死循环的突破点，就是罚息封顶，我们以达到了传统的罚息上限 20% 来测算！”Jacob 说，他看了眼张总，“跟总部汇报 20%，同意吗？”

张总说：“同意……就是免不了之后会挨骂……”

“你以客户为中心，能拼全力，做不可能完成的任务，客户也一定会看在眼里。被骂几句怎么了，受点委屈又怎么了。如果真有一天，闹到无上限索赔，那问题的根子肯定不是钱本身，而是我们交付

1 指网络。

的严重渎职！”Jacob 说到这里，张总也无法反驳了。

这一项终于被改成了 FC。办公室硝烟弥漫太久，需要透透气。他宣布歇会 10 分钟。在一些不置可否的议论声中，他独自下楼抽烟。

他知道大家在议论什么：口号喊得再响也没用，还有实际问题要解决。巴拿马的分包商资源不足，也因初次配合而没有互信度，现在受制于财务系统，资金无法支付，将进一步降低开工率。

他吸了一口烟，拿起了电话给海地拨去："凯利，像我承诺过的，华兴的订单是一定会有的！"

凯利的悍马车正行进在颠簸的海地道路上："Jacob，你真的说到做到了！"

"但你敢不敢冒点生意上的风险？！"

"哈，老兄，你在开我玩笑？也不看看我一向在哪儿赚钱的！"

"我记得你有巴拿马交付资源，你现在就召集起来吧！但我需要你能信任我，你先垫资启动。"

"当然，我信得过你。"

"呵，好吧。"Jacob 一笑。回想第一次去海地，真是找对人了！

忽然，一个踉跄，Jacob 跌倒在地。

12

又是一整个通宵，大家继续评审，直到 8 月 17 日早上 8 点才完毕，团队开始最后修改。下午 2 点完成答标资料的打印，4 点就是交标截止时间了。

秘书送来了早饭。墨西哥的 Taco、Tamal（墨式粽子）和 Quesdia（墨式饺子），一瓶瓶鲜榨橙汁、蜂蜜坚果沙拉和咖啡。这是楼下小贩的盛宴，他们都因本次发标书而小赚一笔早餐费。

还剩 6 个小时，现在就差最后价格的商务申请了。而价格，就是"商务标"的核心，客户选供应商时，最敏感的还是价格。

华兴的价格分成两大块——1. 基站设备；2. 工程服务。

其计算的方式是根据标书，先做好网络设计，算出一共要多少块不同型号的单板、电池、服务器、射频模块、微波锅、天线缆材、光模块和机柜等，同时还涉及在电信机房里的控制器、核心网络、软件。

这种输出，可以详细到 BOM 编码[1]，而每一个 BOM 编码在深圳“价格中心”都有一个对应成本价。只要有网设的文件，后台就能看到 BOM 编码，测算出成本。

然而真正的商业定价，不按成本，而是用“价位管理”——网络设计文件中，除了设备的零件单板的“名称”“数量”与“BOM 编码”外，还有一项“内部目录价”。

华兴全世界的每一个产品经理或网设专家，在设计报价时，都有资格看到报价器的“内部目录价”，这价格是全球统一的。唯一不同的是，不同地区、不同项目，你能拿到的“折扣率”是多少。

折扣率一般分级授权。某国、某地区部的各专项产品部部长会掌握一个“授权折扣率”，再高一层的，是片区各专项产品部部长的授权。继续向上一层，事业部、地区部和片区的产品副总裁，又有一个“全产品折扣率”，他们的权限比专项产品的部长更大，而且能在不同产品中，互相腾挪，比如无线产品折扣可以打折少一些，核心网产品多一些折扣，但要保持整体产品的长期盈利性。

然而他们都看不见“定价中心”的成本价——成本，这是一个公司的核心机密。有时产品副总裁为讨要更多的“折扣率”，必须从无线、数通、传输等一个个产品线去要到最底线的价格，然后再在内部腾挪转移。

这样，海外一线就会向总部对应的产品行销部二次价格申请——因为最终授权在总部手里还有余量，但总部的产品行销部长也会捍卫着总部的“价位管理”，以抑制住一线为拿项目的无底限地降价冲动，这是一种“拔河关系”，总部既想支持一线，又不能纵容一线。双方就是一次次费劲的 PK。

博弈中，总部的产品行销部长防守时有“三条防线”——成本线、历史线和地区线。历史线，是对该客户的历史报价，不能去年 10000 美金，今年 5000 美金；地域线，就是同一国家地区的几家运营

1 Bill of Materials的缩写，即物料清单，等于每个零件的ID。

商的单价差异不能太大，比如给中国电信和中国移动的报价，应在相似范围。

而一线则有“两条冲锋线”——1. 拿到友商的报价做参考。2. 本项目的长远战略价值。双方讨价还价。这样的拉锯战有时要 1～2 天，当总部死不肯降时，一线只能被迫推翻原来设计，大改降配，是以降价。

总部的部长们从不明示或引导，只会像神谕般回答“行”或“不行”，以避免被猜测出底线。他们有一个“总水库”，如果今年给北非放多了水，就不能再给东南亚放水，至于如何给一线放水，就全靠总部每一个部长的个人经验与判断艺术。

而一线为了争取更大的折扣，一面感谢，次次回国开会时都得对总部感恩，一面卖惨，请总部来海外出差，让领导亲身感受一线艰难。总之，价格申请非常繁杂，是投标中最痛苦又最重要的一个环节。

这两天的争论喋喋不休了，每个会议室都被占用了，到处是总部与一线的争吵声，又是内部为了折扣腾挪的叫卖声——“你们太扛不住压力”“老子没法再降了，都低到内裤了”。

终于，各产品线近乎完成报价，由商务经理厘清产品线，内部折扣系数、贸易术语系数、保险、运费、税金和汇率乘数。最终交产品副总——臣享。

臣享拿到 PK 后的价格，过程被综合在了一张庞大的 Excel 里。他知道，这一张报价表，耗时耗力，每一个产品经理也已无力再修改，而且美洲电信也没给多余的时间再改了。

臣享拿起电话：“韦茜、章洋，你俩过来下，一起向 Jacob 解释报价原则，时间不多了，我们要一次通过！”

此时，Jacob 的桌面上已经放了六七瓶喝空的红牛，而他正在起草 Executive Summary[1]，这一页纸措辞必须简洁、准确、有力，美洲电信高层必读，所以 Jacob 想亲自写。

“笃笃笃”，高大的章洋敲了敲玻璃，Jacob 揉了揉眼睛，挥了挥手，似乎没有力气说话了。韦茜一边把电脑打开，一边做着解释。

---

1 执行摘要，一页纸的简述，包含意愿、方案和价格。

Jacob 轻轻问："多少……折扣率多少？"

臣享说："无线硬件的内部折扣率是 0.28，核心网硬件的折扣率是 0.12，光网络硬件 0.3，数通硬件 0.2，软硬件 0.14。"

这只是主硬件的折扣，他一边讲解，一边调取另一张 Excel 表，上面还细分着，在每一种不同产品硬件里的细分类型，即使是一个无线产品的硬件也分六种细分的内部折扣率，分为电源、基站、光缆、辅料包、天馈线、基站控制器，结构十分复杂。

"硬件都压得很低了，"臣享又补充，"而各软件也特别申请了'打包价'，把几百条功能特性一起打包卖。"

降总价，是商务定价讨论的核心，便宜才可能使华兴中标。

章洋跟着说："我们考虑的软件不用刻录光盘或 U 盘载体，而是网络传过来，因为按法规，凡是没有'载体'的软件是零关税，能降低报价。"

"我们再把硬件价，转移到软件上，"韦茜接上话头，"而软件上，3G 基站 CE 码的报价，还特批了'Pay as Use'（按用量支付）的商务模式，这意味着我们这一轮的总价里不明含这笔费，等客户用了再收。这不但降低了当期的总价，有利于比价，还保住未来扩容的单价，增加长远盈利。

"而当未来收取 CE 码的软件费时，因为是 DDP 贸易术语，交付主体是华兴巴拿马，等效于从中国进口软件上在本地做的二次开发，按巴拿马法律，有助于本国科技发展，可免增值税！"

果然是妙计！这策略就是"硬件"向"软件"的转移定价，并把总价的一部分抠出，递延到未来，当期则合理"漏报"（Low Ball）。这样，总价低，可避税，还保了扩容价，客户会喜欢低价，总部也能接受。

"我感觉不是很好，"Jacob 放下资料，挤出力气道，"如果把价格从'硬件'转移'软件'，只会被客户要求软件免费，这个行业的客户还不能接受软件收费。"

他画了一张图，以买一台电脑举例，如果把硬件费降低，却收了很高的 Windows、Office 等软件费，现在客户的消费习惯是不能接受中国企业收软件费的。一台原价 4500 元的电脑，为了报低价，拆成一台3000元的硬件加1500元可递延的软件费，很容易就被大客户砍成3000元的纯硬件价了。

“但公司导向是，软件必须收费。”章洋说。

臣享皱了下眉头——Jacob也许是对的，客户一定这么想，而自己则被总部的形式限制住了。

Jacob咳嗽了一声，他的眼睛浑浊发黄：“总部下政令的人……没下过一线谈判……我们要因地制宜，不能被一刀切。”

“可总部的规矩？”章洋抬了抬手表，急了，现在改？时间就不够了！还怎么一次通过呢？

“他是对的！”臣享阻止了章洋，“至于总部，他们上有政策，我们下有对策！”当他一说完，也惊于自己今天已能说出这话来。

Jacob嘴角勉强扬了扬，看来臣享是领会了自己的意思。“哦，对了，我刚问了折扣率多少？”Jacob又重复了刚问过的问题，

“无线0.28……”韦茜又报了一遍，但她疑惑着——怎么Jacob重复了起来？难道是他已经累得思路不清了？只见Jacob脸色发青，眼睛墨绿，身上冒着虚汗，甚至颤抖着。

“于总，你是发烧了吗？”韦茜伸手搭了下他的额头，果然很烫。但章洋看出来了，这不是普通的发烧，Jacob浑身发冷。章洋在西非尼日利亚出过差，很多非洲外派员工都得过疟疾，这是“打摆子”的样子。

一般疟疾都靠携带疟原虫的蚊子叮咬造成，尼日利亚虽是非洲经济大国，但因为人反复得疟疾，不少人寿命只有四十多岁。外派西非的员工都带着蚊帐、驱蚊水、蚊香来避免叮咬，但总有意外，难免被咬到，只要人到疲劳时刻，因抵抗力下降就会暴发。而最疲劳的时刻，正是投标的关键时刻。

但拉美得疟疾的人不多：巴西是黄热病、墨西哥有猪流感、危地马拉爆发过禽流感。好像只有在亚马孙雨林的圭亚那和委内瑞拉有疟疾。怎么会呢？章洋仔细一想，哥伦比亚的东部雨林与委内瑞拉接壤，恐怕Jacob被哥伦比亚FARC游击队关押在热带雨林的那两天，被疟原虫的蚊子叮过了。

“得要送医院啊！”章洋连忙说。疟疾分为肝疟和脑疟，Jacob 脸色与眼睛发黄，正是严重肝损伤后的黄疸表现。而肝疟在严重损伤肝脏后，也许会变成脑疟，脑疟则是疟原虫穿过了血脑屏障，进入脑部引发昏迷甚至致命。

“快叫司机，把艾迪叫来！”

墨西哥城有三家顶级私立医院：ABC 医院、圣天使医院和西班牙医院，医疗器械达到美国一流私立医院水准，医生也都是在美国加州圣何塞或明尼苏达梅奥等大医院工作过的犹太医生，水准高，环境好，但一个阑尾手术都要 7 万，1 天住院约 2 万元，就连验血也要 2000 元。也只有墨西哥最富豪的人才能看得起。但眼下顾不了那么多，救人要紧。

“让我在这里待着！”Jacob 低喊着。

“万一脑疟，你就完了。”章洋也不再顾着 Jacob 的职位，吼了起来。

“再半小时，让我把商务价格批了。”Jacob 坚持道，“商务授权还在我手里，我要先看完！”

片区、地区部或大 T 事业部总裁的商务授权，是一种基于“经营利润”考核下的授权，如果一把手们有决心时，他们能跨越各产品线的“专项产品折扣率”限制，可以对项目总包进行一次性的“总价折扣”。

章洋看了看臣享，也不知怎么办。这个授权是事业部总裁才有的，总裁的授权方式，又和臣享的产品行销部不同。如果 Jacob 现在去，臣享临时无法掌握，因此 Jacob 还不能倒。

“那你先看，看完就让我去推动。”臣享说。

“好……之后就交给你……”

“你叫医生过来，在办公室先给他挂水。”臣享拿出电话给艾迪拨去。

章洋在墨城看过病：“这里医生不出诊，化验、配药也要在医院完成。”

臣享没有理睬章洋：“艾迪，我记得你说你什么都搞得定，对吗？”

“交给我，我帮你找最好的医生。”艾迪的 Jeep 奔向了圣达菲的圣天使医院。

Jacob 躺在椅子上，问："我刚才问的折扣，不是总部给我们的内部折扣系数，而是对外给客户呈现的外部折扣。客户一定会一级级不同的人来砍价，讨要折扣的！我们要设好第一轮报价和后续每一轮的目标，还要考虑到客户的比价模式。"

说到比价模式，华兴在海外竞争中常被"双标"，举例来说：当一台国产电脑，软件 3000 元加硬件 1500 元，总价 4500 元时，由于中国企业的软件费不被客户认可，因此会被视为纯硬件费 4500 元。因此，一台外国电脑的纯硬件报价 5000 元也就不嫌贵了，而又因客户认可西方品牌收软件费，若报价 2000 元软件费，那外国电脑就是 5000+2000=7000 元的总价。最终，中国报价 4500 元 vs 西方报价 7000 元，明明西方贵了 50%，客户采购还误认为中国不便宜！

其实客户采购也都是明白人，知道这对华兴不公平，但作为甲方采购，其工作就是找理由压乙方！而作为后来者的华兴没办法，但价格又是品牌的尺度，一压就降价，客户也会看不起你。因此，就得先标高的总价，再留给客户高层谈判时，让掉一些总价。

"你们做了几轮价格的防御，每一轮准备让掉多少？另外，比价模式考虑了吗？"Jacob 躺着问。

他又努力地看向臣享，担心来自西方企业的臣享并没有这种被"双标"的体验。果然臣享没有回应。

"两轮，第一轮给 COO office 的阿瓦罗砍，第二轮给卡蒂纳斯砍。"章洋说，"第一次降 10%，第二轮再降 10%。"

Jacob 咬着牙忍痛说："还得有两轮防守！一轮给 CEO 丹尼尔一方，他手下的采购部弗朗索瓦要砍一刀，另一轮给 Telecell 赫克托，他手下的阿里汉德罗也要砍一刀。美洲电信一共有集团 COO、集团 CEO 和 Telecell 三方利益。每一方都要彰显权威，我们都得给面子。"他勉强的用手指比画着，"三方谈判要均衡，每一方都得让 10%，考虑阿瓦罗的因素，多给他 5%，总报价上得预留 35% 的外部一次性折扣！"

"他们也太黑心了吧！"章洋在 Excel 的计算器上测算着。

臣享说："还没算普拉多呢！他与赫克托意见有嫌隙了，得给他们一份薄面。"

"也不知道还有多少余量。"韦茜看着 Excel 叹息着。

“只希望这个‘小项目’不会惊动他老人家亲自出面。”Jacob 说。

众人点头，大家都是身经百战的投标专家，深知价格是数字，表面纯理性，实际则很感性。高位的人只有一眼过目的观感，一点细微比价的错位，就会引发高层客户的期待落空，乃至反感，而华兴不会有详细解释的机会。

疼痛在加剧，他憋了足足 10 秒钟，才道：“时间……不多，你们抓紧先去算一下，尽快……给我，我要向总部申请一个底价，然后……然后，”他大口喘着粗气，“然后由你们一步步让掉。”

13

事业部总裁这一级，作为视野更高的封疆大吏，他们有一种“吃水线”的特别授权。

“吃水线”类似于财报中的“EBITDA”[1]或“税前净利率”的概念，但又有所区别。前两者是对集团总业绩的“事后考察”；而吃水线，则把集团的业绩拆解到全球 100 多个分公司和部门，并且把利润率从“事后分析”转为“胜率预判”。

而一线的海外总裁凭自己被授权的“吃水线”，只要满足各产品部“同亏同盈”的利润分配原则，就有跨越行政和产品线派系的统一指挥权。

“吃水线”的计算，是一般员工看不见的机密过程：通常，一线各产品经理把项目中的无线、光网、核心网、数通、业软的 BOM 编码，回传上总部“定价中心”的云平台，云平台先连到“采购中心”服务器，卷积运算出 BOM 物料在过往六个月的平均采购成本；再连到“要货预测”数据库，做未来六个月的滚动预测，算出未来的硬件成本；同时，连到“研发数据库”，调取产品立项时，研发向“投资委员会”承诺的“成本控制目标”。三套数据融合后，就构成了一个

1 Earnings Before Interest，Tax，Depreciation and Amortization的缩写，即未计利息、税项、折旧及摊销前利润。

预估的“设备硬成本”。

但这只是设备硬成本，华兴还有大平台运作的软成本，得由各产品线认领。比如，“无线产品线”平摊大平台20%的研发成本和15%的行政成本，“传输产品线”平摊大平台12%研发成本和10%的行政成本。

最后再叠加上财经、销售以及海外地区的属地行政、人力、差旅、回款、税务等一线费用，按历史与预测均衡后形成。“设备成本+平台成本+费用”叠加在一起，才叫“吃水线”。

打个比方：华兴总部就像一个大船王，而每一个分公司或事业部就像其中的一艘货轮，一艘货轮可以承压一定重量的货，而太少则会空载闲置而破产，但太重就过了吃水线，风高水浅，船和货就会倾覆海底。而“吃水线”成了一条“警告线”。然而风险与收益像波浪一样上下波动，有与无之间，上与下之中，总裁须像船长一样，自主裁量是否临时增加船的“载重量”。

到这最后一刻，Jacob的办公室里，只留他一人在封闭空间里冥想。他要出牌，没有人知道他想什么，因为价格必须保密。

“咳咳！”他的身体疲倦而痛楚，晕得像坐在旋转的离心机里。他知道下属们正在担心的——他的身体情况还能否带领团队？

“叮咚”——是系统提示音，BOM编码已回传定价中心，现在大数据正在服务器里滚动运算，他的电脑开始陆续传回结果。但Jacob一边看着Excel，一边在纸笔上，开始最后的推演，出什么样的价才能击退FRAN。

他的演算，相当于一场两军大战前的兵棋部署，充满了与对方“金木水火土”的生克关系，Jacob不但要了解己方的极限，更要猜出对手的布棋，赢得先机。

“叮咚叮咚”，数据又传回了几批，现在就等最后一批数据。

“吴雯婷，吴雯婷，吴雯婷，”Jacob摸了一下胸口，他感觉来不及了，便大声呼唤着秘书，“你能帮我跟‘投资委员会’和‘片区联席会’的老大们说一声，想法子提前上会？”

吴雯婷跑了进来，却难以作答，一般凡低于事业部“吃水线”的项目，要总部“片区联席会”和“商务决策支持委员会”的大佬们参与到一线的定价决策。可她没收集完会议材料，不能发起决策会。她看着 Jacob 的样子，实在颇为心疼，“您给我 5 分钟！”

事出紧急，她靠着平时与总部秘书科积攒的好人缘，发动起大佬们的秘书 MM 们，连哄带骗地把大佬们的日程硬是提前了 1 个小时。

墨西哥上午 9 点 30 分，议题上会，Jacob 把视频会议，切换为了语音会议——他不想被人看出他的身体状况。

Jacob 汇报了一会儿，一位“片联”的商务负责人评论起来：“资料不齐，前六个月的大数据还没有呢，我没法判断。不过以经验来看，这亏损恐怕太大。”

这个突如其来的小项目，太不起眼了，比起印度、欧洲，这无法引起大领导们的重视。但没有时间了，Jacob 争吵着，他必须争吵，因为给予他工资的不是领导，而是客户。

但这一次，他真的没有了力气。

他办公室的百叶窗是拉开的，落地窗外，臣享等人还在看着他，焦急地等他拿到最后的结论。众人看到了 Jacob 一个人正在剧烈地拼杀争吵，即便在隔音玻璃外，都能感受到他的吼叫，只是声音后来渐渐弱了下来。

而总部依然是不理解、不允许。

他脸色已经严重发黄了，努力地在纸上写了一行字——“6700 万美金”。

“各位领导，你们掌握着大炮的火力，但华兴把最终的火炮坐标判断交给我们一线，请不要纠结于大数据运算，数据只能辅助没到过海外一线的人。一切最终还要靠我们人的眼睛来纠正数字，请相信我们，相信我。”Jacob 拼尽最后力气说服总部。他不太信所谓的大数据，身为一线，他太知道所谓的数字计算在一层层向上传递时早已失真，远不及那些亲身战斗于第一线的直觉。

“Jacob，我来回答你！海外 IT 数据库上线和业务流程 IT 化的改造，就是增加总部对一线信息透明，弱化一线的经验主义，让总部直接对重大项目能穿透化管理。”一位领导说。

总部不再依赖一线了，也没有昔日对一线的信任，他们正逐步用技术化管理，弱化了一线百战兵将们的价值。一丝悲凉和彷徨掠过了

Jacob 的心头，他胸中的一团烈火熄灭了。华兴已到了新阶段，海外也不再像 Jacob 当年野蛮生长的模式，Jacob 也终将失去价值。

“这行不通！”Jacob 咆哮起来，他的耐性本已消磨得差不多了，然而他的嗓音根本发不出来，孱弱的身体再也支撑不住他瞬间情绪的爆发，也使疟原虫再不受宿主精神力的约束——他一下子昏厥了。

臣享等人冲了进去，有人电话问艾迪医生到哪里了。而急诊医生和专科医生已经奔到了前台，立刻拆开一包“强的松”注射，做激素冲击，然后立即吊上一瓶“谷胱甘肽”保肝药。

臣享搂住 Jacob，问道：“医生，他要紧吗？是肝疟，还是脑疟？”

“你现在问这个还重要吗？”医生抱怨起来，“艾迪说他很久没休息了，再加上几天的通宵，肝是没有感觉的器官，现在他肝疼，那就是严重损伤了。血脑屏障的免疫力也会受损，即使肝疟也变脑疟。你怎么能让他继续工作？”

一顿手忙脚乱中，艾迪和护士把 Jacob 抬上担架，在众人注视下，担架穿过了走廊，投标成员们都从座位上站了起来，臣享跟着也要下楼，Jacob 轻轻地睁开了眼睛，话已经说不出来，但他用最后的力气抓住臣享的手——他是在告诉臣享，轮到臣享上场了。

在墨西哥城翡翠大厦里骚动时，而深圳基地那里因很久没有听到回音，便挂掉了电话。

臣享目送着车辆开走，心中无限地过意不去，是自己纵容了 Jacob 不去就医，但现在没时间自责，轮到自己，他再一次坐进了 Jacob 的办公室，执掌一切。但他已无法再与总部讨价还价了。

“怎么办啊，Jacob 不会有生命危险吧？”突如其来的横祸，让韦茜呆得失去方向。

臣享拍了拍他俩：“这家伙骨头很硬，信念又顽固，他不会死的！”

“可……”章洋看着对端已关闭的会议系统，欲言又止，三人都知道总部拒绝了。

臣享手里捏着一样东西，是 Jacob 刚塞给他的那张纸，他摊开一看“6700 万”。但这个“6”，好像又写得像“5”一样，究竟是什么意思？

14

上午 11 点了，离下午 2 点标书发车的时间更短了，可大量资料只是电子稿，而按规定资料必须打印装订。只剩下 3 个小时，一切必须加速。

马里西奥开始替 Jacob 写 Executive Summary 了，邓博最终敲定产品路标，产品经理、网设网规的专家和服务经理们正在做最后的资料校对。

打印机启动，公司里 6 台激光打印机同时工作，轰鸣声不停。走到打印间，就像到了一个印刷厂，能清晰闻到强烈的油墨味，也散发着打印机的滚烫热浪。

现在，打印也必须交给心思细密的专人，否则一个页码出错就全错了。同时，投标办的三个女孩负责装订，一个拿着铡刀和裁纸机，仔细切削 A4 边角，另一个女孩则用打孔机，她一按下去，一沓纸张就产生了几十个洞眼，最后一位女孩用专用的扣子搭扣住，贯穿成册，并装好书皮。这一切都不容失误，否则就得重新打印装册。

然而，最重要的报价，并没有完成。臣享还在独自思考。而他现在必须得在没有"吃水线"下的常规授权内，用他产品副总裁的合法授权，报出价格。

美洲电信给乙方的格式报价模板上，一共有四大项：

1. 网络产品——设备价
2. 安装调测——工程价
3. 网络规划和优化——专业服务价
4. 土建价（如占地许可、修路、电力引入、造铁塔和造机房等）

臣享得考虑游戏怎么玩，Jacob 留给他的 6700 万美金的字条边，还有一行小字——"安哲"。另外，他从阿曼多深挖来的消息，FRAN 这一次会使用 RBS6000。

最终就是 FRAN 的宏基站 RBS6000vs 华兴的分布式基站 DBS3900

为主力产品的对决。

那 FRAN 的 RBS6000 在美洲电信出价多少呢？华兴并没拿到数据，臣享只能根据自己的价位线进行预测。

华兴的初步报价里，无线主力产品 DBS3900 报 2300 万美金，其余核心网、传输网、数字通信、业务软件的预报价 1200 万美金，**所以第一项的总设备价为 3500 万美金。**

拉美安装调测的工程价为设备价的 1/3～1/4，**第二项的工程价即 1000 万美金。**

网络规划和优化，一个逻辑基站是 2000～3000 美金，这次一共 800 个逻辑基站，再加上一部分传输网采用微波，还得加微波的规划优化，**第三项的网络优化价大约是 300 万美金。**

第一到第三项，一共 4800 万。

第四项，交钥匙”的土建价。平均价在 10 万美金一个物理站点，巴拿马项目采用了“All in 1”融合，800 个逻辑站点融合为 500 个物理站点，**那就是 5000 万美金。**

这样，巴拿马的总价一共就是 9800 万美金。而 Jacob 的纸张上写着是 6700 万美金。怎么塞进 6700 万美金里？

时间一分一秒地过去，臣享就像学子走上了决定命运的高考考场，只剩下的最后几分钟，可最后一道大题还没有解出来。外面别人的忙碌，就像督促着他要交卷了，他紧张了，肾上腺素在血管里飞驰。

既然最大的是土建价，能不能压缩呢？“老白，你让张总到 Jacob 办公室来！快！”

臣享估测着，“吃水线”是总部设定的，但不含一线工程交付的价格，因为交付都靠海外当地人力和外包商，是按交付国的当地收入基线来做的，这里就有了降价空间。而一个站 10 万美金的土建费太贵了。

张信兴到了，他知道了情况，说：“这土建价已经‘漏报’了客户要修建的 1 个办公室和 2 个核心机房，从购买土地到建设装修，已经少报了 300 万美金。另外，这次是全新网络，还得建一套传输回传网，其中的主干传输必须凿沟挖渠，把光纤埋在地下，要 1000 万美金。**所以一共漏报了 1300 万美金了。**”

“10 万美金一个站的土建不贵了，”老白在视频电话里解释着，“一个基站的铁塔和辅料要 1 万～2 万美金，还要打地基，有几个站为能覆盖，就建在荒山上，为此得要造一条路，还申请电力网。这都是钱，”老白在工期表上圈了一下，“还有，‘交钥匙’的头等大事就是‘站点获取’——我们要跟业主和市政府谈判，合法获取土地和空间的使用权或产权。不少人都要我们 5 万～10 万美金的进场费。我是按 5 万～7 万美金的谈判费来算的。”

张总补充道：“还有人会投诉基站的辐射，或说我们非法建站，上法庭告我们或恶意敲诈，我留一些缓冲。所以我们单站的要 10 万美金真不贵了。”

不管他们怎么解释，工程交付部门不愿意降价，但受限于“吃水线”，只有压工程交付的价了，这是总部唯一管不到的漏洞。他问：“巴拿马人 / 天基线成本让我看看。”

他翻阅着地区部外包的人力价格，确实有合理性。可 Jacob 不是跟凯利谈过了吗？凯利可以在海地招募，派去巴拿马工作，一定会有巨额的让利空间。

“你觉得 FRAN 也只能压自己压到这份上？”臣享问。

“是的！”张信兴说，“他们的利润考核率更高。”

臣享意识到，FRAN 在巴拿马有办公室和交付团队，但这也意味着，FRAN 不能轻易换掉已合作很久的巴拿马分包商，用凯利一定能降低成本。他把建议跟张信兴说明了一下。

“张总，你跟凯利合作能不能降低成本？”臣享问。

“呃，老白还没有测算过……”张总看看老白。

“张总，没有时间了，我要求工程交付在‘交钥匙’上从 5000 万降低到 4000 万美金！”

“这……”老白也呆住了。

“没时间细算了，你就说行不行吧，也把自己的水分挤一挤！”

老白头上冒汗，定不下来，张总拍了桌子：“别算了，我先拍吧，给你挤 1000 万美金出来！客户表面价上，土建从 5000 万降低到 4000 万。”

这意味着张总一大部分的外包团队，全部都得靠海地人，技术培训和管理可能要从头做起，这对未来的项目管理有极大的挑战。但现在张总已经豁出去，向极限压缩。

“谢谢。”臣享修改了报价，同时他也推测出 FRAN 与华兴的战局布置：**第四项土建价，FRAN 的不低于 5000 万。而华兴的第四项可能只要 4000 万，价格优势 20%**！

第三项的网络规划的专业服务报价，这是一项科技咨询服务，比的是 FRAN 和华兴的网络专家水准。华兴的中方专家人力成本比 FRAN 便宜，但 FRAN 作为美国科技巨头，其人均效率、科技水准比华兴高。因此综合下来，华兴反而不便宜，**双方可能都在 300 万～400 万美金。华兴这一项的优势只有 0～100 万美金**！

第一项的设备总价，华兴报 3500 万美金，FRAN 不会低于华兴，就像刚才的“电脑比喻”，美洲电信会把华兴的**设备总价**与 FRAN 设备**纯硬件价**对比。这样，FRAN 硬件价 = 华兴总价 3500 万美金，按臣享的经验，FRAN 软件价一般是其硬件价的 1/3，**所以，FRAN 的设备总价 4600 万美金（硬件 3500 万与软件 1100 万），华兴 3500 万美金，华兴有 1100 万优势**。

第二项的安装调测费，这一项 FRAN 的惯例是不按实际成本，而按设备价的 1/4～1/3 走的。**那么，FRAN 将报价 1500 万美金，而华兴 1000 万美金**。

臣享写了自己的分析：

（万美金）	FRAN	华兴	华兴价格优势
设备价	4600	3500	1100（客户不认可华兴这部分优势）
硬件设备价	*3500*		
软件设备价	*1100*		
调测与安装	1500	1000	500
网络规划与优化	400	300	100
“交钥匙”土建	5000	4000	1000
总价	1.15亿	0.88亿	0.27亿

他看着这表格，揣测着 Jacob 字条的暗示——Jacob 猜到 FRAN 报价会接近 1.15 亿美金，华兴则是 0.88 亿，低了对手 0.27 亿。但按 Jacob 的观点：一个突破性的项目，客户心理预期上，认为华兴应比 FRAN 低 40% 时才有改选华兴的动力，1.15 亿 ×0.6=6900 万美金就是客户的期待，或许是计算误差，又或许 Jacob 再让利 200 万，这就是纸条上**“6700 万”**的来由！

臣享用笔圈了一下，第一轮就报 **8800 万美金，**这比 FRAN 便宜 22.6%，不会让客户觉得没有诚意而反感，华兴足以进入第二轮 PK。而首轮 8800 万美金报价又为第二轮降到最终的 **6700 万**留了足够的下探空间——让利 23.8% 给美洲电信！

可如果第二轮谈判，从 8800 万降到 6700 万，但华兴还需再降价 2100 万美金！可怎么降呢？

打折？不行啊，臣享记得有这么一条条约限制着——“乙方设备价格的任何一次‘单价折扣’‘总价折扣’‘Coupon 优惠券’‘Voucher 抵用券’，都将被折算到为乙方给集团的实际成交价，美洲电信的所有子网有权采用乙方的历史最低成交价。”只要设备打折，未来巴拿马二期、三期乃至美洲电信集团的其他国家的项目，就都受到牵连，未来扩容单价就没了盈利！

空调的温度只有 20℃，可臣享的汗都出来了。章洋冲进办公室问：“臣总，报价搞定了吗？已经 11 点 30 分！”

“别吵！”儒雅的臣享吼了回去。

“算了，先把第一轮报价搞出来就行！”章洋建议。

“再给我几分钟！”臣享严词拒绝。

设备价不能降，这受到总部“吃水线”和美洲电信的“商务条款”的双重制约，因此他只能靠工程服务的降价，“老白，你还能降价吗？”

老白也叫起来，“刚抠出来 1000 万美金了，没法再抠了！”

章洋再次强烈建议：“算了，就先搞第一轮报价对付下！”

“不行！”臣享再次拒绝。

“为什么不行？”章洋是投标管理者，他盯着时间，神情有些激动。

臣享没空回应他，自己的经验里，第一轮报价和第二轮的底价必须一次性完成。因为只有底价才能决定第一轮的出价，没有底价就报第一轮报价，之后必会胡乱出牌。

现在不能急。他深吸一口气，转头对着白板，把精力重新回到产品设备上去了，FRAN 的宏基站 vs 华兴灵活的分布式基站。

“等等，”他想起一件事，“老白，把你们工程和土建的概预算给我看看！”

他接过了文件，忽然大喊一声“妈的，错了！”——因内部信息传递和资料的缺失问题，虽然产品以“All in 1”的 DBS3900 基站为主力，但因为 DBS3900 缺乏资料，在工程概算里，工程投标人员沿用了“All in 1”系列的宏基站 BTS3900 为计算基线。

老白和章洋傻眼了，这是对新产品理解的失误。DBS3900 更应以分布式基站为假设，其灵活性要比宏基站好，占地小，少建塔，站点租赁要求低，所以综合交付成本要低。

没人再追究责任，现在得先想办法。

上午 11 点 45 分了。午饭已经被行政送进了办公室，但谁都无心吃饭。

“工程计划书能做大改吗？”老白问。

章洋看着几乎燃烧起来的六台打印机，摇头说：“来不及，那么多文件关联，不一一梳理的话，改了反而会出更多的错。”

臣享现在只能“丢车保帅”，不做“非均匀折扣”——牺牲掉“无扩容潜力”的产品，保存另一部分未来有扩容、生产利润的主产品。换句话说：保住无线基站不打折，得把核心网、传输网、数通、业务软件全免费赠送掉，就保住了未来扩容的利润之源。

臣享陈述着方案后，向工程部提出要求：“产品上，我赠送掉一部分产品，你设备的对应工程费也别收了！否则报价不合理。”

“行！”老白说，反正从土建上能弥补回来。现在报价表发生了调整，因为设备降了 1200 万，和安装调测服务降低了 300 万，网络规划和优化服务降低了 50 万，一共是 1550 万，因此第二轮报价可以变为 7250 万美金。

（万美金）	华兴第一轮报价	折扣	本轮折扣金额	第二轮报价
设备价	3500	赠送核心网，传输网，业务软件，数字通信设备	−1200	2300
硬件设备价				
软件设备价				
调测与安装	1000	免去赠送设备部分的工程服务费	−300	700
网络规划与优化	300	赠送传输部分规划	−50	250
“交钥匙”土建	4000	0	0	4000
总价	0.88亿		0.155亿	0.725亿

还是不够！离6700万还有差距，他皱着眉头。

老白不能看臣享的报价，但从他表情来看，也觉察了问题：“还差多少？”

“550万美金。”

“分布式基站的话，我们可以再让掉这些。”爱较劲的老白也不细算了，张总也点头支持，每个基站的土建再降10000美金，这是可以努力的。

臣享终于签字下来：“可以了，完成了！”他看着Jacob目标价6700万的那张字条，浑身瘫了下来。

章洋也笑着拍拍臣享：“真不容易。Jacob说过第二轮要让给丹尼尔、卡蒂纳斯、赫克托三方都面子，你终于搞定了！”

对啊，三方要让掉35%，自己竟忘了。臣享惊得再次从椅子上弹起来：第一轮0.88亿，但给三方让掉35%折扣之后，那就是5700万美金啊——Jacob那张字条上，6700的“6”与“5”写得很像啊，也许是5700万而非6700万啊？

他已不敢再向下探1000万美金了。可6700万只是比FRAN便宜40%，只符合了中标的第一个要件，但还有第二个要件——华兴还须符合客户三巨头的压价！

刚才1200万美金的产品赠送，已让手下的各产品经理失望，产品再降1000万美金，手下都要造反了。那赌一把6700万吗？不，都到了最后一刻，难道要最后因为1000万输掉整个“4G网络”的开局战吗？

“还……不行吗？”张总看出了他的疑惑。

臣享摇摇头，但他不能公布最终价格，也无法细细讨论。他体验到最终决策都压到一个人的重负感。也许Jacob是在长期的负压下才倒下的。

已经12点15分了，臣享还在做计算，张总和老白也在一旁算，寻找着降价空间。

大约到了12点30分时，老白率先估完：“土建我能再降一点。但要冒很大的风险。”他按照全球存量的分布式基站节约情况，精细化测算，按照城镇、高山、郊野、都市、机场和高速公路等，套用到巴拿马的站点比例上。

“你们不用降，”臣享摇着头，“大家先出去吧，我请示一下片区总裁方总。”

无论5700万还是6700万，刚才总部已拒绝了，但现在他还有一个办法，就是向拉美片区求助，从片区的吃水线大池子腾挪资源，抢一笔战略补贴。他迅速地写了一个邮件，贴上了这个表格，直接要求在6700万上再一次性降价1000万美金：

（美金）	华兴第一轮报价	折扣	折扣金额	第二轮报价
总价	0.88亿		−0.21亿	0.67亿
一次性折扣			−0.1亿	0.57亿

方总正在巴西另一个重要会议上，被紧急切过来：

“情况我了解了，但万一客户把你的一次性1000万美金折扣都算在设备价，扩容单价太低怎么办？为什么不把折扣打在工程交付里？你的比价模式对吗？”

方总是对的，美洲电信对任何折扣折算入未来扩容的限制，只针对设备，却并不会束缚工程服务的扩容价，因此理应保住设备单价。但臣享在刚才意识到一件更重要的事：

“方总，保设备价，还是保工程价，这是两难的决定。但现在，我更需要保住分布式基站的核心优势，”臣享顿了顿，说，“DBS3900的核心价值，不在于设备价格低，而恰恰是它为客户节约土建与工程成本。当美洲电信和FRAN都只关注设备价格时，我们索性将计就计，隐藏锋芒，保住工程价的可下降空间，让这神器的威力在4G决赛上才发挥出来。”

“那这一次降在了设备上，你怎么保住以后的设备价呢？”

“我们在危地马拉时用过一次特别的报价模式，能规避这问题。”臣享一手压着Jacob的字条，食指划过一个字——“安”。刚才，他重新调阅了安哲在危地马拉的报价——安哲当时并没DBS3900的配置器，但他天真无知，反而没有束缚，误打误撞地开创了一种新的报价方式：把一个“All in 1”基站，不再以1个物理基站的“BOM物料报价”，而是随便地按“1个2G+1个3G”以“逻辑功能”报价，这样臣享就能在2G/3G/4G间左中右地腾挪，保住单价，为DBS3900开创了灵活而弹性的盈利空间。

方总下面的拉美片区，要看护着3个地区部，20多个国家的一盘大棋，也不能随意松口：“但为什么不把你的‘折扣’改为‘抵扣券’？抵扣券，同样能够给这几位老大面子。”

“折扣是当期立减，而抵扣券是‘下一次使用’，50%折扣率，如果变成买100元送50的抵扣券，也只有33%的实际折扣率。方总，美洲电信对第一次合作疑惑重重又有所期待，我不想对客户高层耍小心机。”这一次臣享的回答不仅有着他一贯强大的理性分析力，更有了一份感性的真诚。

“嗯……”方总应着，但吃水线太多，方总也要承担连带责任，而且他今年自己的重点是“大国战略”，聚焦突破金砖四国的巴西，这个价会消耗掉本属于巴西项目的吃水线。

“臣享，我不得不说，你的比价模式很有道理。”

“谢谢，Jacob 也是这么想的。”臣享把 Jacob 的字条捋了捋，仔细叠好。

“那好，我批准了！”

下午 1 点，报价终于审批完毕。臣享飞似地奔出门外，与章洋做最后修改，许多相应的报价单、关联设计、白皮建议书也一起联动地修改，并再次核对。

下午 2 点，本该发车去美洲电信交标，然而这时资料才刚改完，要重新打印装帧，刻录新光盘。可 6 台打印机在连续打印了 10 万多页后，已有三台罢工了，另两台油墨快耗尽，只剩下一台的滚轮也咯吱地发出噪声。但现在，又要重新打印十几个文档，机器已经十分勉强，而几个光盘刻录机也烧坏了一台。负责装订的姑娘们的手在裁了 10 万多页纸后，都已经累出了腱鞘炎，疼得厉害。

三个墨西哥保安正推着三辆平板车，随时待命将几十个箱子资料运到地下车库。而车库里，司机艾迪、马库和米盖尔都在候命。这三名长相凶悍的司机，都在 2 月时随 Jacob 一起去墨西哥农村调研，深知现在意义重大。车队还像老样子，艾迪的车在中间，马库和米盖尔一前一后做护送车队。

一切就等臣享了，下午 4 点是最后的交标截点，没有送达即意味弃标。

下午 2 点 30 分，比预计迟了 30 分钟，所有纸面材料才打印装帧完毕，光盘 U 盘齐备，该纸面签字的地方也都签好。接着，箱子封箱完毕，并贴上标签，华兴的保安按住 18 楼的电梯，不管电梯超时的提示音，霸占着不让人出入，在拿到箱子后，奔跑着把箱子以最快速度送到地库，装上艾迪的厢式货运车。

下午 2 点 50 分，三辆车从翡翠大厦出发。车上，章洋和小雪一辆车、臣享和阿曼多一辆车，商务办的墨方女员工玛丽索尔和中方韦茜一辆车，三组人共同押车。

墨西哥城的下午，改革大道的车已堵了起来。主路上动弹不得，正常 10 分钟的路，已经开了 30 分钟了。

下午 3 点 20 分，领头的司机马库终于开到了“名店街”玛莎利克的十字路口。他忽然加速启动，用自己的丰田“陆上巡洋舰”，硬是撞开了前方的“悍马 H2”，给中间的艾迪挪出了一个转瞬即逝的空隙。艾迪也没管红绿灯，直接斜插左转，开进小道。

这一带是高档区，警力配置充裕，一辆警用摩托车呼叫了一下，瞬间启动跟上了艾迪。而车队后方的米盖尔开着的肌肉车“野马 MUSTANG”立即斜插挡拆，堵住并引开了警车。

艾迪一脚油门，飞速开往美洲电信总部的 Lago Alberto 大街，他左右变道，穿过桥洞，又一个 U 形转弯，然后上桥。此刻已是下午 3 点 40 分了。4 点前交标，还要更换证件，上楼递交资料，这也要七八分钟，也就是说，他只有最后的 12 分钟了！

Lago Alberto 已近在眼前了，离美洲电信仅有两个路口。可是，前一个路口正好是学校，恰逢学生放学，穿着以灰色裤子、裙子和白色衬衫为校服的墨西哥学生们涌到了路口。家长们开车来接孩子，一些奶奶爷爷也站着堵住了路。

艾迪把方向盘一急转：“下车，我们推着平板车冲过去！”车在路边停下，他扒开门，冲到货车的背后，身高马大的他双手同时搬出三辆铁制平板车，并命令着臣享和阿曼多，“你们快搬！快！快！”

三个人把几十箱的文件，装在三个平板车，嘴里高喊着：“Vamonos!”（Let’s go）冲向了美洲电信。

下午 3 点 50 分了，他们三人奔到门口。臣享才想起来一件事，那一份 Executive Summary 没有更新过——这是给美洲电信最高层看的一页纸简述，是单独封存在一个信封里的，而忙中出错，这个信封并没有和纸箱放在一起！

这一页纸上需要更新一个片区总裁方总关心的设备单价问题，它须更新为安哲在危地马拉的报价模式。完了！这一页没有会引起大麻烦，而且法理上讲，交标资料不齐能被废标的！

下午 3 点 55 分，“你们进去吧。”美洲电信的门卫放行了。

臣享没敢告诉阿曼多，他太粗心了。忽然，一辆重型摩托车“突突”地开过来了——那是事业部 CTO 马里西奥的车。

一贯技术范的马里西奥穿着皮装，踏着一辆哈雷 883，还斜背着一个邮差包，他掏出放在里面的一份更新的 Executive Summary："终于赶上你们了，我知道开轿车肯定会被堵。"

下午 3 点 59 分，COO office 的阿瓦罗掐着表，收到了这四人送来的完整资料，他哈哈笑道："你们华兴倒是不给 FRAN 提前打探的机会。"

臣享一边点头，一边感慨。众人退出 COO office，沉浸在喜悦之中。而臣享走在最后，悄悄拿出手机，给守在医院的吴雯婷打去电话。

"他醒了，"吴雯婷说，"但再差一点点就麻烦了。"

电话传来轻微的声音，Jacob 倔强地抢来电话："最后多少？"

"5700 万。"臣享捂住嘴，轻轻地说。

"懂我……" Jacob 得意地笑了，再次闭上眼睛，"那我可以再睡一会儿了。"

众人已走到美洲电信门外，在马路对面最爱的街头 Taco 摊吃东西，臣享打开免提，而众人却故意大声点着各色墨西哥美食，似乎在用美食逗乐着电话那端的 Jacob。两边在电话里都开心地笑了。

可臣享的笑容戛然而止——他看到 FRAN 拉美副总裁古斯塔夫也从美洲电信里出来了，身边的人，正是美洲电信的集团 CFO 凯罗尔。

"让他休息会，"吴雯婷又拿回电话，"医生要求他绝对不能再疲劳了，现在激素治疗，至少得连续治疗 5 天。墨西哥没有特效药，得等中国运来的青蒿素。"

臣享按掉免提，转头悄悄说："那先休息吧，我一会儿再来医院，到时可能得叫醒他。"他抄走一个 Taco，跑到马路上，拦下一辆车离去。Jacob 还不能倒，交标只是第一步，还有更多恶斗在等着。

15

美洲电信集团，彻夜评标，全封闭式管理。

评标打分有两块——技术分和商务分，Telecell 评估技术标，商务标由美洲电信评估。第一轮是由基础业务人员，以竞标者的标书 NC/PC/FC 的数量基础给出。

8 月 17 日～21 日的 4 天里，评标人员都不准出去，就连洗漱都在美洲电信的一栋楼里——这是为了评标的公平。

这栋布满铁栅栏的大楼里，30 个技术专家分坐在六间办公室。每一间独立评审一个 Section，检查竞标者对同一问题的回答，确保打分更公平，同时，这种评标让任何一个评审人员都没有竞标信息的全貌，避免作弊。

为了进一步公正，多人之间还会交叉复审。连这铁栅栏，也是防止电子泄漏的屏蔽罩。最后完成后，统一交给 Telecell 的两位 Chief Engineer 奥斯卡和玛尔克斯，他们会对遗留问题一一复核，并抽查评标质量，确保公正。

每晚，灯火通明，手机没收，所有人亦不准交流。还颇像中国持续三天三夜的科举考试和评卷过程。

但最公正的科举制，难道就没猫腻的空间吗？

本次技术评标是 Telecell 工程总监阿里汉德罗，他授命于 Telecell CEO 赫克托，要求他压制华兴的技术分。而所谓技术，也绝不是做数学卷的打分，倒更像是体操或跳水，掺杂裁判的主观因素。

举例来说，欧美车、日本车、中国车哪个更好？

把安全性放在首位，那么欧美车绝对占优势。

把维护或油耗放在首位，那么日本车肯定有优势。

把价格放首位，中国车有优势。

而各个 Section 的分数权重，就捏在了阿里汉德罗手上。

8 月 21 日晚上 6 点，忙碌了 4 天 4 夜里，30 多个专家终于根据 FC/NC/PC，规划和建议书，做出了打分。这一切只有阿里汉德罗能够看到全貌。

但他还不能完全自作主张的给技术标下结论，因为 8 月 22 日，还有一轮竞标者的技术交流。另外，考虑到决策的复杂和公平，Telecell 的独立评分要进行二次纠偏——评分须上“联席评标委员会”讨论，会上 Telecell 和美洲电信两方人马又须相互参与、彼此影响，之后才能由 Telecell 打出，阿里汉德罗虽有最终评定权，但美洲电信一方也有影响力。

8 月 22 日上午 9 点，交流开始。Telecell 一方是奥斯卡、玛尔克斯和阿里汉德罗，美洲电信则为 COO office 的阿瓦罗、CTO 肯，以及新技术部的胡安。

巴拿马技术澄清会不在美洲电信的大楼，而被安排在了 Telecell 办公室，这让阿瓦罗感到不被尊重。然而就在交流前的 5 分钟，Telecell CEO 赫克托也走了进来。原来三大元老之一决定亲自下场。

由于爱立森的弃标，只有三家进入了讲标交流，竞标者的宣讲顺序分别是：第一个诺阿，第二华兴，最后是 FRAN。臣享拿到顺序表，就知道有人在“照顾”FRAN 了。因为后讲者，能以知道先讲者的弱点和问题，调整自己的主讲重点。而且任何选拔，最后出场者也更易获得青睐。

“开始吧。”阿里汉德罗宣布开启技术澄清会。

每个公司有 1 个小时做本次方案的宣讲，诺阿明显不在状态，30 分钟就中止了。

没有按原定时间，华兴被迫立即登场。臣享率队，阿曼多、马里西奥、章洋和韦茜，张总和服务投标的罗梅罗，依此入座，就像两排外交官的谈判。

交流分两大环节，第一块是介绍产品——“DBS3900 产品”，臣享做产品的主讲者，每一页讲多久、讲什么，都已精心排练。他提炼了“节省总投资”“All in 1”“分布式基站”三大亮点，但从演讲效果来说，主讲人必须挑一个最重要最核心的卖点，反复陈述。

臣享英俊优雅、英语流利、仪态大方，算是华兴的门面，宣讲更是他的拿手好戏。然而 PPT 第一篇章翻过去了，在场客户竟然没一个表现出兴趣，也没人对 PPT 发问。

有人开始看手机，处理事务；有人翻了翻华兴打印的 PPT 后，又合了起来。而他站在台上，心中一冷。

方才，诺阿提早离开，是因为它没有“多代兼容，多模融合”的新产品。而阿曼多打探到 FRAN 本次采用的 RBS6000，这也是 FRAN 的传统设备，似乎也不是预估中的新产品，所以臣享在演讲中突出了华兴三大主题中的“All in 1”，尤其是“All in 1”的高阶版本——SDR 底层算法创新，加大与对手的差异化，贴近客户需求，谁料却没激起任何水花。

是哪里讲错了吗？

还是说台下有什么权力的操作？

他再次看向台下，是独立王国 Telecell 的四人和集团总部的三人，他得有一个强烈挑动神经的话题，让他们对华兴方案留下深刻的印象，最好还能引发这两派人的争论。他只能从三大亮点里主攻一个，可选哪个出牌呢？不选，就是坐以待毙；而选错方向，很容易成为一场演讲灾难。

PPT 已经翻到了第二篇章了，他必须在进入前就定下本章的基调，并用一句话勾起听众的注意。臣享不能再等下去了，他得维持住一场演讲的匀速节奏。

就在他鼠标按下“下一页”时，留给他的时间也仅剩一秒了。

他看到了集团 CTO 肯，肯是那种关注好技术就会两眼放光的人，连肯也没反应，这说明华兴的“All in 1”，甚至 SDR 技术都已不再有足够的优势了，而肯也应该看过 Telecell 的初步技术评价了，那意味着 FRAN 的同类技术，并已被内部定调为超越了华兴。

臣享恍然大悟，FRAN 的产品型号不变，但只是烟幕弹，RBS6000 不再是臣享认知的那个传统基站了，而是改良升级后，加入了多模融合的功能，并比华兴的“All in 1”更好，故无人再关心！所以，他的宣讲不能再在之前噱头最大的“All in 1”上恋战了。

——而 RBS6000 正是 FRAN 的传统“宏基站”。他光标一转，定好了新的重点。

“各位，DBS3900 是一种新架构的‘分布式基站’，在危地马拉的小型项目中已经得到验证，到哪都能安装，甚至在电线杆站点和路灯站点，在大城市易于快速获取站点，”臣享调出危地马拉施工照片，“而在历史遗迹，可做‘伪装基站’，保护风貌。这种架构被当地评价为‘不可取代’。”

“嗯，我记得，”CTO 肯跟了一句，“戈麦斯·李的报告里也说过。”

危地马拉项目上升到集团层面时，除了 COO office 外，肯当时也赞同过这个技术结论，这个观点起了决定性作用，成为压死骆驼的最后一根稻草。肯决不会否定自己。

“是的，分布式相对于宏基站，是有不可替代性，所以选择 DBS3900 成了危地马拉 Clara 没有办法的办法。”臣享继续添油加醋，暗地里嘲讽着 FRAN 宏基站。

就这个问题，发问多了起来。终于，阿里汉德罗、肯和胡安，明枪暗箭，攻守点评。

“咳！”轮到赫克托面露不悦，FRAN 就是在危地马拉失守的，这个 Reference 像在抽他的脸。这场合他本就不该来，他一声不吭就走了出去，免得在里面受气。没了赫克托，Telecell 和美洲电信的场面便平衡了不少，讨论也更自由些。臣享是打到了“七寸”。

接着是交付和工程的篇章，由张总主持着，大谈分布式基站对交付效率的提升。约 1 个小时的交流后，臣享和团队出门了。

门外，是 FRAN 拉美产品副总裁西蒙，西蒙是 FRAN 投标负责人。看到门打开了，他带着一批西装革履的精英们，齐刷刷地站起来，准备登场。

门很狭小，西蒙和臣享两人都认识，但谁都不愿意让道。当双方擦身而过时，毛料的西服，在墨城干燥无比的空气中，擦出丝丝静电的噼啪声。

身后，阿曼多悄悄按了下臣享的肩，说：“我先留下吧。”——阿曼多想打探 FRAN 会说什么。因为他刚才去洗手间之际，观察到赫克托出门给西蒙透露了华兴的演讲重点。

会议室内，最后一位演讲者。

“宏基站更稳定吗？”阿里汉德罗把技术的重点，从灵活性引向了稳定性。

“当然，我们的宏基站 RBS6000 经过长达十年的服务，在不同环境的重重考验，坚固而稳定，在高达 55℃的中东、北非，低于零下 35℃的加拿大，在潮湿易腐蚀的东南亚海岛，RBS6000 宏基站架构的故障率为 0.00001% 以下。”

“所以说，宏基站依然是主流选择咯？”阿里汉德罗表现得像一个律师，引导性发问，给陪审团听他设好的立场。

“嗯，虽然在极少数的补充场景上，有些人选择了分布式，但这些人也将牺牲了另一些要素，比如不安全、不稳定、反复维修等。”西蒙深谙销售的技巧，在客户犹豫不决时，并不直接攻击对手，而是贩卖焦虑、恐吓客户，顺带黑了华兴的质量，并给支持华兴的一派戴上“冒进”的帽子。他又继续说道：

“回到您的问题，您理解正确，我建议巴拿马选择产品，一定要分清大规模和小场景。只有经受过长时间考验的东西，就像经典的RBS6000设计，永远是有价值的。”

“明白了，就像一台稳定的服务器和一台轻巧但不耐用的超极本，对吧？”阿里汉德洛说，而这其实是西蒙之前与阿里汉德罗串过的词。

阿瓦罗摸了摸鼻子，他不太开心，巴拿马的后续工程是自己的活，为什么要你阿里汉德罗说了算？上次在阿曼多的提醒后，阿瓦罗努力斡旋，提拔了哥伦比亚 Comcell 的无线工程总监劳乌出任巴拿马 Clara 的 CEO。劳乌也是无线网络的专家，正要带一支工程团队过去，责权一致，难道不该是劳乌说了算吗，万一用了宏基站工期耽误算谁的错？

阿瓦罗插话了：“那宏基站，不会影响巴拿马的交付进度吗？”

“您是担心工期对吗？”西蒙又笑了，阿瓦罗掉进了他挖好的坑，“那我讲讲工程吧。”

就像跷跷板一样，当阿瓦罗跳入时，西蒙顺势跳出了产品困境，也逃避了对于宏基站的致命弱点的盘问。这正是赫克托刚才给西蒙的提示。

FRAN 展示出一张巴拿马的全国地图，其中有第一大城市首都巴拿马城和第二大城市科隆，一条连接全国的高速公路，一条泛美高速公路，巴拿马国际机场，巴拿马运河。

他又点击了一下，地图上面叠加了一层一期工程的绿色坐标：“这是我们储备好的 300 个站点许可资源，我可以保证，由于我们在巴拿马有长期资源，所以 RBS6000 能快速交付。”

在众人吃惊中，西蒙点了第二下鼠标，周围又是黄色的坐标：“这是 FRAN 正在谈的站点资源，一旦与美洲电信签订合同，我们就将加速推进。”

“你们准备得可真早。”阿瓦罗挖苦地说。

“当然，”西蒙一笑，倒也毫不掩饰，“巴拿马的站点储备，无线的规划，我们早做好了准备，这也是实力的一部分，我们是巴拿马现有两家电信公司的供应商，完全有条件做好站点资源的共享模式，”他又按了第三下鼠标，“而且我们根本不需要挂在电线杆上，因为 FRAN 的网络规划专家是最好的，他们选的站址既方便，又满足覆盖。”

屏幕上，那几百个孤立的绿 / 黄圆点，忽然散开，辐射成了几百个大圆圈——那是基站的信号覆盖范围，它们连成了一片，几乎覆盖了巴拿马全境。

真无懈可击。阿里汉德罗诡异地笑着：“如果工期和站点获取没问题，即便价格高一些也要更稳健一些。我认为电信作为基础设施，就需要稳健、可靠。大家有意见吗？”

CTO 肯也不说什么了，这个美国老人龟缩在一边。而新技术部胡安全程一句话都没说。这两人其实也只能旁听，并不决策，但为了把戏做全，阿里汉德罗必须显得这结论是经过了集体决策。现在，会议室的风向已彻底倒向了 FRAN 一边。

倒是阿瓦罗若有所思，问：“那如果再让华兴改一点技术方案，满足稳定性要求呢？”

“哪儿有这时间！”Telecell CEO 赫克托又走了进来。他重重地一锤定音。

技术标分数在 2 个小时后内部通报，最终，FRAN96 分，华兴 79 分，诺阿 67 分。华兴先输一局，赫克托很满意。但华兴一旦商务标上有巨大优势，还是能威胁 FRAN。而赫克托无法控制商务标，商务主要由集团 COO 和 CEO 两方的代言人——阿瓦罗和集团 CFO 凯罗尔两人，在明天 8 月 23 日完成打分，而最终，巴拿马项目花落谁家将于 8 月 24 日揭晓。

只剩两天了。

16

报价单上，华兴 8800 万美金，FRAN 1.2 亿美金，诺阿 1.4 亿美金，华兴优势最大。

凯罗尔最近很头疼。眼下集团开支越来越大，又有“下一代4G网络”的大头，还要面临互联网企业如Whatsapp、Skype、Viber和Line的降维打击，又面临来自欧洲的Telefonica和MIC两大跨国电信的夹击，还有美国华尔街对股价的要求。她只能到处砍成本。

从办公室租金、差旅标准，甚至连打车报销都开始削减。而每一个项目，她总希望能少做就少做。至于巴拿马项目，她内心是极力反对的——一个严重地震中的海地足以把美洲电信拖进泥潭了，再搞一个巴拿马的“交钥匙”，真疯了吧！

她狐疑着，甚至愤慨：卡洛斯家族是不是糊涂到不知道自家账本了？因为这背后牵扯的绝不止1亿美金，任何一个新建网络都是一笔巨资，竞标报价只是第一期，之后还有二期和三期工程，以及日积月累的维护费，这还没包括购买电信牌照、租用频段的巨资，以及建立巴拿马分公司的行政成本和网络营销成本。一个网络的收回成本要很久，而她像一个奶水不够的母亲，可到处都是要奶的孩子，不给奶就闹，她累得疲于奔命。

当技术标结束后的3小时，8月22日下午3点，商务讨论被阿瓦罗安排在了美洲电信总部。

“我还是这个观点，价格高一些，但更稳健。”阿里汉德罗在会上说，避免纯低价导向。

“任何项目都要有预算，但这项目在预算外，我没法挪太多钱。”凯罗尔含蓄地表态。

“华兴毕竟是一家中国公司，质量……”阿里汉德罗再次强调着，“我们要一次性把事情做对，以我的管理经验，不能只看CAPEX[1]，我们若能减少维护，你就可以省掉未来每年的OPEX[2]。”

凯罗尔冷笑了下，说道：“前提是，我们还顾得上未来的话，可现在我们还在发行企业债和银行贷款，并做递延分期呢。”她也开始强势起来，如果谁都动动嘴就能要到钱，那CFO这活她就别干了。

她的立场鲜明，能便宜一分钱也好。

1 Capital Expense的缩写，即投资成本。

2 Operation Expenese的缩写，即维护成本。

“你不担心中国人先低价中标，然后在后续施工中，再逐步提价？”阿里汉德罗质问，“而且中国人这种靠大量补贴来换取市场的做法，是做不久的，对我们网络的持久维护也不利。”

“这是工程部的责任，你们得管好供应商。”作为女强人，为在职场高位存活，她比男人更冷面无情。

阿瓦罗悄悄用拳头抵住嘴，喉咙轻咳了一下——女 CFO 的话已经得罪了他，因为未来实际营销管理和工程交付，其实都由阿瓦罗和 Comcell 调来的劳乌的事儿，而非阿里汉德罗。

阿里汉德罗继续对 CFO 加压：“凯罗尔，你们女人为什么买新车，而不买二手？不就是你怕质量差的车出问题吗？一分钱一分货！”

CFO 可不好对付：“正因为我们女人不懂，所以才有了你们男人的工程部门，如果你也需要花高价买平安，那你存在的价值呢？我倒建议，把工程部门也改外包吧，这样能省成本。”

场面有点僵，阿瓦罗得出手劝劝：“那就让 FRAN 和华兴都进入第二轮吧，透点风，先让它俩互相倾轧，我们再作定夺。”

当日，即 8 月 22 日，晚上 7 点，阿瓦罗在 COO office 召见了西蒙和臣享。阿瓦罗没有分开会面，反而故意把两位竞标者叫在了一起：

“两位，下一轮我要求双方至少降价 20%。”

臣享一惊，这完全打乱了节奏——原计划降低 35%，必须在 CEO、COO、赫克托三方中妥协，现在光是阿瓦罗第一轮便吞掉 20%！

“这太多了吧。”西蒙也喊了出来。但臣享很警觉，这不排除是西蒙故意喊给他听的，好让华兴中计不肯降价而 FRAN 降价，不过他很快反应过来，不如双方一起给阿瓦罗施压，看看阿瓦罗的反应，同时也给西蒙放烟幕弹。

——“是啊，确实太多了！”

“哦？”阿瓦罗双手十指交叉，手肘撑在桌面，衬衫没有一点褶皱，透露出一种严整的威严，“那么，不降 20% 者，将会出局！”

他的微笑寒冷彻骨又不失礼节，城府令人难测。“两位抓紧时间吧，”他看了看手表，起身送客，“还有 5 个小时，8 月 23 日凌晨零点交第二轮报价，如不及时交新报价也会出局。”

当他把两人送至办公室门口时，再一次说道：“两位，请不要怀疑我的决心，诺阿本是我辖区哥伦比亚、秘鲁和厄瓜多尔的主要供应商，我已把他们清场了，所以，我对你们也不会留情。”

这一句话，令臣享和西蒙都感到阿瓦罗是玩真的了。

臣享与西蒙同路但无语地离开美洲电信，彼此互相揣测。等西蒙搭上 FRAN 的专车时，臣享叫了一辆门口的出租车，对司机说：“Vamos a Hospital de San Angel（西语：去圣天使医院）。”

20% 以下就一定出局吗？不一定的，只要两家都不出到 20% 就行了！那降低到 20% 以上，一定不出局吗？阿瓦罗也没有保证过！还会有几轮，也不知道？

车飞快地驶上环城高速，臣享摇下车窗，让风把自己吹得清醒些，他知道 FRAN 一向有自己的价格节奏，不参与无谓的价格战，那华兴该不该把牌一次性打掉呢？可面对阿瓦罗布下的“囚徒困境”，臣享很难定论。

他的手机响了——阿瓦罗打来的：“阿曼多提醒过我，要在巴拿马 Clara 用我的人。作为回报，我想私下还给你个消息——技术标上，你们在技术标里落后了 FRAN 不少。”

“谢谢，我知道该怎么做了。”臣享嘴上感谢，心里却一凉，他不是因为技术标落后而焦虑，那毕竟能用最终低价来缓冲，而是阿瓦罗的伪善实际是逼他还一份人情，降价的节奏变得没有商量余地。

阿瓦罗挂了臣享的电话，转头就给西蒙拨过去：“我想告诉你，华兴会同意的。”他从不忌讳“吃两头”和“告密者”的手段，压下价才是他的功劳。

40 分钟后，8 点 30 分，臣享到达圣天使医院。Jacob 在一间单人病房里，环境不错，像一个宾馆，有电视，有沙发，有独立卫生间，却又有一点孤零零的。这几天大家太忙了，除了人力资源部来慰问外，其他人没时间来看。

“雯婷回去了吗？”臣享给他带了点水果。

“刚走。”Jacob 说，有气无力的，显然还没有好。

臣享把东西放在窗边的矮柜上，窗外是圣达菲，这个新区的夜里很冷清。臣享探了探，把窗关上，回头再看床上穿着病服的 Jacob，忽然觉得这家伙很可怜，平日虽然执掌大权、高朋满座，但生病时一无所有，甚至没个真心伙伴。说起来，这家伙的家庭也挺可怜。确实啊，一个男人在海外，永远不懂自我照顾。

“青蒿素寄过来了吗？”臣享问。

“还没，在路上。”

“你缺一个女人，”他给 Jacob 剥片西柚，塞到 Jacob 嘴边，“要不找个老外谈恋爱也好。”

“你想做我的女人吗？”Jacob 无厘头地打岔。他还不能说自己和小玲的恋情。毕竟两位高管之间的恋爱是不合适的，有一位必须离职或转岗，他自己不愿离开岗位，也还不愿让小玲牺牲。这些事，等巴拿马的事告一段落后再细细商量。

臣享摇摇头，真是孺子不可教：“没有女人的中年男人，死亡率很高。”

“哈哈，那等病好，我们就看脱衣舞去，释放你的荷尔蒙，”Jacob 顾左右而言他，“怎么，这么晚找我，不会就这事儿吧？”

“是阿瓦罗关于报价的事情。”臣享说。

Jacob 躺着，平静地听完臣享的分析，忽然笑了：“臣享，你的优点就是心思缜密，比我洞察能力更强，但缺点就是总想太多，而我呢，总被逼到只能一步步走。但我心里没什么怕的，只要不原地停下，那脚下的路总能走下去，而且越走越宽。”

臣享第一次听 Jacob 聊起彼此的区别。确实，相比自己谋定后动的观察分析，Jacob 更有勇往直前的气势。

“既然没有了路，还分析什么？”Jacob 说，“阿瓦罗让我们脱裤子，我们就脱呗！”

8 月 23 日 0 点，即开标前的最后一天，第二轮报价诞生。诺阿弃权，华兴报价 6700 万美金，FRAN 报上来 9500 万，华兴下降比例达 23.8%，而 FRAN 也达 22.5%，这是 FRAN 在拉美第一次进入了价格战。

8 月 23 日早上 8 点，阿瓦罗发来简报。再过 4 小时，商务标就要上会讨论了，除了对“框架合同”的“遵从度”之外，这一次的价格将占据主要比重。

大约 10 点，赫克托走到了 CFO 凯罗尔的办公室：“有人来找你。”他身后出现的正是 FRAN 拉美销售副总裁古斯塔夫。

而 8 月 17 日交标的那个下午，古斯塔夫就来找过她，今天古斯塔夫又来了，他客气地寒暄后，说出了一个重大消息。

“我已经找好了银团，能够做卖方的五年子弹式贷款，”古斯塔夫笑了笑，从皮包里抽出一张报告，“我想第一时间给你这个好消息。”

凯罗尔情不自禁地接过文件，她一看，这竟是 10 亿美金的无抵押额度贷款，无需抵押品，完全靠着美洲电信的信誉。这是古斯塔夫给她送来的一份巨大的功劳，是她找到的低息融资，以解燃眉之急。如果古斯塔夫夹在凌晨的报价单上，那功劳就成了阿瓦罗的，而现在 FRAN 把好处都送给了凯罗尔。

6 天前的 8 月 17 日，当古斯塔夫来找她时，她没当一回事，只觉得他来游说自己别在投票时嫌 FRAN 贵，没想到古斯塔夫真办成了。如今有了这笔钱，她变富了，行事也能更优雅有弹性——是啊，她想，阿里汉德罗说得对，一分价钱一分货，为什么不用可靠性更高的 FRAN 呢？

17

上午 12 点的商务标讨论上，她率先发言：“随着技术的复杂化，比价很困难了，根本不是‘苹果对苹果’‘梨对梨’的对等比价了。纯粹的低价，就像不看合同就买一份更便宜的保险，在理赔时却发现兑现不了承诺。”

阿里汉德罗笑道：“是啊，科技变化太快，即使我们在案头穷尽一切文书检查（paper work），但从实操角度来说，还得选值得信任的稳健厂商！毕竟，信任才是合作中最大的隐性收益。”

说完，他悄悄发了条短信给赫克托，代表丹尼尔的 CFO 已经妥协，现在只要拿下台前的阿瓦罗，就等于拿住了卡蒂纳斯。而阿瓦罗也有他的软肋，只要他们能把阿瓦罗扶植起来，取代 COO office 的一哥安赫尔。

阿里汉德罗开始对阿瓦罗攻心："Amigo！价格不是衡量项目成功的全部，'有效建成'才是。工程要可靠，工期要有保障，否则，劳乌和你会陷入交付的泥沼，恐怕得超过三个月了。"之所以巴拿马标书设定了"三个月交付"的激进计划，正是因为要帮阿瓦罗超过安赫尔和路易斯在海地的进度，让阿瓦罗成功打造美洲电信集团的第一个新牌自建网络。

凯罗尔也点了点头。

"不，这个会议上，我们只讨论商务部分，华兴价格第一，这还有什么好说的吗！"阿瓦罗忽然反水了。

原来，在昨晚零点前，圣天使医院里，臣享制定的华兴新一轮报价里，还新增了一些附加条款的顺从，把所有好处和甜头全都一次性让给了阿瓦罗，这让阿瓦罗觉得还有空间。

"十年内，免费维保"——这一条原先华兴要羊毛出在羊身上的，但华兴让步了。

"第二、第三期的网络优化免费"——这一条，华兴主动提出。

"初验终验、验收标准和付款协议"——原本要守一守，但还是让了。

更关键的一条，"华兴愿意向美洲电信提供20亿美金的'卖方信贷'[1]，并进行细节磋商。"

华兴总部，有中国国家开发银行100亿美金的卖方信贷的授信额度。当华兴认可该客户时，可以由华兴的融资管理部和国家开发银行共同决定后，一起审批发放额度。

而20亿美金的额度，这一笔原来是用于4G投标，以及全面突破时用于包括手机、上网卡等终端消费品。而这件事，曾在两周前的奥运会早餐会时，经过了墨西哥大使馆和商务处的共同讨论，将作为中国国家领导人出访时送给拉丁美洲的一个承诺。

昨晚，Jacob让臣享把这发子弹也打了出去。

同样也是在8月17日，臣享在美洲电信前的Taco摊边，看到古

1 卖方信贷，由乙方牵线并提供给甲方也就是买方的贷款。

斯塔夫和CFO凯罗尔在大门口徘徊，他就察觉到些什么。后来他赶去医院跟Jacob谈过这个细节，经验丰富的两人都意识到了FRAN一定启动了“卖方信贷”，以纾解刚发布的美洲电信今年二季度财报上暗露出的现金流紧张。

此刻，香港机场一架赶往墨西哥城的飞机上，坐着华兴融资管理部的员工和国开行专员，随身带的除了贷款协议和尽职调查资料以外，还有给Jacob的特效药“青蒿素”。

当古斯塔夫把10亿美金的授信给了凯罗尔，华兴则决定把授信送给阿瓦罗，阿瓦罗十分开心，他的利益最大化了。凯罗尔不会把FRAN牵线的“子弹式贷款”摊到巴拿马，但阿瓦罗能把一切“降价”“商务条款”“卖方合同”都放在面上，实现他巴拿马网络的功绩，这资金甚至能用于4G网络，这更是他胜安赫尔的又一功劳。

阿瓦罗的个性，从来就不会与任何人，包括Telecell或FRAN，真心一伙。

当8月15日，阿曼多在COO office找阿瓦罗交谈时，当阿瓦罗决心夺回巴拿马CEO的任命权时，华兴就考虑押宝在阿瓦罗身上。无论阿瓦罗与Telecell曾有什么瓜田李下，他们的联盟终能被瓦解。

于是，在阿瓦罗的强力主控下，商务标毫无悬念地从条款顺从度、价格、附加协议三项排名，华兴应得第一并未被意外因素所撼动。

已经是8月23日下午5点了，经Telecell技术专家、美洲电信商务专员评议，又由“联席评标委员会”二次商议的评标结论出来了：华兴商务第一，技术第二，FRAN技术第一，商务第二。

这一结论立即交给了美洲电信的最高层管理层之一的COO卡蒂纳斯——他负责重大采购的审批决策。

卡蒂纳斯再次打电话约Jacob：“今晚9点，我们见个面吧！地点还是在十几天前去过的玛莎利克大街上的那家爱尔兰酒吧，你OK吗？”他不知道Jacob已经住院。

Jacob每天要在医院挂6瓶水，从早上7点，吊12个小时点滴，晚上7点才能结束。这几天本是他八年来最宁静几天，有一刻他躺在床上，打开电视，听着风吟，看着病房窗外的蓝天，几只美丽的绿色格查尔鸟[1]停下鸣叫，他心想：就这么病下去该多美好啊。

“OK，我们晚上9点见。”

肝病是最不能累的，而晚上9点，这是医生强制他休息的时间，并警告他不遵照休息会引起肝病恶化。可卡蒂纳斯来电，他还是要去。

他从病房的衣架上，取下了干洗好的西服，这些衣服都是熨烫好的——他让吴雯婷帮他去宿舍拿来的，雯婷曾疑惑不解，但他预感自己有一天会需要的。

他走进洗手间，头上抹好发泥，又系紧领带，噌得踏上布洛克皮鞋。又弯下身给鞋子打蜡。他一丝不苟地打扮，毕竟自己的外形就是华兴的门面。

他照着镜子，上下捋了捋衣服，笑着自言自语：“总裁，还不赖！”

可他刚挪了一步，脚就被勒得很疼。这不是鞋变小了，而是吊太多药水后，他的脚肿起来。不但脚疼，步伐也是软的，走路很飘。而他的脸也还残留着黄疸的颜色，他只好涂了吴雯婷留下的BB霜来遮掩。至于眼白的黄疸色，他只能戴上一副茶色眼镜，希望在夜里不要被卡蒂纳斯看出来。

走到病房走廊，拉美热情的护士们都对他忽然改变的英姿惊呼赞美，但很快护士长走了过来，绝对不允许他外出。他一番奉承护士长的美貌与善良后，写了一张“后果自负！”的字条。

他也没有通知臣享和阿曼多，因为同事们也绝不允许他出去。今晚是他的单独行动。

才站了一会儿，他就觉得有些虚，也有些冷。他只好故作优雅地倚在走道的扶手边，用迷人的微笑，对着年纪最小的护士，说：“美丽的小姑娘，请帮我叫一辆出租车。”

出租车来了，带着些许仰慕感的小护士，推着轮椅把他从残障通道推到了急诊室外的停车通道，把他送上了车：“Jacob，你要小心点。”

车飞驰在夜色下的墨西哥城，晚上还是有点冷的。景色从寂静整洁的新区，开向璀璨热闹的市中心。墨西哥城很大，绕着环城路，车

1 Quetzal，拉美特有的一种鸟类，出现在墨西哥和中美洲的神话中

经过了陌生的平民低矮房子，再经过了花园豪宅，从破落涂鸦的罪案街道，到时尚流光的夜生活区，开了很久很久。

他有点恍惚，这是在哪儿呢？是在南苏丹的喀土穆？是在越南的西贡？是在泰国的素坤逸？是在约旦的安曼？是在哥伦比亚的波哥大？还是在中东的迪拜？直到司机电台里播放起墨西哥的马利亚契音乐，他才回到了现实，自己怎么竟有点不知家乡在何处的落寞。

他只是静静地欣赏着夜景，也不知多年后自己又会在哪。他变得少有的安静，或许是连日的静养也退化了他的语言。

“到了，先生！”司机给了他一张发票。

他掏出钱包，重新潇洒地振作了起来。他不能让美洲电信知道自己倒下了，因为卡蒂纳斯和丹尼尔目前对华兴的信任更多是基于对他个人的认可。如果自己生病，这样华兴和美洲电信的合作就会增加不确定性。

车门一开，耳朵炸开，一阵音响轰鸣突袭而来。哦，想起来，今天是周六,一周最热闹的时候！可他的身体状况，一点轻微的声音就晕眩不已。

要倒下，也得等过两年。现在，自己赶紧“燥”起来吧！他穿着裹脚的布洛克鞋，迅速而稳健地走了进去。就像他第一次去时一样，他像一个巨星，再一次引起了俊男美女们的关注。一张桌边，那个金色的男人正在等待。

“Amigo！”卡蒂纳斯主动站了起来。

“Amigo！”Jacob 用墨西哥熟人之间的“拍肩礼”，拥抱了他。

这个火树银花的夜晚，Jacob 努力地保持着状态，也保持着欢笑，尽管身体不适，他还是喝了点酒。双方谈得很融洽。快要离开时，卡蒂纳斯问他再要一次降价，Jacob 很坦诚地告诉他能降低 1000 万美金，底价是 5700 万美金，这是他作为朋友之间的信任，如果卡蒂纳斯全拿走，那之后，包括丹尼尔或赫克托都不能再压价了。

卡蒂纳斯对 Jacob 这份直率很欣赏，至于那 1000 万美金，他理解，那是留给元老们的。他的内阁阿瓦罗呈上来的评分，他朱笔一批即可。但皇帝背后还有太上皇，影响力巨大。

“你留着吧！”卡蒂纳斯说，他和 Jacob 一样，也是行动派，真正的行动派都不怕风险。他拍了拍 Jacob 的背，“我相信你，你能‘说到做到’！Jacob, Don’t let me down!”，他把酒一饮而尽，披着西服扬长而去。

这时已是午夜 12 点，最热闹的时候到了，但直到两人分手，COO 也没有发现 Jacob 的异常。Jacob 才喘了一口气，摸着腹部，在酒吧门口打着车，像灰姑娘一样赶回医院。

而另一边，丹尼尔在 ZOCALO 大广场一间私人酒店的行政酒廊，约了帕特里克。

“现在技术和商务，你们的比分是 1∶1。”集团 CEO 丹尼尔说道，他给了 FRAN 最后一次机会。

帕特里克迟疑了一下，反应过来后道：“我能承诺你的是，我们一定比华兴交付得更好，保证工期和质量……”

丹尼尔点点头，他知道无论说什么，帕特里克的言下之意都是不愿再降价了。他点点头，双方点到即止，保持着绅士之间的礼仪，大家转而吃起了 Tapas，喝了会儿小酒就结束了。

自从危地马拉系统后门事件，丹尼尔心中对 FRAN 的隔阂就没消除过。他并不怪罪帕特里克，但有些事情是隔着一层窗户纸，不点穿没事的，可一旦破了就会有心结。

“买单。”帕特里克招呼着，准备付钱。

“我来吧。”丹尼尔说道。

帕特里克并没有抢单，然后各自离开了酒店。丹尼尔的车停在下面，白手套黑西服的司机见他下来，连忙为他打开车门。丹尼尔看着漂亮的墨西哥大广场，说：“让我一个人走走。”

广场上人很少，风也有些凉，他沿着几百年的石子路，回想起半年多前，在巴塞罗那的夜晚，帕特里克和他真是亲密无间啊。也许，是时候引入华兴，做 Multi-Vendor（多供应商）来平衡住 FRAN。而帕特里克刚才拒绝了自己的请求，在当下场合是极不合理的。

也许是 FRAN 想把这折扣留给三位元老吧。嚯！他苦笑，这就是帕特里克的个性。

他看着广场的四周，那里有着拉美最大的主座大教堂、百年的总统府、阿兹特克神庙遗址，这些都是墨西哥的最高权威。既然，帕特里克把我当作弱势的领导人，认为我害怕顶上的太上皇。那好吧，如果真这样想的话，我便决定要逐步展示属于自己的力量。

既然华兴的价格也便宜，交付态度又好，愿意在地震一线去拼。好吧，试试吧。

18

8 月 24 日一清早，8 点钟，卡蒂纳斯在集团内部批准了华兴成为“巴拿马 Clara 新牌新网交钥匙”项目的中标者。这笔投资的数额并未达到上亿美金，流程上无须集团 CEO 复核，直接可以生效。卡蒂纳斯以个人名义给 Jacob 的邮箱里发去了一份“Letter of Intention”（意向书）。

9 点 30 分时，丹尼尔特意将华兴最近在巴拿马、海地、哥伦比亚和危地马拉的项目合并一起，以 CEO 的名义做了一次集中审批，并要求集团采购部部长弗朗索瓦将项目报告专门改成了一份小型的合作框架协议。秘书玛莉亚调出了他的电子签名，粘贴在给华兴的电子文档里面——这是 CEO 的背书。

可董事会决定召开临时会议。普拉多秘书的电话来了，要求下午 1 点 30 分去普拉多的那间简陋的办公楼。董事会成员要对投资负责，他们要听一听为什么选华兴。

董事会成员一共是 13 位。

前四位：丹尼尔与赫克托、普拉多和萨利纳斯三位元老，这些成员是直接参与业务的。

中四位：一位是卡洛斯的亲兄弟，一位是卡洛斯妻子的家族成员，另两位是卡洛斯的大小儿子，这是家族人员。

后四位：全部是外人，两位独立董事，一位是前任州政府高官，一位是大学者兼律师事务所合伙人，还有两位是两只基金的财务投资者，这是代表公共投资者。

而最后一位才是卡洛斯本人——董事会主席。

会议主讲是COO卡蒂纳斯，而集团CFO凯罗尔、CTO肯、阿里汉德罗、阿瓦罗则在外待命。下午1点30分～3点，这本是墨西哥人的午餐时间，而今天有比吃饭更重要的事。

这间简陋的办公室里，卡蒂纳斯站到台上演示，由于是临时会议，董事没到齐——“后四位”是电话连线的，他们是外人，本身话语权就很弱；“中四位”里只有一位卡洛斯的哥哥参加，这些家族股东还负责家族中能源、航运、零售等其他产业，电信不是他们的主业，只是互相对对方业务做交叉持股。而卡洛斯已不参加这类决策，所以现场一共就三位元老、丹尼尔、一位家族成员，以及通过电话连线的四位“外人”。

卡蒂纳斯一边阐述说明，一边观察：在场的两位独董是花瓶，他们不会发声；两位财务投资人只关注成本与ROI，兴许对华兴的便宜而愿意一试。至于那位家族成员，虽知道普拉多是和卡洛斯一起长大的朋友，但又不愿意和身为亲戚的自己闹，所以也不会当场表态。所以最难的就是三大元老。

“便宜，但没有考虑风险？”他的岳父普拉多开始发问了。

然而风险有很多种，到底是哪一种，答错了就会被抓小辫子。

“有，一定会有！但风险和回报是一体的，”年轻的COO完全放弃了防守，转而进攻道，“前十年，美洲电信发展很好，但现在面临了危机。有电信服务的同质化；有欧洲电信集团的顶层压迫；有拉美本地小运营商的价格绞杀；有建设方向错误的浪费；有资源和覆盖的矛盾；有政治和商业的多重挑战。大家都说要改变、要创新，但如果大家只是安安全全，不伤筋、不动骨，喊喊口号，那可能实现吗？”

他打开图片，展示着一系列华兴提过的方案：

墨西哥偏远地区用的Boyko；

危地马拉解决站点难的“All on Pole（全挂杆，杆子站）”和LampSite（路灯基站）形态；

哥伦比亚连接政府区和反政府区的卫星基站；

智利的沙漠、矿区和南极地海事的救援方案；

又是巴塞罗那展上划时代的“All in 1”基站；

以及“All in 1——模块级融合 SDR 技术”；
还有这一次巴拿马主推的分布式基站。

“有一些新产品诞生了，大家对它有质疑，但它能解决我们子网细碎的需求。一个小小的改进，都是战略落地的手段。”这位从一线出身的卡蒂纳斯停了下来，深吸一口气，把手敲击在桌台上，“我们想问大家，我们是真有勇气去改变现状，还只是说说；是依然沉醉在往昔里，还是打破樊笼和依赖？”

众人看着这个金发的美男子，他热情洋溢、激情充沛、精力旺盛，但那种过度的慷慨激昂，又让沉稳的老人觉得他过于轻率。可他从不管别人的眼光，继续讲道：“我们都怕犯错，因为畏惧风险，但只有等你踏出了这一步，才发现这一步反而让我们多了新的手段。所以，我们应该拥抱变化。”

这一刻，他的精神就像 Jacob 附体一样。赫克托摇摇头，凑在普拉多耳语道：“这孩子有点偏激了啊。”

普拉多听着正负两边不同的话。只是他这一次不再固执于任何一方，他既不会轻易答应华兴，但现在也不必拒绝华兴。在海地和智利地震后，他不免联想起年轻时经历的 1986 年墨城大地震，那是他心中隐痛。他下定决心想检验一下华兴的能力，听到公正的评价。

刚才普拉多的问题，其实很单纯，一点没有刁难。他是真的怀疑华兴有没有能力去交付两大“交钥匙”工程，可不要毁了项目。

“嗯，他是有点偏激。”普拉多不想和老伙计赫克托不和，而且他也认为自己的女婿太癫狂了，真不知道那个叫 Jacob 的华兴人给他施了什么神秘魔法。

“一个官僚的人从不冒风险，因为他们不考虑 3～5 年的事，因为他们怕犯错，但我不怕。”普拉多看着还滔滔不绝的卡蒂纳斯，那样子又有一点卡洛斯年轻时的英武胆色，敢于逆势抄底。是啊，当年选中他来培养为应对集团潜在危机的 Plan B，不正是因为他敢闯又有手段吗？如果一个不偏激的人，一个不矫枉过正的性格，是不可能成为像美洲电信这样庞然大物的逆转乾坤者。这正是守成的丹尼尔所不具备的。

“你谈了很多，但如果你的备案控制不住风险呢，真的犯大错呢？”赫克托问。

“如果我失败的话，”金发美男子停顿了下来，回想起昨夜酒吧Jacob回他的那句“I will not let you down!”，毅然押上了赌注，“那我承担对变革失败的一切责任！”

“嗯……”普拉多发着似认可的喉音，他不再像上司对待下属，而如长辈看待后生般，变得慈祥与宽容，那几位独董自然也附和了。

赫克托发现形势不太好，调整方向表示：“同时开展两个‘交钥匙’项目，也许资金上会……”

忽然董事会席位上传来一句话，“确实还需谨慎些，但凯罗尔做了投资分析，总体我们赢面还是大的。何况我们还多了一笔‘子弹式贷款’。”是丹尼尔发话了，“山雨欲来，趁现在有钱，我们要赶在风暴前修好城堡！”

丹尼尔上午刚批准了四国打包的框架协议，怎能撤回？他受够了赫克托主导的Telecell始终凌驾于美洲电信之外，他更不允集团CEO的地位受到子网Telecell CEO的挑战。

赫克托一愣，昨天由古斯塔夫牵线给凯罗尔的银团“子弹式贷款”，竟然成了今天反噬的一招。他明明扔给了丹尼尔一个糖衣炮弹，结果丹尼尔把糖衣吃掉，把炮弹又扔了回来。

三大元老的另一位，萨利纳斯也是美洲电信集团的监事会主席，CFO原则上并不向CEO汇报，而应对公司监事会负责。所以他能对凯罗尔的判断有遏制权。现在的局面，让他感到意外，虽然萨利纳斯也愿意给华兴机会，但翅膀硬了的少壮派的表现太自以为是，令他顿生恶意：

“综合来看，我觉得和美国人做交易，对我们的银行系统、离岸金融系统、融资管理、运营安全都有很大的好处。此外，在NAFTA协议框架下，美国和墨西哥之间的交易常年处于逆差，美国财政部的贸易代表对美墨逆差的意见很大，如果我们采购美国的产品，能够减少逆差，有利于在营商环境上获得国内和国际的支持。而买中国产品，你们知道最近美国对中国的制裁……”

萨利纳斯从集团顶层安全的高度出发考虑，此话一出，力量十足，就像从天而降的空袭，打得少壮派绝无回击之力。而两位财务投资的董事听不懂卡蒂纳斯展示的新电信技术，但能听懂这条，表示非常认可。

“如果连采购这种小事都不能自主，还要考虑到美国这么高的层面，那谈什么变革，”卡蒂纳斯毫不畏惧，重新开火，“离天堂太远，离美国太近。”

“什么？”赫克托勃然大怒，这话伤了他的自尊心，他仿佛被人抽了釜底之薪。

“这样吧，我见一下华兴再定！”普拉多说。大家眼下根本不需要为一个项目就内部打架。他对卡蒂纳斯的执着有些疑惑不解，他本想了解一下华兴，既然两边都不够公正，他有自己的主意，“帮我今晚安排和华兴见一次。”

就这样，原本应该中午宣布的事情，一直拖到晚上还未决定。

翡翠大厦里，大家等得心急如焚，以为没戏了。事实上，吴雯婷这几日在医院里陪着 Jacob，作为秘书，她直接处理 Jacob 邮件。早上 8 点，她便收到卡蒂纳斯发来的 Letter of Intention（意向函），抑制不住喜悦，把昨晚疲劳的 Jacob 吵醒了。

Jacob 看着这癫狂而可爱的女孩，让她先不要对内发喜报。他预感着 CEO 和 COO 都无法真正决定这次投标的结果。直到下午，他收到了卡蒂纳斯的短信，要求他今晚去 Condesa 区的一家墨西哥餐厅——那是在墨西哥女画家弗里达的故居边上。

短信写道：“没有旁人参加，就你和普拉多。记住，这是一场非官方的私下碰面。”

chapter 5
最后的谈话——海外使命

1

Jacob 第一次见普拉多，觉得他简直就像演《教父》的马龙·白兰度，一种深邃的 Old Money 味道。Jacob 并不擅长与比自己大很多的“老钱”交往，因为他们见多识广、他们的思维属于上一代人，经历许多而变得谨慎多疑，甚至固执。

普拉多是拉美的风云人物，段位极高，常与政要们出席活动。Jacob 也不知道该用什么姿态去见，是对等，还是卑微?

Jacob 到了这个旧居，门头是一个雅致的紫色花环，里面场地不大，但充满了浓郁的旧墨西哥殖民地风格。走进去，墙面是黄色的，再往里走，墙面涂成了墨西哥典型的土红色，这是用一种吃龙舌兰的虫子的血才能染出的颜色；屋子中间有一片天井，布置了绿植，地上铺着黑白瓷砖，四周是罗马式的拱形走廊，这是西班牙地中海建筑到了拉美的变体；天井有一个楼梯通往二楼，二楼大厅墙上的条纹也有着 100 年前的风情，这些花草、铜器大炮和雕饰也都是殖民时期的。其中一面墙都是墨西哥 20 世纪 30 年代留下的“新壁画运动”的杰作，另一面墙挂着的画是弗里达和她的丈夫迭戈·里维拉的作品，还有几张合影时这两位文化人与毕加索的合影。

他看了看，这个地方不像有些高档餐厅那样后现代感，它更散发着浓烈的老派墨式贵族气息，是老一代人喜欢的。

“这边走。”一位女侍者为 Jacob 引路。

几张小方桌放在天井边，上面铺了洁白的餐布，穿着黑白色的老侍者似乎与普拉多很熟，他们没有隔阂地交流着，虽然阶级差异巨大，但热情的墨西哥人总免不了不停地说笑。

“普拉多先生。”Jacob 伸出手，他没有选择说西班牙语，初次见面，那会显得既轻浮又卑微。

普拉多的桌子上，有一盆牛油果和油炸玉米片 Nacho。这种叫作 Guacamole 的平民食品，他已经吃了很久了，还有蘸着的红色、绿色、紫白色的三种酱料。

“哦，Jacob 先生，”普拉多拿白布擦手，瞟了 Jacob 一眼，坐着与他握手，“你是不是生病了？”

普拉多只用一眼的余光竟然看了出来了 Jacob 的乔装，阅人的眼力可见强大，但他依然一声不吭继续吃着：“吃一点吧。吃饭比什么都重要，恢复你的健康。”他的英语中也是老一代墨西哥的发音。

他又点了一杯 Mezcal（梅斯卡尔酒），其实就是在龙舌兰这种烈酒里加一条蠕虫浸泡。他喝了一口，墨西哥人的酒量都很大，而他似乎更大，也许他年轻时候是个很凶横的人。

Jacob 看了一下菜，油炸 Nacho 和虫子烈酒肯定伤肝。但这是普拉多临时给他的挑战，Jacob 一口就干了下去。

普拉多抬起了头，放下了手上的食物：“你很像我女婿，难怪他很信任你。”

“何以见得呢？”Jacob 笑着问。他猜测也许是他拼命三郎地吃了这些医嘱中的“违禁品”。

但普拉多的判断识人并非 Jacob 所猜，普拉多刚才与他握手的一瞬，就感觉到了 Jacob 的反骨，像是算命中的“称骨术”般，“年轻人，不要怀疑任何一个老头的阅历，哪怕他老得其貌不扬。”老头擦了擦手，指挥了一下，让厨师上正餐，“Aracherra 牛肉，五分熟。”

“好的，先生，我们老规矩，嫩一些。再加一份蚂蚁蛋吗？”

“呵呵，你最懂我。”普拉多点点头。

老侍者笑笑，便腾出空间，只留下这两人交谈。

“知道我为什么把你叫到这里来吗？”普拉多喝着杯中的矿泉水，那是安第斯雪山融化的水。

“抱歉，不知道！请您指教。”Jacob 很配合。

“这里在我小时候不是这样的，后来变化了很多，做了点改造。”普拉多环视着这个熟悉的环境，说，“卡洛斯家族的商业帝国，最早就是在这里发迹——他们在这边开了一个糖果杂货店。哦，准确地说，是卡洛斯的父亲。他是一个黎巴嫩移民。”

“嗯……是这里吗？”Jacob 有点意外。他在来墨西哥的飞机上读过《卡洛斯传》——当时是一战后，“西亚病夫”奥斯曼土耳其帝国土崩瓦解，其统治的中东北非地区立即陷入了混乱，军阀、部族酋长、英法帝国的代理人纷纷崛起。为了逃避灾难，卡洛斯家族的前辈来到了这里，其实他们是一战的战争难民！

Jacob 重新看了看整个环境，原来今天的世界首富就是在这里长大的。那他们是受到什么教育？又怎么从 0 开始，白手起家？这是传记里不会写到的。

“我知道你在想什么，”普拉多喝着阿兹特克玉米汤，眼神能透过万物，“他崛起靠的是什么，对吗？”

“一个世界首富的起源故事，总能让人好奇的。卡洛斯先生一定有很多与众不同的品格。”Jacob 像一个学生般恭敬。

“好吧，”普拉多语气一下子慵懒了，斜瞥了下 Jacob——这个恭顺的中国人没什么与众不同的点，令他有点失望，“在这个地方，其实最初是他父亲的一个黎巴嫩难民聚会议事的场所，后来是马龙教派[1]做礼拜用的会堂，等卡洛斯出生时，他的父亲已是黎巴嫩商会的会长、墨西哥城荣誉市民，这里就成了商会会所。”

Jacob 在中东北非工作过，他听闻当地人说：世界上与犹太裔商人齐名的，就是黎巴嫩裔商人。黎巴嫩在以色列北面，自古叫腓尼基，经商能力很强，是驰骋于地中海的贸易民族。即使到了今天，黎巴嫩饱受战乱破坏，可中东富有石油的沙特、科威特和卡塔尔等国，还雇用善于经营的黎巴嫩人作为职业经理人。

1 黎巴嫩特有的基督教派分支。

“卡洛斯的父亲和叔叔们，给他留下了不错的基础，而他也在上世纪 70 年代把握住了时代变化的机会，我们一起投资了金融、机械土木和零售等业务，那正是拉美蓬勃的黄金时代，我们做得很不错。”普拉多是卡洛斯的同学，上世纪 70 年代为卡洛斯立下了汗马功劳，“而八九十年代的事，你应该已在书上看到过吧？”

面对普拉多的霸气质问，Jacob 只能尴尬地笑笑，插不上话。他确实记得书里介绍过，那一段时间，拉美陷入“债务危机”。“拉美经济陷阱”“中等收入陷阱”等术语也是那时被发明的，泛拉美国家陷入了剧烈的倒退，财政崩溃。而美国财团就开始了对这些国家“剪羊毛”，大量国有资产被私有化，而卡洛斯却眼光独到，在经济危机中抓住了机会，抄底收购了海量的优质企业，跻身墨西哥一流财阀。

只是让 Jacob 不解的是，为什么当年拉美富豪都无法避开这一轮“债务紧缩”，而卡洛斯不但完美避开，还攒够了“弹药”进行收购，在这一轮中迅速膨胀？

“好了，我介绍过了，轮到谈你了。”普拉多打断了他的思绪，语气变冷，“我听说你一到墨西哥，就很狂傲，到处说你一年内一定能和美洲电信做生意，是吗？”

风云突变，让 Jacob 反应不及。

“老实说，我很不喜欢你这种说辞，与墨西哥人交往，需要讲‘Respect’。”普拉多语气越来越重，他的眼睛眯拢，像老鹰般锐利凶狠。他的手下意识地做了一个姿势，就像鹰爪要切开 Jacob 的外壳。而 Jacob 只是一只骄傲的公鸡，被老鹰凌空抓起。

“你现在在拉美乱钻，干一些‘脏活’，最后一刻搞到了‘4G 门票’，是不是很得意，快要实现自己的期许了吗？哦，对了，我听说了一句流言——‘Jacob 说到做到’。”

Jacob 低声解释道：“我们提供给客户‘Multi-Vendor’（多供应商）的价值……”

“你能给我带来价值？”普拉多摇头打断他，“你想和我们做大生意，但你根本没有什么对等的价值。无非就是‘低价’和‘免费’这些狗屁。”

牛排已经端了上来，主厨亲自上菜并介绍菜，可主厨察觉了什么而分外紧张，一言不发放下就走了，而Jacob在那边呆若木鸡，他想了一会儿，正准备反击："但是……"

"不用跟我解释，"普拉多一把顶回去，仿佛是故意在伏击已经倒地的Jacob，"我知道低价是怎么玩的，低价……"他是世界级商人，一生用过的商业手段不计其数，"低价谁都撑不住，只会妖风邪气，劣币驱逐良币、破坏市场。而你们始终是在扮演一个破坏者、搅局者。"

"不是的！"Jacob不自觉地喝了不该喝的酒精，试图给自己壮胆还击。

"2000年左右，我见过你的CEO——傅山。"普拉多情绪瞬间收住，他一边低头切着牛肉，一边用不经意的口气说，"他也承认。"

"哦？"Jacob十分意外，那时华兴还很小，只在国内市场，没有海外业务啊，天涯两边，这两人怎么碰到的？

"那时，他的企业，也就是你们的华兴快要撑不住了，而我们考虑是否收购华兴。但他让我很不满意。"普拉多一直是个收购高手，自然也就成了谈判高手，他的话句句都很有力度，压制着对手，包括今天面对的Jacob和多年以前的山总。

对Jacob来说，这话是惊天消息。他知道2000年，曾有一场严重的IT泡沫，是行业的冰川期，很多美国互联网的科技股都暴跌到1美元以下，要是它们能活到今天恐怕如今就不是Facebook和Google的天下，而许多伟大的电信公司和通信科技公司也都因高负债率而破产。

那时，还渺小的华兴也遇到了一场冬天，这些Jacob都知道，但他不知道，卡洛斯竟然差点收购了华兴。

"我记得就是那个IT泡沫时，美洲电信开始组建并在全世界频繁收购的吧？"Jacob问。

Jacob开始把零星的讯息连成逻辑线，那时卡洛斯抓住了第四次机会，再次在行业危机时逆向收购。但这一次，卡洛斯从墨西哥一举登上了世界的舞台，在全球寻找投资猎物，甚至有了与"日本软银"的投资美誉。而也正是这一次，美洲电信投资收购了拉美17国运营商，与英国沃达丰、德国T-Mobile、西班牙Telefonica、法国Orange、沙特STC等一同成为了世界顶级的跨国运营商。Jacob意识到，卡洛斯成功的秘诀是不断地在危机中抄底。

卡洛斯也从此奠定了世界首富地位，他的眼光没错。全球富豪们也仿效了他，投资电信业，亚洲首富李嘉诚有了和记黄埔，印度首富穆克什拥有了 Reliance（信实电信）。

“对，我们就是在那时候加速了，但并没有选择收购华兴，”普拉多放下了刀叉，“那是在美国西雅图，傅山参观完几个美国公司后，我们碰面的。我记得他那时很窘迫，英语也不好，想要向国际公司看齐却做不成，而在中国国内也没有什么靠山，还连续错失了两个机会。这给我感觉不好。”

作为华兴第一批前往全球市场的员工，Jacob 知道华兴也就是在那个行业紧缩的时期，迫于资金的压力，缺乏国内项目而出海的。与美洲电信的主动出击不同，华兴是被迫走向全球的。一正一反，相形见绌。

“后来，我看了一下傅山前几年里的销售、财报和战略投资，发现他已经浪费了太多钱。”他拿出一支烟，老侍者走过来，用火柴为他点燃，然后又走开了。

Jacob 听过老华兴人的创业史，那时的华兴已在 2G GSM 上投入了十几亿研发经费，多少研发工程师、销售工程师付出了心血、努力和泪水。就在华兴获得了全套设备的入网许可证时，中国的 GSM 格局已被外国公司瓜分。研发打拼了八年，华兴在国内无线市场上没有多少份额，连成本都收不回来。2G 的时机已经错过了，华兴又在对待小灵通、对待联通 CDMA 的研发上出了错误，连番踏空。然后，华兴在 3G WCDMA 上又展开了更大规模的研发和市场开拓，以每年近 10 亿元的研发投入坚持了好几年。然而国内 3G 项目一直因出于某些政策大局的考虑，拖着不发牌照，因此收不回成本，华兴不得不到海外寻找生存的空间……

“我就问傅山想怎么办，他说继续做下去。我又问他要改变策略吗，比如聚焦一些，砍一些项目，甚至灵活一些采用阶段性产品，比如小灵通。他却说坚持不变，一定要对标国际 3GPP 的标准 3G WCDMA。我非常失望。且不说能否做成，要花多少钱，就算你把 3G 产品做成了，你又怎么卖出去？中国本土几年内卖不了的，你去国外能卖吗？”

普拉多继续说：“以我对电信业的理解，全球供应商格局早已形成，你一个外来的中国公司根本没戏，你怎么和西方积累了品牌与技术长达几十年的巨头竞争？此外，电信行业最讲究系统的可靠性和稳定性，CTO不一定要省你这笔钱，但用你，必须冒你良品率低的风险，因此运营商需要你有大量在网服役的Reference才能信你的实力。可这又是个‘先有鸡还是先有蛋’的问题，谁会第一个用你？他最后想了很久才说，恐怕要采用超低价甚至免费策略，才能撬动第一批生意。

“我说电信业要求很高，只有那些最穷的电信公司才会贪小便宜而昏聩地豪赌一把。而且便宜没好货，大家对中国货的口碑也很害怕了，所以我劝他必须调整方向，也避免与比他体量大上百倍的巨头正面对抗，但他不听。”

那时，相比普拉多精明的成功投资，山总像个一错再错的糊涂蛋。

一根烟抽完，普拉多摁掉烟头道：“没办法，然后我只能问了傅山一些问题，让他说说华兴的‘护城河’是什么。”

Jacob问：“那他怎么说？”

老人摸了摸苍老的手指：“其实并没什么有价值的答案。我觉得他没说出什么来。我理解下来，就是利用‘低价’，去吃一些巨头吃剩下的‘边角料’，这样的企业做不大，随时会死。我和他虽是同龄人，但他的脾气很糟糕，我们观点永远没法一致。投资就要投领域里技术Top的、头部的，如果西方都度不过那个‘IT危机’，我为什么要投资一家中国科技企业？”

“那是很久以前了。”Jacob口气忽然变了，变得僵硬而坚固。

“比起我活过的时间，那也不过一小会儿。到今天看来，你们在投标的表现来看，华兴技术标第二，还是以‘低价’为核心竞争力的，当年我不投，现在我更不能将你们放到我们的核心领域里。你不要以为拿到‘门票’就够了，我随时可以取消。”

普拉多本想看看女婿看重华兴的什么，但他今天没有找到，华兴还是那个华兴，只是体积变大，但内在没有变化。

“低价并不代表低质，我们一样有最好的客户服务。您可以看到我们的发展。”

“Jacob，”普拉多的酒杯放在桌面上，示意他停下，“我一直不太相信华兴能成长得那么快，尤其讨厌你们中国的‘低价策略’。你们的‘护城河’，你们的‘核心价值’就是中国式‘低价’！不用跟我解释，我知道低价是怎么玩的，它最终会让买方受苦。”

普拉多拿出华兴新一轮报价单，手指敲了敲：“哪怕你价格再低，是赠送、是0元，也是坏了规矩。”他把华兴报价单，垫着酒杯底下——意味着他要放弃华兴。

凉风吹过天井，大约已是22点了，附近酒吧的墨西哥音乐随风飘了进来。Jacob手指轻轻敲击桌面，思考着，他忽然离开了椅背，前倾着说：

“那卡洛斯的核心竞争力是什么？”

“嗯？”老头一愣。

“不也是低价吗？”

老头把餐布都捏皱了，没有人敢当面这么对他说话。

“如果你那么喜欢低价收购，为什么要排斥华兴的低价销售呢，该是喜欢才对吧？”

Jacob停了下来，唤来侍者，并要了一盘沙拉。这不是因为沙拉更符合他的身体健康，而是他不想吃别人给他指定好的东西。

“是不是您当年跟山总价格谈不拢，如今后悔了，才反感华兴的呢？”

Jacob连续问出第三个问题时，老头感觉自己就像被挨了一拳，被撑得想不出说辞。

“您问过山总华兴的‘护城河’是什么，那我来告诉您吧。也就是在您与山总的会面不久后，华兴就开始被迫将员工向海外外派常驻了。我外派前，山总在出征大会上说——‘我们华兴很不幸，阴差阳错，贸然进入了一个麻烦而危险的行业，我们没有能垄断稀缺的资源；我们的四周都是领先的西方巨头，所有客户都不相信我们。我们没有靠山，没有资源，只能依靠奋斗……’”

那一次海外出征的誓师会，Jacob才加入公司第二年。但一纸调令，他即将从国内市场被派往陌生的中东北非，“9·11”之后，美国大兵压境中东，四处还很危险。Jacob脑海没有一点概念，木愣愣地坐着，而台上正是山总对海外干部的讲话：

“世间管理比较复杂困难的是工业，而工业中最难管理的是电子工业。电子工业有别于传统产业的发展规律，它技术更替、产业变化迅速，同时，没有太多可以制约它的自然因素。例如汽车产业的发展，受钢铁、石油资源以及道路建设的制约。而用于电子工业的生产原料是取之不尽的河沙（硅）、软件代码、数学逻辑。正是这一规律，使得信息产业的竞争要比传统产业更激烈，淘汰更无情，后退就意味着消亡。要生存，只有艰苦奋斗。

“华兴由于幼稚不幸地进入了信息产业，我们又不幸学习了电子工程，随着潮流的波逐，被逼上了不归路。创业者和继承者都在消蚀着自己，为企业生存与发展顽强奋斗，丝毫不敢懈怠！一天不进步，就可能出局；三天不学习，就赶不上业界巨头，这是严酷的事实。

“华兴在IT泡沫破灭后侥幸活下来，其实是我们的落后救了我们，落后让我们没能力盲目地追赶技术驱动的潮流。而现在西方公司正在调整，不再盲目追求技术创新，而是转变为基于客户需求为导向的创新，我们再落后就死无葬身之地。信息产业正逐步转变为低毛利率、规模化的传统产业。

“西方设备科技公司正在进行兼并、整合。华兴还很弱小，面临更艰难的困境。要生存和发展，没有灵丹妙药，只能用在别人看来很‘傻’的办法，就是艰苦奋斗，不战则亡。”

这一段记忆如此深刻，Jacob几乎能背出来，他一字一句把当时的话还原给普拉多听。因为这是他人生的转折点，从此他踏上海外，离开了中国八年，从此，他人生的际遇也不同了。

普拉多有点被震撼了，他也仔细回忆当年与华兴的失之交臂，重新思考傅山究竟是个什么样的人。十年前在西雅图自己看错什么了吗？怎么这个其貌不扬的中国男人，能在行业灭顶的危机中将一个几近破产的企业起死回生，还进入世界前端，这男人真和自己不太一样。也许这世界上，成功的方式不止一种。

普拉多抬眼一看，他对面的是Jacob，而Jacob的背后浮现出的是傅山当年的幻象，他们俩正一字一句对着开赴海外的员工讲道：

“中国高科技企业的成长之路注定充满坎坷与荆棘。选择了这条道路的人生注定艰辛与劳碌，同时也更有价值。

“在中国，在高技术领域做一个国际化的企业、开拓全球市场，我们没有任何经验可以借鉴，完全靠摸索，在市场中摸爬滚打，在残酷的竞争中学习；

“在中国，做一个以几万年轻知识分子为主的企业，竞争又是全球范围和世界级水平，我们没有任何成功的实践可以借鉴；

“在中国，做一个企业，竞争对手是全球各发达国家的世界级巨子，他们有几十年甚至近百年的积累，有欧美数百年以来发展形成的工业基础和产业环境，有世界发达国家的商业底蕴和雄厚的人力资源和社会基础，有世界一流的专业技术人才和研发体系，有雄厚的资金和全球著名的品牌，有深厚的市场地位和客户基础，有世界级的管理体系和运营经验，有覆盖全球客户的庞大的营销和服务网络。面对这样的竞争格局，面对如此的技术及市场壁垒。

“在中国，我们没有任何经验可以借鉴。

“华兴公司是没有上帝的，我们也没有任何稀缺资源，一旦面临溃败的时候，没有一个人会帮忙的。华兴不是中石油、中国银行、中国移动，我们没有可依赖的靠山，有一天发不出工资，就树倒猢狲散了。华兴没有背景，也不拥有任何稀缺的资源，更没有什么可依赖的，唯一可以靠的是奋斗来缩短与竞争对手的差距。

“自创立那一天起，我们历经千辛万苦，一点一点地争取订单和农村市场，然后又把收入都拿出来投入到研发上。最初，我们与世界电信巨头的规模相差200倍之多，通过一点一滴锲而不舍的艰苦努力缩小差距。然而，最近不到一年时间里，业界几次大兼并：爱立信兼并马可尼，阿尔卡特与朗讯合并，诺基亚与西门子合并，一下子使已经缩小的差距又陡然拉大了。我们刚指望获得一些喘息，直一直腰板，拍打拍打身上的泥土，没想到又要开始更漫长的跋涉……

“华兴茫然中选择了通信领域，是不幸的，因为所有行业中，实业是最难做的，而所有实业中，电子信息产业是最艰险的。这种不幸还在于，面对这样的挑战，华兴既没有背景可以依靠，也不拥有任何资源，因此我们将注定为此操劳终身。

“你们要比他人付出更多的汗水和泪水，经受更多的煎熬和折磨。唯一幸运的是，华兴遇上了中华民族千载难逢的发展机遇。你们更多身心的付出，以勤补拙，牺牲与家人团聚、自己的休息和正常的生活，牺牲了平常人都拥有的很多的亲情和友情，消蚀了自己的健康，经历了一次又一次失败的沮丧和受挫的痛苦，承受着常年身心的煎熬，以常人难以想象的艰苦卓绝的努力和毅力，带领大家走向明天。

“多年来，许多干部几乎没有什么节假日，24小时不能关手机，随时随地都在处理随时发生的问题。将来，更会因为公司全球化后的时差问题，你们总会夜里开会。我们没有国际大公司积累了几十年的市场地位、人脉和品牌，没有什么可以依赖，只有比别人更多一点奋斗，只有在别人喝咖啡和休闲的时间努力工作，只有更虔诚地对待客户，否则我们怎么能拿到订单？

“你们的父母，妻子、儿女或许会问：华兴为什么那么不人道呢？为什么要离开故乡？难道不能像外企员工一样Work/Life Balance吗？

“很多人不理解我们，批评我们。我要向你们的家人说对不起，但中国是世界上最大的新兴市场，世界巨头都云集中国，因此，公司创立之初，就在自己家门口碰到了全球最激烈的竞争，我们不得不在市场的夹缝中求生存；今天，当我们走出国门拓展国际市场时，放眼一望，所能看得到的良田沃土，早已被西方公司抢占一空，只有在那些偏远、动乱、自然环境恶劣的地区，他们动作稍慢，投入稍小，我们才有一线机会。为了抓住这最后的机会，你们必须离别故土，远离亲情，奔赴海外，无论是在疾病肆虐的非洲，还是在硝烟未散的伊拉克，或者海啸灾后的印尼，以及地震后的阿尔及利亚……都会出现你们奋斗的身影。

“我们一起追寻着先辈世代繁荣的梦想，背负着民族振兴的希望，一起艰苦跋涉。公司高层领导都要有的这种奉献精神，用自己生命的光，在茫茫黑暗中，带领并激励着大家艰难地前行，无论前路有多少困难和痛苦，有多少坎坷和艰辛。”

“您明白了吗？”Jacob 说，“和您不同，我们没有精明的投资，没有资源与靠山，我们有的只是自己，我们的护城河，我们的核心竞争力，就是‘艰苦奋斗’，而不是‘低价’！”

老侍者看着他俩激烈地讨论，除了卡洛斯外，这是老侍者第一次看到有人能这样与普拉多讲话。普拉多自以为精明老辣的投资之道，在 Jacob 虎虎生风的拼劲下被压倒。老侍者并没有感到紧张，一个老年人难免会羡慕起年轻人的活力，即便那是一种愚蠢固执，即便明知会撞到南墙，这也显得可爱啊！世界的进步，难道不就是年轻人不断去折腾出来的吗?

“傅山喜欢说他是从喜马拉雅山北麓登顶的男人（北麓登顶比南麓难）。”普拉多回答，“他果然说到做到，没有走捷径啊……而是选了一条难走的路。”

正当老侍者以为普拉多被打动时，普拉多调整了一下气息，反问 Jacob：“纵谈勤奋的人，你应该是一个草根家庭的孩子吧？”

“嗯……”

“那你已经离开中国很多年了，那你后悔吗？”

后悔……也许吧……

国内的同学在讨论着房产涨跌、股价高低、投资理财、学区房和私立教育、读着 EMBA 混关系、融资创业，或积累各种资源、靠着官商关系、打探内幕消息发财的。他却什么都不太懂，那是中国经济滚烫的时刻，而他成了一个局外人，因为对中国陌生感而不安了，他可能可以与老外打一些交道，然而对中国的“潜规则”已很外行了。真要办事，发现毕业十年，他国内毫无人脉关系。另一面，亚裔在国外很难融入当地的环境，变成了“无根的游子”。自己的未来在何方呢？可自己就算想定居海外，却要每几年被华兴换一个地区部。

每当他人在国外，看到国内的资本大鳄、人物大佬、媒体巨子胡乱指点国际大势——他总想要骂两句这种人——确实，多年海外生活经商，甚至某些大使馆的人都没有他懂真实的国际。可是，中国并没有多少人知道 Jacob。而他和这批华兴人的声音实在太小了。

如今中国海外地位崛起，可海外地位不是靠消费买来的，不是中国人有钱了，而是靠为当地社会的贡献来衡量的，是靠着像 Jacob 这样的人在十年里一点一滴树立起来的。华兴在海外是中国的象征，可从没一个媒体记者和经济专家，正视过 Jacob 这批人在这段历史的贡献——他乡容纳不了灵魂，故乡安置不了肉身，而他们更似被遗忘了。

“离开父母，家庭呢？家庭？”普拉多还用西语重复一遍，拉美人对家族观念十分看重，他们不理解抛离家庭的外派人员。

而也就是那时，Jacob 的眼泪在眼眶中打转。他离开了母亲与女友，忠孝难两全，幸好有那副茶色的眼镜可以遮挡住他眼眶里的水光。

但 Jacob 摘下了茶色的眼镜，露出被黄疸染黄的眼白，直视普拉多，黄疸反而成了战士的一道伤疤，证明自己的意志。他绝不能让普拉多看出来心里的那丝遗憾。

“后悔！很后悔！”他的泪水还是滑落了，语气却铿锵，“但是，有太多人都在付出，这是我们这一代人的使命，否则客户怎么能相信一个中国公司？而如果我作为领导不好好做，员工又怎么能相信呢？

“我们有员工在高原缺氧地带开局，常年驻守高原造成心肌肥大；

“有员工爬雪山，越丛林，徒步行走了 8 天进入困难的地区实施工程；

“有员工冒着 60℃的高温在中东进行交付；

“有员工是穆斯林却在斋月时与北欧极昼时交付项目，20 个小时不能吃喝；

“有员工在危险的国家遭歹徒袭击头上缝了 30 多针，康复后又投入工作；

“有员工在飞机失事中幸存，惊魂未定又救助他人，赢得当地政府和人民的尊敬；

“有员工在地震余震中，立即进入现场开通信号；

“有员工在日本 3・11 海啸核泄漏后，驻守当地保障通信；

“有员工在恐怖爆炸中受伤，继续留下工作；

“有员工在几度患疟疾，康复后继续坚守岗位；

“有员工在妻子需要生育时，因为项目无法回国守在产房，没有第一时间看到孩子；

“有员工常驻海外，与恋人配偶分居，造成分手离婚；

“有员工因为这份责任，无法陪伴家庭成员的最后时光。”

他讲的好像是自己。十年的国际化，伴随着汗水、泪水、艰辛、坎坷与牺牲，Jacob 见证着华兴一步步艰难地走过来了，就像漫漫长征路。他稳定了一下情绪，说道：“在一些国际机场里，尤其是小国家的机场，你能看到一些中国工程师，那多半就是华兴人。最近，还有 3 名年轻的非洲籍优秀员工在出差途中因飞机失事不幸罹难。

“我不想博得您的同情，您也不会同情，我们大多是来自草根家庭，都是农村长大的孩子，但是华兴在北冰洋建设基站，在中东的沙漠里安装铁塔，在喜马拉雅山开通信号，这都是不可抹杀的客观存在，这需要您的正视！”

普拉多感觉一阵阵的压强袭来，他面前坐的不是在中国卑微无名的 Jacob，而即便身为世界首富的左右手，在自己最主场的餐厅里，他也开始颤抖，甚至羞愧。因为自己的挑衅和试探，在年轻人的坦荡面前显得卑鄙而龌龊。

年轻时候，自己也是这么敢打敢拼。只是现在，他也处处算计着关系和资源。忽然，他心底里涌起一股初心，一份长者对后辈的情感，仿佛对面的 Jacob 就是当年的自己。

“我们的护城河，就是自己！”Jacob 几乎要站了起来，他的气场彻底压过了普拉多，“美洲电信的护城河呢？”

“孩子，我们很清楚自己有多深厚的基础。”

“不，也许您没想清楚。你们当年能通过四轮经济危机，以蛇吞象，逆势做大。但现在你们是世界上最大的财团，当您从来去自如的游击英雄成为了一座不能倒的帝国，第五轮危机就轮到别人来抄你的底了！”

普拉多像触电般一抖，被击中了要害。此一时彼一时，当美洲电信成为庞然大物后，许多曾令它成功的因素、资金和势力，遇顶反噬了。

想打动普拉多，只谈业务细节是不可能的，情怀也只是一时的，真正永恒困扰普拉多的是一种说不清道不明的不安全感，那是任何一个企业家、资本家，尤其是黎巴嫩商人从骨子里的忧虑。

他看着壁画墙上裱刻的一行话：“富翁的愚话，都被社会当作名言流传。”那是西班牙作家塞万提斯的名言，这是自卡洛斯父亲时代就刻下来的，用于家族后代的自省。

而旁边还有另一句塞万提斯的名言，普拉多每一次看到更是备受震慑——“命运像水车的轮子一样旋转，昨天还高高在上，明天就会屈居人下。”

普拉多的祖上是墨西哥总督区的西班牙裔贵族，是克里奥尔人[1]。他知道强大的西班牙帝国皇帝查理五世，曾拥有世界最大的版图——从西班牙到中欧的哈布斯堡，从菲律宾到拉丁美洲和加勒比海。然而帝国从曾纵横四海的2500万平方公里，缩减到了如今的伊比利亚半岛的50万平方公里，现如今巴斯克和加泰罗尼亚一直要分裂出去。

普拉多的家谱中，记载过很多墨西哥近两百年的事：从1810年墨西哥的独立战争，1830年内战，1846年美墨大战，1861年法墨大战，1864年马西米连诺大公的复辟，1876年迪亚士的独裁，1910年大革命推翻迪亚士，墨西哥总督区从500万平方公里，也缩减到了197万平方公里。

挚友卡洛斯家族来自奥斯曼帝国，那位土耳其苏丹曾击败过欧洲联军，灭亡了东罗马帝国，一统整个中东、北非和巴尔干半岛。然而这个帝国也在一战后轰然倒塌，成了“西亚病夫”，其占领的面积从原来的550万平方公里，缩减到了78万平方公里。

---

1 出生在美洲，父母双亲是西班牙白人。

卡洛斯和普拉多，从骨子上就对“失去”有深深的焦虑，更何况，这俩人老了，更时刻恐惧着个人的辉煌会在新时代的潮起潮落中湮灭。

2

靠资本收购来的卡洛斯商业帝国，建在一片根基浅薄的流沙之上。

他们精心地控制几大板块：机械工程、金融保险、高速公路、港口航运、钢铁、油气冶炼、能源供应、零售百货、电信。

一些项目是需要执照的“特许经营”，一些是承担着国家职能的“国计民生”，一些是强政商关系的“政府合营项目”，一些是与经济周期与社会稳定相关的“国际金融”。这些都是“垄断性的资源”，但巨大的商业帝国为了维持特权，就得把特权带来的利益，分配给一些支持者。

如今因为垄断和资源过大，令卡洛斯家族成为了全社会的靶子，并称其为腐败之源！而墨西哥政客议员、媒体、竞争对手、本国百姓、地方豪族、警察和黑帮势力、华尔街投资者、美国政府都盯着他。可卡洛斯家族还有一大帮企业员工要养、有一起打天下的兄弟家族要分利益，一屁股投资债务要还，一帮觊觎墨西哥和拉美市场的凶狠外资要搏斗，一些对外国投资的外交环境和国际关系要梳理。

这都是普拉多所恐惧的，多赚一点少赚一点已不再是重点，平衡才是一切。如今的他们像踩在火炉上跳舞，看起来跳得欢，一旦失去平衡，就会跌入热锅，肢解烧烂。

这一切还得回到上世纪八九十年代拉美债务危机，普拉多第一次遇到重大的政商问题。那时卡洛斯逆势收购已引发了很多人不爽，而私有化墨西哥国有企业“TeleMex 电信”成为了一次滑铁卢，令他们卷入了一次严重的政治危机——批准该项目的总统被弹劾，出逃后客死他乡，而墨西哥第一大党竟在执政长达 70 年后，因此破天荒地丢掉了总统选举，沦为“在野党”。这件事上，卡洛斯无法自证清白，因为他曾在公开和私底下支持这个党派与总统，被认为是用献金游说而获得政府对“TeleMex 私有化项目”的通过。

卡洛斯便从墨西哥的创富英雄成了人民公敌，后来，媒体攻击“墨西哥这个贫穷的国家居然诞生出世界首富，这是一种耻辱”。沽名钓誉者靠大骂卡洛斯来出风头，批评成了政治正确，阴谋论更层出不穷。政府也要求其承担更多的社会责任，家族的公关需要不断救火，塑造形象，所以平日里，卡洛斯参加的慈善比经营还多。其实，两周前的海地和智利地震，他还跑去纽约的联合国总部，掏钱赈灾。

天下没有所谓的“大而不倒”，再坚固的城堡也都是沙子做的。那一段时间，卡洛斯和普拉多如坐针毡。每次，他们和核心班底遇到重大选择时，都会到这家会所餐厅，一起做长时间的讨论。普拉多还记得那一天，卡洛斯和他们就是在这里，一起想起了卡洛斯父亲的传统策略——“结盟”。上一代的人就是在这个会所里，不断交朋友，从难民、到教会、到商圈和政治圈，一步步往上走。

但与他父亲不同的是，他那次必须与在墨西哥有投资的一些美国权贵们广泛结盟。在他游说下，美国的政治圈、学术圈、资本圈，为他提供了充足的资本、舆论、学术、政治和人脉资源。只要美国支持卡洛斯，那卡洛斯就能从国际上获得稳定资金与商誉，站稳脚跟，并且形象正面。那是墨西哥国内政治与社会舆论也无法撼动的。

从危机到自保，再到大爆发，集团转身成功、富可敌国。从此，卡洛斯也像“浮士德”一般与魔鬼签订协议回报——他陷入了美国各种资本与政治权力在墨西哥的“代理人”角色。当美国给予更多的资源时，卡洛斯也开始走出墨西哥跨向泛拉美。

美国也很支持他，墨西哥占美国很高的贸易比重，美国也一直希望泛拉美成为其后花园。但在上世纪五十至九十年代初，美苏冷战，拉美各国内政也一直在摇摆，美国没法整合拉美后院，只能用 CIA 扶持傀儡政府和 IMF 的经济债务来维系自己的拉美秩序。

恰巧，上世纪八九十年代拉美经济危机，苏联也解体了，于是美国主导的全球化迅速铺开。北美 NAFTA（北美自由贸易区）签订，卡洛斯就成了美国在拉美的重要抓手。卡洛斯迎来了人生更大的机遇，他获得了华尔街的资金、商学院教授的“新自由主义经济理论”支持，跟随华盛顿制定的 IT 科技为国策的“新经济”，他成功并购了许多拉美最有估值的大型企业。这一波下来，卡洛斯成为美国在拉美的“代理人”，拥有了“拉美软银”的投资美誉，自己也被“封神”。

英雄总是时世造，但驾驭这么大一盘棋，也变得很难，除了政商合作，他越来越多地赞助美国的大学、支持各色协会组织、硅谷科技，并雇佣一批美国华盛顿 K 街说客，建立起一套“朋友圈”。

然而，一晃快二十年过去了。经过上世纪 90 年代的国际和平、IT 蓬勃、经济繁荣，到了新千年的前十年，先是“9・11”，再是中东战争，接着次贷危机和欧债危机，同时，美洲电信原本代表着新兴的移动通信、付费电视、宽带网络的“Triple Play”，正被更新的互联网吞噬，现在电信显得“过时”。运营商逐步失去了话语权，退化为“管道”。

美洲电信集团，从固定网络到无线网络的转型，从 1G 基站到 4G 基站多次升级，从电话、电视到宽带的 Triple Play 拉长战线，从美国 CDMA 制式到欧洲 GSM 制式的重复投资，从 850MHz 到 1900MHz，再到 2100MHz 到 2600MHz 不停频谱购买，为满足城区速率和农村覆盖的基站数量不断增加，而系统运维成本、营业厅扩张和激烈的营销补贴也如指数级激增。财团负债非常高，投资回收慢，战线又过长，顾此失彼。而今，各分公司每年要不停掏钱新建和维护网络，满足互联网高带宽高流量的需求，可增量不增收，钱都白花了，用户 ARPU 月费不增加，反而互联网企业、政府、百姓都在咒骂电信质量不好、资费过高和垄断。运营商有苦说不出，明明是高资产投入、高服务等级、高稳定性，怎么就成了“老鼠过街”？

电信业用十年迅速成了一个步履艰难的夕阳行业，但事情还没完，跨国电信巨头也来抢拉美市场，竞争异常惨烈。他的对手不再是区域级小角色，而是全球最顶级的高手。原本深蓝的蓝海，今天已成了最红的红海。

卡洛斯把普拉多留在这个产业，让普拉多苦苦死撑着这盘大棋。至于能撑多久，普拉多也不知道。其实很多竞争，并不是比谁更高明，而是比谁撑得更久。然而，寒冬降临，全球资本从美国开始也出现了问题。这牵一发动全身，美洲电信是家族的核心现金流，它倒了就都完了。

是啊，在沙滩上修建城堡，无论财务数据多么华丽，浪一来，就全散了。

“华兴的事也讲完了，轮到您了，”Jacob 打断了老人家的回忆，“普拉多先生，电信业不比以前了，您怎么才能保护您不在这一轮里消失？”

一般商人经营越久，就越迷信超自然的玄学，尤其是老人。Jacob 猜普拉多把他带到这个特殊意义的餐厅，一定预示着到了一个关键时刻，回到了一个新的原点，他要冒着普拉多发怒的风险，用一击击挑衅的重锤，把普拉多砸进思考的墙里。

“未来的日子会很难过。”这一点普拉多已预测到了——美联储的量化宽松，货币超发，美元债务会向全球蔓延，所以这几年必然会有大的资本泡沫，有人会加大杠杆投资，形成虚假繁荣。但财阀们没办法，明知有问题也必须跟，因为你不跟，别人就会抢，你就会在竞争中落败。可一旦美债到期、宽松结束、Libor 加息，潮水褪去，那很多人又都会在高额债务中痛苦地死去。普拉多在前四轮靠债务周期是赚到钱的，如今却可能将在第五轮里这么死掉。

他质问自己：新的周期来临，不跟会死，跟了也会死。寒冬一定会很惨烈，能活下去的人就会成为新一代富豪，像是大自然的淘汰。但上一个周期的“老钱”们如何自保？

晚上 11 点，古董的落地时钟敲响了，报时音在大井里显得清朗而冷酷无情。他看了看这栋房子，终于，命运之轮快要轮到他们了，下一代人还能否拥有这家餐厅：“嗯，打天下难，想要守住更不容易。”

老侍者端上两份巧克力布朗尼，晚餐已经到了尾声，Jacob 要抓住最后的时间，打动普拉多。他说：

“但是，美洲电信也可以重新开始！”

“白痴，你有什么资格在这里胡说？！美洲电信是世界顶级企业。”普拉多没有被压制，反而像被揭穿了隐私一样地被激怒了，他一调羹捣碎了巧克力，令刚才 Jacob 攻心的话统统作废，“原先一切都是平衡的，平衡了才能是守住，但你们华兴是一个搅局者、搞乱了很多规矩，平衡被你们弄坏了！”

Jacob竟没有害怕，针锋相对：“此一时彼一时，原来你依靠的资源正在吞噬美洲电信，还走老路，强行整合只会浪费宝贵的时间。你要自己准备好！”

“你以为我不知道吗？”普拉多被Jacob触到了情感底部，他的怒火不受控制，像岩浆般喷涌而出。他花了很多钱，试过各种创新改革，但总不成功。因为这么多年来，财团的基因是资本扩张，庞大的体系只能做横向收购，但实业方向的纵深突破已经做不了，短期看不到效果，便无法坚持。普拉多人老了，他选择继续搞好跟美国资本、贸易与科技的依附，一辈子的经验告诉他，他离不开这护佑，这是最好的选择。

“所以你要打碎后重来！”Jacob大吼，“你的时间不多了！”

“傅山也不敢和我这么说话！”普拉多无法接受。

“他不敢，我敢！”当年普拉多傲慢地给傅山提问题，现在的Jacob反过来给普拉多提，“你的护城河到底是什么？”

普拉多终于意识到，现在的“护城河”不再是“逆势抄底”，因为他们自己已经活成了最大的“势”。现在的护城河是自卡洛斯父亲以来的“结盟策略”，只有结盟才能保持“势”的稳定。因此华兴的到来，就被认定为破坏了格局。巴拿马本是一个小项目，而普拉多不在乎这一城一池的得失，他要的是一把保护伞。但FRAN已经参与巴拿马了，且华兴被美国国会调查过，再选华兴就是背盟的信号，天知道美国的媒体、议员、学术、资本和企业会怎么说。

“您只有两条路了。”Jacob逼迫着。

普拉多一条路靠自己，抓紧间冰期的窗口时间，重建自身的优势，就像华兴当年一样；一条路靠别人，继续背靠大树，走“结盟”的老路，但温水煮青蛙后，再也无法翻身。

普拉多说：“拉美有句名言，有了做法官的父亲，进法院就能从容不迫。”

Jacob说：“但当寒冬的食物变少，原先亲密的盟友也会成为敌人。”

普拉多知道Jacob说的是对的，他经历过太多，早就看清了世道残酷的面目，只是又有些沮丧：“难道要把一手好牌，扔回桌面去重洗吗？”

“好牌？我去过几个你的分公司，亲眼看到过它们的状态。”

“你看到了什么？”他站得太高，已经看不清脚下了。

“我想告诉你，你最宝贵的不是外部融来的资产，而是你员工的奋斗精神！”

“但我手上这些资源让我们稳定了二十年！”

“资源是容易上瘾的，它让人封闭，这世界上有资源最好的地区，只能诞生慵懒的生命与文明，一旦大难来袭就灭绝了。相反，缺乏资源、寒冷恶劣下的地区，磨炼出强大的意志，反而进化出了强大的物种和文明。任何一次危机降临，别人死了，他们不但活了下来，并且更强大！”

老侍者拿来一支雪茄，切开一个口子，再用专门的雪茄木点上。普拉多进入了不容打扰的沉思：

作为墨西哥宗主国的西班牙帝国，拥有佛朗机炮、无敌舰队、教皇支持、哈布斯堡贵族血缘的联姻，又将白银与蔗糖做财富，而这些优势只是一时，不能保住千秋万代；而中欧的“条顿骑士团”，原是一无所有的雇佣军，没有爵位、领土、血统，然而通过几代大帝的意志与军官团不断他们奋斗，他们建立了强悍的德意志王国，几经历史大周期的沉浮，总能重新成为世界强国。是的，人成功的要素是精神力而非财富，唯有它才能使人立于不败之地。

普拉多遗憾而惭愧，他错失当年收购华兴的机会，是因为自己眼光不准。他甚至今天还看不清，而卡蒂纳斯却帮他挖掘出了华兴的价值。

“为什么你们华兴的每一个人都充满了战斗力？”老人问。

“因为我们的生活充满苦难，生活逼着我们一次又一次地脱胎换骨。我们从不信有什么救世主可以依靠，唯有自我奋斗才能生生不息。”

“好吧，Jacob。”房间里弥漫着雪茄味。嗯，也许自己做不到的事情，卡蒂纳斯能做，“说实话，我并不希望卡蒂纳斯太蛮干，他毕竟是我的女婿，今天把你叫来餐厅，我想帮他把把关，看你究竟值不值得他的信任，不想他走偏了。”普拉多看了一眼 Jacob 那黄疸的眼白。

"您的结论是？"

"哼，我的结论还重要吗？呵呵……你不是说我也会看错吗？"

"很重要，先生。"Jacob 笑了。

普拉多从沙发上微微前倾，说："我暂且相信华兴靠的不是'低价'。"

"谢谢您。我也想跟您说，卡蒂纳斯是个有争议但又很果敢的人，如今的美洲电信需要他，而他又需要您的保护。这一点上，我跟您立场一样。"

"好！那我就给你们俩一个机会去证明自己！"普拉多露出了笑容，递出一支 COHIBA 五号雪茄，"接住。"

Jacob 一愣，还是接住了。

老人主动伸出了手："巴拿马的项目是你们的！下一代网络，也有你们参与的份。"他拿着白色餐布擦了下手，喝完最后一口酒，起身离开前，按了下 Jacob 的肩膀，"好，希望我这次不再看错华兴了。"

一场唇枪舌剑结束了，普拉多走了，Jacob 几乎累倒在餐桌边。他拿起电话给臣享："可以发喜报了！"

"太好了！"电话对面传来了一片欢呼声，庆功宴的蛋糕烟火也开始准备起来了。

"等一下，臣享。"Jacob 虚弱地说。

臣享听出来了，他按掉免提，一个人走到了角落："什么？"

"最后的 1000 万美金让掉。5700 万美金成交。"

"他亲自跟你要折扣了？"

"怎么可能？"Jacob 说，普拉多这种大人物，绝不会拉下脸来谈区区 1000 万美金，何况他还口口声声说看不起华兴的"低价"。

Jacob 并不相信普拉多会给华兴一次机会，见过风云变幻的老人怎可能仅凭一番交谈就轻信一个没有交情的销售呢？那一次机会是给卡蒂纳斯的！普拉多错失收购华兴，更对华兴充满了复杂感觉。想让他从内心认可华兴，犹如让男人向前妻认错一样不可能，因此普拉多还可能反转。所以这 1000 万美金的折扣，是施加在普拉多的道德束缚，增加变脸的心理压力。

老侍者过来收走盘子前，为 Jacob 点起那根雪茄，Jacob 不得不抽起来，普拉多虽然走了，但耳目还在。

这是华兴第一次拿到集团发标的无线项目。翡翠大厦里一片欢呼雀跃，就像在饥渴多日的沙漠中打到了一口井，是一个奇迹。4G 的曙光就在眼前，众人忍不住狂喜地对电话里喊："Jacob，你真的说到做到了！"

他说："不，这只是一个噩梦结束，另一个噩梦开始。"

只是很多人都没有听清，也没听懂。

艾迪正等在餐厅外不远处，他看了看手表，越发焦急——虚弱的 Jacob 不能太长时间工作，可他看见的却是普拉多走出来了。

普拉多站在门口，把拐杖交给了助理，保镖打开了迈巴赫的车门，他看着夜空感叹："公平比较？哪儿有呢？"

他也无非在两边下注罢了。他知道 FRAN 的很多小动作，干预着美洲电信的投资，影响着网络发展策略，甚至是被 FRAN 的技术"绑架"，普拉多也允许这种"共生"。因为自从 TeleMex 起，两家公司一起持续二十年了，甚至第一笔资金就是由 FRAN 向卡洛斯集团的 TeleMex 输送的，之后的二十年里，FRAN 也一直支撑着普拉多泛拉美的业务战略。这是连骨带肉的血契！

而帕特里克在圣达菲 FRAN 拉美总部。他笑了。

3

"当真以为我们输了？"帕特里克扬扬得意。他刚从美国总部回来。

古斯塔夫交给他一沓文件，他已经拿到了华兴 DBS3900 的所有投标材料，料定这就是在"下一代无线网络"中华兴的主力产品。

他在 4G 大决战前夕就掌握了对手的秘密武器，且不费吹灰之力。其实 FRAN 的"艾弗"系列根本没有达到系统稳定，更没有达到模块级融合的 SDR 级别——FRAN CTO 查尔斯一直告诫他，不要过早使用艾弗，研发完毕后，单元测试和整机测试还要几个月，帕特里克却反其道行之。

而西蒙演示的巴拿马站点获取也根本是假的，他们根本没有那么多储备。克里斯作为帕特里克派去巴拿马的心腹大将，就是演了一出戏。

这就是空手套白狼，用不存在的产品、不存在的站点，诱导标书走向，就骗来了战略资料，这一招是帕特里克的“草船借箭”。

至于那一份子弹式贷款，只是美国金融资本太发达，FRAN 通过信息不对称，垄断了一些金融信息而已。他们根本没有损失，只是把金融风险转嫁给了美洲电信而已，相反，这笔贷款的真金白银最终会以合同付款方式回到 FRAN 这里。

此外，他的一次性超额降价，迫使华兴跟随性降价，未战之前，不费弹药就限制住了华兴未来的价格区间。更有意思的是，他们将标书引导为“三个月交付 800 站点”的“交钥匙工程”，没有人能做到这超越极限的进度。

这次投标，古斯塔夫总指挥，西蒙和戴斯蒙德实际操盘，而克里斯在巴拿马演戏，帕特里克则在背后制定了总体战略。整个投标只有短短的 10 天，一切标书提的过分之处，华兴根本无力周旋，帕特里克料定以 Jacob 的性格是一定会强推的。华兴便只能一切条款 FC，其结果就是华兴在三个月内交付成一堆狗屎，彻底毁掉华兴的名誉，留下“低价低质”的印象——这是帕特里克的诱敌陷阱。果然，华兴中计了。

在“下一代网络”投标决策时，华兴的产品战术已提前被破译，华兴的交付人力已被掏空，华兴的交付信誉将毁在巴拿马之中。丢车保帅，帕特里克是个远超 Jacob 的战略高手。

现在，到了最后 4G 一战，他要亲自灭掉这个难缠的对手。

不，不仅仅是拉美，现在帕特里克已经掌握了华兴最新的“All in 1”技术中的皇冠——多模融合 SDR 技术。他的目的是要打击掉整个华兴，尤其是那个华兴 EMT 视为全局关键的欧洲片区的德国项目。他要先利用华兴巴拿马第一个“All in 1”项目的交付丑闻，以及在拉美 4G 投标时“All in 1”的连续失利，制造声势，让华兴失去德国项目，失去德国，华兴就失去了欧洲制高点，更失去了全球扩张的关键“样板点”。那未来华兴的 4G 就永远只能龟缩在夹缝市场，也就是西蒙说的“地下室”。

“我们什么时候回总部？”西蒙问，他要和戴斯蒙德一起回美国，与 CTO 查尔斯进行“艾弗”的研讨，这将关系到 FRAN“下一代网络”的产品、定价和交付策略。

“明天，等美洲电信正式发声明。”帕特里克说，“那你呢？”

古斯塔夫笑了笑：“我还要飞一次巴拿马。”

克里斯在巴拿马布局的并非工程资源，恰恰相反，克里斯所活动的正是破坏华兴的交付筹备。他留了很大的一个局，就等华兴往里钻。

艾迪从没想过，自己竟有机会走进那个墨西哥首富的私人会所里。当 Jacob 打电话来，让艾迪扶他出去时，艾迪摸着 Jacob 的背，汗已经渗透了西服。更让艾迪意外的是，Jacob 这样铁打的硬汉竟然说：“送我回医院吧。”

艾迪飞快地驶回圣天使医院，并在路上就告诉妻子，他今晚不回来了，得陪着 Jacob。到了医院里，护士手忙脚乱，匆匆地做化验，而急诊医生看到结果时，大骂着艾迪怎能让病人这么累又喝酒呢？

Jacob 已经讲不动话了，尽管反复的激素冲击会有害身体，但他必须再用一次。可和 FRAN 的 RBS6000 一样，华兴的 DBS3900 也没有完全 Ready，还在 TR3—TR4 的开发阶段，根本无法上线！这是走到了最后一步了——无情地倒逼研发。

“艾迪，艾迪，艾迪，”他费尽全力呼唤艾迪，艾迪小心翼翼地挪到他身边，他说，“帮我拨一下会议电话。”

艾迪键入了会议组号，充满同情地把耳机插在病床上 Jacob 的耳朵里。

电话里，臣享已经开始部署。地区部总裁的林总，产品副总裁岳总，事业部阿曼多、马里西奥、邓博和汪秦，负责服务的老白和小雪，投标办的玛丽索尔、韦茜和章洋都集结了。圣达菲中心，张信兴的工程部也上线了。

巴西里约热内卢的拉美片区总部，片区几位副总裁也上线了。总部深圳的全球无线产品行销部的昌总也上线了。

另一处是上海，无线产品研发基地，他们之前明确反对过“All in 1”的首战用在拉美，因为他们正要在德国交付 8000 个基站，是全球主流频段，且是宏基站模式。

“上海，无线产品管理部总裁，肖总上线。”“上海，基站开发部部长，费总上线。”“上海，4G LTE 产品线总裁，苏总上线。”“上海，‘All in 1’系统架构组组长，王工上线。”“上海，标准与预研部 Fellow（院士），林博上线。”“无线硬件与滤波器部部长，华总上线。”

无线研发的一级、二级部门总裁、部长、总工、院士都上线了，他们对拉美的自作主张，先斩后奏大为震惊。

只有支持危地马拉的分布式基站的小组组长，西安的老郑与上海的老魏，在研发阵营里是支持拉美的，危地马拉小规模胜利正是他们的成就。而正在危地马拉的安哲也被喊上线质询，安哲的存在证明，即便只是 TR3—TR4，也能开始交付了。

会上，臣享、地区部产品副总岳总、总部行销部长昌总一一和研发过招，咒骂、扯皮、侮辱，然后又是与总部人情关系好的老好人，即事业部 MKT 负责人邓博出来缓和，介绍情况，接着又是新一轮撕骂，研发死活就是不同意。毕竟合同还没有拿到，需要一线自行解释。

很多人是第一次参加这样全方位的高阶会议，包括阿曼多和马里西奥，他们没想到，高层竟然是如此开会的。

但 Jacob 这一次力气真的耗尽了，他这门火炮无力再帮一线说话。

“我是老方！”正在智利指挥灾后救援的片区方总终于上线了，他记得九天前的投标期间，Jacob 曾经跟他说过自己又惹祸了。

“方总”“方总”……上海无线研发基地的高层们，听见老领导上线，无不肃然起敬。

方总是 EMT 研发体系的前总裁，更是无线研发出身，这些研发都曾是方总带出来的。

“废话那么多！你们他妈的给我干不干？”方总直接骂娘，压倒性的语言扑灭总部的顽抗。

“方总，基带模块是编程，我们可以努力，但最难的是滤波器组啊！滤波器是模拟电路，波形调制难度和工艺都很大，不稳定性很高。”一个研发部长回答道。

“滤波器，现在还是吕俊峰负责吗？”方总还记得，吕俊峰是公司不可多得的滤波器高手。

“哦，没有，他调去平台管理部负责知识产权和产品战略了。”

“妈的，把他给我调来，投到这个项目！”方总也不管什么流程制约，甚至他都忘了自己早就不管研发了。

总部研发欲言又止。终于有一个胆大的人回应：“可他正在负责沃达丰和 Telefonica 的产品交流……那是德国一流跨国运营商的项目，这是公司级重大项目。”

“别他妈废话。”方总就是天王老子也不管，正拿出他的“意大利炮”一阵轰炸。

“欧洲片区总裁，庄总上线。”——EMT 中原本方总的对头庄总，他替代了方总。承担研发体系老大的庄总，又因为要打好欧洲“All in 1”这一关键战役，已经被火线任命兼任欧洲片区总督战。因此刚才研发都不敢答应方总。

“老方，你知道欧洲现在几点吗？”庄总的口气非常糟糕。

庄总和方总这对老冤家，这一年里在 EMT 和片联上，已经不是第一次开撑了。

当年庄总负责全球产品行销体系，站在行销角度，与主管研发的方总经常 PK。如今傅山将两人调了位，但两人依然各自不服，尤其庄总继任了方总 EMT 研发职务后，蒸蒸日上，更不允许已降职的方总染指其旧部。

庄总是超级的嘴炮王，号称“庄大嘴”，火力全开时谁也吵不过庄总。而方总则相对儒雅些，一直是劣势。

线上只剩庄总和方总两人虎斗，海外，总部，闲杂人都安静地退在一边。想要讨论出结果是根本不可能的，两位领导完全是放飞天性的乱骂，人身攻击，恶俗诅咒，禁忌词汇，爹娘的互相问候。

一些基层与会者，都第一次听到原来华兴高层是这么开会的。那些坐在一起的人都悄悄按下静音键，他们既震惊，又忍俊不禁。

Jacob 躺在病房里，那里格外安静，他看着药瓶里一滴滴的药水，却格外放松——他觉得这才有戏了呢。

他知道自己在拉美那么拼命，也许是私心的，也许真会破坏公司欧洲的大局，而帕特里克是 FRAN 全球销售高级总裁，腾挪空间一定比自己这一个小小拉美事业部总裁高得多，能够全球性的声东击西、欲擒故纵，打击华兴整体，而他只能在拉美一隅，破釜沉舟、背水一战，打赢也无关乎全局。

但 Jacob 笑了。艾迪觉得那表情奇怪，凑了上来：“怎么了，是疼吗？”

“不疼，这样的吵架声，真是他妈的天籁之音。”

艾迪完全听不明白，摸了摸 Jacob 的额头，是否病糊涂了。但 Jacob 知道，他就是要烧尽自己，带动其整个拉美，来改变这个“绝缘体片区”，再让拉美倒逼总部的潜能。帕特里克的计策里一定想不到，华兴的弹性深度是远远超越于西方企业的。Jacob 没有骗普拉多，这种如“橡胶”般能经受无限延展或压缩的弹性，才是华兴在逆境中不断强大的“护城河”。

吵吧吵吧，多吵吵才好，多吵吵就有项目了。革命不是请客吃饭，也不能当好好先生，就是要内部拧毛巾，你往左，我往右，拧干最后一滴水，让华兴发挥出无尽的潜能，反过来围点打援，用拉美反包围，吃掉 FRAN。

他渐渐缓了过来，手指点了点马里西奥的号码：“巴拿马 CEO 是 Comcell 的劳乌，张信兴还要留在墨西哥。马里西奥，你在哥伦比亚时与劳乌交流很多，和他会很熟，你又是拉美人，只有你才可能抚平劳乌，我有一个请求：你能去做巴拿马交付的项目总监吗？”

马里西奥知道，自己最大的价值和才能，是留在墨西哥深度参与 4G 投标，而且他一直就渴望着这个 4G 大项目，这样真的很委屈自己。但想必 Jacob 已经没有别的更好办法了。

“没问题。”马里西奥回答得很爽快。

“过去的话，会很辛苦，你知道三个月……”这是地狱交付，连产品都还在谈，现在冯程在那里基础还没打好，被客户训斥得狗血喷头是不可避免的。

“没问题。”

“你家里呢？”Jacob 知道，马里西奥有三个儿子。

“好了，Jacob，我都说没问题了。不是‘说到做到’嘛！”

Jacob 笑了，差点还笑咳嗽了，天性散漫的拉美人可从不说这话。

那头庄总和方总还在大战三百回合，终于庄总气得挂掉了电话。这下傻了，无线产品经理汪秦和邓博都不知道这算什么结论。

臣享是通透的，华兴就是这德性，骂归骂，土也很土，但是总能把事儿做得漂漂亮亮的。他笑着对汪秦道：“你们准备去问研发要手工配置模板吧。准备发货！”

研发也同意，在产品还未定型，缺乏资料和流程支持的前提下，先派出系统管理部两位资深员工到达墨西哥，协助一线配置发货。西安研究所负责分布式基站的老魏直接飞去上海，与老郑的工作组一起加速研发 DBS3900 的正式版，新品上市 1.0 版本全面提速，并全部走研发实验局的特批流程，一律空运。

地区部交付副总裁张信兴表示，倾尽地区部一切人力，不留余力，全部押上巴拿马开局。但这还不够，地区部人力资源部、政府关系部、签证小组和行政部也都被地总林强接入电话。

“三个月，只有三个月。墨西哥地区部要总动员，售前人员、投标小组、客户经理、文职等无论本地员工要做好下派支持的准备，中方员工里有美国和加拿大签证的，也能去巴拿马，一切听张总调遣。所有行政、保安、厨师、司机，也要有所准备。我们要不计代价，全力打通巴拿马！”

巴拿马的中方签证很难办，唯有以上的人能最快入境。虽然这并非最优人选，但时间不等人，只能先让能去的上了再说。

Jacob 闭上眼睛，关上灯，终于可以休息一会儿了。大家这么干有风险，但这么干才能打破不可能。华兴拉美才能改变，华兴全球才有机会打败 FRAN！

黑暗里，忽然一个电话吵醒了他，是小玲：“你病了，怎么也不跟我说？”

“嘿，我没事情啊，哪个浑蛋跟你瞎说的？”Jacob 强撑着插科打诨。

“我过来好吗？”

“不，你过来不方便，你要陪着大领导。等我这里忙好，我回来。”

“那你要照顾好自己，听到吗？不要让我担心了。”

Jacob 感觉到了一种久违的女性温暖，在他精神和肉体最脆弱的时刻，他太需要这份温暖了。他倾听她的呼吸声，并不急于回答她，因为说话会破坏这种美妙的感觉。

“哦，有电话进来了。”Jacob 挂了小玲的电话，“喂？”

“Jacob，是我，帕特里克，”竟是帕特里克打来了电话，“恭喜你中标！再忙也要当心身体哦。”

两人隔空交手，彼此暗战，终于第一次碰到了一起。

“他怎么知道自己中标了？怎么知道自己的身体状况？”Jacob 早有的不祥预感终于应验了，元老们到底是怎么回事？他不是不知道这项目会是一个坑，巴拿马项目将耗尽 Jacob 团队的元气，掏空墨西哥地区部，但自己不跳进去，就没有未来的希望。

但哪怕前方刀山火海，Jacob 也义无反顾，赤着双脚也要蹚过去。

“你好，帕特里克。我是 Jacob。”

（第三部完）

后　记

缘起：初稿　2018年

《海外征程》三部曲已经暂告一个段落了。感谢读客文化的支持与努力，使本书得以面世。同时，也感谢读者们的一路陪伴，走到这里，你们已是与我神交已久的朋友。

回想起笔时，那正是 2018 年 4 月——中兴 76 岁的创始人孤身一人，带着行李箱飞赴美国，向美国有关部门做澄清与听证，以避免第二次被美方制裁。当时，网络上流传着一张他卑微地在机场的照片，震撼社会——这位老人将竭尽全力和解，以避免被美方制裁升级。

在那个时候，我开始有了写《海外征程》的念头。

在纸质小说日渐式微下，合理的小说，应该只有 15～20 万字、适合商旅读者在飞机上或火车中一次读完。但我无法用“框架化”去创作，结果越写越刹不住车。因为我有太多记忆的影子萦绕在脑海里，太多的线头要理，太多的话想说。《海外征程》不可能只是一个“找到反派的内部致命弱点，然后孤军深入，一击绝杀反转”的好莱坞剧本。它必须把“伟大远征”的过程详细证明出来，而它也绝不可能只是一个人、一个故事就能涵盖的。这里面本来就浓缩了成千上万人的身影，它不得不成为一个很庞大的体系：一个群像的故事、一个史诗的构造。

我顺着自己的心思写下去。大约在 2018 年 10 月，字数和故事已经完全收不住，而且感觉远征的故事还只写了一部分（就是现在这第一季三部曲的完整初稿），我终于停了下来，进行文字措辞的修改。

请允许我在这里稍作暂停，唯有反复审视，才能把《海外征程》第二季的宏大体系搭建得更好。

第一部修改：代入感

（2018年年底至2019年年初）

小说是“二维模式”，而现实却是“三维模式”。相对现实而言，小说一定会有信息衰减和扭曲，就像是用二维图纸去描述三维地球，无奈之下只能是用“墨卡托投影法”，地图难免会被诟病为“不全面”“不真实”。

很多人成年后，就不读小说了。除了生活忙碌、闲暇时间碎片化之外，小说的“墨卡托投影”损耗也是其中一个原因。如工作非需要不可，就直截了当找实用工具书；如想丰富知识，就看更真实的“非虚构”或历史、社科、人文、经管类图书。还读小说干吗呢？在今天，成年人打开一本小说，不仅需要精气，还要静气，更要勇气——尤其是面对一本字数庞大的厚书。所以，当《海外征程》字数不断累积，不仅我对将“三维”硬塞进“二维”产生了自疑，更担心读者们还愿意看吗？如果读者都不愿意看，那基座的底层就不存在了。

2018 年 11 月，我在几个书店转转，找找参考物。彼时上海的武康大厦，还没有被戏称为“淮海路上的一座庙”。人不多，我在附近一间独立书店，喝着咖啡，又借了本毛姆的评论散文，里面提到了福楼拜。感谢福楼拜，我是看了《包法利夫人》才爬了出来。另外，在虹口的一间独立书店，我买了一本英国人写的《小说机杼》，里面提出了“Closing Writing”。

它们给了我一个闪光的方向。

接着，我进入了漫长的修改期。那刚好是 2018 年 12 月，上海的冬天，天气渐渐阴冷。

谁料自从 2018 年年底，世界的大新闻就如冬天的寒风暴雪般，不断袭来。我的修改，正是伴随着那些令人瞠目结舌的国际新闻一路走来的。也就是那一年，不少人对世界的认知观念也有了重大改变。我原先担心读者会觉得笔下的情节太夸张，但现实却以更魔幻的事态展现于世人面前。

从 2018 年年底的北美洲某机场，2019 年 1 月和 2 月的司法与媒体诬陷，到 2019 年 3 月初贸易战的升级，接着是一系列令人瞠目的长臂管辖和卡脖子，故事中的主体无意中成了交锋中的核心靶标。

微博上充斥着大量的消息：一面是超级大国的强力制裁，一面是“它”有理有据的冷静反击。那时，国人也感到震撼——因为真的从没见过有一家公司能这么经受超级大国的重炮集火轰击，而依然屹立不倒。“它”能不断地拿出后手，不断地拿出备胎，又不断地用增长的业绩证明自己，同时也能保持着冷静与风度，不断地向世界媒体开放着自己。

更出乎人们意料的是，在超级大国的四处威胁下，世界各地的海外运营商、客户们却还能为“它”站出来说话，包括了很多欧洲客户、美国本土客户，甚至行业竞争对手、一流供应商和世界级专家学者的表态支持。在那段形势不明的日子里，他们都为“它”冒着风险，坚持了相当长的一段时间。

后来，超级大国扯掉冠冕堂皇的“规则”，露出丑陋的面目。理由成了摆设，只为了“非掐死你不可”，可“它”还屹立在那边。因为以大欺小，很多人对超级大国的印象一下子反转了。其身不正者虽令不从，再理性的人也再难相信超级大国曾经一度“雾里看花”“水中望月”的高妙之词。

2019 年 4 月，《美国陷阱》一书热销，如果它早几年出版，或许会被视为“阴谋论”，可这时情况太现实了。长臂管辖、卡脖子、极限施压、断供、司法手段，“它”却一次次从容应对，替我们争回一口气。人们不由得对“它”产生尊重，更不禁惊讶——怎么之前没听说过“它”？“它”居然还有那么多的海外市场？

传奇就这么弥漫开了，很多人想知道，为什么“它”那么能打？为什么还不被客户抛弃？为什么，“它”是“它”？普通人包括一些高管和创业成功者，都私下告诉我，关于解释“它”的商业课程太抽象教条。

回到本节的最初，我想小说之所以还能看，价值之一是提供了强大的代入感。

在书店里，福楼拜《包法利夫人》和“Closing Writing”的方向正是用丰富而可信的人物内心和周围细节，以求让读者更好地代入自我。而我也渐渐地把创作目的，变成了让大家能通过投射自我的“沉浸式体验”，来真正理解“它”的神，而非形。

在修改第一部时，我好几次感到了与主人公一起，让我也在虚拟现实中燃烧起来。2019年的日子里，我甚至肉眼可见地感受到了历史进程的变化。我不知道能做些什么，只希望把这本书写好些，让不了解海外征程的人，能把自己代入故事中去理解，而不是“悬浮”在事务之外，却强行引经据典、高谈阔论、纸上谈兵。

但我担心只是自己一头热，在独自燃烧，却不能引燃读者。因为在我的成长记忆中，这家公司很长一段时间里都不招媒体和民间的喜欢，评论家们会“悬浮式”地评价一家公司那么强大的原因：一定是背后有不可告人的关系网，一定是抄袭西方知识产权，一定有非市场的原因，一定走的是“爱国营销”。

评价是一面思维的镜子，照出评价者们个人经验和见闻的边界。

但你是否想过，一个能在全球200个国家与地区都做到成功并保持成功的企业，“它”能仅套用国内的“关系论”吗？在一个西方擅长的高科技领域里，“它”怎么可能靠抄袭，就能一路从跟随到赶上再反超并保持领先，且还能打赢2G–3G–4G–5G的长期研发竞赛呢？对于股权和领导机制也一样，如果有任何公私资本和非市场的决策干扰，“它”的执行效率能足够支撑24小时全时区“日不落”地响应客户吗？能数十年如一日地把盈利投入到连续的研发上吗？

于是，我想在小说中展现一些事实，去打动那些曾经对“它”有恶感的人。因为恶感不除，就会认为故事不可信，也就不会有代入感。

它不是生来强大，含着金汤勺一夜长大的“天选之子”，你现在看到的只是它成功后的模样。它也有起于青蘋之末，从0到1的艰难过程。

它从不喜欢“爱国营销”，总部还像个欧洲小镇。只是它参与了 to C 的消费类产品后，进到自媒体和舆论场时代，难免会“被动”变形。它不仅在国内，还一次次在每个海外国家里，承担起当地的社会责任，维持对客户和对社会的基石价值。

它早年的“狼性文化”常被过度标签。它只是反对惰怠，奖励奋斗。它只是提醒你一个现实——没有什么是你与生俱来就拥有的资源，人生需尽心尽力。流水不腐、户枢不蠹，它抵制旧的山头主义和利益板结固化，也让年轻人有了很多机会，年纪轻轻，就能纵横四海、五洲激荡。

它没有偷窃知识产权，我从没见过比它更尊重科技和知识产权的中国企业，它极端赞美科学家，提倡基础研究，鼓励对书、美学和文艺的追求，更反复强调加强孩子教育对人类未来的重要性。

但后来，我觉得自己多虑了，不少人的看法已经改观了。

——有一次，我在日料餐厅吃饭，听见隔间两个商务男士在谈起它时，无不用赞许的口吻，表达正面的看法。

——另一次，我在河滨大楼边泊车。两个沿苏州河跑步的中年男士在我车边喘息休憩，他们聊着天，一边谈起超级大国，一边由衷佩服起这家公司。

2019 年，世界的气氛很紧张，除了贸易战，全球到处发生游行和骚乱，但在国内，人心反而特别坚定。到了 10 月建国 70 周年庆典，大家的心是火热的。某种程度上讲，2018 年年底，是这股风气的一个标志节点。恰巧，那时，我也正在修改《海外征程》的第一部。

一个十几万人的公司，当然有重重问题。但有人的地方就有江湖，三口之家也要涉及亲子、夫妻、婆媳等各种问题。我无意对它唱赞歌，所以第一部中，读者能看到的是一个真实又复杂的职场环境。

因为一些客观的限制，故事情节会有虚化，但精神是实化的。让这个充满韧性又情感朴素的主角，带着大家去探索，为什么“它”会成长为“它”，为什么客户不会轻易放弃“它”。

修改第二部与第三部：使命感

（2019年下半年到2020年春）

2019 年下半年，我开始修改第二部、第三部。到了 2020 年 1 月，我又想再优化一下。

那又是冬季。有一天，我正坐在咖啡馆，一边改，一边看着淅沥沥的小雨下在外滩万国建筑群时，一个消息传来——新冠疫情。2020 年 1 月，谁也不知道疫情会怎样变化。每个人都关在家里。这是一段令人难忘的时光，现实与新闻都像过山车一样转弯，人人都心神不宁地关注着事态发展。感谢在疫情最难时，一线的每一位医护人员、服务业人员和基层干部，在国内外媒体和全世界人民的聚光灯和放大镜下，承担起了非凡的重任。

但当疫情在世界大流行，全中国都亲眼见证了外媒从居高临下地点评变成无法自洽，最后成了闭眼指责和“双标”。之前，国内外华人也曾彼此争论，可很快，海外的旁观者也转化为亲身体验者，结论也就慢慢变了。

而当超级大国为了卡脖子而禁止学者们在文化和科技领域的正常交流，竖起一道隔离了全人类共同的人文科学领域的墙时，这动作令某些最浪漫的知识分子几十年建立起的人生观一夕垮塌。很多人也第一次明显地感受到在西方被捧为“第四权”的新闻媒体，并非如自我宣扬的那样客观中立，还承认了自己是带立场的。

我又一次像 2019 年年初改第一部时那样，在故事中燃烧起来。

那时，我每天修改 18 小时，凌晨五六点才休息。我一边改，一边刷着微博，外媒如牛皮癣般的顽固偏激令人生气，但还是有另一些暖心的事。比如武汉快递小哥汪勇，作为最普通的快递员，因为看到可怜的年轻医护穿着防护服 12 小时以上，却连饭都没法吃热的，他出于纯粹的赤子之心，凭空组织了一支队伍，从伙食供应到运输配给到护送回家，承担起了医护们的后勤保障工作。

那时，有很多人是被一种使命感驱动着。我也想做些事情，但落笔是唯一能做的。

第二部和第三部与第一部有很大的区别：它从原先的单个个体，

变成了群像；于佑杰也从小我，变成了大我，从他的个人生活变成了他的人生使命。

有好几幕，他们都在故事中生长出了属于自己的使命：

1. 臣享途径巴拿马，他在飞机上盘旋时，亲眼看见巴拿马运河边的大洋上遍布着远洋货轮连通起地球村；

2. 臣享在智利考察时，在安第斯山脉上，看到了人类征服了高原高山，那里有路网电网，以及他将建的通信网；在大湖区的奥索托火山，他看到了不仅是华兴在海外孤独奋斗，还有长城汽车在海外并肩努力，而在极地大区，他在麦哲伦雕像前彷徨哲思时，看到了雪龙号的科考船员；

3. 在“皇家之路”酒店那一场北京奥运会开幕式的早餐会上，不仅有转播画面中豪迈的激情，更有每位驻外员工那时的澎湃心情；

4. 第一季末，于佑杰与普拉多的双雄对论。

于佑杰之前的命运，已经像被上天注定好了一样，一切因缘际会，一切失去与磨难，都将他引到了这样一条实现人生追求的使命之路上。就像很多中外神话一样，取得真经或寻找魔戒之前的一切，都是命运女神引导他找到自我的过程。

臣享之前是海外长大的华裔，是很努力、很优秀的精英。在海外，华裔男子比女性难很多，成功很不易，而他希望用个人努力和成就给世界留下对华人的好印象。最初，他总觉得其他华人拖了他的后腿。而在巴拿马上空，他意识到一件事——个人再翻腾，也只是小浪花，海外华裔不能是无源之水，只有融入大海才能不干涸。

后辈的安哲、前辈的方总、外籍的老沃特，不同时间与空间的人，成长或退场，但都找到了自己的使命。人到了一定年纪，一定会追问自己的生活意义。但是

> 人类不应该询问生活的意义，因为他自己才是要做出回答的人，别人无法替代，要你自己去决定，去摸索。

《海外征程》曾有一个我强烈提议的书名——《海外使命》。它记载的是一个时代，有着中国走出去的特殊时代风貌——2019 年与

2020 年那个风云变幻的时刻，我很希望书名与“使命”关联上。也许有人觉得“使命”这个词，太远、太高大。但在那最燃烧的时候，我看到了几句话，那是宋朝张载的横渠四句：“为天地立心，为生民立命，为往圣继绝学，为万世开太平。”每一代人都有自己时代的使命，每一个人也都有自己独特的使命。就像疫情期间，最普通的快递小哥也有他的使命。

《海外征程》出版：行则将至

（2021年）

2021 年初夏，第一部终于出版了。在期待第二部、第三部时，电视新闻里播放着的一些信息，我发现不少都是《海外征程》第二部、第三部中的元素。

比如奥运，很多人因为东京奥运会开幕式，又重温了北京奥运会开幕式。弹幕上年轻人十分激动，因为北京奥运会开幕式全场磅礴大气、震撼人心。原来中国 2008 年就那么强大啊！另外，奥运会期间，《财富》刚发布了 2021 年世界 500 强，中国企业入围 143 家。即便是面对困难，华为也从去年的第 49 名，变为了第 44 名。

好像舆论令人感到，强大已是天然的、必然的。

这时我越发有了一个念头：最初，我想倾诉的读者对象，是与我一起成长的 80 后那一代。但我意识到，全新一代 95 后、00 后年轻人也走入了工作岗位。时光会流逝，媒体没有记忆，舆论喜新厌旧。当新生代成长起来时，他们的成长环境不同，如果不知道背景，只是在互联网上搜了那些复制粘贴的信息或情绪化的素材，就片段式地评价，那么他们的评价风格不是悬浮便是臆想。所以，有些事必须记载，以更好地使他们了解一个时代的变迁，以及在海外从 0 到 1 的前前后后。

我记得 2008 年，我拿起一本《财富》杂志，寻找 500 强排行榜上星星点点的中国企业。那时，内地、中国台湾和中国香港加一起，一共才 29 家。且内地只有联想是以第 499 名，成为首次登榜的唯一民营企业。华为和 BAT（百度、阿里巴巴、腾讯）都还没有资格上榜。华为是直到 2010 年，才第一次进入 500 强，记得同时上榜的民企一共只有 3 家，分别是平安、华为和沙钢。

也许今天，大家已经对 500 强企业见怪不怪（就像对奥运会、亚运会那样），但是 2000 年到 2010 年，在上海的 500 强外资企业真厉害，那辈年轻大学生将入职 500 强作为梦想，这也是身份与实力的象征。当年宝洁公司在 1 个省只招 1 个人，却故意做起浩浩荡荡的校园宣讲会，它强大的光环，能引发全省高校的学生蜂拥去宣讲会，拼死争取这唯一的名额。

再回想 2000 年，《财富》500 强上一共只有 10 家中企。时间轴如果倒着看，一切都不难，那是一种纸上谈兵。如果时间轴正着走，就是摸着石头过河，再回想 2000 年，从 10 家作为起点，就给你今天的目标，你能有信心带领队伍完成任务吗？“道阻且长，行则将至”。强大不是从天而降的，财富也不是天生继承的，是一代人一步步走来的。我希望《海外征程》能够为新生代展现那个时代里海外的样貌。

从 2018 年 4 月一个小小的念头起，《海外征程》到现在已近 4 年，反反复复，但也终于完整地走到您的面前。感谢一路上鼓舞我的伙伴、读者和家人。“海外征程，行则将至”。

小说故事的反思：人之神性

我家有一本《悲惨世界》的古早版本。那是命运如书名般坎坷的翻译版本（李丹译）——人民文学出版社 1958 年第一版，1978 年第一次印刷。书在我家放了很久，但我从小到大一次也没翻开过。2020 年的初夏，我闲下来便听了雨果《悲惨世界》的有声书，故事无比震撼、动情，让人赞叹为什么有这么棒的小说？这让我对小说该做什么产生了新想法。

回到第二节的开头，还有人看小说吗？毕竟现在信息多、时间碎，无论为了知识或消遣都不用看小说了。但《悲惨世界》让我鲜明体会到小说有一种其他文学形式没有的东西——情感的召唤。但选择召唤什么样的情感呢？有人选择残酷，有人选择真实，有人选择悲伤。而《悲惨世界》里，全都是在最苦难残酷、最悲剧与真实的历史背景下，人身上光芒四射的至善神性，给平凡的你我带来了一种全新的希望和可能性。

现实生活中，除了“为赋新词强说愁”的少年，“丧文化”只是玩笑吐槽，但并不真在人群中流行。大部分人已经很疲惫了，就连选择电影也不想再看悲剧了——他们不是不知道生活的本来面目，有时每个人的生活已经很纷繁复杂了。

回想小时候看书，孩子们都是把书当作现实样本来学习的——也就是说，我能从书里学到什么知识，获得什么价值。可长大后，小说已跟不上现实了，又有其他载体能替代它获取知识和消遣的作用，那读小说还有什么收获？

但《悲惨世界》给了我启示——在一般人承受不住的困境下，依然有主角这样的范本，能让我们相信，自己也能绽放出神性的光辉，让我们这些懂得计算、知晓利弊、领悟厚黑学的成年人，能重新召唤出被熏染蒙尘已久的、却与生俱来的、最朴素的赤子之心。为什么雨果死后引发举国哀悼，200 万民众的送葬队伍跟随着灵柩，护送他进法兰西的“先贤祠”？是他作品始终有人之神性，让法兰西民众从心底有了朴素的共鸣，在国家最混乱、人心彻底沉沦时，提供给民众一股希望和力量。他用故事让人们相信任何时候，都能“人之初、性本善”，人依旧可以在生活困难下，超越狭隘。这便是成年人在小说中能收获的。

当然，现实不是鸡汤，我也知道生活是非常复杂的，是灰色，甚至是黑色的。否则于佑杰就不会有那么多磨难，华兴职场也就没那么多事要他跨越，第二部也就没有令人生厌的“周玉龙”。但恰恰因为遇到复杂状况，我们才去面对、去改变、去尽心尽力，彰显人身上的神性力量，而不是选择消极对待。人的神性不会是天降的幸运，而是一番搏斗后才有的段位升级。

关于宏大时代的故事还有另一种写法，那就是演义类：人物纷繁登场，达到顶峰后，星星逐一落下。无所谓对错，无所谓是非，犹如一场大雨打在了盛开的繁花上，然后一切流变落去。其特点是“不定的命运大于确定的因果关系和人物动机”。中国古代有《三国演义》《金瓶梅》《红楼梦》，近代外国也有《战争与和平》。但繁华落尽的苍凉与叹息，总有些“天地不仁，以万物为刍狗”。成年人知道自己只是一粒尘埃，但他更希望知道，自己还有没有变为一粒火星，引燃一场大火的可能性?

而雨果是在法国大革命后的乱世明灯，是最耀眼的火炬。他的故事，告诉你“人物”可以大于“环境”，在黑灰色中召唤出人最善的部分，不要去做随波逐流的人，而是去成为与命运抗衡的一方。我也希望人们不是读出悲凉无奈，而是人的希望与力量。

关于未来的构思

（2021年之后的未来）

在最初写稿时，故事被设定为职场商战。为此，我读了国内优秀的商战小说，也看过国外行业剧之王阿瑟·黑利的作品，试图寻找参照物。但最后，我觉得《海外征程》和它们都不像。海外视野与时代风貌是它的特点，使命与征程是它的底色，“燃”与热血是它的情感内核。

有些事很意外，原先定位给30岁及以上的中年商务男性看的书，居然也有不少20多岁的女孩在读。还有一些初中生和退休老人，有外企、民企或国企高管，有学生有职场小白，有精英白领、创业者和成功的企业家，有政府干部和军官，也有外卖快递等生活服务人员。读者不分年龄、性别和工作类型；地理上也不分天南海北，从一线城市到四线县城，从中国到海外。

读到这里的朋友，我很高兴地和你们一起分享着精神世界。

未来，我还有很多可以写，虽然说，现实主义的作者写一阵子就会陷入被掏空的状态，但我脑海里的事件，永远没有枯竭。关于《海外征程》，因为真实征程的过程太过庞大和不易，所以足够写成一个IP宇宙，可以无限丰富下去：

它可以以诸如每一个国家或地缘的方式，展现为《亚洲卷》《南非卷》《北欧卷》；

它也可以有在其他角落或岗位上的传奇英雄，类似 Jacob 的其他“Jacob”，就像《水浒传》中的一百单八将，或漫威《复仇者联盟》的 IP 宇宙；

它也可以纳入更丰富的商业管理体系。故事线扩充，覆盖更大的经营管理范围，除海外一线销售、投标、工程之外的大后方和统帅部门，比如研发测试、产品管理、供应链、品牌运作、预研和战略等，真正让你了解为什么“它”是“它”。

它也可以成为……

总之，希望《海外征程》系列，能在保持良好阅读体验的情况下，带来正面情感的希望与力量，更带来商业职场上的代入感；在领略海外风貌的同时，直观地理解一家公司的商业运作核心，而不是悬浮在事物外的臆想，在理论里看花看世界或盲人摸象般地揣测。毕竟世界上没有多少人，能仅靠脑海中抽象理性的法则，就理解一个从未观察过的事物；就像没多少人仅靠上科目一理论考试，就学会开汽车。

最后，我也有迷茫，是比如像一本《航海王》那样写一生，还是如井上雄彦，在情节高峰时结束《灌篮高手》？希望大家把你们希望看到的，通过“达尼漫步”的公众号或微博“达尼 Hola”留言，以便我及时调整。

除了《海外征程》，我还有一些主题想深入。关于“996”，关于人力资源，关于年轻人的困境，关于 30 岁后，关于互联网，关于大数据隐私，关于海外，关于历史风云，关于情感，关于资本，希望未来有机会能用故事的方式，与朋友们共同探讨。

编外分享

我希望分享一些私人感受。那是我特别能共鸣的几首歌，希望你们在阅读时，能够一起听听看。第一部的第一章里，Jacob 从泰国终于回到老家奔丧时，想起母亲和自己一路走来的历程。那一天晚上

23 点多，刚巧房间里灯都关了，窗帘下只剩一盏小小的台灯，我打开 BOSE 立体声音箱，随意播放着音乐，却传来李健的《异乡人》，歌声悠扬而轻灵，在这深夜里打动了我。

披星戴月地奔波
只为一扇窗
当你迷失在路上
能够看见那灯光
不知不觉把他乡
当作了故乡
只是偶尔难过时
不经意遥望远方
曾经的乡音
悄悄地隐藏
说不出的诺言
一直放心上
有许多时候
眼泪就要流
那扇窗是让我坚强的理由
小小的门口
还有她的温柔
给我温暖陪伴我左右

第二部的第三章里，Jacob 在美国第一次开庭前夜，从办公室回到酒店，身体出了问题，头一次担心自己会猝死他乡，喘息片刻后，看见房间服务员放在旁边的小玲的明信片。那一幕，我耳边一直萦绕回想起的是张信哲的《心情卡片》，我曾很喜欢的一首歌，我很少听歌词，但这歌词一下子就让我进入了 Jacob 的内心。

每个游子在这季节容易生病
忽然对安定渴望 想家的心情

而你是我的感情
唯一家乡迫切想回去
浓浓的眷恋 是我怎么也说不清
你是否像我一样想你
还是走到别的爱情去旅行
我的未来是你的心底
写着爱的只字片语
梦的未来是你的爱情
我要你的心回应
让过去一站一站流转的日子全过去
我已用思念沉淀了情绪
现在我只想用最初
最完整的自己再靠近你
这心情该如何去投递
我的未来是你的心底
写着爱的只字片语
梦的未来是你的爱情
我要你的心回应
我静静等待你的回音

第三部结尾，一直战斗到巴拿马投标最后一刻。故事终于从Jacob一个英雄，变成了群英，有体育题材日漫中的群像式热血高潮。那次，第一季三部已经写完了，电视里刚好放着《全职高手》剧版的最后三集决战，剧情也在最高潮——叶修带着他的团队拼杀到最后一刻。主题曲蔡维泽的《来自尘埃的光》不停地播放着，那歌词简直完美，符合Jacob这一路从草根里走来，曾经是传说，但又跌到谷底，在长夜中独自舔伤后，再重回荣耀，身与影再次重合，十年执着，再续写传说。至今这首歌一直是我手机里最爱听的战歌。

生于微末中的万千萤火，乘长风汇聚成熠熠星河
在云巅之上向世界宣告，我们将重回荣耀

拨开云层落下炽热，消融冰雪闯过波折
终于在巅峰的这一刻，有身影与过去身影重合
过去未曾来的荣耀，未来过不去的骄傲
在你我指尖交错凝结，成点燃战场的战歌
漫漫长夜里唯一的亮色，是平庸中走过来的你和我
是在云端上是在尘埃中，拼尽全力盛放的萤火
我来自传说去续写传说，一朝汹涌不枉十年执着
这一战要让所有人记得，我们加冕荣耀的时刻

人类不应该询问生活的意义，因为他自己才是要作出回答的人。

《海外征程》中主要公司目前的组织架构与人物关系图

（本内容纯属虚构，如有雷同，实属巧合）

美洲电信部分

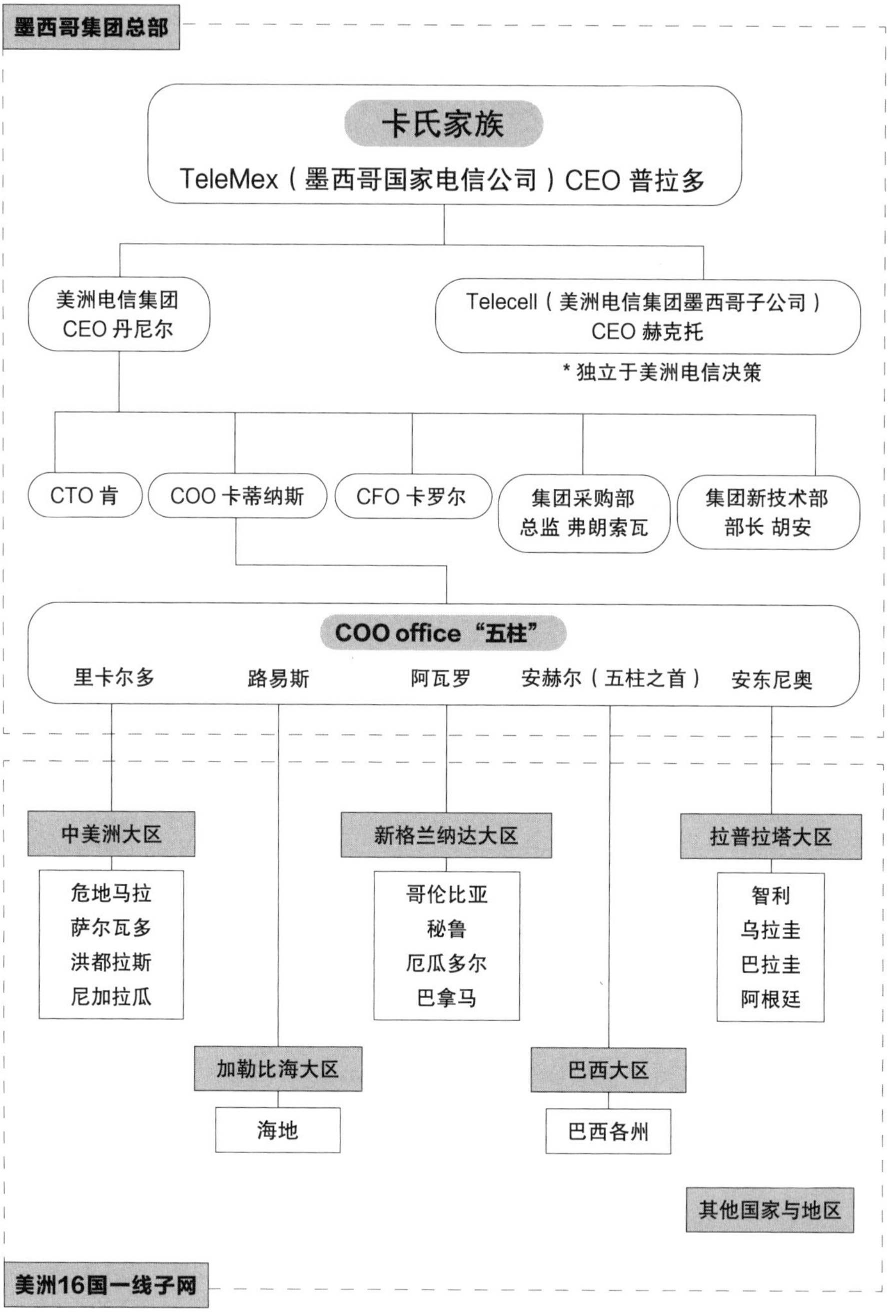

华兴部分

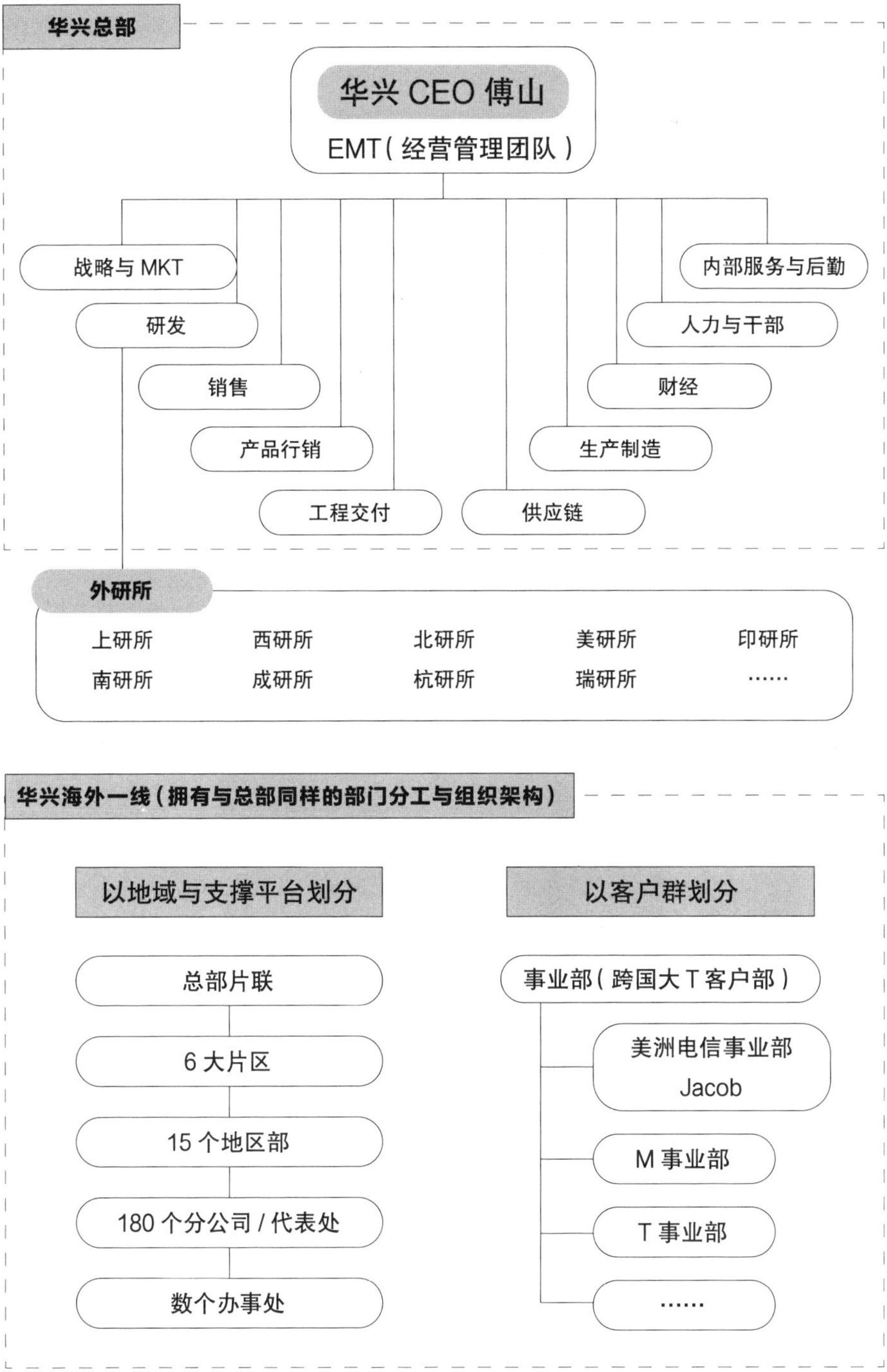

华兴总部
华兴 CEO 傅山
EMT（经营管理团队）
战略与 MKT
研发
销售
产品行销
工程交付
供应链
生产制造
财经
人力与干部
内部服务与后勤
外研所
上研所
西研所
北研所
美研所
印研所
南研所
成研所
杭研所
瑞研所
……
华兴海外一线（拥有与总部同样的部门分工与组织架构）
以地域与支撑平台划分
总部片联
6 大片区
15 个地区部
180 个分公司 / 代表处
数个办事处
以客户群划分
事业部（跨国大 T 客户部）
美洲电信事业部
Jacob
M 事业部
T 事业部
……